陕西省教育厅2011年度高校哲学社会科学重点研究基地
陕西理工学院汉水文化研究中心科研计划项目

汉水流域
新时期小说研究

李仲凡　费团结　著

中国社会科学出版社

图书在版编目（CIP）数据

汉水流域新时期小说研究／李仲凡，费团结著 . —北京：中国
社会科学出版社，2013.9
ISBN 978 - 7 - 5161 - 3322 - 4

Ⅰ.①汉⋯　Ⅱ.①李⋯②费⋯　Ⅲ.①小说研究—中南地区—
当代　Ⅳ.①I207.42

中国版本图书馆 CIP 数据核字（2013）第 229392 号

出 版 人　赵剑英
责任编辑　周晓慧
责任校对　石春梅
责任印制　李　建

出　　　版　**中国社会科学出版社**
社　　　址　北京鼓楼西大街甲 158 号（邮编 100720）
网　　　址　http://www.csspw.cn
　　　　　　中文域名:中国社科网　　　010 - 64070619
发 行 部　010 - 84083685
门 市 部　010 - 84029450
经　　　销　新华书店及其他书店

印　　　刷　北京市大兴区新魏印刷厂
装　　　订　廊坊市广阳区广增装订厂
版　　　次　2013 年 9 月第 1 版
印　　　次　2013 年 9 月第 1 次印刷

开　　　本　710 × 1000　1/16
印　　　张　17.5
插　　　页　2
字　　　数　275 千字
定　　　价　49.00 元

目　　录

绪　　论

　　汉江又称汉水，古时曾叫沔水，与长江、黄河、淮河一道并称"江河淮汉"，是我国文明史上非常重要的一条河流。汉江全长 1577 公里，就长度而言为长江第一大支流。它发源于陕西省西南部的宁强县，而后向东南穿越秦巴山地的陕南汉中、安康等市，进入鄂西北后流入丹江口水库，出水库继续向东南流去，过襄樊、荆门等市，在武汉市汇入长江。汉江流域面积 174300 平方公里，流域主要涉及陕、甘、川、渝、鄂、豫 6 省市。汉水流域北部以秦岭、外方山及伏牛山与黄河分界；东北以伏牛山及桐柏山与淮河流域为界；西南以大巴山及荆山与嘉陵江、沮漳河为界；东南为江汉平原，无明显的天然分水界限。流域地势西北高，东南低。地貌方面，上中游主要以中低山区为主，间有少量盆地平原或河谷平川，下游以平原丘陵为主。汉水河谷自古以来就是沟通我国东西的重要走廊，汉江航运起到东西勾连的作用。流域内的汉中盆地、南阳盆地和襄樊盆地，又是我国西部和中部地区南北交往的交通要道。在汉水上游，贯通南北的有连通关中与四川平原的几条栈道：褒斜道、子午道等，在汉水中游，南阳—襄阳盆地，连通着中原与江汉平原。

　　汉水流域是中华文明的重要发祥地之一。人类从远古时期即在这一流域创造了灿烂的文明。考古学家在汉水河谷多次发现古人类的化石以及史前文明的遗存。1975 年以后，人们陆续在湖北郧县发现了大量古人类化石。这些古人类属于早期直立人，距今 80 万—100 万年左右，被命名为"郧阳人"。"郧阳人"的发现，修正了人类仅起源于非洲和非洲迁徙的传统观点，证明了世界人种的起源，不仅在非洲，还包括亚洲的汉水谷地等地区。考古学家在汉水河谷还发现了许多石器时代的文化遗址，如南郑县龙岗寺旧石器文化遗址、西乡县李家村新石器文化遗址等。

从春秋战国到近代，汉江流域留下了丰富的历史文化遗迹。仅以两汉三国文化遗迹为例，汉中就有栈道、古汉台、拜将坛、武侯墓、武侯祠等遗址。历史上在这个流域留下足迹的名人很多。比如汉高祖刘邦在汉中"明修栈道，暗度陈仓"，建立汉朝。出生于汉江流域上游城固的张骞，出使西域开辟丝绸之路，是我国走向世界的第一人。诸葛亮先耕读于南阳卧龙岗，后屯兵汉中，六出祁山，鞠躬尽瘁，死后归葬勉县定军山。东汉造纸发明家蔡伦封侯并长眠于洋县龙亭。上述各位，有的来自外地，有的则是土生土长的本地人。

汉江在经济上沟通了陕西、河南、湖北，使整个流域在经济上成为一个整体，文化上也有很大的同质性。正如姚雪垠在谈到他的家乡河南省邓县时所说的："从政治方面说，我的家乡和开封比较密切，开封是省会，打官司、赶考、上学的都要奔往开封。可是从经济方面说，同汉口关系更密切。洋货是从汉口来的，我们的土产品是运往汉口去的。城中大的商号和开封没有什么来往，却和汉口来往密切，有的派人到汉口坐庄，汉口也有客官来到邓县。"① 汉水流域的文化，整体上说来，以楚文化为根基，兼容了秦陇文化、巴渝文化。加之明清之际有大量湖广一带的移民迁入本流域，居民五方杂处，文化上也愈加呈现出一种南北东西交融的特色。

汉水流域的古代文学取得了令人瞩目的成就。《诗经》的《周南》《召南》中的诗歌，有许多都与汉水流域有关。《楚辞》也与汉水流域关系密切。汉代天文学家、文学家张衡是南阳石桥人，他不仅发明了地动仪，还写作了著名的《二京赋》。唐代的诗人孟浩然是襄阳人，韩愈则是南阳人。到了宋代，著名诗人陆游在地处抗金前线的汉中写下了大量的诗篇。

抗战时期的武汉，一度曾为全国的文化中心，中华全国文艺界抗敌协会即在武汉成立。北方的北平大学、国立北平师范大学、国立北洋工学院三所院校迁往陕南，组建了国立西北联合大学。黎锦熙、许寿裳、曹靖华、罗根泽等文学巨擘都曾在西北联大任教。老舍、田汉、李广

---

① 姚雪垠：《姚雪垠回忆录》，中国工人出版社 2010 年版，第 2 页。

田、贺敬之等现代作家都曾经过汉水流域，有的还留下了诗文作品。现代文学时期，本流域还产生了沈尹默、李季、姚雪垠等一批在全国有影响的大家。

新时期以来，汉水流域产生了一大批作家，形成了"南阳作家群""商洛作家群"等作家群体，创作上也取得了不俗的成绩。在各种体裁中，小说的成就最为突出。以汉水流域为描写对象的作品如姚雪垠的《李自成》、贾平凹的商州系列小说都已经成为中国当代文学的经典之作。以长篇小说的最高奖项茅盾文学奖为例，就有姚雪垠、宗璞、贾平凹、周大新、柳建伟等6位汉水流域小说作家获奖，占所有获奖人数的近20%。这些产生于汉水流域的诸多小说大家及其与汉水流域密切相关的小说作品，在中国当代文学史上占据了重要的一席。

贾平凹从早期的商州系列中短篇小说开始，到后来的《浮躁》《怀念狼》《秦腔》等长篇小说，一直关注着处于中国西部的商州地区。贾平凹的小说对以商州为代表的中国西部农村近四十年的变迁给予了充满个人感情的跟踪。他的小说，以其与传统文学、地域文化的密切关联以及富有地域特色的个性化语言，为中国当代小说的成熟并走向世界作出了巨大贡献。现在文学评论界经常把贾平凹与诺贝尔文学奖得主莫言相提并论，认为他们是实力相当的作家，这是有相当的根据的。

南阳作家群中的乔典运、二月河、周大新，都是新时期以来中国小说界的重要人物。二月河更是以其《康熙大帝》《雍正皇帝》《乾隆皇帝》等帝王系列历史小说，赢得了超过千万的读者。湖北武汉池莉、方方等人的"汉味小说"，对普通市民日常生活的酸甜苦辣的描绘温婉细腻，具有鲜明的地域特色。池莉的《烦恼人生》《生活秀》等小说以其对普通民众生活的深刻体察而被誉为"新写实小说"的代表，多次获得全国优秀中篇小说奖、鲁迅文学奖以及《人民文学》《十月》《当代》《小说月报》《大家》《中篇小说选刊》等各种杂志的文学奖项，并有多部小说被改编为电影、电视。方方的长篇小说代表作《乌泥湖年谱》，中篇小说代表作《风景》《桃花灿烂》等，冷峻而深刻地表现小市民生活的种种窘迫，被认为是20世纪八九十年代新写实小说的代表性作品。

汉水流域新时期小说，以其鲜明的地域特色和突出的艺术成就，引起了流域内外专家学者的关注。学术界已经出现了《贾平凹作品生态学主题研究》（冯肖华，陕西人民出版社 2009 年版）、《姚雪垠文学创作 70 年》（吕琦，河南大学出版社 1998 年版）、《二月河历史叙事的文化审美建构》（张德礼，人民出版社 2005 年版）、《乡土守望与文化突围：周大新创作研究》（张建永、林铁，作家出版社 2009 年版）、《文学的星群：南阳作家群论》（陈继会，河南文艺出版社 1999 年版）、《大众表述与文化认同：池莉小说及其当代评价研究》（孙桂荣，吉林文史出版社 2009 年版）、《汉水文化论纲》（潘世东，湖北人民出版社 2008 年版）等一批以之为研究对象的著作。这些著作对汉水流域的作家都进行了相当有深度的研究。但是，总体看来，既有的汉水流域新时期小说研究仍有几个亟须提升的方面：第一，既有的研究大都是个别的、零散的文学现象研究，成果相对分散、不成系统。汉水流域新时期小说研究缺少覆盖整个流域的宏观视阈。上述几部专著，主要是作家或局部地区的个案研究，没能够做到对汉水流域新时期小说的全流域观照。第二，既有的汉水流域新时期小说研究主要是传统的纯文学研究，缺少与民俗学、人类学、地理学、经济学、社会学等学科结合的跨学科研究视角。第三，既有的研究在文学研究方法上显得单一陈旧，缺乏应有的理论深度。亟待引入神话原型批评、女性主义、叙事学、生态美学等研究方法，借以开创汉水流域文学研究的新境界。

地域文学既是中国文学传统的重要研究领域，也是当前学术界重要的学术热点，近年来受到越来越多研究者的重视。在中国文学研究领域，地域文学研究、区域文化与文学关系研究正在成为学科的成长点。汉水流域新时期小说研究在既有的研究基础上，将会出现更多整合全流域小说作家作品的研究成果，也会有一些新的研究方法被更多地引入这一研究领域。在系统、深入研究汉水流域新时期小说的同时，可以使文学批评、文学理论与文学创作形成良性互动。汉水流域新时期小说研究经验的积累，将为汉水流域诗歌、散文、戏剧等文学体裁的研究奠定坚实的资料、方法论基础。汉水流域新时期文学的分文体研究，必将过渡、升华到全流域现当代文学乃至古代文学的系统性研究。

对汉水流域新时期小说的研究，将会大大推动汉水流域文学研究，凸显汉水流域文学在中国文学版图中的独特地位和价值。同时，可以丰富和深化既有的中国现当代文学研究，为地域文学研究乃至整个现当代文学研究提供新的思路和角度。

采用地域文学的研究视角和思路，对汉水流域新时期小说展开的系统研究，将会突破传统文学研究的单一线性思维，转向文学空间研究的新方向。这样的研究将会在如下方面显示出它的价值和意义。首先，通过汉水流域新时期小说全流域的考察和研究，可以对汉水流域新时期小说形成一个全面、深入的了解和认识。其次，汉水流域新时期小说的全流域研究可以为建构汉水流域文学创作与研究良性互动的文化生态环境作出贡献，促进本流域文学创作的繁荣。再次，对汉水流域新时期小说的民间文化资源的挖掘，可以使本流域独特的民间文化得到更有理论深度的阐释和发扬。最后，还可以进一步提升汉水流域文学与文化的知名度，丰富本流域旅游文化的内涵，促进当地旅游经济的发展。

一般的地域文学研究，多是以现在的行政区划为单位。这种做法存在诸多隐忧。首先，以当代政区作为划分文学地理的单位，忽视了山脉、河流、湖泊、气候等自然地理因素在文学地理单元形成过程中的重要作用。其次，这种做法忽视了民族、宗教、语言、生产方式等人文地理要素对文学的影响。再次，这种做法忽视了历史上政区变迁对于文学分布的内在影响。有的地区，与以前所归属的政区有着更密切的联系。政区边界重新划分后，它与新的政区的关系更为密切，地域特色也有所偏移。最后，这种做法忽略了同一政区之内文学的差异性与复杂性。一省之内，南北两端的文学，有时与紧邻省份的相似性反而大过与本省中心地带文学的相似性。政治和权力无法成为文学地理学区域划分的最具权威性的标尺。比如国家和地区之间的界线，人文疆界不但常常不如行政疆界清晰，二者之间也很难"严丝合缝"般地重合。我们应该清醒地意识到以行政区划作为文学地理单位的上述弊端。

以江河流域等地理单元为分区的地域文学研究，可以矫正以行政区划为单元的地域文学研究的种种弊端。以汉水流域为例，虽然这个流域在行政上主要分属陕西、湖北、河南三省，但流域内新时期小说作家的创作却显示了更多共同的特色，具有某种整一性。汉水流域新时期小说，有一些很有地域特色的题材叙事，单独地看，外地或者也有，但是作为一个题材体系或系列，在全国的当代小说中可以说是独一无二的。

比如土匪题材，这是汉水流域新时期小说中较为常见的。汉水流域因为远离政治中心，居民又少受宗法制的约束，一遇政局动荡或天灾人祸，为生活所迫，很容易选择聚众揭竿而起或占山为王。这方面如姚雪垠、贾平凹、王蓬等人都有涉猎。汉水流域新时期小说中的狩猎题材也较为常见。由于本流域的地理条件、生态环境优越，山林茂密，生态良好，居民们靠山吃山，打猎一度是他们的重要生活方式。贾平凹的《怀念狼》、王蓬的《山祭》就表达了作家对于狩猎这种即将逝去的生活方式的缅怀。码头以及水运生活也是汉水流域新时期小说的重要题材。王雄小说中的襄阳、贾平凹笔下的龙驹寨、京夫笔下的八里小镇，都是汉江或汉江支流边上的码头。汉水流域的人们逐水而居，因水而聚，码头以及在码头基础上形成的街镇、城市是人们重要的生活场所。即使是汉正街的商业文化，实际上也是码头文化的一种高级形态。

当然，汉水流域新时期小说，不同省份的作家，除了本流域的共有特色之外，也受到了各自所在省份主流文化的影响。如陕南作家与陕西文学、关中文化的关系，南阳作家与河南文学和中原文化的关系，荆襄、武汉作家与湖北文学、荆楚文化的关系，都是相当密切的。同时也应该看到，即使是同一个地域的作家，文学创作也往往既有共同特点，又有个性特征。同样受地域文化影响，有的作家受地方民间传说的影响较大，有的受地方戏曲影响较大。汉水流域上游与中下游、汉水干流谷地与较大支流流域之间的小说，也都具有相当明显的差异。因为在新时期，作家获得文学营养的来源更加多元化，尤其是受到外国文学的影响更加容易。例如贾平凹，就不能仅仅用商州作家或陕西作家的视野来看待他，他在很大程度上已经超越了商州和陕西。这些同一流域内作家创作上同中有异、异中有同的特点，显示了同一地理单元文学内部的丰富性与复杂性。

在汉水流域新时期小说研究中，在地域作家与文学地域性的关系问题上，我们力图超越"地理决定论"的局面。文学的地域性不仅仅包括与地理相关的题材特点，更有与地域相关的生产生活方式、文化传统、精神气质、语言诸多方面。因此严家炎先生指出："地域对文学的影响是一种综合性的影响，决不仅止于地形、气候等自然条件，更包括历史形成的人文环境的种种因素，例如该地区特定的历史沿革、民族关系、人口迁徙、教育状况、风俗民情、语言乡音等；而越到后来，人文因素所起的作用也越大。确切点说，地域对文学的影响，实际上通过区域文化这个中间环节而起作用。即使自然条件，后来也是越发与本区域的人文因素紧密联结，透过区域文化的中间环节才影响和制约着文学的。"① 这说明，即使是同一个省份，同一种地貌、气候、文化板块之内的文学，也不会仅仅因为地理要素的相似而成为铁板一块。

汉水流域新时期以来，有大量的小说写作者，他们构成了中国文学生态的重要组成部分，对地方文学氛围的营造起到了非常积极的作用。但是，他们中大部分的影响范围只局限于地方性的文学圈子，写作的技巧和艺术水平还处于习作阶段。为此，在具体的研究思路和方法上，我们把研究的重心由过去的区域性知名小说作家转向全国著名作家及其经典性作品。这样做是为了更为集中和突出地展示这一地区的小说价值与成就。在写作的过程中，本书主要选取汉水流域新时期小说的陕南、河南南阳、湖北武汉三个代表性的板块，以专章的形式逐一加以介绍。对每个板块中的部分代表性作家，则列专章专节，单独介绍。

----

① 　严家炎：《20 世纪中国文学与区域文化丛书总序》，《理论与创作》1995 年第 1 期。

第一章

新时期陕南小说

第一节　新时期陕南小说概述

　　汉水发源于陕西南部，它的上游横穿陕西南部的汉中、安康两市，陕西南部商洛市的大部分区县也都属于汉水流域。"陕南地处我国南北过渡的中间地带，特殊的地理位置决定了它特殊的地域文化特色。从远古时期一直到近代，这一地区始终在人口的不断迁徙运动中起伏跌宕。尤其是明、清两代，陕南成为以湖广、闽粤为主体的全国性大移民的焦点，一场跨世纪的移民运动猛烈冲击着这块古老而神奇的土地，各种地域文化在这里碰撞、融合、交叠、沉淀和重新排列组合，使之呈现出一种奇异的文化现象——这就是华夏文化的各个组成部分（巴蜀文化、荆楚文化、三秦文化、吴越文化、岭南文化乃至齐鲁文化等）在这里交相辉映的多元化特色。"① 陕南历史上文化积淀深厚，农耕文明发达，人民勤劳智慧而富有开拓精神。历史上曾产生过多位文化名人，如出使西域的张骞（城固人），禅宗七祖怀让（安康人）、辅佐汉惠帝的商山四皓（隐居商洛）。文学史上这一地区也有可圈可点之处。历代文人骚客，诗文大家，如李白、白居易、韩愈、杜牧、陆游等曾先后寓居或途经陕南，留下了大量脍炙人口的千古佳句。新时期以来，陕南的小说创作蓬勃发展，以贾平凹、王蓬、京夫、方英文、孙见喜、李春平、丁小村等为代表的陕南作家创作了大量脍炙人口的小说作品，在国内外读者

---

　　① 　陈良学：《湖广移民与陕南开发》，三秦出版社 1998 年版，第 1—2 页。

中产生了广泛的影响。本节将对陕南新时期有代表性的小说作家分地区加以介绍。贾平凹和王蓬另有专章专节介绍，本节中就不再重复。

汉中地区新时期的小说，无论是长篇小说还是中短篇小说，成果都比较多。比如，在长篇小说领域，除了王蓬的《山祭》《水葬》之外，还有寇挥的《想象一个部落的湮灭》，陈兴云的《机关》，刘建的《高粱叶子青》《青泥何盘盘》《戏葬》，闫丰的《陕北后生》，段继刚的《昨夜青鸟》，周俊的《真爱无言》，张树岗的《碧落黄泉》，杨建中的《长恨歌全传》，周吉灵的《二奶》，周中柱的《三宗祠》，蔡嘉俊的《巴山荒流》，程文徽的《女巫的魔法》，张今悟的《浮云》三部曲，宁慧平的《桃之夭夭》，刘诚的《十面埋伏》等。中短篇小说领域，丁小村短篇《玻璃店》《解剖》先后首发于《飞天》《延河》，被《小说选刊》等转载，收入《全国优秀短篇小说选》。镇巴作者陈军曾在《十月》发表中篇小说《古栈道》；青年作家陈宇昆出版了中短篇小说集《上海沦陷前夜的酒吧》；周俊出版了短篇小说集《唐卡》；张芳出版了中短篇小说集《情归苏东坡》。王汉喜则发表了一批市井味很浓的短篇小说。下文逐一简要介绍丁小村、寇挥、刘建、朱军、陈兴云和闫丰六位小说家的创作情况。

丁小村，1968 年生，原名丁德文，陕西西乡人。陕西师范大学中文系毕业后，曾在西乡县一中任教多年。现为汉中文学双月刊《衮雪》杂志执行主编、陕西省作协理事、汉中市作协副主席。丁小村的短篇小说有《秋色苍茫》《玻璃店》《微醉的周末》《解剖》《少年与刀》等40 余篇，中篇小说有《小人物》《给少女薄荷》《纪念我的朋友周迅》《哑巴的儿子红树》《流窜》《谁在深夜唱歌》《别丢掉你的女人》等十余篇。在目前定居汉中的小说家中，丁小村是最有实力的翘楚之一。他的文学修养比较全面，曾广泛涉猎和汲取古今中外的小说理论与技巧。丁小村早期的小说《玻璃店》初刊于《飞天》1997 年第 7 期，《小说选刊》1997 年第 10 期转载之后，又被选入中国作协选编的《1997 中国年度最佳小说选·短篇卷》（漓江出版社 1998 年版）。《玻璃店》显示了丁小村在小说写作起步期即具有很高的水准。这部小说写的是一个小县城里的一桩冤案。小说以第一人称叙事角度，讲述了"我"与玻璃店店主女儿小小之间的故事。"我"暗恋小小，试图在小小被强暴后安慰和帮助她，却被误会为强奸犯。小说以这样的一段文字结尾："我真的有些痛恨这个世界，对待玻璃，它是多么粗暴。"表达了作者对于美好心灵被亵渎的无奈。中篇小说《纪念我的朋友周迅》与《玻璃店》一样充满了细腻的生命体验，这部小说很像一部当代版的《孔乙己》。小说中的主人公周迅，本名鲁卫明，是一位文学爱好者，因为崇拜鲁迅而取笔名周迅。他执着于个人的文学理想，凭直觉对文学有着令人叹服的真知灼见。主人公在现实生活中疾恶如仇，不识时务，最终死于非命。小说既有对周迅的同情和惋惜，也有对庸俗文人投机钻营的不齿和对乡村邪恶势力的责难。

寇挥，1964年生，祖籍河南许昌，出生于陕西淳化，卫校毕业后曾在汉中市北郊的汉江职工医院任职。1997年离开汉中，现为陕西文学院签约作家。虽然寇挥许多有名的作品都是在离开汉中之后发表或出版的，但他从一个医生变为一个作家的转向却是在汉中开始和完成的。他先后著有《想象一个部落的湮灭》《北京传说》《开国》等多部长篇小说。长篇小说《想象一个部落的湮灭》和《北京传说》分别获首届柳青文学奖新人奖、第三届柳青文学奖优秀长篇小说奖。首届柳青文学奖给《想象一个部落的湮灭》的授奖辞为："寇挥长篇小说《想象一个部落的湮灭》显示了作者惊人的想象力和对于小说艺术的大胆探索精神。作品中的人物形象朴拙而又神奇，如梦如幻。其中描写狗部落处理死者尸体的章节，笔法夸张、幽默，使读者恍如回到了拉伯雷时代，堪称神来之笔。"第三届柳青文学奖优秀长篇小说奖给《北京传说》的授奖辞为："《北京传说》用旺盛丰沛的想象力，创造了一幅幅关怀孤独无助的弱者，反对邪恶专制的魔鬼的图画，用深厚的忧患意识，高超的诗性智慧，描摹了人类争取自由的艰难与悲壮。"除了长篇小说之外，寇挥还有中篇小说《长翅膀的无腿士兵》入选《1999年最佳中短篇小说》，短篇小说《黑夜孩魂》入选《21世纪小说2002年度最佳小说·短篇卷》。

刘建，1956年生，河北沧州人，现居汉中，已经出版长篇小说三部，是汉中文坛不断推出新作的一位很勤奋的小说家。2005年出版长篇小说《青泥何盘盘》，2007年出版长篇小说《高粱叶子青》，2011年出版长篇小说《戏葬》。《青泥何盘盘》以宁强县青木川地方豪绅魏辅堂的故事为原型,讲述了青泥镇"土皇帝"郑天龙当政 20 年的一段兴衰史。小说除塑造了郑天龙、赵葆萍、刘维成、韦涉华、郑望堆等人物形象之外,对青木川的历史掌故、风土人情等也非常熟悉。《戏葬》以民众怒杀洋教士和康家老爷寻刀两条线索展开故事情节,通过主人公傻子李一的视角展示了汉中人热爱家乡、热爱生活、追求爱情、坚持正义的人格魅力和人文精神。小说在语言上多处使用汉中当地的俗语和土话,随处可见汉中民俗风情的描摹,具有一种悲凉沉重的历史感,是刘建目前最为圆熟的作品。

朱军,1963 年生,陕西南郑人,就职于汉中市地税局,业余时间从事文学创作。多年来笔耕不辍,先后出版了《私奔》《码头情话》《俗世之吻》《顾长海的激情生活》《水乡事》和《伊人伊人》六部中短篇小说集,《寻梦》《四季书》和《厚土》三部长篇小说。朱军的小说多讲述发生在汉江河两岸本乡本土的原生态故事。2011 年出版的长篇小说《厚土》是朱军小说艺术探索的新成就,仍然延续了他讲述汉江两岸故事的传统。《厚土》以汉水河边的小村庄马坊的历史变迁以及马坊人民半个世纪以来的命运沉浮为主线,塑造了郑一民、李庆豪、朱永春、李沛丰、韩文、李庆梅、李娟等众多人物形象,寄寓了作者对于家乡在现代化进程中所消逝的一切美好事物的怀念。

陈兴云,陕西南郑县委组织部干部,汉中市作家协会副主席。2011年在湖南文艺出版社出版了长篇小说《权力》。作品以地级市日泉市机关为中心,从市长李强因车祸骤然死亡,原阳清市市委副书记柳子奇调任日泉市代市长为开端,多角度、多方位、多层面地描写和再现了波澜壮阔的现实生活,复杂多变的机关风景,错综交织的人际关系与缠绵悱恻的男女情爱。涉及的人物有市委书记苏阳波,常务副市长温一达,市委组织部部长诸葛计,日泉市的重要人物何国禄、郑守正、彭寿谦、肖东辉、甘骆,以及两位女性楚云、楚雨等。除此之外,还有省委书记陆鸣一,省委副书记崔君里,常务副省长谢琨山,省委组织部部长郭战凯,省纪委副书记王虎林等。主人公柳子奇在遭遇了地方势力的顽症,改革发展的艰辛,仕途生涯的无奈之后,晋升市委书记受挫,不得不惆怅满怀地离开了日泉,也远离了他一生本该张弛辉煌生命力的政治舞台。作者对官场的体察和描写均比较到位,因而在小说中能够做到对于基层官场明争暗斗的权力倾轧给予近于原生态的表现。

闫丰，汉中市委党校调研员、副教授，曾在各类报刊发表文章 50 余篇。他在从事理论研究工作的同时，创作了长篇哲理小说《陕北后生》。《陕北后生》讲述了以陕北农村青年王自强、吴霞等为核心的一群人在"文化大革命"年月里与命运抗争，不甘沉沦，在生活和政治的旋涡中搏击的故事。主人公王自强在逆境中克服困难、与命运抗争的奋斗历程很能给读者一种向上的精神力量。

安康地处陕西省的最南端，与鄂、渝、川三省市相毗邻，境内秦岭巍峨、巴山苍莽、汉水中流、河溪纵横。安康的宗教信仰深受道教影响，民间文化深厚发达，人民的想象力丰富。"大跃进"时期曾经产生过《我来了》等全国知名的新民歌。安康新时期以来出现了一大批在全国或全省有影响的小说家。下文简要介绍其中比较有代表性的几位。

马建勋，1952 年生，出生于中国陕西省西安市灞桥，毕业于武汉大学首届作家班、西北大学研究生班，曾在新疆从事新闻、文学工作多年，1987 年调陕西省安康地区，历任该地区文联主席、作协主席。著有长篇历史小说《国魂——林则徐流放》《国殇——林则徐之死》《无冕之王》。《国魂》是马建勋的长篇处女作，也是安康的首部长篇小说。

张虹，女，1955 年生，生于陕西省城固县，幼年成长于美丽的南沙河畔。1978 年毕业于汉中师范学院中文系，留校任教不久后调入安康地区文艺创作研究室工作，现为陕西省作家协会副主席，安康市作家协会主席。80 年代开始发表《野梅子》《野豌豆》《野菊花》等文学作品。出版的中短篇小说集有《黑匣子风景》《魂断青羊岭》《等待下雪》《天堂鸟》和《都市洪荒》等。作品曾入选《小说月报》《小说选刊》《中篇小说选刊》《中国年度最佳小说短篇卷》《21 世纪年度中篇小说选》等刊物或小说选本，曾获首届吉元文学奖、首届柳青文学奖、第四届特区文学奖等奖项。张虹的小说产量较多，题材也比较广泛，既写农村的男欢女爱，也写高校的情感纠葛。可以说，对真爱和精神家园的探求与追寻，是张虹小说的重要主题。代表性的作品有短篇小说《雷瓶儿》、中篇小说《魂断青羊岭》《等待下雪》等。

陈长吟，1955 年生，安康大同镇人，1980 年毕业于陕西师范大学中文系，分配至安康地区文艺创作研究室工作，曾先后担任《汉江文学》杂志主编，安康地区作家协会副主席。出版中短篇小说集《风流半边街》，作为"汉水风情系列"之一，讲述发生于汉江两岸的爱情婚姻故事，充满了汉江两岸秀美风光和独特乡风民俗的展示。例如，该集中的同名小说《风流半边街》，讲述的是美院学生冉丹青利用暑假到汉江上游的半边街体察风土民情，与街上各种人发生的故事。一开始，冉丹青住在一家名为"七里香"的小店里，少妇趁夜间潜入屋内向他"借种"，被冉丹青愤然拒绝。小说对在"阴盛阳衰"压力下而"借种"习俗的表现很有分寸。汉江流域有的不孕妇女为延续后代而向外人"借种"，这种在当地习以为常的做法，更多透露的是当地人民面对无奈命运时的圆通生存智慧。

傅世存，1955 年生，安康恒口人，1985 年开始发表文学作品。中篇小说《汉王城旧事》获 1990—1992 全国农村题材小说大赛一等奖。1996 年出版中短篇小说集《世事茫茫》，1999 年出版长篇纪实小说《人生苦旅》，2007 年发表长篇小说《陨落》。傅世存的小说常常以道德评判作为切入点，表现秦巴山区人民的精神世界，同时也寄寓着作者对于人性善恶的思考。中长篇小说《陨落》取材于安康的一段真实历史故事，主要角色都有人物原型。它以恒口镇一支民间武装力量的兴衰为情节主线，成功塑造了邱正德这个血肉丰满、个性鲜明的平民英雄形象。邱正德出身贫苦，本想通过辛勤劳动过上有尊严的生活，但是整个社会的黑白颠倒、弱肉强食让他意识到只有反抗才有出路。他揭竿而起，占山为王，拉起了一支千余人的队伍。后来在地方势力的围剿和绥靖之下接受改编，交出枪支。小说对邱正德这一平民英雄，既不拔高，也不贬低，而是真实地写出了他性格中的复杂性。小说对安康恒口方言的运用信手拈来，增添了小说语言的表现力与地域特色。

丁文，1940 年生，安康紫阳县人。20 世纪 60 年代初开始业余文学创作。1979 年连续发表了《招工》《爱情的天平》《"不管部"部长》《离群索居的人》等小说。80 年代中后期，纯文学的热潮逐渐退去，丁文开始转向通俗言情小说，写作了《女推销员之死》《情系蘑菇台》《丝路艳谍》《乱世荒岛恋》等作品。他的通俗小说情节曲折离奇，善于运用悬念，很能吸引读者眼球。

王晓云，女，1977 年生，陕西省岚皋县人，陕西省作协文学院首届签约作家，上海文学创作中心注册作家，供职于陕西安康市文艺创作研究室。曾在《上海小说》《小说界》《钟山》《时代文学》《北京文学》《延河》《清明》等刊物上发表中短篇小说多部。出版长篇小说《梅兰梅兰》，中篇小说《上海的苏》，中短篇小说集《飞》，长篇纪实文学《读懂浦东》《重庆人在上海》《河流与山的秘密》《安康双创》等。

　　李春平，1962 年生，安康紫阳县人，20 世纪 80 年代初开始文学创作。1995 年来到上海，因为生活视野的突然扩大，他开始关注外地人与上海现代化进程的关系。1996 年由上海文艺出版社出版的长篇小说《上海是个滩》，写外地人在上海浦东创业的故事，充满了改革的激情与人生的苦乐。这部小说很快引起轰动，使得李春平声名鹊起。李春平小说创作获得认可，是从上海开始的。他在上海的第一部中篇小说《玻璃是透明的》，写了一个外来妹小丫子，凭着自己的美貌赶走了原来的老板娘，自己当了老板之后，又辞退了她打工时的知己，也是知道她秘密最多的朋友。从表面上看是饭碗之争，实质上是写外来打工者在上海的生存压力和在饭碗竞争面前人性的残酷。除了《上海是个滩》、《玻璃是透明的》之外，还著有长篇小说《上海夜色秀》《我的多情玩伴》《奈何天》《步步高》《情人时代》《领导生活》《玫瑰花苑》，中篇小说《巴山骗匠》《城市的一个符号》《大上海的小爱情》《郎在对门唱山歌》，短篇小说《恰同学少年》《遭遇老同学》《幺鸡、七条、白板及其他》等。李春平的多部作品已经被改编成话剧或影视作品，如《上海是个滩》被改编成同名话剧剧本，《玻璃是透明的》《郎在对门唱山歌》被改编成电影，《城市的一个符号》被改变成电视连续剧。

　　李春平的小说创作，从题材上可以大致分为三类。第一类是反映外来创业者或谋生者在上海的苦乐辛酸，如上文提到的《上海是个滩》和《玻璃是透明的》；第二类是所谓的官场小说，如《奈何天》《步步高》和《领导生活》；第三类是对家乡紫阳的回望与反哺，如《巴山骗匠》和《郎在对门唱山歌》。有学者这样评价李春平的小说创作："他站在中国改革开放的前沿地上海反观安康的世事风云，重新审视他以前熟悉的人和事，使他的长篇小说能将浓郁的地域风情和强烈的现代意识融为一体，有力地推动了安康当代长篇小说的发展，使安康当代长篇小说呈现出崭新的面貌。"①

商洛位于陕西省的最东端，是陕南三地区中离关中最近的地方。因为与河南、湖北接壤，文化上具有中原文化、秦文化和楚文化交汇、融合的特点。这里在历史上是重要的南北交通要道和移民聚集的地区。商洛有诸多散落在民间的文学素材，像秦楚交兵、楚汉大战的战争传说，历代革命运动如赤眉、绿林、黄巾、红巾、黄巢、李自成、太平天国等农民起义都与这片土地有着密切的联系。商洛的山民们常常通过有趣的故事表现他们的幽默感，寄寓他们达观的生活态度。新时期以来，商洛涌现了一大批以贾平凹为代表的优秀小说家。下文简要介绍除贾平凹之外影响较大的几位作家。

方英文，1958 年生，陕西镇安人。1979 年考入西北大学中文系，大学期间开始文学创作。1983 年 7 月大学毕业后，方英文被分配回商洛地区文化系统，成为地区文化馆的一名普通干部，主要从事群众文艺创作的组织、辅导工作。此后的 10 年间，方英文一边在商州工作，一边继续他的文学创作。在商州期间，方英文写作了近 200 万字的文学作品，并把他的主要精力集中在中短篇小说创作上。1990 年之后，方英文的创作重心由小说转向了散文，但依然不时有小说问世。先后出版了《方英文小说精选》、长篇小说《落红》和《后花园》。

方英文的第一部长篇小说曾以《冬离骚》为题在《华商报》上连载，2002 年由长江文艺出版社以《落红》为题出版。这部小说很快在文坛和读者中引起了较大的震动，2006 年获首届柳青文学奖。小说主要写主人公唐子羽的人生悲喜剧。唐子羽这个百陵市的副局长，是一个"没用的好人"，与屠格涅夫笔下的"多余人"和郁达夫笔下的"零余者"有着很多相似之处。他虽然身在官场，却对政治不感兴趣。已经四十多岁，却仍然困惑于人生的意义。有研究者对唐子羽这一人物形象作了如下概括："唐子羽骨子里傲气十足，对生活的需求近乎于梦想般完美，自负自信中隐藏着小聪明，因而鄙视世俗人生和权贵。鄙视归鄙视，心又不得不生活在其中，经受其给精神和心灵上带来的痛苦。他好谈风月进而寻花问柳，结交一帮穷酸朋友在一起发牢骚，为朋友帮忙尽

---

① 戴承元：《安康当代长篇小说简论》，《安康学院学报》2007 年第 3 期。

是真情，与情人调情、与妻子做爱却虚情假意，甚至是出于无奈。面对死亡，亦显示出人生也网中，死亦网中，似一只小飞虫，始终逃不脱一个网字的惆怅和无奈。在生活与个性的矛盾折磨中，唐子羽变成了一个连自己也说不清楚该怎样生活的人。这种主观上的不清醒，导致了他一步步退向迷惘和彷徨，既恶谑别人，也糟蹋自己。"① 唐子羽因为上交的学习体会中无意中夹了一个黄段子，被检查组发现，从此丢了副局长的职务。虽然看起来像是一场意外，其实也是唐子羽性格发展的某种必然。唐子羽丢官后不被妻子理解，在小说的结尾，他来到自己的墓前，独自潸然泪下。

唐子羽的朋友朱大音，可以看作唐子羽形象的某种补充。朱大音对于唐子羽来说，既是他的朋友，又是他的仆人。朱大音满身毛病，忠厚而狡黠，却能为唐子羽的事情鞍前马后地奔波。唐子羽难过的时候，最想找的人是朱大音。小说为读者揭示了一种非常普遍的"男性"之间亲近却并不平等的朋友关系。小说中还有两个女性形象：一个是唐子羽的妻子嘉贤，其热衷于功名利禄，与丈夫淡泊名利的观念完全对立。唐子羽对妻子不冷不热，两人之间只是维持着婚姻的名分。另一个是唐子羽的情人梅雨妃。唐子羽并不想与梅雨妃结婚，只是把她作为一个热烈的情妇，与她若即若离。梅雨妃是唐子羽这类男性对于婚外"爱情"理想的一个具体体现。

长篇小说《后花园》以主人公宋隐乔离开西安、回到西安、再次离开西安为情节主线，讲述了他寻找精神后花园的旅程。宋隐乔是高校的一名讲师，讲课深受学生喜爱，却一直未能评上副教授职称。他厌倦了现代都市的喧哗与浮躁，乘坐一列试运行的火车前往陕南。半路上，因为内急趁火车临时停车下来方便，结果被火车抛弃。随后，宋隐乔分别与乡村妇女珍子、美女罗云衣邂逅。这两个女性让他认真思考人生、婚姻、女人对于他的意义，唤醒和重塑了宋隐乔的灵魂。宋隐乔的故事与小说中其他人物，如博士生郑温酒、老光棍楚朝亭、日本姑娘松下泉子、韩国女研究生忘莲等人的故事一起，表达了现代人对于精神后花园

---

① 马玉琛：《当代多余人——方英文〈落红〉中唐子羽形象评析》，《西安财经学院学报》2003 年第 2 期。

的普遍追求。

　　孙见喜，1946 年生，商洛市商州区人。1970 年毕业于西安工业学院精密机械设计系。历任河南镇平三五八厂助理工程师，西安解放军1001 厂科研室工程师，陕西人民出版社、华岳文艺出版社编辑室主任，太白文艺出版社二编室主任、副编审。1978 年开始发表作品，出版了小说集《望月婆罗门》（1992）、长篇小说《山匪》（2005）等作品。

　　《山匪》以 20 世纪二三十年代陕西的风云变幻为时代背景，讲述了陕西商州苦胆湾孙老者一家的悲惨遭遇。小说中的普通百姓及各色人等在时代的莫测变迁中，仅为生存温饱这一简单的目标而身不由己地卷入种种无休止的谋算与争斗，最终各自饮恨收场。以孙氏家族在 20 世纪二三十年代的惨痛遭遇为情节主线。小说的主人公孙老者在前清是县衙执水火棍的差役，辛亥革命后回乡主持公益，他"爱鼠常留饭，怜蛾不点灯"，是远近闻名的大善人。他家院里大椿树上有一窝叫"葫芦豹"的黑头野蜂，孙老者把这野蜂侍候得像看门狗一样听话，后来孙老者最心爱的长孙却被"葫芦豹"蜇死，孙老者大怒，以火油烧蜂，就在蜂巢焚毁之时，蜂王用半个翅膀滑翔下来狠蜇孙老者，这个前清县衙的老差役、民初县府的大贯爷当场毙命。孙老者养了四个儿子，以农具或厨具给他们取小名，依次是大儿子火镰、二儿子锛子、三儿子镢头、四儿子擀杖。他又以儒家处世哲学为他们取了官号，分别为：承礼、取仁、兴让、文谦。这两种命名方式寄予了孙老者耕读传家的理想。孙老者的长子因为妻子十八娃的一泡尿尿在了太岁头上，而在出门时莫名其妙地身首异处，死于非命。因为家庭的变故，在外"坐铺子"的二儿子被召回来主持家政，后被推举为高等小学校长。孙老者的三儿子是个只会种庄稼的老实疙瘩。老四喜欢玩枪，进入部队后屡建战功，一路升迁，最后在军阀大战中壮烈牺牲。

　　孙家的故事与作者本人的家族经历有着很高的相似度，具有极强的纪实性。小说中的孙老者一生忍辱负重，宽厚待人，最后却被造化所弄。这位孙老者身上有孙见喜曾祖父和祖父的影子。孙见喜的曾祖父也在县衙做过事，当过差。祖父在洛南的店铺当过学徒，养成了"见冤家说散见姻缘说合"的处世哲学。祖父古道热肠，口才也不错，后来成了村里"和事"的老者。孙见喜把他曾祖父和祖父身上发生的事糅合在了孙老者身上。孙老者几个儿子的故事，也都来源于作者祖父兄弟们的经历。小说中充满了富有地域特色的传奇故事。比如，小说开头，讲述老挑贩女儿十八娃的得名，就非常出人意料。老挑贩向陈八卦求子，陈八卦让老挑贩在祖坟埋一块十八斤重的石头，之后老挑贩的老婆竟然真的生育了。老挑贩就给女儿取名十八娃。同样是这个片段，陈八卦的行踪不定，深藏不露，神机妙算，也令人称奇。小说中这样的传奇故事比比皆是，孙见喜在小说后记中表示，这是一部情节密集的小说。小说笔触细腻深沉，具有很强的可读性。但有时情节枝蔓过多，叙事不够简洁明快，给人以拖沓啰嗦之感。

姚家明，1968年生，商南县党马乡人，笔名秦汉。1991年毕业于商洛师专中文系。1998年开始文学创作，已在《北京文学》《延河》《金山》《荷花淀》《短小说》《春风》，以及《人民日报》（海外版）、《陕西日报》《华商报》《西安晚报》《中国作家报》等全国100多家报纸杂志发表小说散文100多万字，出版中短篇小说集《永远的玫瑰》《陈凤的腊月》《古渡》和长篇小说《守望》。曾获各类文学奖十余次，其中小说《村长买狗》获中国微型小说学会主办、金山杂志社承办的首届全国微型小说年度评奖三等奖。中篇小说《最后的秘密》获中国散文诗学会与《人民文学》等联合举办的"新视野"杯全国小说征文一等奖。

中短篇小说集《古渡》中的同名中篇小说《古渡》，是一首对丹江沿岸宁静单纯生活方式消逝的挽歌。小说中的叶子是一位专业作家，来到丹江的红鱼口体验生活，他喜欢这里古渡口原始的自然美。在和摆渡的山村姑娘青青交往的过程中，二人相恋。随着青青的父亲和兄弟在山西煤矿因事故而死亡，青青也远嫁湖北，叶子在第二次探访青青的时候，只能到古渡口边去祭奠已经消逝了的爱情以及小镇上古朴的生活方式。《古渡》渗透了作者对传统生活方式的怀旧情结和对秦岭丹江那片自然净土的眷恋之情。

京夫（1942—2008），陕西商州人，原名郭景富。毕业于商州师范学校，从事教学十余年，1972年进入商州文学创作研究室，从事文学创作。1985年调入陕西省作家协会，从事专业文学创作。从短篇小说创作入手，逐步到写作中篇小说、长篇小说、散文、随笔等，共发表作品 400 余万字，出版了中短篇小说集《深深的脚印》《京夫小说精选》《天书》，长篇小说《新女》《文化层》《八里情仇》《红娘》《鹿鸣》等。短篇小说《手杖》曾获 1980 年全国优秀短篇小说奖。

长篇小说《八里情仇》是京夫所有小说中知名度最高的一部，也是他的小说代表作。这部书与贾平凹的《废都》、陈忠实的《白鹿原》、高建群的《最后一个匈奴》、程海的《热爱命运》一起，吹响了 1993 年"文学陕军"东征的号角。即使时隔 20 多年，这部作品对于历史和人类命运思考的深度依然让人叹服。这部小说初版于 1993 年 1 月，全书分上下两册，60 多万字。小说描写的是发生于汉江岸上八里古镇两个家庭三代人之间的恩怨情仇。《八里情仇》从空间上看，故事只发生在八里这个古镇上。从时间上讲，它囊括了从 20 世纪 50 年代的那场饥饿直到改革开放的 90 年代初，时间跨度长达 30 年。从某种程度上讲，它以一个小镇的政治风云变幻，折射了新中国成立以来整个农村和集镇生活的方方面面。

《八里情仇》的情节围绕两个不幸的女子和四个男人的爱恨纠葛展开。两个女子一个是少女荷花，另一个是荷花父亲的情人毕淑贞。四个男人中的第一个叫林生，是荷花的中学同学，也是她的男友。第二个是王兴启，被树立的救火英雄，荷花名义上的丈夫。第三个是左青农，毕淑贞的丈夫。最后一个是杨文霖，荷花的父亲，毕淑贞的情夫。

原来在八里中学读书的荷花，因家中出现变故而辍学回家。父亲犯错误被关押，荷花要照顾重病的母亲和两个年幼的弟弟。与此同时，她的男友林生家里也受到当时政治局势的影响。为了不拖累荷花，林生提出了分手。不知实情的荷花面对家里的贫困，为了母亲和弟弟，接受了一桩婚约的 500 元聘礼，被骗嫁给因救火烧伤致残的王兴启，开始了不幸的婚后生活。荷花的不幸在很大程度上是因为左青农的存在。左青农是荷花父亲的情人的丈夫，为了报复，利用自己身为支书的权势，假借照顾英雄家属的名义，将荷花安置在食堂干活，并乘机占有了荷花。为了照顾伤残的丈夫，荷花一直忍受着这种侵害，直到遇见林生。林生为了躲避政治迫害，逃离家乡，在八里镇遇到荷花。为了帮助林生，荷花请求左青农同意让林生在食堂工作，并暂住在自己家里。王兴启是个很善良的人，他不愿拖累荷花，主动成全林生和荷花，让两个有情人结合在一起，但因外在压力又不能和荷花离婚。为便于来往，林生和荷花对外以表兄妹相称。左青农识破了林生与荷花的真实关系之后，便趁"文化大革命"之乱将林生抓住批斗。幸而林生被好友解救，再次开始逃亡生涯。毕淑贞，是小说中另一个不幸的女性形象。她在少女时代被工作队队长骗奸，后者为了掩人耳目将她嫁给了左青农。但她却爱上了荷花的父亲杨文霖，生下了她和杨文霖的女儿秋英。"文化大革命"后，毕淑贞和左青农离婚，女儿被左青农强行留下，她只身远嫁。

苦难与不幸的命运不仅仅止于这两个女人，而是延续到了她们的后代。毕淑贞的女儿秋英和金牛相爱了，而金牛是荷花和林生的儿子。为了阻止这场乱了辈分的爱情，荷花不惜去求左青农。秋英从母亲毕淑贞那里知道真相后，痛苦地退出了这不可能的爱情。金牛误以为秋英是因为知道自己母亲和林生的真实关系而离开自己，对母亲荷花和林生更加恼恨。王兴启不忍心看荷花一人肩负家庭的重任，也想成全林生和荷花，就在荷花外出时自杀了。不明真相的金牛，以为是林生所为，便怀着杀父之仇、失恋之恨刺杀了林生。金牛在知道自己身世真相后，也卧轨自杀。承受着人生巨大灾难的荷花，为了替林生尽孝，选择了坚强地活下去。小说的结尾是，在去往林生家途中的教堂里，荷花见到了以为已经死去的林生。这个"光明的尾巴"算是荷花苦难人生中的一点点慰藉。

苦难是《八里情仇》特别关注的一个主题。在京夫看来，苦难是人生的一种基本存在方式，历史的一种基本存在方式。《八里情仇》中，苦难犹如抹不去的浓雾，笼罩、弥漫、渗透其中，沉重得让人透不过气。小说临近结尾时，荷花看到纸厂烧毁后中风的左青农，"她更加不明白这人世间的事了。那样暴戾也那样强有力的人，说变就变，变得那样傻乎乎，可可怜怜；……看来这人生，这世事真是一个未知的谜。是谁主宰这人世的一切呢？吉凶祸福，生老病死，沉浮降生是前世排定还是后世天降？"这样的念头，这样的疑问，应该也会在读者脑中闪现。小说人物遭受的苦难也带领读者去思考人生，考问人性。小说的确向读者展示了人性和历史非理性的一面。小说在描写左青农的心理活动时写道："功勋总是和犯罪紧紧联系在一起，成事和败事有时简直只有一步之遥。"左青农们在"文化大革命"中的狂热，伴随的是人性私欲的膨胀。

第二节　王蓬的秦岭山地小说

王蓬，1948 年 11 月出生，原籍陕西西安。1958 年随父母来到汉中近郊农村张寨落户。1964 年中学毕业后在家务农 18 年，1973 年开始文学创作，1982 年调入汉中市群艺馆，成为专业作家，1984 年加入中国作家协会，同年进入鲁迅文学院学习，1986 年考入北京大学首届作家班。王蓬早期主要以小说创作得名，其成名作短篇小说《银秀嫂》在《延河》发表后，被《小说选刊》杂志转载，并获首届《延河》优秀作品奖。王蓬代表性的小说主要有短篇小说《油菜花开的夜晚》《银秀嫂》，中篇小说《第九段邮路》《黑牡丹和她的丈夫》，长篇小说《山祭》《水葬》等。王蓬的小说作品受到王汶石、胡采、贾平凹、韩梅村等著名作家、评论家和学者的好评。1992 年以后，王蓬的创作重心转向文化散文。出版了《王蓬文集》8 卷（中国文联出版社 2003 年版和 2006 年版）。

王蓬被认为是陕南作家的重要代表之一。贾平凹在评论王蓬时指出："大凡文学艺术的产生和形成，虽是时代、社会的产物，其风格、流源又必受地理环境所影响。陕北，原为黄土堆积，大块结构，起伏连绵，给人以粗犷、古拙之感觉，这一点，单从山川河流所致而产生的风土人情，又以此折射反映出的山曲民歌来看，陕北民歌的旋律起伏不大而舒缓悠远。相反，陕南山岭拔地而起，弯弯有奇崖，崖崖有清流，春夏秋冬之分明，朝夕阴晴之变化，使其山歌忽起忽落，委婉幻变。而关中，一马平川，褐黄凝重，地间划一的渭河，亘于天边的地平线，其产生的秦腔必是慷慨激昂之律了。于是，势必产生了以路遥为代表的陕北作家特色，以陈忠实为代表的关中作家特色，以王蓬为代表的陕南作家特色。"[1]

王蓬小说艺术的代表作当推《山祭》和《水葬》两部长篇。《山

---

① 贾平凹：《王蓬论》，载韩梅村主编《王蓬的文学生涯》，社会科学文献出版社 2008 年版，第 19 页。

祭》以宋土改与冬花的爱情故事为主线，讲述了政治运动中各色人等的不同命运。中学毕业生宋土改到观音山做民办教师，与猎户姚子怀的女儿冬花恋爱、订婚。因为政治运动，姚子怀被打成土匪、强奸犯，宋土改与冬花的婚事告吹。后来冬花嫁给庞聋得，宋土改怀着赎罪的心理，带领观音山的百姓脱贫致富之后离开观音山。这部小说成功地塑造了一系列性格鲜明的人物形象，如姚子怀、冬花、民办教师宋土改、庞聋得、原生产队长南春官、大队会计郭凤翔、运动骨干郭发丁、公社书记蔡万发、工作组长老陈等。

姚子怀是一个富有传奇色彩的猎人。姚子怀幼年时父亲被土匪杨凤冈杀死，母亲被土匪掳走，他在土匪窝中长大。成年后的姚子怀身手敏捷，头脑灵活，练得一手好枪法。后来凭着这手好枪法杀死仇人土匪头子杨凤冈。姚子怀年轻时不种不收，靠打猎为生，英俊风流，倾倒过无数山中的女人。在四处赶山的过程中，他爱上了杠子崖南光荣家的独女黑女。为了准备与黑女的婚礼，姚子怀上山打猎，同伴出了意外，被黑熊咬抓成了瞎瘫子。姚子怀为养活瞎瘫子，入赘瞎瘫子家，走了招夫养夫的路。冬花名义上是姚子怀与瞎瘫子老婆的女儿，其实是姚子怀与黑女的亲生女儿。姚子怀在向乡亲们宣布把女儿冬花许配给宋老师的"刨膛"宴会上，说过一段话："我姚子怀虽说是个粗人，也还晓得事理，爱讲个义气。一句话，要对得住人！"这可谓姚子怀个人核心价值观的宣言。

冬花是宋土改房东的女儿，小学校就设在她家。冬花初次出场时，有一段对她外貌的描写："她有张鹅蛋形的脸庞，肤色微黑，显出在山林间劳作的健美红润。一双大眼睛，黑白分明，睫毛很长，一眨眼，几乎盖着眼睛。看人时，略含羞涩，有种无所顾忌的野性。嘴唇抿紧时，显出种倔强；微张时，又带上纯真的稚气。鼻尖有点上翘，准定在爹娘面前撒娇调皮。但整个身材却丰腴颀长，给人留下稳重的印象。"冬花对新来的宋老师产生好感，直至两人在自留地旁的庵棚里定情。冬花在宋土改向她表白的时候表示担心宋以后会离开山村。后来宋土改虽然没有离开，却背叛甚至多次伤害了冬花。冬花默默忍受着宋土改给她带来的伤害，既表现出了对爱情的忠贞不渝，又显示了她在爱情面前的自尊自爱。

小说把宋土改当作淳朴山里人的对照。山里人虽然没什么文化，却待人实诚，来自平原的宋老师背叛了自己的初恋，对姚子怀落井下石，他对姚子怀一家的家庭悲剧负有不可推卸的责任。冬花与庞聋得的婚礼当天，宋土改威逼乡亲和庞聋得一起上山"护秋"，直接导致庞聋得被黑熊抓成残废。此后，宋土改希望以"招夫养夫"的方式向冬花赎罪，但遭到了冬花的拒绝。"四清"工作组陈组长找宋土改谈话后，宋土改对组织上的信任感恩戴德，每天怀着朝圣的心情，翻山越岭，到工作组汇报思想上的新认识。不但对于因此而怠慢冬花毫无察觉，反而自责不该在伟大的"四清"运动进行过程中谈情说爱。宋土改与冬花恋爱悲剧的根源，既不是自然灾难，也不是家庭干涉，更不是第三者插足，而是"运动"造成的人祸。宋土改是一个极"左"思想对头脑单纯而又追求进步的年轻人的毒害和异化的典型。他的遭遇很容易让人联想到刘心武《班主任》中的谢慧敏和卢新华小说《伤痕》中的主人公王晓华，三人的情况很相似。只不过作为少年的谢慧敏和王晓华年纪小一些，而作为青年的宋土改稍微大了几岁罢了。宋土改可以看作谢慧敏、王晓华形象的延续和补充。

庞聋得是一个与雨果《巴黎圣母院》中的加西莫多相似的人物。他面貌丑陋，却又心地善良，品行高尚。小说一开始，山下中学毕业生宋土改被派去老鹰崖做民办教师，村里派来接他的人就是庞聋得。庞聋得在冬花被蔡万发欺负后的夜晚收留了冬花，并给予冬花无微不至的照顾。冬花最终选择嫁给庞聋得，并不完全是因为爱情，而是部分地包含着对宋土改的失望。冬花与宋土改、庞聋得的爱情故事，与莫言的小说《白狗秋千架》有几分相似之处。《白狗秋千架》讲的是一个大学生回村后重遇当年的初恋爱人，但爱人已嫁给村里的一个哑巴的故事，和《山祭》一样，都讲的是爱情的阴差阳错。

郭发丁原来在庙里当和尚，娶了郭三老汉的女儿狗女子，好吃懒做，很快败光家业。郭发丁放任老婆与人偷情，以赚取吃喝、柴火。"四清"工作组希望从他身上揭开阶级斗争的盖子，他却只能提供些谁家猪圈里的猪快肥了，可以宰了吃"刨膛"之类的信息。

前大队会计郭凤翔是挑货郎出身，因躲债而由平川进入山里。他工于心计，与人共事常眨巴眼，故作糊涂。其实是争取时间，权衡利害。因为害怕山沟里读书人多了抢了他的饭碗，一方面在宋老师的工资补贴发放上推三阻四，另一方面又当面称赞宋老师年轻有为、功德无量。

蔡万发最先是乌乡集的公社书记，1964 年社教时被批判为"四不清"干部。他工作上为了搞出政绩，唯上是从，不顾群众的死活，硬要在"葫芦地"上造梯田，结果梯田被一场洪水冲毁得无影无踪。生活上作风不正，乱搞男女关系，被称为"蔡脚猪"。因为觊觎冬花已久，便先是打发姚子怀去铁路工地，再秘密除掉猎犬大黑，灌醉宋土改，在雷电风雨交加的夜晚企图侮辱冬花。

"四清"运动工作组组长老陈是一位见风使舵的革命官僚。他讲起革命理论来头头是道，凡事上纲上线。为了打开"四清"运动的工作局面，诱导宋土改揭发姚子怀。运动结束之后，宋土改去找他申诉平反，他也是官话一大套，推脱责任、敷衍塞责。

《水葬》这部长篇小说最初的名字是《三条硬汉子与一个弱女子》，这部小说中的几位主人公的关系大体可以概括为一个女人和四个男人的故事。这一个女人是翠翠，四个男人是何一鸣、麻二、任义成、蓝明堂。翠翠从小跟随母亲从宁强县流落至将军驿，在这里遇到了她生命中的四个男人。何一鸣、麻二和任义成都与她在肉体上或精神上发生过亲密的关系。邻居蓝明堂则是一直觊觎着她而从未得逞的一个男人。四个男人中写得最为生动的是任义成和蓝明堂。任义成，原本是从部队复原的军人。在回河南老家的路上经过将军驿，因为在洪水中捞木头，在密林里打死巨蟒，显露了不凡的身手，得到将军驿人们的认可，在麻二的劝挽之下落户将军驿。任义成与翠翠的相好，是翠翠麻木的婚姻生活中的兴奋剂。从下游汉江边白河小县城流落到将军驿的蓝明堂，原名黄明堂，入赘杂货店老板蓝茂源，才改名蓝明堂。他因出身杂货店小伙计，所以最会察言观色，见机行事。起初娶蓝金娥，也是无奈中的权宜之计。蓝金娥和两个儿子在毫无征兆的洪水中死于非命。蓝明堂无法接受这个突如其来的残酷打击，转而抱怨命运的不公，并把这种抱怨转移到将军驿的乡里乡亲身上。社教运动开始，蓝明堂嗅到机会来临。在运动中成为积极分子，篡夺了将军驿的领导权。蓝明堂企图利用自己的权势占有翠翠而被拒绝，改革开放之后黯然离开将军驿。

王蓬的两部长篇小说成功塑造的一批"坏人"形象，如《山祭》中的蔡万发、《水葬》中的蓝明堂，因为性格的复杂多面，显得格外真实，给人留下了极为深刻的印象。一些正面的民间英雄形象如姚子怀，中间人物形象如宋老师、麻二等也都是立体丰满，富有时代特点的。这些人物形象是王蓬对中国当代小说人物画廊的新贡献。

王蓬的小说在题材上有两个突出的特点：一是善于描摹秦岭山区的自然风物，二是善于描绘秦岭山地的民风民情。王蓬的小说大多以秦岭山地为背景，为了展示人物的生存环境，自然有不少对秦岭山区地理环境的介绍文字。例如：

> 先是向阳山坡现出淡淡的鹅黄，山溪的水日渐呈蓝，随后春阳娇憨，朗耀的日光晒在水汽氤氲的坡岭，满山野岭，草木葱茏，开起各式各样的野花。单是杜鹃，便有黄紫红白宛若彩霞。还有二月兰、白头翁、紫叶苏、野蔷薇、金丝娘、夜娇娇……多得让人叫不出名字，娇艳耐看、牵连不断，不由你不看，也不由你不喜欢。（《山祭》）

像以上这样对秦岭山地风景描写的文字在王蓬的小说中出现的频率还是相当高的。除了单纯的风景，小说中对秦岭山区动植物描绘的文字给读者留下的印象也比较深刻，让人艳羡这里的良好生态环境的同时，也深深感受到秦岭山区人民生活中人与自然和谐相处的乐趣。下面是中篇小说《第九段邮路》中的两段文字：

> 还有松鼠，这一路多极了，快看，你头顶的石缝里，就是那东西，机灵得很。一次，我看见个树洞口垒着许多核桃，我刚往前一走，核桃动了，一颗挨着一颗，全都滚进了树洞。这就是松鼠干的，它见核桃发潮，就要搬出来晒。我看着好玩，把核桃全掏出来，试着垒，怎么也垒不住；就是垒起来，一动，也常是三四个一堆塞住了洞口，怎么也比不了松鼠垒的那么灵巧奇妙，而且通风透光……

还有一次更奇特。那天，我刚翻上一座山梁，就听见一股雄浑、庞杂的声浪像潮水一样涌来，我顺声一看，天！就像哪儿开办的鸡场，足足有二三百只野鸡，正在一片地里啄食荞麦。雄的，雌的，大的，小的，全都披着五颜六色的羽毛，雄性的还拖着美丽的长尾，在阳光下一闪一闪，瑰丽极了，也壮观极了。我看得发呆，直到想起荞麦，才吆喝起来，大群野鸡扑楞楞飞起，简直像一大片彩云，低低地掠过了山坡，飘进了丛林……

秦岭的松鼠和野鸡因为数量庞大，聪慧美丽，而令人叹为观止。除了动物的多，鸟儿鸣叫的声音也是千变万化的。下面几处对鸟叫的描写是很典型的例子：

山沟里，树丛深处，也只传："大嫂——挑水去！""媳妇——洗菜去！"之类的鸟鸣。（《猎熊记》）

还有一种斑鸠大小，遍体金黄的鸟儿，叫黄巴郎。啼声特别古怪。

公的叫："荞面鸡脑壳——吱！"

母的叫："养女养祸害——吱！"（《山祭》）

还有一种酒盅大小，遍体豆绿的小鸟，在竹林间跳来跳去，啼鸣的声音特别有趣！

雌的叫："姐姐乖乖"。

雄的叫："哥哥爱爱"。（《山祭》）

在王蓬笔下，鸟鸣如人的语言一般，有多种意思，甚至融入了人类的喜怒哀乐。这里既有作者观察的仔细之功，也应当感谢当地山民对于鸟儿鸣叫的富有人情味的解读。

在王蓬的小说中，常常可以见到秦岭山地独特的生活方式以及民风民俗。王蓬小说中的正面主人公，大多有着秦岭山民们勤劳、善良的美好品格，他们坚韧而质朴，无论与本地人或外地人，大都和睦友好，绝少争强斗狠。即使是两股正在打仗的土匪，一旦听见邮差的铃铛响，都会暂时停火，等邮差过去，才又重新继续交战。猎手只需在打倒的猎物旁插上一截白木棍作为标记，即使猎物烂掉，也不会有其他人捡走。秦岭山区人民吃"刨膛"时，左邻右舍男女同欢、老少同乐，大块吃肉，痛快淋漓地大碗喝酒，过着一种原始共产主义的生活。

秦岭山区打猎砍柴的生活，看似闲云野鹤，轻松自在，实则危机四伏。猎人们经常会有生命的危险，有时是为野兽伤害，有时会被猎枪误伤。如《猎熊记》中的打山子何成龙被生活所迫，上山猎熊却误伤老表。《山祭》中瞎瘫老汉和庞聋得均是被狗熊抓伤致残，姚子怀则是打猎时被野猪咬死。这样的例子在王蓬小说中比比皆是。《水葬》写秦岭山民的砍柴放溜，不但砍柴时讲究刀法与姿势，速度与耐力，放溜时将柴禾捆扎好后，放进溜槽滑行下山的过程也是充满惊险，命悬一线。

因为王蓬小说的时代背景多是 20 世纪 50—70 年代的贫困岁月，山区人民极端的贫穷和困窘也在他的笔下被淋漓尽致地展现出来。《第九段邮路》中的乡邮员落水后在老乡家借宿，"一钻进被子，比穿着湿衣服还难受，那棉被不知盖了多少年了，又冰又硬，乌黑油腻，一股汗味，盖在身上，反而冷得人直打哆嗦"，床腿上还拴着母猪。快"五一"了，牛牛姐姐还穿着棉袄。交通的不便，信息的闭塞，从小说对第九段邮路的这段描述中可以看出来：

> 这儿太偏远了，有些人家几辈人还没接过信件。谁家要收到一封远在部队的儿子或嫁出的女儿的来信，不得了。先是翻山越岭到小学校找老师念信，接着谁碰见都要问："三老倌又来信了咗！"就象那封平信是大学录取通知似的。而收信人永远是得意满足的回答："是哟，是哟，问我腰还疼啵，他娘眼睛还好使吧。"听的人便全都肃然起敬。

王蓬笔下的秦岭山区人民，在表达爱情时，他们的方式常常是简单、真挚而又含蓄的。如《第九段邮路》中的男主人公用买来的一件新衬衫向牛牛姐姐示爱，牛牛姐姐则以把"我"唤作"哥哥"来表明二人关系的升华。没有都市言情小说中的花前月下，卿卿我我，却照样全心全意地爱着。单以人们的婚姻方式而言，王蓬就写到了秦岭山区独特的"招夫养夫"和"嫁儿留女"等习俗。他的小说对这些习俗有详细的介绍和说明：

> 　　大山里的日子是太孤寂了。一般结过婚的男女，除了自己的丈夫或妻子外，还有"相好"，粗俗的也叫"野老公"、"野婆娘"。男人们外出打山，割漆，十天半月不归。留在家的女人便约来"相好"共同打发独守一条山沟的孤寂。但自家男人回来，却又分外殷勤，加倍体贴，把丈夫当活爷一般待承，切实尽妻子和女人的好处。
>
> 　　而丈夫出外打山，割漆，又总绕着自己"相好"的一带，趁便也与"野婆娘"欢娱。但完了照样回去养家糊口，两头兼顾，并不失丈夫和父亲的职守。
>
> 　　大山里，谁与谁是"相好"是尽人皆知的秘密，没人破坏，没人指责，亦没人组织道德法庭，大家相安无事，把大山深处的孤寂日子打发过去。天晓得这是山地偏僻，寂寞所致，还是原始部落群婚模式的遗风。总之，它竟堂而皇之地存在。　（《涓涓细流归何处》）

　　姚子怀与妻子的结合，就是"招夫养夫"的结果。瞎瘫老汉原来也是一条硬汉子，因与姚子怀共同打猎时受伤，姚子怀觉得应该为此负一部分责任，就入赘瞎瘫老汉家。秦岭中这种"招夫养夫"的独特婚俗，其实是群婚制的孑遗。它既与山区人民为了适应恶劣的生存环境，谋求生命延续的本能有关，还与陕南山区的居民构成有关。因为历史上包括陕南山区在内的汉水流域，曾经是一个多次外来移民的聚集地。居民之间并无中国传统乡村社会宗法制的牢固束缚。

　　秦岭山区"嫁儿留女"的做法，与中国传统农耕文明的婚俗也大相径庭。农耕地区通行的做法是"嫁女留儿"，更加看重父系血统维系家庭的作用。而王蓬小说中靠打猎为生的居民们，因为各家各户的居住地相距遥远，社群的维系并非依靠"宗法制"，大家族的紧密关系在这里失去了维持的实际意义。既然儿子传宗接代的功能同样可以由女儿来完成，女儿又更懂得体贴和照顾年迈的父母，"嫁儿留女"自然就成了山民们的首选。

秦岭山区的居民，大多是移民的后代，来源复杂，五方杂处，因而也就没有户族宗派的束缚，人们的两性关系比较松散。费孝通在《生育制度》中写道："在很多民族中两性关系并不以婚姻始也并不限于夫妇之间，而同时特别值得我们注意的是夫妇之外的性生活无论如何自由，并不会引起婚姻关系的混乱。"① 王蓬笔下的许多男女大胆率真地来往亲热而不必遭受道德的压力和舆论的谴责，可以从这段话中得到解释。

王蓬的小说作品也展示了陕南乡村婚姻中索要彩礼的陋俗。短篇小说《竹林寨的喜日》写的是"彩礼"带给六婶一家的巨大经济压力和精神压力。六婶夫妇刻苦攒钱："长年累月，泼死亡命的出勤干活，即便地头歇晌，一个拾捆柴禾，一个也必定扯筐猪草，收工回家，男人一头钻进自留地，锄呀耙呀，今天卖出七分钱的韭菜，明天必定再卖出三分钱的大葱，凑够一角攒起来；女人更是成夜的织呀纺呀，竟用那原始的工具节约了全家穿衣的开支，每顿做饭，非抓下两把米不可，即使几天无盐，宁可淡食，也绝不拆散一元钱的整数，要等再有了零星的收入。"两人终于在十年的时间里攒够了 1000 元钱。为了给儿子德有娶亲，先是给女方送"见面礼"，再是订婚时给女方送各种时兴的衣裤鞋袜，结婚前收拾房子、做家具、办酒席，这笔钱已经几乎花光。娶亲的当天，女方反复提高彩礼的条件。先是让送去 20 斤"离娘肉"，之后又索要 60 元的涤纶衣服和 50 元的"进门礼"，又要临时多来五桌客人。这样的要求使得六婶在积蓄被敲诈干净之后，又倒欠了生产队一笔巨款。新媳妇进洞房时就为将来的分家闹别扭，终于把六婶气得晕死过去。这部小说虽然名为《竹林寨的喜日》，但读者从中读到的不是结婚时的喜庆，而是乡村婚姻陋习怂恿和裹挟下女方的跋扈和男方的无奈。小说一面表达了对六婶深深的同情，一面表达了对旧的婚俗及其背后扭曲的价值观的批判。

王蓬常年生活在汉中，小说中也经常会留下他对这座汉水上游历史

---

① 费孝通：《乡土中国　生育制度》，北京大学出版社 1998 年版，第 125 页。

名城的印象：

> 这小城虽说是陕南首府，历史上，刘邦、刘备两代帝王发迹之地；蔡伦、张骞的故里；诸葛亮、曹操都在这儿留迹遗痕，城池街道却未见势派。尤其东门桥一带老街，狭窄幽深，旧门陈窗，一走到那儿就像倒退了几个世纪，常让她想起六朝旧代的花街柳巷，心里陡升一种悲哀。（《小城情话》）

> 陕南风嫩雨柔，自古多出美女，在汉中街头徜徉，身姿婀娜，面目秀丽的女子，相遇频率之高，常使外来人惊讶不已。（《小城情话》）

> 陕南本是片秀明的山水，遍布棕榈、芭蕉、橘柑、毛竹，加之两代帝王遗迹，有不少旅游热点。要远可去秦岭深处的张良庙，那儿云遮雾绕，山岭峻秀，真可寻仙骨道风；要近可去安葬着诸葛的武侯墓，那儿山环水绕，古柏森森，颇能勾人怀古思贤；还有几处自然存于青青山峦之间的水泊，湖光山色，浑然入画，最能提人游兴。（《小城情话》）

> 这依偎在汉江畔上的小城市是太优裕了，冬天不冷，夏天不热，有米有面，四季鲜菜不断，鸡鸭鱼肉皆有，自古便为休养生息之地，是过于舒适了些。于是，便弄得人走路都懒洋洋的，缺少股阳刚劲儿。（《小城情话》）

> 陕南一带城镇，素有开夜市的习惯。早年间汉中城东门桥一带，店铺林立，字号杂陈，茶铺酒肆，赌馆妓院，很出过几个红极一时的名妓名伶。加之各种风味小吃，颇能吸引些遗老遗少、红男绿女来夜市度过些花天酒地、醉生梦死的荒唐时光。（《小城情话》）

王蓬对汉中的情感溢于言表，充满了骄傲与自豪。这些描写汉中的文字，可以看作对汉中形象宣传的最好广告词。

王蓬的小说在艺术上有一些特点值得注意。首先，王蓬善于写少男少女的初恋，把他们微妙的恋爱心理表现得很是到位、传神。《小城情话》中的杨晓帆大学时暗恋男同学，"不知不觉，她跨进教室或参加什么活动，目光总要环视一下，倘若他在，便感到充实；倘若他不在，便有种失落感。有趣的是，他的目光常迎射过来，恐慌、欣喜；完了又坦然，象什么事也没有发生。"《姐妹轶事》中石海明和宝凤："我和宝凤之间正萌发着那种感情，回来之后，我们的接触就更多了，一凝眸、一眨眼就能表达许多意思，传递多种感情，在我们最疲劳的时候，有时只需对看一眼，便都明白了互相的意思。"

王蓬小说中正面的男女主人公，多在两性方面缺乏经验。因而他们初次接触异性身体时，身体和情感的反应都很相似，如激动、羞怯、紧张等。比如下面两段描写：

　　　　她先"呀"了一声，把衣衫捧在手上看着，脊背，肩头都在明显地颤抖，猛地，她仰起面孔，紧挨在我的胸前，我清楚地看见她的嘴唇、鼻翼、眼角都在微微地颤栗，一双黑亮的眼睛里噙满泪水，热烘烘的鼻息直扑到我的脸上，我不知道她要干什么，竟有些发抖……（《第九段邮路》）
　　　　我忽然颤抖了一下，宝凤也颤抖了一下，像是坐不住的样子，她望了我一眼，脸忽然红了……我呢，鬼使神差，竟把嘴唇向宝凤伸去……真没想到，宝凤也把嘴唇向我迎来，但刚碰在一起，就像被蜜蜂叮了一下，两人都迅速分开了，都不敢再看对方，各自都看着遥远的天际，和伫立的青山，心里都感到无比的羞愧……（《姐妹轶事》）

类似的描写在王蓬的小说中并不少见。大量的相似描写也留下了艺术上的遗憾，那就是这类两性接触描写的雷同与模式化，读起来比较单调。

王蓬小说中的爱情大多属于"痴心女子负心汉"情节模式。《第九段邮路》中的乡邮员、《涓涓细流归何处》中的画家老苏，都是"才子落难"遇美人的故事套路。乡邮员与牛牛姐姐相爱，因为城里的杨丽娟的出现而提出分手。最终乡邮员良心发现，重回第九段邮路，与牛牛姐姐结为夫妻。这个"大团圆"式的结尾，真实性到底有多少，令人怀疑。《涓涓细流归何处》中的老苏离婚后到偏僻乡镇鬼见愁搞创作，在乡政府做饭的黄丫丫爱上了这个城里人和文化人，并以自己的爱给了老苏艺术的灵感与激情，使他获得了艺术上的成功。这一点很像张贤亮《绿化树》中的马樱花与章永璘。马缨花使自卑的章永璘获得了自信，重新成为真正的男人。男性相对于女性来说，总是具有某种优势，他们来自城市，受过教育，比女性的社会地位明显高出许多。他们与女主人公的相逢总是在他们遭受打击或处于人生低谷的时候，一旦社会地位恢复，内心便会产生纠结，最终作出抛弃女主人公的决定。如果说"痴心女子负心汉"中的"负心汉"往往在实际上比女性享有更优越的社会地位的话，那么《小城情话》中的男主人公任远，在与大学生杨晓帆的恋爱中，发现杨晓帆的心智和见识都超过自己，于是在赴杨晓帆家的约会前逃离。这是一个男性在强过自己的女人面前退缩的爱情故事。与"痴心女子负心汉"模式的爱情故事相比，显示了作者对另一类爱情观的思考。

相比之下，王蓬笔下的女子面对爱情时大多单纯热烈、忠贞缠绵。王蓬的同学兼好友聂震宁这样评论道："陕南女子的多情和柔弱，造成了她们易轻信，易痴情，易迷惘，易忍耐，易缄默，一句话，易受伤害。王蓬爱他的陕南女子，不独因为她们是褒姒女姿色相因的后代，更主要的还是因为这是一群受伤害的多情而柔弱的孤独的姐妹。"① 王蓬小说对陕南女子的痴情表现得淋漓尽致。

其次，王蓬的小说常用倒叙、追叙或穿插等手法，造成小说阅读中的一种历史感。小说的开始常常从现在的故事讲起，然后通过故事中的人物之口讲述出以前的故事。基础的故事是第一人称的自述体，再在基础故事的进展中穿插一些过去发生的故事。有些故事的编织手法和《一千零一夜》相似。《银秀嫂》用倒叙的手法讲述了银秀嫂与老莫之间的爱情悲剧。银秀嫂十年前开始守寡，后来到工厂食堂挑泔水认识了食堂的厨师老莫。两人互相产生好感，但婆婆和弟弟都认为寡妇再嫁是丢人的事，不同意他们的结合。老莫抑郁而死，银秀嫂也大病一场。小说通过银秀嫂和老莫跨越过去与现在的爱情悲剧，写出了乡村传统观念对人们追求幸福生活的束缚。乡村的旧观念，在改革开放之后依然根深蒂固、惰性十足，反映了乡村变化的缓慢和沉滞。《第九段邮路》中的

---

① 聂震宁：《黑牡丹和她的丈夫·序》，漓江出版社 1991 年版，第 4 页。

"我"见到牛牛姐姐时，才发现她原来是前一段时间在山路上巧遇过的一位背柴姑娘。除此之外，小说中常见对"农业学大寨""武斗""文化大革命"的追叙，"过去"的生活在王蓬小说中往往成为背景。

再次，王蓬小说对陕南民俗的描绘较多，涉及陕南人生活的方方面面。这些描绘在某种意义上构成了一部秦岭地区的"风俗志"。单是未婚小伙到女方家的"送节"，就数次出现在小说中。例如：

> 陕南乡俗，每当中秋，已定下媳妇，尚未结婚的年轻小伙都需备些刚收获的新鲜瓜果、各色礼品去丈人家做客，谓之"送节"的。（《姐妹轶事》）

而结婚时，新婚夫妇床底下要点燃一盏由七支红蜡烛组成的"七星灯"，希望它能够带来福禄吉祥，子孙兴旺。

猎人们独特的风俗与信仰也不少见。例如姚子怀用一对野羊犄角祭祀土地爷，祈求打猎时获得丰收。客人在猎人家里吃野味，主人问"吃好了没有？"客人应该回答"没吃好，下次再来"，不能回答"吃好了"，这样才能带来下次狩猎的丰收，图个口彩。

小说《山祭》中有对"锣鼓草"的描述。"锣鼓草"指的是秦岭山区农民集体劳作时有人敲着铜锣，为干活的人加油助兴而即兴演唱的一种山歌。其中既有固定的套话，如：

> 清早来，清早来，
> 清早你从哪里来？
> 旱路来嘛水路来？
> 旱路翻了几座山？
> 水路过了几个滩？

也有即兴旋编旋唱的歌词：

> 不唱山歌不得行，唱起山歌得罪人。幺女狗娃快攒劲，莫叫大伙冷了心。

这些山歌不仅让读者领略了陕南民歌的机智活泼，也了解到山民们群体劳作时轻松欢快的一面。

最后，王蓬的小说，常常寄寓了作者对历史的一些评判和思考。在行文的过程中，作者有时会忍不住借人物之口对历史作出带有情感色彩的评论。比如《山祭》中像蔡万发这样的投机钻营者，靠着欺上瞒下，邀功请赏，在历次运动中却如鱼得水，受到重用。蔡万发有一段话总结当时的检查活动：

> 检查？我在公社干几十年，还不知道啥叫检查。参观呀，检查呀，全是走过场，面子货。事先安排布置，装点门面，连谁讲什么话都是事先安排好的。参观也尽量往能见人的地方领。产量连自留地的粮食都算数；收入把群众卖鸡蛋的钱都加上……这一套鬼把戏谁没玩过？来检查的人谁又认真！油大油二、吃上一嘴，完了屁股一拍，拧身走路。回去也是灶王爷上天，尽言好事。

这段话揭示的是走过场的形式主义、官僚主义作风。虽是出自蔡万发之口，其实也是作者的意见。读者由此可以想见主持运动的是些什么样的人物，背后作者的评价也就不言而喻了。王蓬小说对极"左"路线毒害下山区农村困苦生活的描绘，与 20 世纪 80 年代初期的伤痕文学、反思文学在思想和价值观上是一脉相承的，都是对社会、历史的反思与批判。

王蓬的小说，有的叙事稍显拖沓，比如《山祭》的结尾。虽然从故事的完整性上讲，小说最后对于主要人物的结局都有所交代。但是从故事的主题上来讲，冬花嫁给庞聋得之后，小说就已经完成了对主题的表达。再写宋土改的忏悔与赎罪，已经意义不大。作者主要是为了交代结局，而非仍由人物性格、人物的冲突来推动情节发展。这也是最后一段故事的可读性较差的深层原因之一。有的语言虽然带有实验性质，效果却并不是很理想。王蓬有时会用一些超长的句子，单句长者甚至会超过 100 字。例如：

> 街道一边是各式各样五光十色贱卖处理的西裤港衫电子手表乳

罩裤衩发卡项链高腰丝袜短裙拖鞋发蜡香水口红胭脂檀香型肥皂宫廷秘方青春恢复霜一股脑儿悬着挂着拎着提着藏着躲着让人眼花缭乱口呆目瞪紧张兴奋脸烧心跳哎哟差点要晕过去了!

街道另一边是千家百户祖传正宗陕南名产地方风味笑脸招徕高声叫买的是醪糟元宵馄饨粽子麻花烧饼米粉凉皮羊头猪脑鸡心牛肝熏鸡烧鹅鸡蛋豆腐脑鱼皮花生五香瓜子黄酒香烟酸甜苦辣齐备色形味香俱全让人一看就口舌生津心里发馋去他娘的喝二两来半斤一醉方休!(《小城情话》)

这些超级长句可以表达一种感觉和印象的密集,给人一种冲击力。但是因为单句的字数过多,读起来又会有一种喘不过气来的感觉。

总的说来,王蓬的小说,代表了陕南本土小说 20 世纪 80—90 年代的较高水平。他在创作的观念和表现手法上主要受到现实主义的影响,还带着浓重的时代印记。陕南小说与世界文学更好地交融、新题材的开拓以及创作技巧的实验,还有待后起的一批更年轻的作家来担当。

第二章

贾平凹的小说

第一节　贾平凹的小说观念及其创作实践

贾平凹，生于 1952 年，陕西省丹凤县人。1972 年入西北大学中文系学习，毕业后留陕西人民出版社工作，后为西安市文联专业作家，现任陕西省作协主席。大学期间即开始创作、发表文学作品，至今已出版中短篇小说集 40 余部，长篇小说 13 部，散文集 40 余部，书画集、文论集和访谈录 20 余部，诗集 1 部，并有《贾平凹文集》20 卷出版。贾平凹是一个多才多艺的作家，但在他所有创作中，小说占了最重要的分量，也为他赢得了世界性声誉。贾平凹的小说不仅数量大，而且质量高；不仅具有自己稳固的题材领域，而且具有自己独特的小说观念和一贯坚持的艺术追求。贾平凹的小说观念自成体系，甚至形成一种小说理论。贾平凹的小说观念主要来自他的小说创作实践，而他的小说作品往往也是在其小说观念指导下艺术实践的结果。因此，要考察、研究贾平凹小说创作的一般特点与规律，对其小说观念的了解也许是很有必要的。

一

贾平凹的小说观念总体看来是驳杂的，但仔细辨析，仍有主线可寻。在作家与时代生活的关系、与文学传统的关系、小说的艺术表现形式及审美追求等方面，贾平凹是有自己比较稳定、独特的观念的。这些小说观念既指导了他当时的创作实践，对他后来的小说创作也是影响深远的。

　　贾平凹主张小说对时代生活做切近的反映。他说："作为一个时代，时代是需要艺术来服务的，艺术也是应该来反映这个时代。""纵观文学艺术史，凡是各个时期的极致作品，必是反映了那个时期的社会，也就是说具有强烈的时代精神。""一部作品深刻不深刻，标准就在是否反映了时代（精神）。""距离学是美学范畴，当然正确，但强调到反对写现实却是错误的。"① 在此贾平凹虽然是就新时期散文创作而言的，但正像他所说，"小说散文的道理在这里是一样"，因此他显然也主张小说对时代现实加以反映。在《高老庄》"后记"中，贾平凹说："长期以来，商州的乡下和西安的城镇一直是我写作的根据地，我不会写历史演义的故事，也写不出未来的科学幻想，那样的小说属于别人去写，我的情结始终在现当代。我的出身和我的生存的环境决定了我的平民地位和写作的民间视角，关怀和忧患时下的中国是我的天职。"这段话可看作小说家贾平凹对当代现实生活的基本态度，他不是回避，而是"关怀和忧患"，是切近的反映。贾平凹的小说，从写于 70 年代末的成名作《满月儿》到 80 年代中后期发表的《腊月·正月》《古堡》《浮躁》，从 90 年代初的《废都》到 90 年代末的《高老庄》，从新世纪初的《怀念狼》到最近出版的《带灯》，这些中短篇小说和长篇小说，无一不是"关怀和忧患时下的中国"的作品。

　　但贾平凹对当代现实生活的关怀和反映既是切近的，又是象征性的。在中篇小说集《小月前本》"跋"中，他说："欲以商州这块地方，来体验、研究、分析、解剖中国农村的历史发展，社会变革，生活变化，以一个角度来反映这个大千世界和人对这个大千世界的心声。"在中篇小说集《腊月·正月》"后记"中，他表达了同样的想法："以商州作为一个点，详细考察它，研究它，而得出中国农村的历史演进和社会变迁以及这个大千世界里的人的生活、情绪、心理结构变化的轨迹。"贾平凹主张小说对时代生活的切近反映，但他是想通过商州这个特定的地域切片以小见大象征性地反映整个乡土中国的时代生活变迁。这一艺术构思不仅体现在上述言论涉及的《小月前本》《腊月·正月》等一般被划入改革文学范畴的小说创作上，也体现在贾平凹的绝大部分

---

　　① 　参看蔼苕、王川编的《贾平凹散文精选》"序二"部分，太白文艺出版社 1994 年版。

商州系列小说之中。正是因为贾平凹具有表现整个乡土中国时代命运的艺术雄心，所以作为艺术表现中介或载体的商州就不仅仅是客观实存的，更是主观虚构的。贾平凹在《浮躁》"序言之一"中特别声明："在这里所写到的商州，它已经不是地图上所标志的那一块行政区域划分的商州了，它是我虚构的商州，是我作为一个载体的商州，是我心中的商州。"在《高老庄》"后记"中贾平凹也有类似声明。之所以说商州是虚构的，贾平凹也许是想强调他的小说在艺术表现上的象征性，它是象征性地反映当代生活的。

　　贾平凹小说反映时代生活的独特方式，除了以小见大的象征手法外，民俗学的视角也是值得注意的显著之处。贾平凹说："当今的文学，可以说是中西杂交的文学。如何在这一前提下走一条自己适合的路子呢？我想着眼于考察和研究这里（指商州——引者注）的地理、风情、历史、习俗，从民族学和民俗学方面入手。"① 在另一篇访谈文章中，他对所要入手的民俗学谈得更具体一些："我在商州每到一地，一是翻阅县志，二是观看戏曲演出，三是收集民间歌谣和传说故事，四是寻吃当地小吃，五是找机会参加一些红白喜事活动。"② 贾平凹的小说，尤其是商州系列小说，大量描写故乡商州山地的风俗民情，是真可称之为民俗小说的。但是民俗描写、民俗展示并非贾平凹小说创作的最终目的，他是想从民俗学的角度考察民族的性格或民族的深层文化心理。在与当代学者蔡翔的通信中，贾平凹说："一切变革，首要的是民族性格的变革，也就是不能不关注到这个民族的文化基因。""如果能深入地、详细地把中国的五言、七言诗同外国的诗作一比较，把中国的画同外国的油画作一比较，把中国戏曲同外国的话剧作一比较，足可以看出中国民族的心理结构、风俗习尚、对于整个世界的把握的方法和角度，了解到这个民族不同于别的民族之处。如果能进一步到民间去，从山川河流、节气时令、婚娶丧嫁、庆生送终、饮食起用、山歌俗俚、五行八卦、巫神奠祀、美术舞蹈等等等等作一考察，获得的印象将更是丰富和

---

　　① 贾平凹：《变革声浪中的思索——〈腊月·正月〉后记》，《平凹文论集》，青海人民出版社1985年版，第26页。

　　② 贾平凹：《答〈文学家〉编辑部问》，《贾平凹文集·求缺卷》，中国文联出版公司1995年版，第334页。

深刻。"① 由此可见，民俗描写只是中介或载体，贾平凹想借此揭示商州人乃至整个中国人的文化性格特征。这也是贾平凹所谓的从"民族学"入手的意思。

贾平凹要关注的是时代生活变迁中的民族性格特征，因此，在欣喜地看到民族性格中所谓传统美德和旺盛生命力的同时，也不能不忧虑地注意到普遍存在的国民劣根性，并加以揭露和批判。《山镇夜店》《年关夜景》《夏家老太》《下棋》《古堡》《高老庄》等小说中的山民群像，以及《浮躁》中的韩文举、金狗爹、《阿吉》中的阿吉等文学形象，他们的自私、麻木、愚昧、无知、趋利而动、畏官又媚官等心理和性格，都在作者的针砭之下。贾平凹的小说显然延续了鲁迅等五四作家所开创的文学启蒙的主题。但贾平凹似乎更关心民族品性因时代生活变迁而导致的恶化结果，对此表达了深深的忧虑。他说："历史的进步是否会带来人的道德水准的下降，和浮虚之风的繁衍呢？诚挚的人情是否只适应于闭塞的自然经济环境呢？社会朝现代的推移是否导致古老而美好的伦理观念的解体，或趋尚实利世风的萌发呢？这些问题使我十分苦恼，同时也使我产生了莫大的兴趣。所以，从《商州初录》到《小月前本》、《鸡窝洼的人家》、《腊月·正月》、《商州》，我都想这么一步步思考，力图表现着和寻找着答案。"② 贾平凹对现代化进程中质朴道德的丧失和诚挚人情的消逝充满忧虑之情，这与沈从文在《长河》"题记"中的类似担忧遥相呼应，实际上都揭示了现代社会发展过程中普遍存在的历史与道德二律背反的人类生存难题。

贾平凹要反映时代变迁中的现实生活、风土人情，进而揭示民族的性格特征，那么到底如何反映和揭示呢？贾平凹走的主要是艺术民族化的路子。他在《"卧虎"说》一文中指出："以中国传统的美的表现方法，真实地表达现代中国人的生活和情绪，这是我创作追求的东西。"在新世纪初的一篇访谈文章中，他仍主张："在作品的境界、内涵上一定要借鉴西方现代意识，而形式上又坚持民族的。"③ 贾平凹主张小说

---

① 贾平凹：《平凹文论集》，青海人民出版社 1985 年版，第 154—155 页。

② 贾平凹：《变革声浪中的思索——〈腊月·正月〉后记》，《平凹文论集》，青海人民出版社 1985 年版，第 27 页。

③ 胡天夫：《关于对贾平凹的阅读》，《病相报告》，上海文艺出版社 2002 年版，第 312 页。

创作采用民族的表现形式，但这民族形式必须经过世界性文学眼光的烛照，现代审美观念的熔铸，具有艺术表现力和生命力。因此，贾平凹在《四十岁说》一文中说："'越是民族的越是世界的'言论，关键在这个'民族的'是不是通往人类最后相通的境界去。"在《关于〈白夜〉答陈泽顺问》一文中，他重申："我不同意'越有地方性越有民族性，越有民族性越有世界性'的话，首先，这个地方性、民族性得趋人类最先进的东西，也就是说，有国际视角，然后才能是越有地方性、民族性越有世界性。"由此可见，贾平凹并非泥古不化，是一个极端保守的国粹派，而是与时俱进，具有极其宏阔的现代性的世界文学眼光。也就是说，他所采用的民族形式，既是民族的、传统的，也是世界的、现代的，是一种具有现代性的民族形式。那么，贾平凹在小说创作中都运用了哪些具有现代性的民族化形式呢？除了古代笔记小说（贾平凹的《商州初录》、《太白山记》等被看作新时期以来新笔记小说的代表作）、志怪小说（贾平凹也被看作"当代志怪"小说的代表性作家）、世情小说等文体形式和传奇笔法、白描刻画、散点透视等艺术手法的继承革新外，最引人瞩目的就是他关于意象建构的小说观念及其艺术实践——从创作方法的角度说，就是费秉勋先生在《贾平凹论》中提出的接续中国古典表现艺术体系的"意象主义"的创作方法。

二

　　贾平凹主张在小说创作中进行意象建构、意象营造，这是他最具个人特色的小说观念。如果说在《浮躁》及其以前，贾平凹主要属于传统现实主义文学创作的话，那么《浮躁》以后，他则致力于最具个性化色彩的意象主义小说创作了。在《浮躁》"序言之二"中，贾平凹说："艺术家最高的目标在于表现他对人间宇宙的感应，发掘最动人的情绪，在存在之上建构他的意象世界。"这可看作他在小说创作中进行意象建构的理论宣言。在这篇序言中，贾平凹谈及《浮躁》这部小说时说道："我再也不可能还要以这种框架来构写我的作品了。换句话说，这种流行的似乎严格的写实方法对我来讲将有些不那么适宜，甚至大有了那么一种束缚。"不仅仅是《浮躁》一部小说，贾平凹在此之前的大部分小说，基本上都是"严格的写实方法"，可归入传统现实主义文学的范畴。但《浮躁》之后的小说创作，贾平凹却执意于意象建构、意象营造了，这些小说可称为意象小说或意象主义小说。把意象建构的小说观念最早付诸创作实践，据贾平凹在《怀念狼》"后记"中所说，是在创作《太白山记》时，"第一回试图以实写虚，即把一种意识，以实景写出来。以后的十年里，我热衷于意象……"之后，贾平凹主要在长篇小说创作中实践他的意象建构的小说观念，并在一些长篇小说的"后记"及创作自述和访谈文章中进一步发挥、补充这一理论主张。

在与人谈论《白夜》时，贾平凹说道："艺术没有形而上是绝不能成其艺术的，但太抽象，也成不了艺术。如何使形而下与形而上融合在一起，是我苦苦寻觅的。正因为这样，《白夜》在具体着墨处，力尽形而下描写，在世情、人情、爱情上挖掘动人的情趣。世事洞明，人情练达，这是作文章的基础。而这一切着意的却是形而上，有具体的象征，更要整体的意象。"① 这里贾平凹提及的"形而下与形而上融合在一起"，实际上是说意象建构过程中"意"与"象"的结合。在这篇访谈文章中，贾平凹谈到《白夜》中的人物，他说："作品中的人物当然不是具体的作者，但作品中的人物无不贯注作者的思想感情，尤其主要人物。"具体来说，作品主人公夜郎，作者在刻画他时，"将一种哲学的意识和生活态度暗藏在琐碎的生活细节里"；主要人物颜铭及其他人物，"描写他的时候，愈形而下越好，这样给人以世俗感，产生写实的感觉，而在完成形而下后，一定要整体上有意象，也就是有形而上的意味"。对于贾平凹来说，作品中的人物及其琐碎的生活是形而下的，寄寓在其中的作者关于20世纪末中国人的哲学思考是形而上的；形而下的生活是写实性的，而形而上的思考则是意象化、象征性的；意与象的结合或形而上与形而下的融合，其实也就是生活写实与意象建构、意象象征的结合，或者说在生活写实中进行意象建构、意象象征。对于意象这一概念来说，意与象缺一不可。对于贾平凹的小说创作来说，生活写实与意象建构也缺一不可。贾平凹所谓的意象建构，从意象概念的内在构成来说，实际上已包含了生活中的物"象"、景"象"、事"象"等

---

① 贾平凹：《关于〈白夜〉答陈泽顺问》，《造一座房子住梦》，人民日报出版社1998年版，第146页。

的呈现，即生活写实的成分。

但是，贾平凹在长篇小说中进行意象建构时所进行的生活写实，不同于《浮躁》及其以前小说创作中那种传统的写实方法，而是一种生活原生态的还原，或生活流叙事。贾平凹在《白夜》"后记"中说："小说是什么？小说是一种说话，说一段故事……"贾平凹所谓的"一段故事"，指的是生活故事、生活琐事，或者就是指整个生活。他说："说平平常常的生活事，是不需要技巧，生活本身就是故事，故事里有它本身的技巧。"在这篇"后记"中，贾平凹虽主要着眼于叙述者及其叙述技巧——主张抛弃茶社的鼓书人、街头卖膏药人、台上作报告的领导人及下乡调查人等叙述者，及其煽情、一本正经和作伪，而采用不用任何技巧的、真实自然的家常说话方式叙述——但同时却说明了他所谓的故事并非传统的故事，而是生活本身。在谈到《土门》这部小说时，贾平凹说道："我是写革命故事出身的，开始写的是雷锋的故事、一双袜子的故事。后来我感觉一有情节就消灭了真实。碎片，或是碎片连缀起来，它能增强象征和意念性，我想把形而上与形而下结合起来。要是故事性太强就升腾不起来，不能创造一个自我的意象世界。……我大部分描写的是日常生活中的琐事，呼呼呼往下走，整个读完会有一个整体的把握。写故事就要消除好多东西，故事要求讲圆，三讲两不讲，就失掉了许多东西。写故事就会跟着故事走，要受故事的牵制。……我现在采用的这种手法，是一种聊天的方式。"① 这里贾平凹似乎想要超越小说的故事性，用生活琐事取代传统的故事，并采用聊天式的叙述方式，以建构他的意象世界。因为叙写的是生活而非故事，采用的又是不用技巧的说话式或聊天式叙述方式，所以贾平凹的小说，主要是长篇小说，呈现出如生活本身一样鲜活、真切、自然、苍茫、雄浑的审美特点。

贾平凹关于意象建构的小说观念，在《高老庄》"后记"中表达得最准确、到位，他说："我的小说越来越无法用几句话回答到底写的什么，我的初衷里是要求我尽量原生态地写出生活的流动，行文越实越好，但整体上却极力去张扬我的意象。"因此，贾平凹所谓的意象建构准确地说应该是生活流或生活化叙事中的意象建构。简言之，即生活化

---

① 雷达主编，梁颖编选：《贾平凹研究资料》，山东文艺出版社2006年版，第484页。

的意象叙事。新的小说观念及其创作实践会形成新的艺术风格、新的审美效果，关于这一点，贾平凹在《高老庄》"后记"中也说得很是明白："为什么如此落笔，没有扎眼的结构又没有华丽的技巧，丧失了往昔的秀丽和清新，无序而来，苍茫而去，汤汤水水又黏黏糊糊，这缘于我对小说的观念改变。"从有结构、有技巧到无结构、无技巧，从秀丽、清新到苍茫、混沌，贾平凹显然意识到了自己小说创作风格的转变。其实，新的创作风格、新的艺术境界何尝不是贾平凹心慕已久、苦苦追求的？早在《"卧虎"说》一文中，贾平凹就表达了对"重精神，重情感，重整体，重气韵，具体而单一，抽象而丰富"的艺术形式、艺术境界的渴求。生活化的意象叙事在一定程度上实现了他的这种艺术追求。从《废都》《白夜》等城市题材小说到再次叙写商州的《高老庄》，及后来的《怀念狼》《秦腔》《古炉》等小说，这些作品的整体风格也确实不同于此前贾平凹的小说创作。如果说《浮躁》及其以前的贾平凹小说给读者呈现的是一个单纯、清新的形象的话，那么此后的形象则是复杂难名、深沉莫测的。作为一种体证宇宙社会人生"法门"的贾平凹小说，庶几近于老子所说的"道"矣。从艺术境界的角度说，这显然是一个雄浑博大的境界。

如果说在《白夜》中——如上文所述——贾平凹有意把小说人物纳入了他的意象建构的话，那么在《怀念狼》中则又把小说情节看作意象建构的素材。在《怀念狼》"后记"中，他说："《怀念狼》里，我再次做我的试验，局部的意象已不为我看重了，而是直接将情节处理成意象。"小说中人物与情节本就水乳交融、密不可分，因此，当把人物看作意象时，人物的故事自然成为意象的构成部分，反之，当把情节处理成意象时，情节中的主角（往往仅限于主角）也不可能不具有意象的特征。如《白夜》中夜郎、颜铭及其都市人生故事，《怀念狼》中高子明、傅山、烂头及其寻找狼的故事，以及《废都》中庄之蝶及其性爱故事，《高老庄》中高子路、西夏及其回乡故事，《秦腔》中夏天智、夏天义、白雪及其乡土文化故事，等等，这些小说人物及其故事情节其实皆可看作意象。准确点说，都是作者表意之"象"，即作者表情达意的载体。

贾平凹的意象建构小说观念在创作《病相报告》时又略有发展，

他引入了西方文学擅长分析人性的特点。在这部小说"后记"中他说："如果在分析人性中弥漫中国传统中天人合一的浑然之气，意象缊缊，那正是我新的兴趣所在。"在小说后附的访谈文章中，贾平凹说道："写作完《病相报告》，其实在这部小说的过程中我就不满于自己前一时期的写作了，我的兴趣开始转移到如何分析人性缺陷上。"贾平凹所举的作品例子是《阿吉》和《猎人》两个中短篇小说。其实，他后来创作的《秦腔》《高兴》《古炉》等长篇小说，也对人性缺陷多有分析。但这些小说尤其是长篇小说，仍然延续着生活化的意象叙事方式。最近出版的长篇小说《带灯》，据作者在其"后记"中说，写法试图有所变化，但读完作品后我们觉得小说在写法上仍不脱以前那种"细节推进"或"碎片连缀"式的窠臼，也就是说，仍是生活化的意象叙事方式。

三

贾平凹不仅提出了一些很有创意的小说观念，而且更重要的是，他把这些小说观念付诸创作实践，创作了大量的小说作品，从而相得益彰，形成一道卓尔不群、引人注目的文学风景。贾平凹小说的文学史意义，从其思想内容上说，主要在于它对时代生活、时代精神执着的关注和表现，为"文化大革命"后三十多年以至新中国成立以来六十余年的当代生活变迁留下了一份忠实而生动的文学记录，这在中国当代作家中是比较罕见的，不能不引起读者的注意；从其艺术上说，主要在于它对民族文学传统的创造性转化和再造，为中国当代小说创作提供了别具一格的艺术经验，丰富了当代小说的叙事艺术。其中贾平凹关于意象建构的小说观念及其艺术实践——长篇小说创作，更是具有特别重要的文学价值和意义。

首先，贾平凹执着于意象建构的《废都》及其后的长篇小说创作，逐渐形成了贾平凹不同于其他中国当代作家的鲜明的个性特色。关于这一点，韩鲁华说道："贾平凹文学创作区别于中国当代作家的特异之处就在于：在存在之上所建构起来的审美意象世界。"① 用贾平凹自己的

---

① 韩鲁华：《精神的映象：贾平凹文学创作论》，中国社会科学出版社 2003 年版，第 31 页。

话说就是：在写《废都》之后，逐渐形成了"自己的品种"。如果说《浮躁》及其以前的贾平凹小说创作大致都可归入传统现实主义文学的范畴，与其他当代作家一样，更多时代共性的写作的话，那么其后的《太白》系列小说与《废都》《白夜》《高老庄》《秦腔》等长篇小说创作，则逐渐具有自己鲜明的艺术特色。

其次，贾平凹意象建构的小说观念及其创作实践为中国当代小说叙事艺术开拓了新的途径。鲁迅先生曾说："采用外国的良规加以发挥，使我们的作品更加丰满是一条路；择取中国的遗产，融合新机，使将来的作品别开生面也是一条路。"① 鲁迅谈的虽是木刻艺术，但同样适用于文学创作。贾平凹主要致力于后一条路。20 世纪 80 年代以来，当中国大陆作家纷纷把目光转向国外求取艺术方法的时候，贾平凹却执着于民族文学、文化传统的开掘，这显示了贾平凹过人的艺术勇气。因为回顾传统相比放眼世界，虽然也是一条艺术的生路，但却是一条充满误解与寂寞的旅程。但是，贾平凹对民族文学传统的继承更多的是一种创造性转化，是一种再造，因此其小说从表面上看似乎是旧的、传统的，骨子里却是新的、现代的。如贾平凹小说的生活化叙事，虽然延续的是明清世情小说的叙事方式——他的长篇小说《废都》被看作当代世情小说，认为它深得"红楼""金瓶"之神韵；其实何止《废都》一部小说，《白夜》《高老庄》《秦腔》等小说也都是当代世情小说的杰作——但他的小说叙事扬弃了古代世情小说说话人的口吻和章回体的外在形式，具有更多现代审美品格。再如贾平凹小说中的意象创造，往往从单纯的表意走向复杂的象征，具有如生活本身一样的多义性，满足了当代读者不同层面的审美需求。贾平凹对民族文学传统的继承和再造，其取得的突出的艺术成就，必将吸引更多当代作家投身于这条路上来，进一步拓宽当代小说的叙事艺术之路。

第三，贾平凹的意象建构小说观念及其创作实践，不仅丰富了传统的意象概念内涵，而且也丰富了中国小说的叙事理论。传统的意象概念，由"意"与"象"两部分所构成，其中"象"主要指自然物象。

---

① 鲁迅：《〈木刻纪程〉小引》，《鲁迅全集》第六卷，人民文学出版社 1981 年版，第48 页。

贾平凹的小说创作，除了自然物象外，把人物、情节等也纳入他的意象建构中，同样看作寄寓着作者形而上之"意"的形而下的"象"，这样他就扩展了意象表意的取材范围，丰富了传统的意象概念内涵。贾平凹小说的意象建构也丰富了中文小说的叙事经验、叙事理论。当代著名学者杨义曾说："研究中国叙事文学必须把意象、以及意象叙事方式作为基本命题之一，进行正面而深入的剖析，才能贴切地发现中国文学有别于其他民族文学的神采之所在，重要特征之所在。"① 杨义立意于建构具有民族特色的"中国叙事学"理论，贾平凹创作的大量的意象小说正好为这一叙事理论提供了典型的例证。不仅如此，贾平凹关于意象建构的小说观念也丰富、发展了这一叙事理论。如贾平凹强调在意象建构中要具有国际视角或世界性文学眼光，要进行人性分析，以及对作品浑然多义和深阔博大境界的追求，等等，都具有自己的理论个性特色，显然推进了这一小说叙事理论。

贾平凹的意象建构小说观念及其创作实践也并非完美无缺，而是有它的缺陷和问题的。具体来说，主要有以下两点：

其一，贾平凹小说的意象建构往往在意与象、形而上与形而下的结合上做得并不好，影响作品达到一个更高的艺术境界。在《高老庄》"后记"中，贾平凹坚持他的艺术追求也坦承他创作的不足："我之所以坚持我的写法，我相信小说不是故事也不是纯形式的文字游戏，我的不足是我的灵魂能量还不大，感知世界的气度还不够，形而上与形而下结合部的工作还没有做好。"就具体作品来说，贾平凹曾在《关于〈白夜〉答陈泽顺问》一文中说"《白夜》的叙述，我感觉比《废都》磨合得较好"；又在另一篇访谈文章中说"《土门》和《怀念狼》应该写得再实在些就好了，它扶摇过分，沉着不足"②。贾平凹所谈的他的几部小说的缺陷，都是因为意与象、形而上与形而下不能完美结合而产生的。

其二，贾平凹小说为了意象建构而进行的生活化叙事，由于叙述的是混沌无序的日常生活而非情节线索分明的故事，这在一定程度上减弱

---

① 杨义：《中国叙事学》，人民出版社 1997 年版，第 267 页。
② 李遇春、贾平凹：《传统暗影中的现代灵魂——贾平凹访谈录》，《小说评论》2003年第 6 期。

了小说的故事性和可读性，也加大了小说理解的难度。贾平凹在《高老庄》"后记"中说，他的小说"如果只读到实的一面，生活的琐碎描写让人疲倦，觉得没了意思"；又反复强调对他的小说要读慢些，这些都说明贾平凹已经意识到他的小说有意淡化甚至取消故事必然会降低作品的可读性，使读者流失或产生误解。不仅如此，贾平凹小说中"生活的琐碎描写"常使读者深陷生活的海洋之中，把不住作者所要表达的象外之意或言外之旨，有一种茫无头绪、茫然若失之感。这样，必会影响读者对作品准确而深入的理解。如读者当年对《废都》中性描写的批评，就似乎有这样的误解因素存在。

贾平凹的意象建构小说观念及其创作实践虽有许多缺陷，但毕竟瑕不掩瑜。作为理论家，贾平凹也许不合格。但作为作家，贾平凹创作的大量小说作品，包括十余部长篇小说，却使他成为当前国内成就最为显著的作家之一，即使与世界一流作家相比也毫不逊色。如果说贾平凹的小说观念给我们提供了一把解读他的作品的钥匙的话，那么他创作的大量小说作品则不仅印证了他的理论主张，而且提供了许多更富有意味的艺术形式。

第二节　贾平凹小说的意象营造

最早把贾平凹的小说创作方法归属为"意象主义"的人可能是费秉勋先生，他在其《贾平凹论》一书中论述贾平凹 1981 年的小说、《浮躁》和贾平凹的创作方法、创作思路时，都谈到了这一点。后来，论者也多从意象创造的角度研究贾平凹的小说创作。有人甚至认为："贾平凹文学创作区别于中国当代作家的特异之处就在于：在存在之上所建构起来的审美意象世界。"[①] 不管是着眼于贾平凹所创造的艺术世界，还是其所运用的创作方法，从意象的角度切入立论，确实抓住了贾平凹创作的根本特点。但是，对意象的营造，这只是贾平凹小说叙事艺术的一个重要侧面，一个异乎他人的特点。并且，这个特点的形成有一

---

① 韩鲁华：《精神的映象：贾平凹文学创作论》，中国社会科学出版社 2003 年版，第 31 页。

个艺术自觉的过程，主要体现在贾平凹 20 世纪 80 年代中期以后的创作中。在《浮躁》"序言之二"中，贾平凹说："艺术家最高的目标在于表现他对人间宇宙的感应，发掘最动人的情趣，在存在之上建构他的意象世界。"这段话可看作贾平凹开始在小说创作中进行意象建构、意象营造的理论宣言。而我们知道，20 世纪 80 年代中期以后，贾平凹的主要精力转向了长篇小说的创作。因此，下面主要通过对贾平凹长篇小说的考察，试图归纳出贾平凹小说创作中意象营造的一般特点。

一

在考察贾平凹小说意象营造特点之前，有必要明白：何谓意象？何谓意象小说？

意象，一般被界定为表意之象，是我国古代哲学、美学和文论中的一个重要范畴。这一概念最早发源于《周易·系辞上》中"圣人立象以尽意"一语，后经庄子、王充和王弼等人的论述逐渐丰富、成形，不过主要用于哲学观念的阐述之中。第一次把意象用于文学理论者是刘勰。在《文心雕龙·神思》篇中他这样写道："……然后使玄解之宰，寻声律而定墨；独照之匠，窥意象而运斤。"强调了意象在艺术构思中的重要作用。唐宋以后，意象一词逐渐通用化。明清时期，意象成为比较常用的诗学术语之一，并作为品评诗歌的一个重要标准。意象概念的逐渐成熟，在我国漫长的历史发展中主要是在诗歌领域进行的。意象这一概念进入小说、戏剧等叙事性文体，或对叙事性文体进行意象分析，这可看作诗和诗论对叙事文学渗透或泛化的结果。当代著名学者杨义在其《中国叙事学》中曾说："研究中国叙事文学必须把意象、以及意象叙事方式作为基本命题之一，进行正面而深入地剖析，才能贴切地发现中国文学有别于其他民族文学的神采之所在，重要特征之所在。"① 话虽如此，但并非每篇（部）小说都可以进行意象分析的，杨义本人在从意象角度对一些小说作品加以分析时，也不过列举了有限的几篇（部）而已。所以，要对一篇（部）小说进行意象分析，它得有意象且意象鲜明、丰富才行。否则，"巧妇难为无米之炊"。另外，杨义在对那些作品进行意象分析时，

---

① 杨义：《中国叙事学》，人民出版社 1997 年版，第 267 页。

也并未称它们为意象小说或意象主义小说。在现当代文学中，一部分作家，主要是由鲁迅开始，中经废名、沈从文、萧红、孙犁，一直到汪曾祺等作家，其作品虽也注重意象营造，但一般被称作抒情小说、诗化小说或散文化小说，并未见有称作意象小说或意象主义小说的。而贾平凹也曾学习借鉴过废名、沈从文、孙犁等作家，其小说也有散文化的倾向，但唯独他的小说被称作意象小说或意象主义小说，何哉？笔者以为，除了贾平凹的小说意象鲜明、生动、形态丰富、意蕴深刻，注重意象营造外，更重要的原因在于他建构自己审美意象世界时的艺术自觉与执著。也许正是这两点，贾平凹的小说才被称为意象小说或意象主义小说。由此，我们可以把那些作家具有比较自觉的意象思维意识，主要通过意象营造这一艺术表现方式来抒情表意、建构自己的艺术世界，且作品意象鲜明、丰富的小说称作意象或意象主义小说。

贾平凹被称为意象小说或意象主义小说的主要是长篇小说，对此我们上文已经说过。那么，我们首先来看一下贾平凹在其长篇小说中都创造了哪些意象呢？这涉及意象的分类，是意象研究的重要方面。根据不同的分类角度，意象可以分为不同的类别。我们从物象来源的角度，并结合贾平凹长篇小说意象创造的实际情况，把贾平凹长篇小说中的意象分为如下三类：自然意象；人、事意象；社会、文化与民俗意象。

先看自然意象。如《浮躁》中的州河、看山狗等；《废都》中的四朵奇花、四个太阳、奶牛、鸽子等；《白夜》中马路上的大蜥蜴、虞白身上的虱子等；《土门》中亮鞭的狗、清式罗汉床缝的臭虫、柱脚石下的龟等；《高老庄》中的白云湫、飞碟等；《怀念狼》中的流星雨、大熊猫、狼等；《秦腔》中女阴型的七里沟、超大麦穗、会流泪的白果树、白雪生孩子时的风雨交加、叫来运的狗等。从以上列举可见，自然意象既有天上运行的天体，又有地上的山水、动植物等，甚至还包括像飞碟这样神秘的不明飞行物。这些或神秘或常见的自然物象，一旦进入作者的艺术视野和文本建构当中，无不经过了作者主观情思的加工和熏染，从而具有超出本身之外的丰富的内涵和意义。这也是意象不同于物象的地方。

再看人、事意象。一是人物意象，如《浮躁》中的金狗等；《废都》中的庄之蝶等；《白夜》中的夜郎、虞白、颜铭、宽哥、祝一鹤、库老太太、刘逸山等；《土门》中的成义、梅梅、云林爷、范景全等；

《高老庄》中的高子路、西夏、菊娃、蔡老黑、王文龙、小石头、迷糊叔等；《怀念狼》中的傅山等；《秦腔》中的夏天智、夏天义、中星爹、"疯子"引生、没屁眼的孩子等。这些人物，或是小说的主角，或不是；或生活得平凡，或具有传奇性；或是正常人，或浑身充满着神秘感，不管哪一种，作者在其身上都寄寓着对社会、人生和文化的思考。有的人物身上甚至能看到作者的影子，从而打上了作者精神世界浓重的烙印，具有心灵自传的意味。

二是故事或情节意象。如《废都》中天上出现四个太阳引起人们的惊慌，庄之蝶打官司、出走等；《白夜》中再生人自焚，夜郎夜游，目连鬼戏演出，宽哥回老家等；《土门》中体育场球迷骚乱，云林爷为人治病，明王阵鼓演出等；《高老庄》中子路给爹过三周年忌日，村人偷砍林子、冲击地板厂和修白塔，西夏等人去白云湫半途而返等；《怀念狼》中寻找狼、普查狼，人狼互变等；《秦腔》中夏天智、夏天义的相继去世，"疯子"引生对白雪的痴情等；还有《病相报告》和《白夜》中都写到人死去火化后骨灰之中竟发现戒指等。这些故事或事件，除了是作品所描写的人生或生活的不可缺少的组成部分外，还明显具有隐喻或象征的意义，有些甚至对作品的整个主题产生作用，使作品的主题深刻化或具有多义性。

最后是社会、文化与民俗意象。如《商州》中的省城、吴氏庙、通说、借种、民间刺绣、华山庙会等；《浮躁》中的渡船、算卦、扶乩、给小儿"看十天"、熟亲、成人节等；《废都》中的西京城、埙、孕璜寺、清虚庵、求缺屋、双仁府小院、赵京五家的四合院、古槐树上张贴的小广告和小报等；《白夜》中的西京城、再生人的钥匙、平仄堡、目连鬼戏、民俗馆、鬼节、乐社、和尚的不朽肉身等；《土门》中的仁厚村、是非巷、石牌坊、墓地、大药房、体育场、神禾塬等；《高老庄》中的高老庄、地板厂、葡萄园、太壶寺、过三周年忌日、阴阳师踏墓地、白塔、石碑等；《怀念狼》中的猎枪、照相机、红岩寺、雄耳川等；《秦腔》中的秦腔乐谱、秦腔脸谱、秦腔剧团演出活动、流行歌曲、土地庙、农贸市场等。这些意象，除具有社会历史的、文化的、宗教的、民俗的意义外，显然还别具另一层含义，体现着作者对社会历史发展和传统文化的思考。

二

贾平凹的长篇小说创造了大量的意象，可谓形态多样，丰富多彩。但这只是粗浅的扫描，如果再深入一步来看，那么贾平凹长篇小说中的意象创造则具有这么几个特点：

第一，一部作品中的意象往往有主次之分，主要意象多含隐喻、象征之义。如果说《浮躁》中的州河、看山狗和金狗等意象，还属于那种似乎严格的写实之列，不脱传统现实主义小说典型形象和典型环境塑造的窠臼的话，那么到了《废都》，"废都"——西京城作为一个主要或核心意象，它统摄着作品中众多次要的或派生的意象，不管是庄之蝶及其女人们的性爱故事等人事意象，还是四朵奇花、四个太阳、会思考的奶牛、埙、孕璜寺、清虚庵、四合院等自然意象和文化意象，都因它从而形成一个有机的艺术整体。另外，也正是因为"废都"这一核心意象的营造，所以作品才具有整体象征的意义，这就是对所谓的"废都意识"的揭示和反映。这样，"废都"意象具有深刻的隐喻或象征的意义是不言而喻的。

如果再换一个角度来看，"庄之蝶"这一人物意象其实也是作品中的一个主要意象，它取自"庄子梦蝶"的典故，却无原来的物化、齐万物、等生死、逍遥而游等含义，而是赋有新的意义，即异化和人生如梦。著名评论家白烨认为，庄之蝶"是浑浑噩噩的文人，忙忙碌碌的闲人，浪浪荡荡的男人，更是一个不甘沉沦又难以自拔因而苦闷异常的文人""因此说这是一个闲人、废人、多余人的形象是并不为过的"①。作品中庄之蝶原本是一个著名作家，但他为名所累，从而堕落成为一个"闲人""废人""多余人"，可见异化程度之重，用雷达的话说，就是"庄之蝶三个字，无它，'吾非我'而已"。而作品中庄之蝶与几位女人的性事，每次多极尽所能、花样翻新，在肉欲、颓废的气息中一方面表现了他的精神危机、心理苦闷，另一方面也暗暗透露了人生如梦、及时行乐的意思。四大名人最后死的死，残的残，多遭变故，实所难料，正好应和了庄之蝶的性爱故事中所流露的这种人生如梦的思想。这也许是

---

① 陈骏涛、白烨、王绯：《说不尽的〈废都〉》，《当代作家评论》1993 年第 6 期。

作品所具有的另一层意蕴。

《废都》之后，选择一两个意象作为意象世界建构的核心，是贾平凹长篇小说创作的基本思路。如《白夜》中的目连鬼戏及其演出和夜郎夜游，《土门》中的仁厚村和云林爷给人治病，《高老庄》中的高老庄、白云湫和石碑，《怀念狼》中的狼或寻找狼、普查狼，《秦腔》中的秦腔、七里沟，等等。这些意象正像上面我们对《废都》的分析，从不同的角度出发也许会有不同的意象作为作品的核心或主要意象，而不同的核心或主要意象往往包含着作者不同层面、不同方向的情意，它们共同构成了作品丰富深刻的主题意蕴。

第二，从前到后来看，贾平凹长篇小说的意象营造从局部走向了整体。在《怀念狼》"后记"中，贾平凹说："我再次做我的试验，局部的意象已不为我看中了，而是直接将情节处理成意象。……如果说，以前小说企图在一棵树上用水泥作它的某一枝干来造型，那么，现在我一定是一棵树就是一棵树，它的水分通过脉络传递到每一枝干每一叶片，让树整体的本身赋形。"从发展的角度来看，贾平凹以前的作品确实主要是局部意象，一方面，那些人物意象、自然意象、文化意象等都是静态的，虽然其中也有个别意象（如"废都"等）成为作品的主要或核心意象，但换一个角度看则往往不能统摄其他意象，所以它们不能不是局部的；另一方面，那些故事或情节意象，因为故事或情节的发展不能贯穿作品的始终，所以也不能不属于局部意象——但故事情节动态发展的特点，为其营造成整体意象提供了可能性。到了《怀念狼》，作者将作品中贯穿始终的普查狼、寻找狼的故事情节直接处理成意象，从而使它成为整体意象，这样意与象的结合就更简单、直接和紧密。但是，由于狼这一物象本身所具有的多义性，作品整体意象的象征含义仍是多样的。有人说："《怀念狼》中所试验的'整体象征'其实主要是'情节象征'，三个主要人物由怀念狼到寻找狼，再到猎杀狼，最后又怀念狼，由此所形成的'情节圈套'象征了人类无法摆脱的生存困境。"[①]但是贾平凹自己却这样说："人是在与狼的斗争中成为人的，狼的消失

① 李遇春、贾平凹：《传统暗影中的现代灵魂——贾平凹访谈录》，《小说评论》2003年第6期。

使人陷入了慌恐、孤独、衰弱和卑鄙，乃至于死亡的境地。怀念狼是怀念着勃发的生命，怀念英雄，怀念世界的平衡。"① 可见，由作品怀念狼或寻找狼这一整体意象所形成的象征意义确是丰富多样的，具有多方面谈论、阐释的可能性。

其实在《怀念狼》之前，《高老庄》这部作品在故事情节上也具有贾平凹所说的"直接将情节处理成意象"这一特点。《高老庄》其实讲述了一个类似衣锦还乡的故事。省城大学教授高子路带着新娶的年轻、漂亮、高大的妻子西夏回老家给爹过三周年忌日，本想炫耀于村人面前，但却陷入了与前妻菊娃的感情纠葛和村人的是是非非之中，既不能有所作为，又与西夏产生了裂痕，加之以前乡村生活方式和文化习惯的重新消磨，子路只好逃回省城，并在他爹的坟前说他再也不会回来了。本想荣归故里，但归来后却发生了意料不到的一系列麻烦事情，以致再也不想回来。夸耀的、喜悦的心情早已不在，代之的却是无尽的烦恼和深深的失落之感，这样事非所愿，反讽的产生也就成为必然。如此一来，《高老庄》的归乡模式、归乡叙事也就不同于一般的归乡模式、归乡叙事，它在归与离、乡与城之间形成了较大的叙事张力，寄寓着作者贾平凹独特的人生感悟和文化思考，从而使这个看似荣归故里或衣锦还乡的简单故事具有了丰富和深刻的内涵，并成为解读整部作品思想主旨的一把钥匙。因此，《高老庄》中的归乡故事实际上也是一个整体意象，它的经营本身就是作品主题思想的经营。

第三，意象营造往往走向了象征，成为象征性意象。对这一特点前文已多有涉及，在此主要从意象与象征的关系着眼加以申述。韦勒克和沃伦在他们合著的《文学理论》一书中对"象征""意象"和"隐喻"三个术语作区分时说："首先，我们认为'象征'具有重复与持续的意义。一个'意象'可以被转换成一个隐喻一次，但如果它作为呈现与再现不断重复，那就变成了一个象征，甚至是一个象征（或者神话）系统的一部分。"② 以是否重复把意象与象征区别开来，这不失为一种

① 廖增湖：《贾平凹访谈录——关于〈怀念狼〉》，《当代作家评论》2000年第4期。
② 勒内·韦勒克、奥斯汀·沃伦：《文学理论》，刘象愚等译，江苏教育出版社2005年版，第214—215页。

简单易行的办法。根据这一区分标准来看贾平凹长篇小说中的意象，正像我们前文所述，贾平凹作品中的意象大部分属于象征之列。为避冗繁，在此笔者仅举两例。如《浮躁》中对州河的描写，贾平凹明白地说：这里面有象征的东西，"河里发了几次水都是有一定讲究的，第一次发水是游击队进城把城墙冲倒了，第二次发水是金狗进城也冲过一次，关于河里涨水不是随便涨起来的"，甚至"河的流向都是根据八卦阴阳太极的流法"①。可见，州河这一意象不仅具有象征的意义，而且还带上了神秘的色彩。又如《土门》的题名，贾平凹在《土门》"后记"中对此有过解释，但他先是说得比较玄虚，让人难以明白其意思，后来贾平凹说到西安城里真有一片街市叫土门，"我喜欢土门这片街市，一是因为我出生在乡下，是十九岁后从乡下来到西安城里的。……第二个原因，……在这么大的一座现代化城市里竟有街市叫土门，真够勇敢，也有诗意，我又是有着玩弄文字欲的作家，就油然而生亲切感了"。由此可以窥视到贾平凹隐秘的文化心理，即对城市的排斥、对乡村的依恋，对无根的焦虑、对家园的渴求。如贾平凹所说，"土与地是一个词"；而"门"，从语源上看，"门"的最原始意义是家园，作为家园的"门"意味着防卫与保护，所以"门"又称作户，户即"护"的本字。《土门》所写，正是对存在于土地之上的家园的保护。对这种家园的保护，也即对城市化的反抗。贾平凹在理智上知道这是一种徒劳，他借作品中的人物范景全之口说："国家工业化，表现在社会生活方面就是城市化，这一进程是大趋势，大趋势是能避免的?!"后来又在《致穆涛书》中亲口说："城市化进程是大趋势，大趋势是无法改变的，写这样的内容，关心人类的文明，关注中国的发展和命运，这应该说是主流的东西。"但是理智上有此认识并不表明感情上接受这一历史进程，所以贾平凹在作品中反复渲染和描写了存在于土地之上的家园的诸多可贵之处，尤其是对乡村文化、传统文化中的深厚、奇特、神秘等作了无以复加的展示，以此来补救城市之浅薄不足。如云林爷的中医治病，实际上具有医治城市文明病的功能，因为病人大多来自城市。《土门》中这种反复描写和渲染，可以看作贾平凹在感情上对土地、对乡

---

① 贾平凹：《贾平凹文集》第 14 卷，陕西人民出版社 1998 年版，第 165—166 页。

村、对家园和对传统的无限留恋。这是贾平凹的矛盾复杂之处，也是一般文化人共有的矛盾复杂处。由此可见，"土门"这一题名、这一意象，实际上既暗含着作品所要讲述的主要故事，又寄寓着作者比较复杂的思想感情，它的象征意义是非常丰富的。

如果说上举《浮躁》中"州河"这一意象，由重复走向了象征，这在作品中是有据可查的，那么《土门》中"土门"这一意象在作品中似乎并不存在，这又怎么解释呢？其实，笔者认为"土门"这一意象在作品中被置换成了"仁厚村"这一意象，二者在内涵上基本上是等价的，都是乡土传统的象征物。这样，作品中"仁厚村"的重复，也即"土门"的重复，由此走向象征就成为必然的结果。

那么何谓象征？意象为什么能走向象征，成为象征性意象呢？韦勒克认为，象征"在文学理论上，这一术语较为确当的含义应该是，甲事物暗示了乙事物，但甲事物本身作为一种表现手段，也要给予充分的注意"。而我国古代哲学和文论的重要术语——意象，虽然庄子强调"得意而忘言"（《庄子·外物》），王弼强调"得意而忘象"（《周易略例·明象》），但"言""象"既已不存，"意"何以存？"圣人立象以尽意"（《周易·系辞上》）的目的也就落空了。所以刘熙载在《艺概》卷二中说："'昔我往矣，杨柳依依；今我来思，雨雪霏霏。'雅人深致，正在借景言情。若舍景不言，不过曰'春往冬来'耳，有何意味？"可见，意象尽管可界定为表意之象，但除了表意，其象本身也是不可缺少的，这与韦勒克所说的象征有些类似。另外，黑格尔又认为，象征"不只是一种本身无足轻重的符号，而是一种在外表形状上就已可暗示要表达的那种思想内容的符号。同时，象征所要使人意识到的却不应是它本身那样一个具体的个别事物，而是它所暗示的普遍性的意义"[1]。可见象征不仅在构成上与意象类似，而且在表意上它似乎可以表现比意象更普遍的意义。这样，如果一个意象能够表现更普遍的意义，那它就走向了象征，成为象征性意象，表现与象征同样深广的意义。贾平凹长篇小说中的意象，大部分不仅本身具有独特的审美价值，而且还具有更丰富深刻的象征意义，前文我们已对此作了证明。

---

[1]　黑格尔：《美学》第二卷，商务印书馆1979年版，第11页。

三

了解了贾平凹长篇小说中意象创造的特点，读者也许会问：他的创新之处何在？这主要有两方面。一方面在于其作品中所存在的大量的人、事意象。在意象分类研究中，一般很少包括人、事意象，即人物意象和故事或情节意象，这实际上与古人论述意象的"象"时侧重于物象或自然物象有关。由此可以看到贾平凹的创新之处：他把人物和故事情节都纳入他所创造的意象世界中。另一方面贾平凹在意象创造上的新颖之处，就在于他是持之以恒地有意识地把他的小说建构成意象小说或意象主义小说。这与其他小说家完全不同，其他小说家——不管是古代的，还是现代的，他们作品中虽然也有意象，但那只是点缀和装饰，数量也较少，最重要的是，他们没有贾平凹在意象经营上那种高度的艺术觉悟和执著的艺术探索精神。早在写作《浮躁》时，贾平凹就在其"序言之二"中表示"这种流行的似乎严格的写实方法对我来讲将有些不那么适宜，甚至大有了那么一种束缚"，因而欣赏"艺术家最高的目标在于表现他对人间宇宙的感应，发掘最动人的情趣，在存在之上建构他的意象世界"。后来他一直就是这么努力的。《废都》《白夜》《土门》《高老庄》《怀念狼》《秦腔》等作品，无不意象鲜明、生动丰富，称其为意象或意象主义小说毫不为过。总之，不管是在意象创造的独特上，还是在意象创造的艺术追求和文学观念上，贾平凹都显示了他的过人之处和对传统的超越与更新。从一定程度上说，贾平凹的魅力正在于其作品中独特意象的魅力，贾平凹的文学价值也正在于他所创造的独特的文学意象的价值。

那么，贾平凹何以要把他的小说建构成意象小说或意象主义小说呢？换言之，也就是贾平凹为什么要在他的小说主要是长篇小说中进行意象营造或建构起一个意象世界呢？除了中国传统哲学、文学（尤其是抒情性文学）潜移默化的影响外，主要可以从内因与外求两个方面去分析。所谓内因，指贾平凹在他的作品中进行意象营造是与其心理气质有关的，并为其所决定。贾平凹在谈到自己的气质时，说他是"黏液质+抑郁质"；谈到他的性格类型时，说他是"内倾型+独立型"。这种气质和性格特点，换言之，实际上就是：孤僻、落寞、沉静、寡

言、怯懦、敏感、细腻、忍耐、执著等。关于这些具体特点，贾平凹也
多有谈论。这种性格心理特点与贾平凹小说创作有何关系呢？笔者认为
这种性格心理特点实际上造成了贾平凹成为一个侧重于主观精神表现的
作家。费秉勋先生在其《贾平凹论》一书中曾说，贾平凹"虽然是一
个小说作家，但就实质上说，他乃是一个诗人，因为他富于诗人的心肠
和才情"。这虽是早期之论，但还是抓住了贾平凹诗人式的重主观表现
这个根本特点。贾平凹对自己也有较清醒的认识，他在《高老庄》"后
记"中说："我不是现实主义作家，而我却应该算作一个诗人。"问题
是贾平凹如何抒发他作为诗人的才情或情思呢？正像有人所说的，"并
非主体精神表现型作家，就一定要在文学创作上走向意象的创造。这类
作家仍有其他的文学艺术创造方式可供选择，比如浪漫主义、表现主
义、魔幻主义等等"①。所以这就必须联系贾平凹20世纪80年代中期
以后的文学观念和艺术追求，即所谓外求。贾平凹选择意象营造作为他
艺术创造的主要方式，这有一个艺术觉悟的过程。在早期的小说创作
中，贾平凹在作品中就已经营造了许多鲜明生动的意象，但还没有上升
到理性的、自觉的艺术高度。到写作《浮躁》，他才明确意识到严格写
实的方法对他似乎并不适宜，才决定要建构自己的意象世界。这种艺术
觉悟和追求一直贯彻在《废都》及其以后的长篇小说创作中。但是归
根结底说，贾平凹选择意象营造作为他艺术创造的主要方式，是想更好
地表达自己独特复杂的社会和人生思考，是想在作品中追求一种混茫多
义的美学效果。杨义在《中国叙事学》中论述意象的意义时说："意象
的意义指涉，具有比单纯的语言的意义指涉更多的浑融性和多层性。意
象的意义指涉包括几个意义生成的层面，至少应该考虑到语言媒介的意
义，客观物象的意义，历史沉积的意义，以及作者主观附加的意义。"
由此来看，贾平凹选择意象营造作为他艺术建构的突破口或切入点就成
为必然的结果，因为只有意象——意＋象——才能实现贾平凹经常所说
的形而上与形而下的完美结合，也只有意象——表意之象甚至"得意
而忘象"，才与贾平凹侧重于主体精神和主观情感表现的创作特点完全

---

① 韩鲁华：《精神的映象：贾平凹文学创作论》，中国社会科学出版社2003年版，第
19页。

契合，才与他的心性相合，也才能实现小说表意的丰富性这一创作意图。在此，贾平凹选择意象营造作为他小说艺术创造的主要方式，与他的心理气质特点可以说是一拍即合。

最后，在看到贾平凹长篇小说中意象营造的特点和审美价值的同时，我们也应该注意其存在的问题。简言之，除了意象营造形成的碎片连缀式情节结构所造成的对小说故事性的消解减弱了作品的可读性和意象营造与人物形象塑造的矛盾外，主要就是意象营造时意与象也即形而上与行而下、虚与实的结合问题。贾平凹多次提到作品中形而上与形而下的结合，在《怀念狼》"后记"中又论及"以实写虚"，这其实都是在说意象营造时意与象的交融结合。这是个度的把握问题。王国维在《人间词话乙稿序》中说："文学之事，其内足以摅己而外足以感人者，意与境二者而已。上焉者，意与境浑，其次或以境胜，或以意胜。苟缺其一，不足以言文学。"在此王国维所说的意境的"境"与意象的"象"内涵大体相当。所以意象营造时意与象的交融结合也会出现三种结果，最好是意与象浑然一体，其次是以意胜或以象胜。贾平凹长篇小说中的意象营造有时会顾此失彼，流于次等，如他自己就在一次访谈时坦承：《土门》和《怀念狼》应该写得再实在些就好了，它们扶摇过分，沉着不足。看来，意象营造时对意与象结合的度的把握，也是困扰贾平凹的创作难题。

第三节　贾平凹小说的神秘色彩

20 世纪 90 年代初期，有学者已注意到贾平凹的小说创作"走向神秘"了，并把贾平凹作为"当代志怪"小说的代表性作家看待，认为贾平凹的《太白山记》《白朗》《烟》等几部作品，"在表现神秘人生和神秘文化的'当代志怪'小说中也具有不可替代的地位"①。其实，在此之前，许多学者都看到了贾平凹小说中的神秘主义倾向。如张器友在《贾平凹小说中的巫鬼文化现象》一文中指出："在贾平凹近些年的一些小说里，巫术迷信鬼神等文化现象，作为乡野文化的一个重要部

---

① 樊星：《贾平凹：走向神秘——兼论当代志怪小说》，《文学评论》1992 年第 5 期。

分，与其它社会现象一起，构成了商州独特的人群生态环境"，并指出贾平凹的艺术实践，"不但彻底否定了江青等人批判'有鬼无害'论的种种谬说，而且特别启示人们：巫—鬼文化是个有待继续钻探的富矿源，它既是小说不容忽视的描写领域，同时又可以转化为小说美学的新手段"。文章结合《西北口》《古堡》《浮躁》《天狗》等作品，既描述了贾平凹小说中的巫鬼文化现象，又指明了这种创作在我国文化发展中的位置和意义。又如费秉勋先生在他的《贾平凹论》中这样写道："贾平凹在作品的许多处指出过商州给予人的神秘感，这是一块神秘的土地。相应地，神秘感也成为作家写商州的一系列作品重要的美学追求，就中尤以《商州》、《商州初录》、《商州世事》、《古堡》为最。"费先生是从作家的表现对象与美学追求着眼论述的，文字不多却极深刻。以上论述，虽然都看到了贾平凹小说创作中的神秘因素或对神秘的审美追求这种特点，但涉及的多为中短篇小说。其实在贾平凹的长篇小说中，仍然笼罩着一种神秘的氛围，涂抹着一层神秘的色彩，对神秘的叙写和追求也是其突出的特征。下面主要结合贾平凹的长篇小说作品来分析其神秘叙事、神秘色彩这一艺术特征。

一

贾平凹长篇小说中描写了大量的各种形式的神秘现象，我们可分类言之。

有人物及其命运的传奇、神奇以至于神秘。《商州》有一个贯穿始终的故事，这就是州城青年刘成和山地姑娘珍子的爱情故事，读完之后，其曲折、离奇、悲惨处，不由人唏嘘不已。这种人物及其故事的传奇性，是贾平凹的小说具有很强的可读性，强烈吸引读者的一个根本原因。在《商州》中如此，在其他长篇小说中亦是如此。《浮躁》中的金狗、雷大空，其命运几起几落，大喜大悲，生死存亡，异乎常人，正如前者在写给后者的祭文中所说："左右数万里，上下几千年，哪里有这样的农民？"在《土门》中，仁厚村的村长成义，谁也没有想到最后竟是一个飞天大盗！《废都》中的庄之蝶，其与几个女人的性爱故事，正可以用得上英语中的"Romance"。《病相报告》所写与《商州》类似，仍是一个奇幻凄美的爱情故事。如果说以上所述人物及其故事虽然具有一定的传奇性，但还有其现实的根据可寻的话，那么像《怀念狼》中的傅山，最后竟由猎人一变而为狼——人狼，《秦腔》中的引生竟幻化成背有图案的蜘蛛，更是奇怪之至！奇怪之至，产生神奇乃至神秘之感就是必然的了。其实，传奇与神秘仅一纸之隔，甚至一纸也不隔，它们同样给人以超凡脱俗之感，满足人无穷的想象与向往、探索的冲动，由奇而至于神，"神奇"一词可以说是接通二者的桥梁。

有人物的梦境、预感、幻觉、特异功能等。做梦是人与生俱来的一种生理、心理现象，其本身就充满了神秘，而那些难以索解的梦和应验的梦，更是充满了神秘，让人感到不可思议！贾平凹的长篇小说中也写了许多奇怪的梦，有的很难解释，有的竟是预感，后来得到了验证。如《浮躁》中，韩文举梦见土地神佬和小水梦见全县搞民意测验金狗被选为县长，梦得有些离奇；而韩文举梦见二狗对言，后来金狗、雷大空他们果然有牢狱之灾，与《说岳全传》中的岳飞一样，这梦竟是一种事先的预兆！《白夜》中虞白做的几次梦也很奇特，梦见鳖爬上床，似是一种性意识的萌动，而梦见自己身着男装或牛仔服去流浪，却离奇难解。《高老庄》中的西夏亦做了些奇怪的梦，如梦见马梦见蛇梦见人虎相交梦见红衣女子等。但更神奇的是她的几次幻觉，公爹过三周年忌日时，她看见他竟坐在灵桌上，她还看见睡在身旁的子路变成了一头猪，看见土堆上一朵红花瞬间又没了踪迹，等等。最神奇的是作品中的小石头，不但会画怪诞的图画，而且能预测他人的死亡，联系他古怪的出生和怪癖的言行，真让人像西夏一样怀疑他是外星人！是外星人还是有特异功能，不清楚，只让人感到神秘莫测，像那些同样神秘的梦境和幻觉。至于贾平凹作品中的那些和尚和道士，以及《废都》中庄之蝶的老岳母、《白夜》中的刘逸山和《土门》中的云林爷等人，大都是些通天地通阴阳之人，无不带有神秘的气息，甚至给人以恐怖的感觉。

有人或物的死亡、再生、轮回、鬼魂、幻化、变异等。《白夜》一开头就写了一个再生人，死而复生，生而又死，全为一个情字，让人感叹的同时又觉得匪夷所思！无独有偶，《高老庄》中也写了一个再生人，即小说中地板厂厂长王文龙的老婆，写了她的来去无由，神龙见首不见尾。还有人死而鬼魂假借他人之躯归来的，即所谓鬼魂附体或通说，如《高老庄》中已死的得得之魂借香香之身回来，说三道四，更是白日见鬼，恐怖之极！在贾平凹长篇小说中，人与物也可以互变或变异，如《浮躁》中金狗出生后，韩文举认为是"看山狗"所变，遂起名叫金狗。又如《高老庄》中，高子路似乎是猪托生变的，其他人物如子路娘、菊娃、晨堂、鹿茂、顺善、苏红、南驴伯、王文龙等似乎都是从动物变来的。而《白夜》中的南山丁和夜郎，分明一个是牛头，一个是马面；其中祝一鹤瘫后变成一个白胖的妇人或蚕，宽哥皮肤病重得变成了甲虫。还有，最奇的是《怀念狼》中的猴子变人和人狼互变。这些人、物互变，往往具有轮回的色彩，亦有异化的性质，但同样给人以神秘之感。

有民间的风俗、风水、奇谈、怪论、算卦、扶乩、禳治、拆字等多半所谓迷信者。《浮躁》既写了田中正与其嫂的"熟亲"、小水给孩子"看十天"和雷大空死后"浮丘"等风俗，又写了韩文举动辄用六枚宝通铜钱推掐善恶吉凶、流年运气，以及小水找百神洞村的阴阳师问事而扶乩问"三老"（毛泽东、周恩来、朱德）的情形。《白夜》中写了刘逸山为祝一鹤禳治疾病的全过程，并写了测字及其应验。还有民间的奇谈怪论，如《商州》中写省城中的钟楼，相传楼下是海眼，是此楼镇压了海龙从而保住了省城的风水。又如《白夜》中，写人们对于大旱和灾难的谣传。以上内容，在贾平凹的长篇小说中可以说是比比皆是，明显给作品带来一股神秘的气息。

有自然界的奇山异水、异木怪石及狗、狼等动物的怪异活动。《商州》中丹江两岸的山水似乎有人的情感，而《浮躁》中仙游川的山水，却是差点出天子的好风水！如果说《白夜》中的云雨在演目连鬼戏时来得古怪，则《高老庄》中的白云湫在众人传说中却充满了无穷的诱惑。这是自然山水，而贾平凹亦善写动物，如果说《商州》开头所写的蚊子、熊、蛇及蛇吞青蛙等，还带有真实的印记，那么，《浮躁》中的"看山狗"和《废都》中的奶牛，一个叫得森然古怪，像是预言家，每次锐叫则必有事情发生，一个竟有思想会思考，如同一位哲学家。贾平凹几部长篇小说中都写到了一只狗，不管这狗叫楚楚（《白夜》）、阿冰（《土门》），还是狐子（《病相报告》），都极美丽乖巧，颇通人性，似乎是女人转世托生而来。贾平凹笔下的这只狗，可谓写神了！更奇的是《怀念狼》中的狼，凶残、狡猾，又知恩图报、颇有人性，且来去无由、与人互变，给人一种恐怖而又神秘的感觉。

另外，还有其他神秘的物事，如《高老庄》中写到的飞碟——西方叫做"UFO"（不明飞行物），让我们不由得想到遥远的太空，想到另一个星球和另一种生命形式。

综上所述，贾平凹在长篇小说中给我们描写了各种各样的神秘现象，神秘因素尽管各各不同，但给人的神秘感觉却大体一致。这种神秘主义的创作倾向，使其作品具有了一种不同于传统的现实主义作品的独特风味。这也是我们在阅读时强烈感觉到的。

二

在考察了贾平凹长篇小说所描写的诸多神秘现象后，读者也许会追问道：贾平凹为什么要写这些神神道道的东西呢？原因是多方面的。

首先是贾平凹的生长环境与自身经历对其创作的影响。贾平凹是以写商州而在文坛立稳脚跟并中外驰名的，商州既是生他养他的家乡，又是他写作的"根据地"。贾平凹后来的创作从"商州"转向了"废都"，但商州在贾平凹的全部创作中仍占有一个不可替代的位置。可以说，商州这块山地是贾平凹创作取之不竭、用之不尽的生活源泉，是文学表现的永恒的对象和参照。但更重要的是，商州本身所特有的地域文化氛围感染了贾平凹，逐渐形成了他的世界观、人生观、性格气质与艺术思维方式。那么，商州是怎样一块地方呢？我们还是看贾平凹自己的描述吧："商州是生我养我的地方，那是一片相当偏僻、贫困的山地，但异常美丽，其山川走势，流水脉向，历史传说，民间故事，乃至天上飞的，地上跑的，构成了极丰富的、独特的神秘天地。在这个天地里，仰观可以无其不大，俯察可以无其不盛。……"① 如果从区域文化上着眼，则是："商州……这么一个地方，却十分神奇，它属陕西，却是长江流域，是黄河流域向长江流域过渡的交错地带，更是黄土文化与楚文化的交汇地带，有秦之雄和楚之秀，是雄而有韵，秀而有骨。"② 对于

---

① 贾平凹：《答〈文学家〉编辑部问》，《贾平凹文集》第 14 卷，陕西人民出版社 1998 年版，第 121—122 页。

② 贾平凹、穆涛：《平凹之路》，青海人民出版社 1994 年版，第 22 页。

不同的地理环境所形成的不同的作家创作风格特点，贾平凹看得很清楚，他在《王蓬论》一文中说："大凡文学艺术的产生和形成，虽是时代、社会的产物，其风格、流源又必受地理环境所影响"，陕北、关中、陕南不同的地理环境，"势必产生了以路遥为代表的陕北作家特色，以陈忠实为代表的关中作家特色，以王蓬为代表的陕南作家特色"。其实贾平凹自己何尝不是如此呢？不过，从文化类型上说，正像有人所说，他的作品"融了楚文化的浪漫、诡秘，亦就是所谓的巫文化；中原文化的儒性、平和、士大夫气；以及秦文化的淳厚、悠长与放达"①。贾平凹表示认同这一看法，并有一段较长的阐发和说明，他说："商州可以说汇聚了这三种文化，这令我非常庆幸。有山有水有树林有兽的地方，易于产生幻想，我从小就听见过和经历过相当多的奇人奇事，比如看风水、卜卦、驱鬼、祭神、出煞、通说、气功、禳治、求雨、观星、再生人呀等等，培养了我的胆怯、敏感、想入非非、不安生的性情。但中原文化及秦文化却是我一直受的教育，我的父亲是教师，他有极正统的一套儒家道德观，我从小直至他死去，始终惧怕他。长大到西安上大学，以后定居在西安，接受的文化与小时候不同。西安的文化也即是秦文化，主要是秦与汉的一种风度，这令我非常崇尚，我之所以追求作品中的一种平和、放达，与此有关。随着创作岁月的衍进，在秦文化的基础上时不时露出了小时候楚文化的影响，尤其到近期，作品中自觉地有些诡秘之气。……"②贾平凹这种夫子自道，正揭示出了其作品由于受商州家乡神奇的地理地貌和楚地的巫鬼文化的影响，所以具有灵秀以至于诡秘的气息。这种浪漫、诡秘之气，可以一直上溯到屈原的作品甚至更远，由此在一定意义上我们也可以说贾平凹是屈原创作特色的后继者。

贾平凹除了"从小就听见过和经历过相当多的奇人奇事"外，在后来的生活经历中遭遇此类"奇人奇事"亦不少。据贾平凹自己说，卜算是很神秘的东西，他曾接触过许多乡下的阴阳先生，这些人有的没有多少学问，具体道理也讲不出来，但谁家死了人，他让几日里埋，按

---

① 贾平凹、穆涛：《平凹之路》，青海人民出版社1994年版，第42页。

② 同上。

时埋了就没事，不按时则横事迭出，打墓是这样，盖房也是这样，这些人好像已不是他自己，而是代表了某种神秘的力量，替神行令，他的话就是准则。贾平凹还讲自己砍了老家院子里老槐树身上凸出的一个包，过后即后悔了，自己回城不久父亲来城里看病，一查却是癌，这其中的玄理谁也说不清。贾平凹曾根据书面的题字和周围的环境，分别预测过日本作家井上靖动过心脏手术和一位朋友有附睾炎，后者据说测算得还挺准的。贾平凹还会测字，为穆涛测过两个字，其中一个预测到当天一个大人物死了，晚上新闻联播果然发布了美国前总统尼克松去世的消息，似乎也挺准的。贾平凹有许多寺庙道观里的朋友，尤其是奇士高人朋友，并且不愿谈说这些人，因为他的一个长者朋友就因与他的合影上了杂志，似乎泄露了什么天机，所以不久便逝去了；另一个很特色的朋友，因作者把他写入小说并将他的结局处理成"死"的，事隔不久竟真的死了。贾平凹也信缘，认为人的一生得失都是有缘的；一段时间朋友们都送来关于狐的东西，一个时期，走到哪儿，结识的、碰到的女性都有叫红字的同音，如红、鸿、宏、洪，另一时期，又差不多全是梅字。① 贾平凹所说我们读者不一定全信，但对作为作家的贾平凹来说却足够了，因为作家主要就是依靠自己从生活中获取的感性经验和感性材料来创作的。正因为贾平凹生活中也有这么多让人惊奇甚至感到神秘的事情，所以在作品中表现这些东西，实出其自然而然，是有其感性经验作基础的。

其次是贾平凹对中外文学优秀传统的学习和借鉴。贾平凹的"转益多师"是大家有目共睹的，他的老师，中国古代的有屈原、庄子、司马迁、陶渊明、苏东坡、蒲松龄、曹雪芹等，现代的有鲁迅、郁达夫、废名、沈从文、孙犁等；国外的有日本的川端康成，印度的泰戈尔，美国的海明威、福克纳，拉美的略萨、马尔克斯等。先说国外的。拉美文学所取得的世界性成就对贾平凹创作影响极大，贾平凹第一部长篇小说《商州》，就是借鉴拉美结构现实主义文学大师略萨的《胡利娅姨妈和作家》一书而写的。另一个拉美世界级作家马尔克斯，因他的

_____

① 以上所述贾平凹亲身经历的奇人奇事参看贾平凹和穆涛合著的《平凹之路》，（青海人民出版社 1994 年版），第 97—102 页。

小说创作把幻想和现实融为一体，勾画出一个丰富多彩的想象中的世界，反映了拉丁美洲人民的生活和斗争，从而荣获 1982 年诺贝尔文学奖；他的代表作是《百年孤独》，创作方法通常被人称为"魔幻现实主义"。马尔克斯的获奖，当时震惊和刺激了一大批中国大陆作家，贾平凹也不例外。有学者指出："研读贾平凹的作品，我们发现，加西亚·马尔克斯创作中的神秘主义是贾平凹后来极力在作品中所追求的，也是表现得最为突出的创作倾向。"① 贾平凹自己也承认对拉美文学尤其是马尔克斯《百年孤独》的学习和借鉴，他说："拉美文学是了不起的文学，……我特别喜欢拉美文学，喜欢那个马尔克斯，还有略萨。……我首先震惊的是拉美作家在玩熟了欧洲的那些现代派的东西后，又回到他们的拉美，创造了他们伟大的艺术。这给我们多么大的启迪呀！再是，他们创造的那些形式，是那么大胆，包罗万象，无所不有，什么都可以拿来写小说，这对于我的小家子气简直是当头一个轰隆隆的响雷！"② 但贾平凹还不至于去极力模仿，因为他明白拉美的历史、地理、政治、经济、民族、风俗毕竟与我们不同，所以他说："拉丁美洲文学中有魔幻主义一说，那是拉美，我受过他们启示，但并不在故意模仿他们，民族文化不同，陕南乡下离奇事是中国式的，陕南式的，况且这些离奇是那里人们生活中的一部分。"③ 由此我们可以看到，贾平凹小说中的神秘是扎根于本民族的，更准确地说是陕南人生活之中的，但从文学创造精神到艺术表现方法，拉美魔幻现实主义文学对其创作的影响也是显而易见的。

本民族的文学传统对贾平凹的影响更是显著。贾平凹曾说过自己如何学习鲁迅、废名、沈从文、孙犁、屈原、庄子、苏东坡、《红楼梦》《聊斋志异》等作家作品的。这些作家作品，从文学的批判精神、创作个性、哲学高度、从容自在的气质，到文气、语言、神秘感和女性人物

① 沈琳：《试析加西亚·马尔克斯对贾平凹创作的影响》，《外国文学研究》1999 年第 3 期。

② 贾平凹：《答〈文学家〉编辑部问》，《贾平凹文集》第 14 卷，陕西人民出版社 1998 年版，第 131—132 页。

③ 贾平凹：《关于〈高老庄〉答穆涛问》，《造一座房子住梦》，人民日报出版社 1998 年版，第 171 页。

塑造等，无不给贾平凹的创作以影响。如果从文学神秘主义的角度着眼，则可以看到，贾平凹除受屈原影响，学他的神秘感外，还主要受上古神话传说、魏晋南北朝志怪小说、唐传奇、明代神魔小说和清代《聊斋志异》《红楼梦》等小说的影响，尤其是志怪小说的影响，以致有人把贾平凹看作"当代志怪"小说的代表作家。众所周知，魏晋南北朝时期是文学自觉的时代，其标志之一便是志怪小说的兴盛。鲁迅先生在其《中国小说史略》中论及"六朝之鬼神志怪书"时说："中国本信巫，秦汉以来，神仙之说盛行，汉末又大畅巫风，而鬼道愈炽；会小乘佛教亦入中土，渐见流传。凡此，皆张皇鬼神，称道灵异，故自晋讫隋，特多鬼神志怪之书。"说明了魏晋南北朝时期志怪小说兴盛的原因，但他一直追溯到了上古的巫术，并下及隋唐（传奇），这样他就将中国神秘文化的源与流和中国古代小说与神秘文化的关系作了高度的概括。这条神秘文化和文学的线索，在整个中国古代文学的历史长河中不绝如缕地延伸着，发展着。五四时期，在启蒙主义的理性光芒照耀之下，以往的"鬼怪"似乎无处藏身，当时胡适的"捉妖打鬼"，周作人的"无鬼论"等都是很著名的。这个时期的文学，正像海外学者王德威所论："五四主流作家以启蒙革命是尚，发之为身体美学，他们强调耳聪目明，以洞悉所有人间病态。不仅此也，（鲁迅式）'呐喊'与'革命'成为写作必然的立场——仿佛真理的获得，在此一举。写实主义小说容不下不清不楚的鬼魅。即使是有，也多权充为反面教材。"①但他也注意到了，"新文学的背后，似乎仍偶闻鬼声啾啾"，如鲁迅灵魂里的"毒气和鬼气"，对故乡目连戏的兴趣和作品中的"黑暗面"，40 年代张爱玲所描写的阴气袭人的男女故事——两位作者都与鬼为邻。如果说在现代文学中仍能"偶闻鬼声"，那么新中国成立以后，中国大陆在马克思主义意识形态一元化的统制下，有的只是"不怕鬼的故事"，偶有人提出"有鬼无害"论，马上被视为思想的异端，受到猛烈的批判。所以志怪的传统在 20 世纪 50—70 年代实际上已经彻底中断。但 80 年代后，文化中、文学中的"妖魔鬼怪"突然卷土重来。正像有人所描述："在否定了理性万能和绝对真理之后，神秘主义大行其道。

---

① 王德威：《现代中国小说十讲》，复旦大学出版社 2003 年版，第 368 页。

从古老的周易，到新发现的特异功能，从民间嫁娶、公司开业择取吉祥吉庆的日子，到卷土重来的看风水算命相，都构成了当下的生活景观和文化景观。"① 就文学来说，马原、残雪、莫言、余华、格非、苏童、孙甘露、扎西达娃等的小说创作中，都或多或少流露出神秘主义的倾向，或一般"鬼气"。这些先锋作家及贾平凹等作家（如陈忠实、韩少功、林白、陈染等），其作品中对神秘的叙写或追求，以致神秘主义成为 20 世纪末重要的文学现象之一。但贾平凹作品中的神秘与以上先锋作家宗教意义上的神秘或现代意识驱使下的神秘有所不同，他更多地接续了我国志怪文学的传统。虽然如此，以往文化文学中的神秘因素与同时代作家作品中所流露出的神秘主义倾向，对贾平凹小说创作的影响与渗透之力也是不可抹去的。

最后也需要注意，神秘主义亦是贾平凹小说创作自觉的艺术追求。如前所述，贾平凹对拉美文学中的魔幻现实主义创作方法的学习和借鉴是自觉的，加上本国志怪小说传统的启发，魔幻的写法或在作品中添加神秘的因素、营造神秘的气氛、涂抹神秘的色彩，就成为贾平凹艺术创造上自觉的追求。贾平凹谈论《浮躁》时曾说，作品中"大量写了一些神神鬼鬼的东西""当时就想追求这个东西"②。可见贾平凹在艺术上的清醒和自觉。其实在此之前，贾平凹在一些中短篇小说中就已开始了对神秘的追求。后来，神秘主义就成为贾平凹在艺术表现上持之以恒的方法和愈来愈突出的叙事特色。如贾平凹在与人谈到他的创作时说："（《浮躁》）里面不停地出现佛、道、鬼、仙等这些杂七杂八的东西。我是想从各个角度来看一个东西。譬如写杯子，我就从不同角度来审视。最近写的长篇我就从佛的角度、从道的角度、从兽的角度、从神鬼的角度等等来看现实生活。从一般人的各个层面来看现实生活，这是必然的，不在话下。一句话，从各个角度来审视同一对象。……我之所以有佛道鬼神兽树木等，说象征也是象征，也是各个角度。不要光局限于人的视角，要从各个角度看问题。"③ 又如贾平凹在与友人的通信中这

---

① 张志忠：《贾平凹创作中的几个矛盾》，《当代作家评论》1999 年第 5 期。

② 贾平凹：《与王愚谈〈浮躁〉》，《贾平凹文集》第 14 卷，陕西人民出版社 1998 年版，第 165 页。

③ 贾平凹、韩鲁华：《关于小说创作的答问》，《当代作家评论》1993 年第 1 期。

样说，《土门》中写云林爷的"神气"和梅梅的灵魂出窍，"那又是一种笔法罢了"；这种"笔法"竟使友人感觉到他达到"对'神气'的偏爱与执信""似乎陷入得很深"的地步。① 其实贾平凹的朋友没有看出对神秘的叙写正是贾平凹小说创作有意的追求，如果去掉贾平凹作品中的这些东西，那么贾平凹也就不成其为贾平凹了。当然，这种对神秘的描写往往与意象的营造和象征的运用联系在一起，我们在阅读的过程中能强烈地感受到这一点，从作者的创作自述中也能明显地看到这一点。这涉及作品写作的神秘意图和审美作用。

三

对神秘的叙写在贾平凹长篇小说中具有重要的审美作用，概而言之，主要有两点。一是它就像中国古代山水画中的烟云一样，给作品整体披上了一层朦胧、幽玄的面纱，从而逗惹、吸引读者作无穷的想象，去揣度那面纱背后的别一个世界。贾平凹的小说向来以会讲故事而著称，这从上文所述人物故事的传奇性中可见一斑。直到近年，他仍认为必须有故事，只是强调故事的简单。从前到后扫视贾平凹的小说创作，其故事性确实是减弱了。那么，贾平凹的小说还靠什么吸引大量的读者呢？邰科祥在论及贾平凹小说的主题混茫现象时认为："贾平凹小说主题含混与他习惯并喜爱使用的三种内容有关，即黄色的小段、政治的批判、神秘的外观。"② 如果从读者阅读接受的角度来看，这个看法也是比较准确的。的确，神秘已逐渐成为贾平凹奉献给读者的小说大餐中的一道不可缺少的调味品，它不仅高高调起了读者的胃口，而且强烈地吸引着读者把作品读完。如果说《浮躁》中的神秘在作品中时隐时现，还不占显眼位置的话，那么《废都》和《白夜》一开始就讲天文异象、四朵奇花和再生人的故事，明显可见贾平凹的良苦用心，这里面有主题的考虑，更有对读者好奇心和阅读期待的设想。《高老庄》中的白云湫亦可作如是观，但作者的设谜而不解，

---

① 参看贾平凹《关于长篇小说〈土门〉的通信》及所附"穆涛回信"，《贾平凹文集》第 14 卷，陕西人民出版社 1998 年版，第 440—444 页。

② 邰科祥：《贾平凹的心阈世界》，陕西旅游出版社 2002 年版，第 139 页。

甚至引起了批评："关于白云湫，进行了那么多的渲染，花费了那么多的笔墨，……把读者的胃口吊得高而又高。……不料，读者在盼望西夏给我们带来意想不到的火爆刺激的时候，却发现是大大地上了一当，……怀疑作家是故弄玄虚，是拿读者开了一个大玩笑，……"①我们暂且不评价作者手法的优劣、艺术功力的高下，从对读者的吸引来说，作者却是极其成功的。他不但诱惑着我们把他的作品一口气读完，而且还引导着我们去探索那不可知的神秘世界，去做精神的漫游和想象的历险。贾平凹小说中的神秘因素，确实已逐渐取代故事，成为吸引读者（包括评论家）的一个神奇的法宝！

　　二是神秘使作品所表现的内容容量扩大了，含义增加了，从而具有更加丰富的美学意味。马尔克斯曾说，他的作品所描写的"看上去是魔幻的东西，实际上是拉美现实的特征"，并强调指出："这不仅涉及了我们的现实，而且也涉及了我们的思想和我们的文化。"②马尔克斯的这种真实观也许启发了贾平凹，在他的作品中，描绘神秘的事物也是把它作为生活的真实表现的。他认为生活中确实存在着种种难以解释的神秘现象，并对这些神秘现象也有着浓厚的兴趣。他说过："我从小就听见过和经历过相当多的奇人奇事，比如看风水、卜卦、驱鬼、祭神、出煞、通说、气功、禳治、求雨、观星、再生人呀等等。"③又说："陕南乡下奇奇怪怪的事情很多，这些离奇的人事里有许多可以用作我意象的材料。……民族文化不同，陕南乡下离奇事是中国式的，陕南式的，况且这些离奇是那里人们生活中的一部分。"④可见，他对神秘事物的描绘，是把它当作现实世界的一个不可或缺的部分的。这样一来，贾平凹笔下的文学世界就与以往严格现实主义作家作品中完全可以认识的世界有所不同，它再也不是一个清明世界，而是昭示我们："在这个清明世界的深邃处，却还有着一个隐形世界，并且那清明世界是受了这个隐

---

　　①　张志忠：《贾平凹创作中的几个矛盾》，《当代作家评论》1999 年第 5 期。

　　②　马尔克斯：《我的作品来源于形象——关于艺术创作的思想》，张国培编：《加西亚·马尔克斯研究资料》，南开大学出版社 1984 年版，第 164—165 页。

　　③　贾平凹、穆涛：《平凹之路》，青海人民出版社 1994 年版，第 42 页。

　　④　贾平凹：《关于〈高老庄〉答穆涛问》，《造一座房子住梦》，人民日报出版社 1998 年版，第 171 页。

形世界支配与左右的。"① 这个隐形世界与那个清明世界共同构成了我们真正面对的完整世界,对此我们必须像贾平凹小说中的人物一样常怀畏惧之心。因此,贾平凹的作品实际上给我们展现了一个全新的真实的艺术世界,相比较新中国成立后的文学是一种去蔽,相比较我国古代志怪文学传统,则是一种还原。这种对神秘的真实描写与坚信态度,也让人不由得想起干宝《搜神记》自序中"发明神道之不诬"的话,这可以说是贾平凹的真实观在本民族的正宗的源头。不管是启发于拉美文学的魔幻,还是传承了我国古代文学的志怪,贾平凹的小说都给我们展开了一个新奇别样、与众不同的艺术世界,让人眼界大开、想象无穷。

但是,贾平凹对神秘的写实又是与意象的营造和象征的运用联系在一起的,这使得他的作品具有多义性。以象征而论,贾平凹在谈及他的《浮躁》中的神秘因素时说:"这里面也采取吸收了好多象征性的,比如关于河的描写,河里发了几次水都是有一定讲究的,第一次发水是游击队进城把城墙冲倒了,第二次发水是金狗进城也冲过一次,关于河里涨水不是随便涨起来。"他甚至说:"这里面有象征的东西,河的流向都是根据八卦阴阳太极的流法。"② 虽然说得有点玄,但是作品中对州河与"看山狗"的描写,确实都具有象征的意义。费秉勋先生在《贾平凹论》一书中指出:"抗邪的'看山狗'象征抵抗社会邪恶的人金狗。""州河是金狗的象征,……州河又代表着冲决旧秩序的革命浪潮,在《浮躁》的尾声中,预告州河将要爆发最大一次洪水,暗示了改革将掀起更大的波涛,生产力发展和社会进步的前景是令人振奋的。"也有人认为"州河喧嚣、浩荡、奔腾不已的浮躁性格,成为我们时代生活的象征"③。这种对象征含义不同的理解,正体现了象征本身所具有的暗示性、朦胧性和不确定性的特征。从写实走向象征,这使得贾平凹的作品具有更加丰富的内涵,可作多样的解读、释义。

---

① 曹文轩:《20 世纪末中国文学现象研究》,北京大学出版社 2002 年版,第 106—107 页。

② 贾平凹:《与王愚谈〈浮躁〉》,《贾平凹文集》第 14 卷,陕西人民出版社 1998 年版,第 165—166 页。

③ 《时代心理的整体把握——贾平凹长篇小说〈浮躁〉讨论会纪要》,《小说评论》1987 年第 6 期。

如果说上述象征还不够神秘，那么我们再举一例。《白夜》写了一个来自农村的叫夜郎的青年在城市中奋斗的故事。对它的解读，有人认为"要深入理解《白夜》，必须解开'再生人'与'目连戏'这两个象喻之谜"，并论述道："再生人象征着一种过去的视角，这种过去的视角企求利用象征着古典情调与昔日理想的钥匙来启当代社会的门扉，然而，当下社会的物欲横流与世风污浊拒绝了过去视角的理解，拒绝了古典情调与往昔理想，再生人只好自焚重新回到他自己的世界，过去的视角也被当下社会的人们或者弃若敝屣或者深埋心底。"而作者在小说中穿插目连戏，其目的"在于以此暗喻现实人生的滑稽形式。人生就如舞台，个个既是演员又是观众，你方唱罢我登场，无论怎样慷慨激昂，还是缠绵悱恻，到头来无非一场空幻"①。抓住"再生人"和"目连戏"两个象征性意象，确实可以深入理解《白夜》，但是我们认为，对目连戏在作品中象征意义的理解稍欠准确。因为，它毕竟不同于一般的戏曲。如贾平凹《白夜》"后记"中所说："在近千年的中国文明史上，目连戏以其独特的表现形式，即阴间阳间不分，历史现实不分，演员观众不分，场内场外不分，成为人民群众节日庆典、祭神求雨、驱魔消灾、婚丧嫁娶的一种独具特色的文化现象。"它那"独特的表现形式"，与作品主人公夜郎既人又"鬼"（夜郎是南丁山目连鬼戏班的演员，曾演过小鬼）相联系，从而赋予作品以整体的象征意义。费秉勋先生曾在《白夜评点本》"总评"中对《白夜》的书名作过解释，他说："白为阳，夜为阴，书中多写阴阳等齐和阴阳沟通。鬼戏是人鬼混一，阴阳难分；阴间鬼情鬼欲，一如阳间生人，贪污受贿亦不能免；活人死后，可以再生回家，夫妻重温旧情；做活人不顺心，于是再死做鬼。即使活着的人，安见得不是鬼?! 鬼是人，人是鬼，阴是阳，阳是阴；黑夜是白天，白天是黑夜，故曰《白夜》。"这就把目连鬼戏的象征意义全说出来了，但惜之太抽象概括。我们认为主要有两层意思：一是对社会现实的巧妙讽喻。王德威在对 20 世纪 80 年代中国大陆作家们

---

①　谭桂林：《20 世纪中国文学与佛学》，安徽教育出版社 1999 年版，第 310—311 页。另外，费秉勋和韩鲁华也都注意到了"再生人"和"鬼戏"对读解《白夜》的重要性（分别参看费秉勋《追寻的悲哀——论〈白夜〉》和韩鲁华《平平常常生活事　自自然然叙述心——〈白夜〉叙事态度论》两文，皆见于《小说评论》1995 年第 6 期）。

装神弄鬼作了简述后，这样写道："当代作家热衷写作灵异事件，其实引人深思。《杨思温燕山逢故人》里郑意娘的话又回到耳边：'太平之世，人鬼相分；今日之世，人鬼相杂。'我们还是生在乱世么？"①贾平凹《白夜》中对人"鬼"相杂（不仅仅是目连鬼戏）的描写，也不能不使我们有此一问！作者的讽喻刺世之意是明显的。二是对人性异化的独特表现。20世纪40年代延安文艺的代表作之一《白毛女》，号称"旧社会把人变成'鬼'，新社会把'鬼'变成人"，这其中包含着人健康发展的意思。但是，贾平凹的《白夜》不但写人的蚕化、甲虫化，而且写到了城市所代表的现代文明把人又变回了"鬼"。"鬼"变人与人变"鬼"的不同趋向，分别代表了两个不同时代的作家对人的不同关注与思考。如果说前者写出了时代社会的变化为人的命运变化提供了一个重要契机，那么，后者则深刻表现了处于变动不居的现代社会中的人心灵裂变异化的精神痛苦。当然，《白夜》中所写的具有象征性的神秘内容的含义是非常丰富的，完全可以仁者见仁、智者见智。

综上所述，不管是写实，还是象征，贾平凹的小说都为我们打开了窥视另一个隐形世界的窗户。这个隐形世界与清明世界共同构成了贾平凹虚实相生的文学世界，并且为它提供了味之无尽的美学意味。

贾平凹长篇小说中的神秘色彩或神秘主义倾向，确实给其作品带来了比较深邃的思想和独特的艺术魅力，是其作品一个突出的特点。但特点并非纯是优点，相应地它也带来了一定的缺陷和问题。主要有三点：一是艺术上欠推敲，导致失真、不可信。贾平凹充满神秘或魔幻色彩的作品，当然不能用传统现实主义的真实观来衡量，但正像马尔克斯在《百年孤独》中写俏姑娘雷梅苔丝飞上天，不但有生活的原型，而且也是凭借了一块床单才让她飞上天的，它总得有一点现实生活的根据，或遵从想象的内在逻辑，让人觉得合情合理才行。但贾平凹作品中的某些神秘却显得有点"失真"，张志忠对《高老庄》中的人物小石头描写的批评即着眼于此，他说："正像在《废都》里，要让牛开口说话，表达作家对于城市文明的批判，是故作高深实为败笔一样，为了营造神秘主义的气氛，而把种种奇迹强加在小石头身上，再次地证明了理念与形象

---

① 王德威：《现代中国小说十讲》，复旦大学出版社2003年版，第356页。

的不相称，神秘的表象与肤浅的内涵的不相称。"① 正因为"不相称"，所以也就必然不可信。《秦腔》中对那个超大麦穗的描写也有如此不可信的弊病。二是贾平凹作品中的神秘因素未免过多过滥，有些纯是写实，没有经过艺术的筛选和加工，有些甚至是作者的故弄玄虚，这样就难免走上玄虚晦涩的歧途，影响作品达到一个高深的境界——这也正是贾平凹一直所追求的。三是在认识论上有宣扬不可知论和新的精神迷信的倾向。对于这一点，邰科祥曾给予了批评："贾平凹在作品中精心营造神秘的巫化氛围除了其积极的探索人生真谛的积极意义之外，在其负面意义上是在不自觉地宣扬一种新的精神迷信或制造精神恐惧，或者说是在束缚人的主观能动性，企图让人相信一切在天，命由天定，人力不可胜天，只可顺天。"② 邰科祥主要结合贾平凹的日记、散文合集《走虫》加以分析说明，其实在贾平凹的长篇小说中也存在着这种不良倾向。但毕竟瑕不掩瑜，贾平凹以他的长篇小说及中短篇小说中突出的神秘主义倾向，牢牢地坐稳了当代志怪小说创作的盟主宝座，并使之成为他行走文坛的一面颜色特异的旗帜。

第四节　从《秦腔》到《高兴》：当代农民命运的城乡叙事

对农民命运的热切关注，是"农裔城籍"作家贾平凹小说创作一贯的主题。长篇小说《秦腔》和《高兴》也不例外。之所以把这两部先后出版的作品放在一起讨论，是因为这两部小说在人物故事方面存在着许多相似之处。《秦腔》写的是商州清风街的故事，《高兴》写的是商州清风镇农民刘高兴在西安城里拾破烂的故事。一为清风街，一为清风镇，虽一字之差，但实为一地，都是贾平凹家乡商州丹凤县棣花村。据贾平凹在《高兴》"后记（一）"中所说，《秦腔》中的人物书正，《高兴》中的人物刘高兴，其原型都是作者在家乡的朋友刘书祯。《高兴》和《秦腔》写的都是作者家乡农民的故事，并且具有连续性，用

---

① 张志忠：《贾平凹创作的几个矛盾》，《当代作家评论》1999 年第 5 期。

② 邰科祥：《贾平凹的心阈世界》，陕西旅游出版社 2002 年，第 157 页。

贾平凹在《高兴》"后记（一）"中的话来说，就是：《秦腔》写了家乡"农民怎样一步步从土地上走出，现在《高兴》又写了他们走出土地后的城里生活"。从《秦腔》到《高兴》，农民由乡而城的生存故事，正好可以构成当代农民普遍的时代命运图景。从《秦腔》到《高兴》，作者贾平凹似乎一直在追问这样一个问题：新世纪以来，在当代中国，农民将以何地为生？哪里才是他们真正的家园？

一

一直以来，许多现当代作家都醉心于描写农民与土地关系中诗意的一面，描写土地宽阔的胸怀、强健的生命力、慷慨大度的施舍，以及黄绿交错的田园风光，描写真正的地之子——农民对自己的衣食父母——土地的深沉、执著、依恋的动人情感。但实际上，农民与土地在更多情况下也许只是一种生存关系，当土地能够为他们提供衣食和身心的庇护时，他们就以此生存繁衍，依恋甚至崇拜土地；当土地做不到这点时，他们往往会毫不犹豫地抛弃土地，逃往他地以谋求生存和发展。这是农民的"实用哲学"，根本不同于知识分子作家的诗意想象。因此赵园曾说："即使如沈从文，他的乡村描写中更多的是知识分子、士大夫趣味，见出明晰的传统渊源，与真正田父野老的经验相去不知几何！"①贾平凹的长篇小说《秦腔》就对他的家乡的地之子们的生存现实作了最生动深刻的描写。这里有对土地的爱惜、依恋，如夏天义不愿养老享福，而无怨无悔地在儿子们的田地里劳作，自愿耕种别人家荒芜的田地，并一心想淤成七里沟的地；他也因组织一批老汉老婆阻挡修国道以减少毁坏耕地而受到行政处分，并因此下台。夏天义对土地的爱，最终以其被埋葬在大面积滑坡的七里沟下面而分外悲壮感人。但《秦腔》同时也描写了农民，尤其是青年农民纷纷从土地上的逃离，如俊德一家人，光利及其未婚妻，羊娃、白路、李生民、翠翠、陈星等。如果再加上未离乡土但并不以土地为生的人，如赵宏声、书正、三踅、李英民、夏雨、丁霸槽等；通过考学、当兵等跳出"农门"的人，如夏风、白雪、夏中星等，队伍就更为庞大了。总的一个趋势是：农民尤其是青年

① 赵园：《地之子》，北京大学出版社 2007 年版，第 11 页。

农民都不愿死守土地、耕种土地了，而渴望进入城市生活。在这一从农村到城市的集体性迁移过程中，充满了更为悲壮的意味。有的人发誓再也不回来了（如李生民）；有的人即使返回家乡，也已是个废人（如狗剩），或逃亡的杀人犯（如羊娃）；还有的在城市见不得人的角落用美丽青春换取不干不净的钱（如翠翠），甚至把命扔在了城市的建筑工地上（如白路）。这是一次悲壮的历史性过程，也是时代社会发展的大势所在。《秦腔》生动地反映了这一社会历史发展的大趋势，尤其深刻地描写了老少两代农民对土地不同的情感态度，写出了他们之间新旧两种观念的差异和冲突。

《秦腔》对老少两代农民不同的土地观念冲突的描写，显著的有好几次。一次是秦安与君亭关于淤地还是建农贸市场的争论，这其实也是夏天义与他的亲侄子君亭的争论。当秦安表达了"农民只有土地，也只会在土地上扒吃喝，而清风街人多地少，不解决土地就没辙……"的看法后，君亭却说：七里沟"就是淤成了，多了几百亩地，人要只靠土地，你能收多少粮，粮又能卖多少钱？现在不是十年二十年前的社会了，光有粮食就是好日子？……（清风街农民）他们缺钱啊！"表达了截然不同的看法。后来，农贸市场终于建成了，且生意兴隆。再一次是夏天义与文成等孙辈的对话，当夏天义对他们讲祖先如何逃荒来到此处开垦第一块土地和创建村子时，孩子们却埋怨祖先为什么没去关中大平原和省城；当夏天义讲述他们这一辈人如何修河滩地、建大寨田等光辉业绩时，孩子们也并不感动，反而埋怨他为何不把清风街作为县上炼焦炭的基地，否则清风街已经是座城了。夏天义企图用劳动改造他们，但最终以失败而告终，因为北瓜的事，孩子们再也不到七里沟来劳动了。另一次是夏天智与小儿子夏雨的对话。当夏天智催儿子去把后塬上的责任田翻一翻，开春了好栽红苕，夏雨却说："出的那力干啥呀，地不种啦！"夏天智睁大了眼睛："不种了，喝风屙屁呀？"夏雨说："村里多少人家都不种地了，你见把谁饿死了？我负责以后每月给家里买一袋面粉咋样？"尽管是农村有文化的人，但夏天智与其兄夏天义一样，都有一种以种地为农民本分的思想，一种重农轻商的心理。以上对老少两代农民观念冲突的描写，表明土地已经留不住青年一代农民了。但这只是生存意义上的土地，而土地派生的土地文化，从一定意义上说也就是传统文化，在《秦腔》中集中表现为秦腔戏曲，也遭到了青年农民的抛弃；在年轻一代眼里，它显然不如流行歌曲更贴合自己的审美需要。总之，从物质、生存层面的土地，到精神、文化层面的秦腔等，农村都不能留住出外打工的农民尤其是青年农民的匆匆脚步了。

山东作家赵德发有部长篇小说，题名为《缱绻与决绝》。其实在这一题名的背后，既掩藏着农民对土地的情感态度的历史变化过程，具有悲壮的历史意义，又暗示着农民旧与新、传统与现代两种不同观念的对立冲突，演绎着无数普通人的悲喜剧。贾平凹的《秦腔》，不仅表现了当代农村生活历史性的巨变，农民的悲喜剧，而且还把笔触稍稍伸出农村以外，直达城市之中，间接或侧面描写了农民进城之后的生存状况。如白路在县城给人盖房因脚手架突然倒塌而被压致死，羊娃在省城打工因偷盗杀人而逃回家里，后被抓捕归案；也有在城市混得好的，竟连老婆、娃娃都带到城里定居的，如在省城捡破烂的俊德。但正面、详细叙述农民在省城里拾破烂的故事的，则是贾平凹的长篇小说《高兴》。

二

《高兴》讲述的是商州清风镇农民刘高兴和五富在省城西安拾破烂的故事，描写了这一类进城农民的生存现实。这是一幅清苦、艰辛的生活图卷。每天一大早，刘高兴和五富各拉着一辆破架子车，到自己固定的街区去拾破烂，辛苦一天，如果顺当的话可以挣一二十元；他们穿戴的多是拾破烂得来的衣服、鞋子，甚至做饭的锅灶也是拾的；平日里吃的是蒸馍、包谷糁和面糊糊疙瘩汤，面条是很少吃的，偶尔也吃顿羊肉泡馍之类好吃的，但在连阴雨天出不了门也就凑合着吃那少盐没醋的饭；他们住在西安城南池头村两间简易房屋里，条件是差，但便宜。这是较顺当的拾破烂的日子，也有挫伤的时候，如受骗——五富在鬼市收铜管被骗250元钱，后来收铝锭又被骗了180元钱；歧视——刘高兴收破烂时受到一个漂亮的"冰女人"的不礼貌对待，帮助一位教授用身份证捅开了门却被他的邻居怀疑为小偷；剥夺——刘高兴、五富和石热闹在咸阳建筑工地被老板拖欠工资，等等。作品在描画这一生活图卷时并不局限于刘高兴两三个人身上，而是视阈更为广大。类似于老舍的《骆驼祥子》，作品以主要人物刘高兴等人每日的工作行踪和人际交往为线索，反映了更为广阔的城市生活面貌，尤其是来城市打工的各种职业的农民工的生存状况。有做妓女的，如孟夷纯；做保姆的，如翠花；当乞丐的，如石热闹；在煤店卖煤的，如刘良；做建筑工人的，干装卸工的，等等。这其中，有把事业做大的，如那个创建公司搞 DDC 工程的环卫工；也有走上不归路，把命扔在城市的，如那个跳楼自杀的农民工。总之，《高兴》不仅仅反映了拾破烂的农民工的生存状况，更是全面反映了西安城里各种职业的农民工的生存现实，它是当代一部描写农民工生活的大书。

生活于城市中的农民工，为城市建设贡献了自己的力量。以拾破烂来说，正像刘高兴所说："如果没有那些环卫工和我们，西安将会是个什么样子呢？"但城市对待这些农民工又如何呢？就以市场经济原则来说，也是一种极不平等、极不公平的交换。农民工不仅付出了他们辛勤的劳动，同时还有人格尊严，甚至生命。即使是这样的城市生活待遇，农民工大多也是比较满足的。如五富把一天挣一二十元，"一口萝卜丝儿一口馍，再喝一阵稀饭"称作好日子，说："清风镇没几个人像咱这日子哩！"再如黄八认为城里人看不起他们，五富说他如果是领导的话就让农民都不来城里，但当杏胡说出"不来城里咱饿死得更早"时，却得到了大家普遍的认同。而杏胡这个女人，也确实把拾破烂的日子过得快乐、滋润。但是，他们的满足主要是建立在与以前农村生活比较的基础上的，这一方面说明了农村生活的更加贫困，已经对农民毫无吸引力了，另一方面也隐含了不能横向对比、知足常乐的意思。如果横向比较，则农民不能不对城市充满抱怨、愤恨、嫉妒甚至起破坏之情。像刘高兴这样以苦为乐，把城市作为自己的城市而爱，确实是"拾破烂人中的另类"。在城市这样人潮涌动、高楼林立、金钱至上，信奉法制和契约，与农村人情社会完全两样的异质文化环境中，农民一般是很难融入其中的。

农民进入城市生活，农民与城市的关系，作品中有一个具有象征性的仪式化场景：当刚进城不久的刘高兴到五道巷宾馆的十五层楼去收废煤气灶时，门卫不让他进去，后来允许了却让他必须光着脚进去，这样刘高兴的脚印留在了大厅光亮的地面上，以致他后来经常在梦中寻找他的鞋子。这个场景中的宾馆高楼可以作为城市的象征来看，而农民要进入它所象征的城市生活常常是不被允许的，即使被允许了，也是一种有得有失的结果。农民得到的是实实在在的物质利益，如那台废煤气灶，但失去的也许是更为重要的东西，如梦中寻找鞋子是否蕴含着寻找另一个本真的自我呢？刘高兴梦中找鞋子，显然具有农民进入城市后自我异化的象征意义。

但《高兴》对进城农民的精神异化并未作深入描写，而是用更多的篇幅描写他们的生存状况和面对新的城市生活环境时所表现出来的精神心态，尤其是精神劣根性。《高兴》的主人公是刘高兴，但正如刘高兴所说，五富事实上"一直是我的尾巴"——这两个人物在作品中也确实形影不离，因此在作品中五富是一个重要性仅次于刘高兴的人物，甚至可以说五富是另一个刘高兴。贾平凹在《高兴》的"后记（一）"中认为，在《西游记》中，"唐僧和他的三个徒弟其实是一个人的四个侧面"，虽然仅指《西游记》而言，但套用他的观点来看他的《高兴》，作品中刘高兴与五富岂不也是一个人的两面？作品中写刘高兴对城市的热爱，与五富对城市的怨恨，其实可以看作一个进城农民对城市既爱又恨、爱恨交织的感情。而作品中所写的五富的愚昧、无知、狭隘、自私、嫉妒性和破坏欲等诸多精神劣根性，其实暗示了刘高兴也是具有这些劣根性的。作品实际上也写到了刘高兴抑制不住的嫉妒性和破坏欲，如他想在游芙蓉园没人时到处撒一泡尿，这与五富没人时在街上白墙上踏上脚印，想在进入城市人家没人时用泥脚踩脏地毯、在餐桌上的咖啡杯里吐痰，其实并无二致。当然，刘高兴与五富毕竟是两个思想性格迥异的形象，如五富只知道如何赚钱、攒钱、吃好、穿好，而刘高兴却会吹箫，追求更高的精神享受。但笔者更看重这两个人物精神、性格的一致性和互补性，尤其是从五富身上，是可以直观到刘高兴时时处处掩藏的文化潜意识的。

《高兴》主要描写了进城农民刘高兴等人拾破烂的生存故事，描写了他们面对城市异质文化环境时的言谈举止和精神状态，其实是一个进城农民与城市的关系的故事，但作品也生动、深刻地表现了进城农民与土地、乡村割舍不断的感情。当刘高兴与五富到了收割麦子的农忙时节决定不回家后，他们相约去城市郊外看麦子。此时的场景，作品给予了动人的描写：

　　我们看到了一望无际的河畔麦田，海一般的麦田！五富一下子把自行车推倒在地上，他不顾及了我，从田埂上像跳河潭一样四肢飞开跳进麦田，麦子就淹没了他。五富，五富！我也扑了过去，一片麦子被压平，而微微的风起，四边的麦子如浪一样又扑闪过来将我盖住，再摇曳开去，天是黄的，金子黄。我用手捋了一穗，揉搓了，将麦芒麦包壳吹去，急不可待地塞在口里，舌头搅不开，嚼呀嚼呀，麦仁儿使鼻里嘴都喷了清香。

　　这里表现的农民与土地的根深蒂固的感情，是一种充满诗意的感情。但紧接着在刘高兴和五富之间发生了一场生活在城市好还是乡村好的争论。五富说："还是乡里好！没来城里把乡里能恨死，到了城里才知道快乐在乡里么！"并认为"城里不是咱的城里"，活得"不自在"。而刘高兴却表达了不同的看法："不自在慢慢就自在了，城里给了咱钱，城里就是咱的城，要爱哩。"这里需要注意，五富是从是否"快乐"，精神是否"自在"立论的，而刘高兴却着眼于"钱"。所以合起来看，是否可以这样说：城市给了农民物质利益的满足，而农民的精神家园却在乡村？但农民是最务实的人群，他们也许更看重眼前的物质利益，并不考虑虚幻的精神归宿问题——这一问题也许只是作家自己的文化忧虑？即使考虑到了精神、灵魂问题，乡村也并不是农民的乐土。《秦腔》中的农民尤其青年农民不都义无反顾地纷纷从土地、从家乡逃离了吗？既然农村、城市都不是农民真正的家园，那么农民将以何地为生？这不仅仅是一个农民问题，也许可以引申为当代中国人最普遍的人生问题。从《秦腔》到《高兴》，贾平凹对这一农民问题、人生问题的连续性追问，加重了这两部作品的思想容量。

　　三

　　在当代中国，农民将以何地为生？贾平凹在作品中没有给出一个明确的答案，这可能缘于作者矛盾的文化心理。在《秦腔》"后记"中，贾平凹说："我的写作充满了矛盾和痛苦，我不知道该赞歌现实还是诅骂现实，是为棣花街的父老乡亲庆幸还是悲哀。"这种对现实生活的

"矛盾和痛苦"一直延续到《高兴》的创作。在《高兴》"后记（一）"中，贾平凹对自己矛盾的心理作了最彻底的坦白，当他想到自己不是偶然的机会进了城，也可能以一个农民的身份进城拾垃圾时，他说：

> 这样的情绪，使我为这些离开了土地在城市里的贫困、卑微、寂寞和受到的种种歧视而痛心着哀叹着，一种压抑的东西始终在左右了我的笔。我常常……想为什么中国会出现打工的这么一个阶层呢，这是国家在改革过程中的无奈之举，权宜之计还是长远的战略政策，这个阶层谁来组织谁来管理，他们能被城市接纳融合吗？进城打工真的就能使农民富裕吗？没有了劳动力的农村又如何建设呢？城市与乡村是逐渐一体化呢还是更加拉大了人群的贫富差距？……作为一个作家，虽也明白写作不能滞止于就事论事，可我无法摆脱一种生来俱有的忧患，使作品写得苦涩沉重。而且，我吃惊地发现，我虽然在城市里生活了几十年，平日还自诩有现代的意识，却仍有严重的农民意识，即内心深处厌恶城市，仇恨城市，我在作品里替我写的这些破烂人在厌恶城市，仇恨城市。

尽管现在我们看到的《高兴》是贾平凹换了一种思路写成的，但这番坦白才是他真实的文化心理。这是一种典型的恋乡斥城的文化心理，存在于许多具有"农裔城籍"双重文化身份的作家心底，不止贾平凹一人而已。

虽然贾平凹本能地"厌恶城市，仇恨城市"，排斥城市文明，但他并非没有看到城市化这一社会历史发展的大趋势。早在小说《土门》中，贾平凹就借助其中一个人物——作家范景全之口表达了这样的看法："国家工业化，表现在社会生活方面就是城市化，这一进程是大趋势啊，大趋势是能避免的？！"后来在与朋友谈论这一作品时，贾平凹又亲口说："城市化进程是大趋势，大趋势是无法改变的，写这样的内容，关心人类的文明，关注中国的发展和命运，这应该说是主流的东西。……农村是落后的，城市也有城市的弊病，尤其是在中国，如何去双重地批判呢？我是站在仁厚村的角度来写这一进程的，写行为上的抗拒，心理上的抗拒，在深深的同情里写他们的迷惘和无奈，写他们的悲壮和悲凉，写一个时代的消亡。"① 既写社会历史发展的大趋势，又对农村、农民充满了"深深的同情"，这表明了贾平凹理智与情感的矛盾。

这种理智与情感相矛盾的文化心理一直贯穿在贾平凹的小说创作，尤其是长篇小说创作中。贾平凹是以描写他的家乡商州的系列小说而著名的，他也写过《废都》《白夜》等城市小说。不管是写乡村还是城市，贾平凹往往采取一种整体观照的视角，把城乡二元世界、两种文化勾连起来，深入思考两种文化价值的优劣。在那些写乡村的小说中，贾平凹一方面对农村中纯朴美好的风土人情、道德价值等给予充分的肯定和赞美，如《浮躁》中小水身上所体现的善良美好的人情、人性。另一方面则对处于变革中的农村、农民文化心理和传统习俗中的封闭、落后、愚昧、自私、褊狭、蛮横、懒惰、势利、嫉妒等精神劣根性给予了强烈的批判和否定。如《高老庄》中蔡老黑带领众多民众冲砸地板厂和对苏红的欺辱，作者对乡民陈腐的观念和蛮横的破坏力显然持批判的态度。在那些写城市的小说中，贾平凹既对城市生活中那种人事烦扰、人情淡漠、人性异化的生存境况作了真实的描写，典型的如《白夜》，作品对主人公夜郎混迹于鬼戏班和患了夜游症情节的描写，显然具有进城农民精神异化、迷失自我的含义；又对城市化这一社会历史发展的大趋势，持清醒的理智的态度——如上文贾平凹对《土门》的谈论。另外，贾平凹在写乡土的小说中常常表达对城市文明的向往，在写城市的小说中则不时表达对城市生活的厌烦，渴望逃离城市。既欣赏农村的美好，也看到了"农村的落后"；既看到了"城市的弊端"，也理解城市化是大趋势，贾平凹对城或乡两种文化价值不固守一端，而是持有一分为二的辩证态度。换一种说法，也就是情感与理智相矛盾，不知选择哪一个作为价值尺度。

正是因为情感与理智相矛盾的文化心理，所以在《秦腔》中，作者虽然冷静地写出了农民纷纷逃离土地、乡村的历史大趋势，但对此过程并不是毫无隐忧，这从作品中弥漫的作者对田园荒芜、乡土文化道德衰亡的深深的挽悼之情中可见一斑。整体来看，《秦腔》实在是一首乡

---

① 贾平凹：《致穆涛书》，《敲门》，作家出版社1998年版，第122—123页。

村传统失落的挽歌，一首乡村诗意失落的挽歌。到了《高兴》，虽然对进城农民精神的探索达不到《白夜》的深度，但它所描写的处于城市底层或边缘的进城农民的生存现实，却具有《白夜》所没有的尖锐性，直逼我们正视城市生活的复杂性。这是《高兴》的价值所在。另外，仅就人物创造来说，刘高兴的改（命）名，他对城市的热爱、认同，与城市对他的不公平待遇相比较，显然构成了一种反讽，这实际也是作者理智与情感相矛盾的结果。而刘高兴对城市的热爱与五富对城市的怨恨，则可以看作一个进城农民对城市既爱又恨、爱恨交织的感情。这种情感特点其实正是作者情感与理智相矛盾的文化心理最直观的呈现。

从《秦腔》到《高兴》，虽然作者一直追问农民将以何地为生，哪里才是他们真正的家园，但作者矛盾的文化心理，致使他笔下的农民仍将"在路上"，漂泊不已，居无定所。也许正是由于这个原因，贾平凹的作品才不一味肯定什么、赞美什么，也不一味批判什么、否定什么，而是"写成一份份社会记录而留给历史①。也许你会指责作者在思想上缺乏锋芒，在情感倾向上缺少判断，但在一个价值观念尚不明确的社会转型时期，对一个重视文学的时代性和现实主义品格的作家来说，对一个执着追求整体的、浑然的、元气淋漓而又鲜活的艺术境界的作家来说，选择客观的写实而非偏激的抒情，这也许是一种比较聪明的办法。从这里，从贾平凹的作品中，我们读者以及后来者——就像恩格斯从巴尔扎克的作品中——所学到的东西，也许"要比从当时所有职业的历史学家、经济学家和统计学家那里学到的全部东西还要多"②。

---

① 　参见贾平凹《高兴》，作家出版社 2007 年版，"后记（一）"《我和高兴》一文。
② 　恩格斯：《恩格斯致玛·哈克奈斯》，《马克思恩格斯选集》第四卷，人民出版社 1972 年版，第 463 页。

第三章

新时期南阳作家群小说

第一节 南阳作家群小说创作概况

在新时期以来的中国当代文学地图上，河南南阳作家群的小说创作形成了一道引人注目的文学风景线。仅以国内最高文学奖茅盾文学奖来说，就有姚雪垠的《李自成》（第二卷）、宗璞的《东藏记》、柳建伟的《英雄时代》、周大新的《湖光山色》四部南阳籍作家的作品获奖。其他作家，像张一弓、乔典运、二月河、田中禾、行者、殷德杰、马本德、李克定、秦俊等的小说也都在全国闻名。南阳作家群何以会"崛起"？他们都创作了哪些小说作品？在创作上有何特点？针对这些问题，下面逐一论析、解答。

一

南阳作家群的"崛起"并引起评论界集中而广泛的关注，大致是在20世纪90年代中期，尽管80年代他们的创作就已逐渐形成队伍并纷纷取得全国性的影响。1995年1月，在郑州召开了南阳作家群研讨会。在此前后，《光明日报》《文艺报》《文汇报》《文学报》《中国青年报》《河南日报》《求是》等报刊都纷纷发表文章，介绍南阳作家群的文学创作。此后，先有白万献、张书恒编著的《南阳当代作家评论》一书于1996年出版，这是较早出版的有关南阳作家群的资料和评论汇编；接着是河南文艺出版社在世纪末推出的"南阳作家群丛书"，其中包括乔典运、周大新、张一弓、田中禾、二月河、殷德杰、马本德、行者、孙幼才等作家的小说自选集，周同宾、周熠、廖华歌等作家的散文自选集，陈继会主编的《文学的星群——南阳作家群论》研究专著等。新世纪以来，既有《走近南阳作家群》这样全面介绍的论著出版，又有《二月河历史叙事的文化审美建构》《乡土守望与文化突围——周大新创作研究》《乔典运传》等细化深入的研究论著的先后面世。从80年代到新世纪，评论、研究南阳作家群作家作品的单篇文章更是数以千计。南阳作家群作家人数多，作品品位高、影响大。作品除获得国内各种文学奖项外，还纷纷被改编、拍摄成影视剧，被翻译成多种语言介绍到国外，因此影响更为远大。

南阳作家群何以会"崛起"，造成声势并引起广泛关注？其原因是多方面的。但以下几个因素不能不被提及，也是大家普遍形成的共识。

首先，作家普遍具有痴情文学、坚守岗位、勤奋耕耘、勇于探索的敬业精神。这种精神被称为"卧龙精神"。据说，二月河为写长篇历史小说《康熙大帝》，累得一头黑发都脱落了。乔典运早在50年代就已经成名，但他并不固步自封，而是不断思考、不断探索，终于在80年代中期写出了一批深刻、老辣的作品。农民作家陈君昌为了自己热爱的文学事业，过了50岁还未成家，每天劳作之余坚持笔耕，终于出版了长篇小说《魂飞情荡一捧雪》。在一个物欲横流、信仰缺失的时代，南阳作家们的敬业精神无疑是让人感动的。正是这种敬业精神，成就了他们的文学事业。

其次，南阳作家身处一个相对比较自由、宽松、和谐、温暖的小环境，有利于文学创作。曾担任南阳地委宣传部长和地委副书记、主管地区意识形态工作的刘海程撰文回忆说：1987年，秦俊、行者两位青年作家合作撰写的关于近代历史人物别廷芳的长篇小说在《南阳日报》上连载时，有人认为别廷芳不是正面人物，性质尚无定论，要求报纸停载，两位作者听说后很是不安，但在刘海程等宣传部领导过问、保护下，作品得以正常发表；著名作家乔典运发表的一系列国民劣根性批判的小说，一度也有人提出要批判某些作品，并要否定由基层推荐上来的乔典运的模范事迹材料，在"文化大革命"中挨过批斗的乔典运思想十分紧张，表示洗手不干了，后经领导部门认真核查，授予乔典运"模范思想政治工作者"称号，并在全地区进行表彰，从而稳定了南阳文艺队伍；领导们努力改善作家的生活环境，解决了殷德杰、二月河等作家个人转干、住房、家属农转非等问题。① 南阳各级领导对作家的尊重、关心和帮助，逐渐形成了一个"风调雨顺"的小气候，这有助于作家创作的顺利进行，并使其大胆探索，拿出思想深刻、艺术精湛的作品。

第三，南阳作家文学创作成就突出，也是南阳地区悠久深厚的历史文化传统养育的结果。自古以来，南阳地区历史文化积淀深厚、文风昌盛不衰。考古资料证实，早在四五十万年以前的旧石器时代，南阳盆地就有古人类居住生活。夏商周以来，南阳是王朝统治的中心地区或战略要地。春秋战国时期，南阳盆地逐渐为楚国所占有，创造了辉煌灿烂的楚文化。秦置南阳郡（郡治宛，今南阳市城区东北），至西汉时这里已"商遍天下，富冠海内"，成为全国六大都会之一。汉光武帝刘秀起兵于南阳，开创了东汉王朝近三百年基业，南阳宛城被称作"南都"，誉为"帝乡"，因此南阳汉文化遗迹、遗物特别丰富，中外驰名。唐宋时期，南阳适逢盛世，经济发展水平全国领先，这也促进了文化的繁荣发达。元明清时期及近代以来，南阳地区间有战乱匪患，但经济文化仍有较大发展。新中国成立以后，尤其是"文化大革命"结束以来，南阳地区的文化事业获得大发展、大繁荣。就文学创作来说，南阳地区历朝历代文风昌盛，张衡、朱穆、何晏、鲁褒、范晔、宗炳、宗懔、庾肩吾、庾信、张巡、岑参、张祜、韩翃、张继、朱放、赵璘、毛文锡、酒贤、王鸿儒、李蓘、彭而述等，或以文名，或以诗名，皆在古代文学史上留有印记。近现代以来，冯沅君的小说，姚雪垠的《李自成》等小说，李季的《王贵与李香香》等诗歌，宗璞的小说和散文，也都是全国闻名的南阳籍作家作品。另外，南阳的民间文艺、民间文化也是丰富多彩，积淀深厚。这些历史文化传统对新时期以来南阳作家的创作无疑具有耳濡目染、潜移默化的作用，有些直接成为他们作品的素材，有些影响形成了他们的人格精神。

二

南阳作家群以小说创作成就最为显著，除了本书专章专节集中论述

---

① 刘海程：《我与"宛军"朋友们》，《河南日报》1994 年 11 月 2 日。

的姚雪垠、周大新、乔典运、田中禾四位作家外，下面捡其重要者给予简要介绍。

张一弓，1935 年生于开封，祖籍新野，曾长期从事新闻工作，1956 年开始发表小说。新时期以来，他创作、发表了《犯人李铜钟的故事》《张铁匠的罗曼史》《黑娃照相》《死吻》《孤猎》等大量中短篇小说，结集出版了《流泪的红蜡烛》《犯人李铜钟的故事》《张一弓小说代表作》《张一弓小说自选集》等小说集。另外出版了长篇小说《远去的驿站》，长篇纪实文学《阅读姨父》及散文、随笔集《飘逝的岁月》。

张一弓的小说大都是描写农村生活的，表现了当代中国农民的命运。《犯人李铜钟的故事》是一篇描写我国 20 世纪 60 年代农村大饥荒的小说，通过李家寨党支部书记李铜钟为民请命而变成"抢劫犯"的悲剧故事，对当代极"左"政治路线进行了深刻反思。《张铁匠的罗曼史》通过张铁匠与王腊月一家人悲欢离合的故事，反映了二十多年的当代历史生活变迁，历史反思的视野更为宏阔。在回顾历史的同时，张一弓也表现了改革开放以后农村生活的新变化、新面貌。《黑娃照相》通过农村小伙黑娃赶中岳庙会照相的故事，反映了农民物质生活，尤其是思想观念发生的新变化。如果说黑娃通过养长毛兔赚到的第一笔钱八元四角在中岳庙会上尚且捉襟见肘的话，那么《春妞儿和她的小嘎斯》中的春妞儿已经开上了自家上万元（当然钱有一部分是借贷的）买的汽车搞起了长途运输，劳动致富和改变自身命运的思路是一致的，但作为女性的春妞儿比黑娃显得更为大气、坚强。张一弓后来发表的《孤猎》《夜惊》等小说，虽然仍写的是农村生活，但明显超脱了时代政治的框架，而具有更多文化象征的意味。

除了农村题材外，张一弓还创作了《死吻》《都市里的牧羊人》等少量描写知识分子生活的小说。这与作者出身于知识分子家庭（张一弓的父亲曾是河南大学中文系教授，母亲是高中语文教师）有关，也与作者的生活、工作经历有关。这一类小说常带有一定的自传性。长篇小说《远去的驿站》应该是此类小说创作的延续和代表。小说以第一人称"我"的儿时经历与现在的回忆，先后串起了大舅、姨父和父亲三个知识分子及其家族的不同故事，形成"冰糖葫芦"式的独特结构，情节纵横枝蔓、大开大合、引人入胜。但人物形象塑造得更为成功，除大舅、姨父和父亲三个男性主要人物外，像留德博士王"疯子"、老姥爷、三姥爷、齐楚、老爷爷、爷爷、舅爷、贺爷贺雨顺、贺石等男性人物，以及创造了爱情神话的老奶奶莲子、热烈浪漫的薛姨、活泼机敏的小李姨燕子、凄婉多情的宛儿姨和自立自强、坚韧博大的母亲等女性人物，大都个性鲜明，给读者留下深刻的印象。另外，小说从前到后引述了许多歌谣、儿歌、大调曲子词和民间传说、故事，增强了阅读的趣味性和地域民间色彩。

殷德杰，1947年9月生，河南南阳市七里园乡常庄村人。从小丧父失母，跟着爷爷长大成人。七岁入学，因是反革命子弟，经常受人歧视和欺侮。1968年高中毕业，之后回乡务农。1979年开始文学创作，1981年《儿子》（后改名为《女人的阴谋》）、《院墙内外》等小说相继发表，产生广泛影响，开始走上文坛。1985年被南阳地区文学刊物《躬耕》聘为小说编辑，1986年转为国家正式干部。先后陆续创作、发表中短篇小说100多万字，并出版了中短篇小说集《女人的阴谋》《殷德杰小说自选集》，长篇小说《无弦》和散文随笔集《老南阳：旧事苍茫》等。

中篇小说《歪歪井有个李窑主》可看作殷德杰的代表作。小说写的是南阳城北近郊歪歪井村农民李保登为脱贫致富办砖厂的故事。为筹集资金，李保登卖掉了积攒多年的盖房的砖瓦材料，又发放预付合同卡300多张。在他出外购买制砖机期间，为他干活的表弟二炮弹打了阻拦干活的游手好闲、不务正业的村民朱国经，朱国经告到公社书记赵丙三处，结果砖厂被停工，二炮弹被派出所抓走。尽管有公社郭主任的支持和鼓励，但由于赵书记的干涉，李保登耽误了二十多天的宝贵时间，就在他的砖窑点火之际，雨季来临，大雨从天而降，毁坏了砖窑。与此同时，本来就不爱他的妻子米琴彻底背叛了他，带着孩子追随她的情夫、已被李保登辞退的外乡人杨喜堂而去。但在最后关头，米琴回到了身处困境的丈夫身边。李保登借钱重建砖窑，又被朱国经告状，在赵书记亲自参与下，他先被拘留又被放了回来；表弟二炮弹打死朱国经被判了死刑；妻子为保护砖窑被杨喜堂打伤……小说最后李保登的砖窑终于点火烧出了第一窑砖。小说所讲的故事一波三折，引人入胜。故事主人公李保登为办成砖厂忍辱负重、日夜操劳、不屈不挠、心怀大志，给读者留下了深刻的印象，是一个刻画得比较成功的农民改革家的形象。其他人物形象也刻画得较为丰满。小说被认为是"全国写农村经济改革较有深度和力度的一部作品"。

也许受悲惨不幸的生活经历和深沉阴郁的性格的影响，殷德杰的小说创作对人性的阴暗面格外垂青。《女人的阴谋》中焦家凹焦三婆为保住家业，纵容守寡儿媳借种于借宿他家的过路赶驴人屈五，等到儿媳怀孕，即诬陷屈五为贼，在风雪之夜赶走了光着身子的他。新中国成立后，大难不死的屈五带民兵追杀了自己的亲生儿子、逃亡地主焦启承。这是一个父子相残的故事。《磨盘村的诅咒》则讲述一个夫妻相残的故事。谷牛角在其母鼓动、怂恿下，在作为丈夫的嫉妒心的支使下，毒打、逼死了在朋友朱培承包的旅社上班的妻子胡春桃，自己也自杀身亡。《冰冷的太阳》写兄弟相残。鲁太阳种银耳致富，且在家办着银耳培植学习班，其孪生哥哥鲁太阴好吃懒做、百事无成。因弟弟宁肯给仇人3000块钱而不肯借给自己30块钱，鲁太阴向弟弟刺出了致命一刀，而鲁太阳在临死前也杀死了哥哥。《马统领与徐县长的故事》仍写兄弟相残。马统领马文德为了朋友设计害死徐县长徐培堂，直到徐县长死后才发现他竟是自小失散多年的亲哥哥。后来马统领也被以通匪害民之罪枪毙于哥哥上吊的树下。《刑场芭蕾》不仅写到兄弟相残，还写了父（养父、叔父）女相残。通过对亲人相残的悲剧性故事的叙述，作者揭露了各种人性之恶，作品大多给人一种沉痛、抑郁之感。殷德杰的小说常以传奇性的故事吸引人，但有时也因故事的传奇性妨害了人物真实、丰满的刻画。

马本德，1953年生于河南镇平县城郊乡一个农民家庭。高中毕业后回乡，做过农民、民办教师和临时工。1977年恢复高考后考入郑州大学中文系，毕业后到南阳市文联工作，先后任《躬耕》杂志编辑、主编、文联副主席。70年代末开始文学创作，先后发表中短篇小说多篇，结集出版了《淘金部落》《马本德小说自选集》等小说集；还出版了长篇小说《望城》。

《女教师日记》可以说是马本德早期的代表作。小说以日记形式讲述了青年女教师孙静因出席地区模范教师代表大会、事迹上报和被采访，而被同事嫉妒、误解和孤立的故事，既揭露了因嫉妒而扭曲的人性，也反映了"墙里开花墙外香"和人们只想随大流不愿"出风头"等社会现实问题。小说之所以引起文学界的广泛关注，正因为它的人性深度和反映问题的普遍性、尖锐性。《土匪》是马本德扩大题材范围后的一篇力作。小说写豆腐九起夜在屋外恰好看见土匪刘三太抢劫富户回村，刘三太让他入伙或卖房卖地挪到外村去，尽管全村人都暗中为匪，但豆腐九两条路都不想走，最后被刘三太诬告为匪，遭到枪毙。儿子为父报仇杀了刘三太等人，最终沦落为匪。小说讲的虽是一个被逼为匪的故事，但更像一个寓言故事。《宋书·袁粲传》中提到的"狂泉"故事，庶几类之。

　　马本德的小说特别关注乡土农民特别是农村知识青年的命运。《在希望的田野上》写三林、玉翠等几个高考落榜的农村知识青年苦闷、寂寞而又有所希望、追求的生活。面对贫困、闭塞的环境，保守、落后的父辈，这些农村知识青年想组织互助组、代耕队、青年之家、宣传队等，过一种与父辈不同的新生活，因此这仍是一片充满希望的田野。《在那遥远的小山村》讲述的是以惨痛的代价通过上大学留在大城市工作的农村女孩梅君，因单位复杂的人事关系而致她离婚，并厌倦城市生活，重回故乡的故事。女主人公回到家后生活并不平静，家人因盖房子与别家发生争执，涉及复杂的人际关系；妹妹慧苦苦做着进城的梦，为了家人的尊严，也为了离开农村，把自己做了一个交易；村里的女孩子们都渴望走出农村进城找个工作。尽管如此，家乡仍有让人思念的亲人，让人魂牵梦绕的乡土记忆。这种乡恋之情，在稍早发表的《老人河之梦》中的男主人公罗震川身上表现得更为强烈。罗震川也是通过上大学离开农村成为城里人的，对城市的厌倦，对故乡的思恋、回归，并非因为城市生活的挫伤，而是无缘无故、没有任何理由的。尽管故乡的生活仍是辛劳、贫困的，但主人公对故乡的爱却一往情深、始终不变。马本德小说中的主人公常常徘徊于城乡之间，但对乡村更为依恋，像一个离不开母亲的长不大的孩子。《城市屋檐下》（最初发表时题为《淘金部落》）中的主要人物虽来自农村，但却以强劲的生命力拼搏、谋生于城市，梦想着永远做一个城里人。小说通过炳等农村青年在城市中的人生奋斗故事，反映了整个农民的时代命运。

　　马本德在小说集《淘金部落》的"后记"中说："我是一个农民的儿子。故乡那广袤而贫瘠的黄土地曾以慈父般的挚爱托举起我，使我从乡村走进了城市，而我至今仍未能写出一部可以报答故乡的真正的书……"在《马本德小说自选集》"后记"中，马本德重述了这些话，并遗憾"几年的时间……我心目中那部真正的、可以用来报答我的故乡的书迄今仍未能写出来"，但他仍在自励："或许有一天我真有可能将一部真正的书奉献给我的读者，奉献给我的故乡和故乡那一片广袤而贫瘠的黄土地。"由以上创作自述可见，马本德的小说大都是献给故乡、土地的，因此有着特别动人的情感力量。

　　李克定，1949 年生于南阳市卧龙区英庄乡一户贫寒农家。1968 年初中毕业后回乡务农，后进厂当工人。1974 年调入原南阳县文化馆，后就职于南阳市宛城区文化局直至退休。1973 年发表第一篇小说，但自认为真正的处女作是 1980 年发表于《人民文学》上的短篇小说《疙瘩妈告状》。后在全国各地刊物上发表小说百余篇，结集出版了《深深玉女潭》等小说集。除小说外，还创作有《城市民谣》（六场现代戏）、《宛城争雄》（新编历史剧）等戏剧作品。

　　小说《疙瘩妈告状》通过大队支书疙瘩（本地方言"就是难缠、糊涂、不论理的意思"）的妈告状的故事，从侧面揭露、批判了乡村政治权力的威势。李克定的许多小说都着眼于乡土政治权力批判，如《斑鸠镇说书》《田老鸦出狱》《夜无声》《出巡》《疤》等作品都是。与此同时，李克定的小说还描写、批判了处于乡土权力结构底层的农民自己的劣根性。《田老鸦出狱》中的田老鸦具有一定的代表性，他被大队支书诬告谋害县委书记而被判刑劳改三年九个多月，出狱后大队支书亲自推着小推车登门还回了霸占去的家具，说了几句好话，这使他觉得支书有情有义，因此知足了，感恩不尽，放弃了申诉冤屈。田老鸦虽然出狱了，但心还在监狱里囚着。田老鸦为何软里吧唧地受人欺负，不能变成一个捏不扁啃不动的铁豌豆？除了外在政治权力的淫威、荒唐外，自身从小到大的顺民性格也是重要原因。《阿 Q 副传》对类似阿 Q 这样的农民与当代极"左"政治之间的关系进行了反思，延续的仍是鲁迅小说的国民性批判和启蒙主题。

　　李克定的小说常常将人物故事置于特定的民俗文化背景中，如

《深深玉女潭》中女主人公白杏月的爱情故事伴随着其乡村草台戏班的演出活动,《斑鸠镇说书》中的乡党委副书记冯天驹家强占柳家地盘盖房与说书《鸠占鹊巢》同时进行,《祭灶》中"男不拜月,女不祭灶"的习俗与麦麦娘有意违反习俗、走出一条属于自己的坚强人生道路,等等。大量民俗文化的穿插、介绍,使得李克定的许多小说充满了浓郁的民间文化色彩,也是他的小说具有趣味性、可读性的重要因素。

李天岑,1949 年 12 月生于河南镇平县城郊乡一个农民家庭。1970 年参加工作,历任乡团委书记、镇平县团委副书记、组织部长、南阳市组织部副部长、市委副市长、副书记等职务。1978 年开始业余文学创作,发表小说、报告文学等作品多篇,先后出版了《月牙弯弯》《找不回的感觉》等小说集。另外,近年还出版了《人精》《人道》《人伦》等长篇小说。李天岑被誉为"文章太守",他的小说创作多与他的党政工作经历和生活体验有关。正像他在小说集《月牙弯弯》"后记"中所说:"《多余的介绍》、《男女都一样》、《笑》、《白妞妞借米》都是我在公社机关工作时所写下的作品,《鹅卵石》、《蔡科长派车记》等都是我在县直机关工作时写的作品,《多余的介绍》、《月牙弯弯》、《秋娃》是我从事共青团工作时写下的作品,《喜悦》、《党费》则是我从事组织工作以后写的作品。这些作品无不伴随着我走过的道路,无不留下我生活的脚印。"早期的短篇小说创作是这样,近年的长篇小说创作也是如此。

乔典运在小说集《月牙弯弯》的序言《独特的发现》一文中,对李天岑的《笑》和《苇塘边,有那么一条狗》两篇小说评价颇高。相比小说集中其他立意单纯、艺术稚嫩的小说来说,这两篇小说不愧是杰作。《笑》以喜写悲,更为深刻地写出了"文化大革命"时期极"左"政治对农民的伤害:人们竟不会真心地笑了,有的只是苦笑、傻笑、嘲笑、讥笑等。《苇塘边,有那么一条狗》通过一条根本不存在的花狗,一出生活荒诞剧,写出了人际之间的功利关系,让人可叹可笑的同时能够反复咀嚼社会人生。另外,小说集中的《鹅卵石》一篇,其中马局长关于圆滑的鹅卵石理论,让人想起 50 年代王蒙的小说《组织部来了个年轻人》中组织部副部长刘世吾的似是而非的理论,都是对官僚作风的批判。《鸭舌帽》属于小小说一类,刘科长戴鸭舌帽虽是小故事,但小说以小喻大，含有普遍的哲理性。

长篇小说《人精》讲述的是绰号叫赖四的农民的创业故事。其中很大篇幅讲述了赖四的婚姻和婚外恋故事。小说故事性很强，生动曲折，引人入胜。但最具魅力的是故事的主角赖四，正像作者在小说后附的"创作手记"中所说，这是一个"有经济头脑、经营头脑，可以推动社会经济发展的新型的农民""改革开放大潮催生的一批农民企业家的典型"。赖四即是"人精"，比较精明、有才，因此他的企业最终起死回生，走向兴旺发达，他的婚姻虽经波折，但最终圆满。因为作者对这一人物不全是揭露、批判，更多地带有"引导和教育"的目的，所以这一人物身上可爱的正面的品质远远超过其低劣的负面品质，人物故事在迎合多数读者的审美期待的同时，也减弱了作品反映社会生活的深广度和思想批判的力度。另外，小说开头即讲算命先生给赖四看相，说他"财旺，桃花旺，一辈子不缺女人，贱处是有钱落不住"，后来赖四的故事大体应验了此说法。因此，人物故事有一种宿命的色彩，当然也充满了民间文化的意味。小说强烈的民间色彩还体现在先后穿插了许多鼓词（鼓儿哼）、顺口溜、酒枚歌等，大多幽默风趣，增强了小说的趣味性、可读性。小说后来被改编拍摄为20集电视连续剧《小鼓大戏》，并在央视电视剧频道播出，从而产生了更为广泛的影响。

孙幼才，1931年冬生于河南省内乡县一个偏僻的乡村。初中未毕业便因家贫而失学。1949年参军后多年从事部队政治工作，1964年转业到地方从事文化工作，直到1991年离休。从青少年时起就对文学艺术产生了广泛的兴趣，多才多艺，创作了多部（篇）剧本、曲艺类作品，也发表过许多小说和散文作品。其文学成就主要在小说方面，新时期以来先后发表了多篇小说，后结集出版了《孙幼才小说自选集》。

周大新在《孙幼才小说自选集》的序言中谈到孙幼才的小说，"就题材指向来说，主要是农村和军队生活两个方面"；农村题材小说如《沉重的荣誉》《不速之客》等，军事题材小说如《奇异的战争》《侦察兵与少女》《新兵安琪莎》等。但通读"自选集"中的作品发现，孙幼才小说最多的是城市生活题材，如《情缘》《尴尬人生》《白蚁的触角》《咫尺天涯》《夏夜的旋律》《心事》《黎莎》等作品，写的都是城市故事。不管哪种题材，就像孙幼才自己在"自选集"的"后记"中所说，他的小说主要描写的是"人与人之间的相互理解与尊重"，表达的是一种人道主题。像《沉重的荣誉》中的丁书记，满脑子政治话语，时刻不忘阶级斗争，缺少最起码的人情、人性，因此才造成了英雄家属的悲剧。《再生之地》中劳改释放的胡风分子、冶炼专家、总工程师钟毅，因为小黄庄村民尊重他、爱护他，真正把他当人看，所以他士为知己者死，冒着很大风险和他们一块创办做暖气片的工厂。《黎莎》中地委秘书长兼外事处长方戈，夜访原来的老上级、统战部长黎永安，原以为他能够体谅自己的难处，没料到老上级为安排自己女儿的工作，竟变得非常自私。《新兵安琪莎》中的护士长却能够体谅新兵安琪莎，在批评她的同时顾及她的爱美之心，夸奖她的工作成绩，让她充满感激之情，并增强了工作责任感。不仅仅是人际之间需要理解与尊重，就是人与鸟、人与自然之间也需要理解，和谐相处——这正是《奇异的战争》所要表达的主题。孙幼才小说的故事性很强，情节发展常常一波三折，特别能够吸引读者。正像周大新所说，"他的小说，师承的是现实主义传统"，整体上给人以平实、亲切的感觉，但同时也略有艺术上的单调之感。

秦俊，1956年5月生于河南省邓州市白牛乡一个贫寒农家。1973年高中毕业后留校当民办教师，1976年经推荐入内乡师范读书。1978年毕业后考入河南大学历史系，大学期间从事"宛西自治"和河南地方史研究，发表文章70余篇，受到国内外学者的重视。大学毕业后先后在南阳教育学院、南阳地区地方志办公室从事教学和行政工作。1989年调入南阳地区文联，曾任南阳地区（市）文联副主席。1996年至今任南阳市地方史志办公室主任，潜心于地方史研究、编撰。1986年开始小说创作，先后出版了多部长篇小说，计有《乱世枭雄——别廷芳演义》（与行者合作）、《混世奇才——庞振坤外传》《花子帮主》（与刘少宇合作）、《风流将军——王凌云外传》（与赵红改合作）、《浪子拜将记——丁叔恒演义》《奇侠樊钟秀》《伤兵东四郎》《光武帝刘秀》《汉宫残阳》《汉武大帝》《汉高祖刘邦》等，近年又陆续出版了"春秋五霸"系列长篇小说。

秦俊的小说创作主要是历史题材，早期作品主要表现南阳地方历史名人的传奇人生，后来扩展描写先秦两汉历史上著名君王的丰功伟绩。这与他大学所学的专业及学术研究工作是分不开的。秦俊的南阳系列历史小说具有故事性强、人物形象鲜明和地方色彩浓郁等特点，属于通俗小说之列。但正如作家孙幼才所说，它具有通俗性，也具有严肃性。一是历史素材使用的严肃性，二是靠人物、故事取胜，而不靠追求低级趣味取胜。由此可以看到作者创作时严肃、认真的态度和高度的社会责任感。秦俊的小说中，《伤兵东四郎》可能是唯一一部靠近当代现实生活的作品。小说取材于真实的人物事迹，讲述了河南南召县农民孙保杰一家收养日本伤兵东四郎近半个世纪的感人故事，表现了中国农民淳朴、善良的品德和博大的胸怀。小说能够深入人物内心世界，写出人物复杂的情感和人性，因此显得比较可信、感人。但也许是限于真实人事的缘故，小说对日本伤兵东四郎的刻画比较简单，笔墨也少。

在南阳作家群中，行者（原名王遂河）的探索小说（如《行者小说自选集》《大化之书》《非斯》等）、二月河（原名凌解放）的"清帝"系列长篇历史小说（《康熙大帝》《雍正皇帝》和《乾隆皇帝》）、柳建伟的"时代三部曲"系列长篇小说（《北方城郭》《突出重围》《英雄时代》）、王晋康的科幻小说（如《亚当回归》《蚁生》《类人》等），也都是全国著名的作家作品，因创作取材地域性不强，这里介绍从略。

三

对南阳作家群的小说创作稍加巡视后，发现每位作家因家庭出身、生活经历、教育背景和文学观念、艺术追求等的不同，各有其创作特色。但是，从整体来看，也有一些共同的创作特点或审美特征。

首先，在小说所表现的题材内容上，有军事题材、城市题材、历史题材、科幻题材等多种多样的题材类型及其作品，但尤以表现当代农村生活和历史人物故事的小说最为突出。这与南阳作家大都出身于农村，有着丰富的农村生活经验有关，也与南阳地区具有悠久、深厚的历史文化传统，且对作家产生了耳闻目染、潜移默化的影响大有关系。以周大新来说，他的南阳盆地小说在全国独树一帜，主要表现豫西南农村在改革开放以后发生的生活巨变，讲述逃离土地的一代青年农民的悲喜故事。周大新也创作过一些与南阳历史文化有关的历史小说或新历史小说，如《银饰》《宣德年间的一些希望》等。他的多卷本长篇小说《第二十幕》，讲述的是南阳尚家丝织业的世纪兴衰变化的故事，从 20 世纪初的 1900 年（实际在"引子"中上溯到了唐朝武德年间和贞观年间）一直写到世纪末的 1999 年，小说具有清晰的时间线索和厚重的历史感。比较有意思的是，据小说全部结束后的尾注所标明的写作时间，小说下卷写完于 1997 年夏，1998 年全书修改完毕，但小说"尾声"却写到了 1999 年最后一天黄昏时分，显然带有"科幻"的成分。而周大新的科幻小说《平安世界》，虽然写的是 2045 年未来世界的事情，但小说主人公张世和却联结着南阳历史上的名人——张衡（小说"引一"即主要讲他的故事），他是张衡的六十九代孙，他所从事的地震预报工作也是张衡的未竟事业，因此，小说仍充满了浓厚的历史感。而以历史通俗小说创作著称的作家秦俊，他的《乱世枭雄——别廷芳演义》《混世奇才——庞振坤外传》等历史小说，其历史人物活动范围却多在农村。秦俊还创作过一部农村题材的小说《伤兵东四郎》，主要讲述河南南召县农民孙邦俊、孙保杰一家人收养日本伤兵东四郎的感人故事，但也展现了中国近半个世纪的现当代历史风云变幻，具有浓厚的历史意味。另外，南阳作家群创作的大量土匪题材的小说，像田中禾的《轰炸》《匪首》，马本德的《假坟》《土匪》，殷德杰的《马统领与徐县长的故事》，乔典运的《换笑》等，都属于陈思和所界定的新历史小说范围，但有些作品其实也是农村题材小说。

　　其次，在创作方法上，除行者等个别作家以外，绝大多数作家遵循的是现实主义的创作方法。南阳作家群的小说能够忠实地反映生活，尤其是对当代农村生活的表现更为真切，既有对"文化大革命"及其以前党的农村政策失误的大胆揭露，也有对改革开放以来农村生活巨变的生动描写。综观南阳作家群此类小说，实际上真实地反映了乡土中国半个多世纪的当代历史生活变迁，可以当作一部中国当代史来阅读。不仅如此，在阅读这些小说时，读者还强烈地感受到了作者爱憎分明的情感倾向和批判现实的思想力量。南阳作家群对乡土政治权力的威势常有切身的感受，因此描写生动深入，批判不遗余力。像乔典运的《笑语满场》《冷惊》，周大新的《伏牛》《湖光山色》，李克定的《疙瘩妈告状》《出巡》，殷德杰的《歪歪井有个李窑主》，李天岑的《苇塘边，有那么一条狗》，孙幼才的《沉重的荣誉》等，都是此类优秀小说。南阳作家群对中国近现代历史和古代历史人物故事的表现，亦能够真实地反映历史和人性的复杂性，表达作者卓越的历史见识和深沉的人生感悟。衡量现实主义文学作品是否优秀的一个标志是人物塑造是否成功。南阳作家群的小说大都以故事性取胜，但也提供了许多成功的人物形象，像周大新笔下女性形象系列，如汉家女（《汉家女》）、邹艾（《走出盆地》）、暖暖（《湖光山色》）等；田中禾笔下的母亲形象系列，如田琴（《十七岁》）、肖芝兰、林春如（《父亲和她们》）等；乔典运笔下的老式农民形象系列，如何老十（《满票》）、王老五（《冷惊》）、三爷（《问天》）等；秦俊笔下的历史人物形象，如别廷芳（《乱世枭雄——别廷芳演义》）、庞振坤（《混世奇才——庞振坤外传》）、刘秀（《光武帝刘秀》）等；张一弓、李克定笔下的农村干部形象，如李铜钟（《犯人李铜钟的故事》）、王百谷（《出巡》）等；殷德杰、李天岑笔下的农民企业家形象，如李保登（《歪歪井有个李窑主》）、赖四（《人精》）等；马本德、周大新笔下进城打工的农民工形象，如炳（《在城市屋檐下》）、小保安（《21 大厦》）等，都具有一定的典型性，给读者留下了深刻的印象，也丰富了新时期文学的人物画廊。

第二，南阳作家群的小说大都具有强烈的地域色彩。这种地域色彩首先体现在小说创作的题材内容上。像周大新的"豫西南有个小盆地"系列小说，田中禾的"落叶溪"系列小说，李克定的沙河系列小说，秦俊、周学忠、马云泰的南阳地方历史名人通俗历史小说创作等，都在题材上体现出强烈的地域性特点。而上文提及的南阳作家创作的大量土匪题材的小说，也具有强烈的地域性特点。英国学者贝思飞在《民国时期的土匪》一书中曾谈到：豫西南诸县，是典型的"土匪王国"，其中白朗的农民起义军转战豫、鄂、皖、陕、甘等数省，成为中国最后一次主要的农民起义，影响深远。何以如此？这当然与地域环境特点有关。

南阳作家群小说的地域性还体现在其对富于地域特点的民情风俗、民间传说、故事、戏曲、歌谣等的描写和引述上。这种地域性的民俗文化内容，在周大新、田中禾、李克定、殷德杰、李天岑等作家描写当代农村生活的小说中随处可见，在秦俊等人的通俗历史小说中也比比皆是。秦俊在《混世奇才——庞振坤外传》"后记"中说：生活于清代雍乾年间的邓州文人庞振坤，"酷似北疆阿凡提"，民间"关于他的传说很多"。秦俊的这本小说，正是在民间传说的基础上加工创造出来的。

而马云泰的《王莽与刘秀》和《刘秀与二十八宿》两部长篇历史小说，"作品把正史、野史、传说、民俗等各个方面融会贯通于一体，使作品既有文献价值、又有文学价值和民俗学价值"①。南阳作家群描写民俗文化的小说，大都既具有文学价值，也具有民俗学价值。

　　南阳作家群小说的语言往往也具有强烈的地域性特点。南阳作家群的小说对方言土语的采用在叙述语言上大都比较节制，只是偶尔运用到个别语汇，且常常加以解释，如李克定的《疙瘩妈告状》中"疙瘩"一词，田中禾《花表婶》中的"花"字，作者都在叙述行文中给予了解释；而在人物语言中，则大量采用民众的日常口语，方言土语随处可见，像周大新的《汉家女》、田中禾的《轰炸》、殷德杰的《磨盘村的诅咒》、马本德的《在城市屋檐下》、李克定的《干旱》等小说，都是具有代表性的作品。日常口语或方言土语的采用，尽管有时会带来某种生僻、粗俗的意味，但却使人物个性鲜明生动，也使作品具有刚健、清新的整体审美效果。作家对人物口语及方言土语的采用，一般都要经过提炼加工的环节，而非原样照录。南阳作家群也不例外。因此，南阳作家群的小说语言的地域性是以读者容易接受为前提的，这与其他地域文学没有什么两样。

　　南阳作家群的小说创作特色鲜明，成就突出。但是，其缺点、不足也应看到，如尽管有行者的先锋小说实验，周大新、田中禾等作家的小说叙事艺术探索，但绝大多数作家仍然局限于传统现实主义的窠臼，艺术表现不够丰富多彩；农村和历史题材是创作优势，但城市题材小说较少或把握不深；作家虽有个别佳作，但作品整体水平不是很高，等等。如何才能创作出既具有鲜明地域性、民族性，又具有普遍的世界性、人类性的小说作品，这是摆在南阳作家群，也是摆在当代中国其他地域作家面前的一个重大而严肃的问题。

第二节　乔典运小说及其国民性批判

　　乔典运（1929—1997），河南省西峡县人。1947 年夏陕县师范简师部毕业，曾做过教师。1949 年 7 月加入中国人民解放军，1953 年 11 月

---

　　①　陈继会主编：《文学的星群——南阳作家群论》，河南文艺出版社 1999 年版，第 75 页。

因病复员回乡，长期生活在农村。因出身地主家庭，在"文化大革命"中被反复批斗，吃尽了苦头。50 年代中期开始文学创作，"文化大革命"前发表了新民歌、寓言故事、中短篇小说、散文、诗歌等多种文体作品。乔典运这个时期的文学创作，主要是一种配合时政需要的应时之作，带有那个时代的强烈印记。乔典运小说真正表现出自己独特的个人风格，是在"文化大革命"以后。从 70 年代末到 90 年代初，乔典运先后发表了《雪夜奇事》《活鬼的故事》《气球》《驴的喜剧》《笑语满场》《村魂》《乡醉》《满票》《美人泪》《笑城》《无字碑》《刘王村》《美妻》《女儿血》《冷惊》《定时炸弹之谜》《黑洞》《换病》《没事》《遗风》《香与香》《多了一笑》《小城今天有话说》《问天》等一系列小说作品。其中《村魂》在第七届全国短篇小说评奖中入围，《满票》荣获第八届全国优秀短篇小说奖。这一时期，是乔典运小说创作的"井喷"期，也是他的小说在全国取得重要影响的时期。乔典运的创作以中短篇小说为主，长篇作品不多，长篇小说《金斗纪事》出版于 1997 年；长篇自传《命运》在作者生前曾在报纸上以《别无选择》为题连载过，后在作者去世后的 1998 年由华艺出版社出版，被作家二月河称为"半部书稿传天下"。

作为文学宛军的领军人物，乔典运的小说以对国民性的精彩、深刻的描绘而在全国闻名，是继鲁迅之后对国民劣根性批判最为有力的当代作家之一。乔典运小说对国民性的批判是有自己的显著特色的。概言之，就是乔典运小说通过大量的农民病态心理的刻画，致力于建构自己的乡土群众心理学，进而在新的时代重申鲁迅的国民性批判主题。其中对影响群众心理走向的乡土权力政治的揭露和批判，显示了作为作家的乔典运的思想深刻性和强烈的社会责任感。鲁迅小说揭出国民病态的灵魂，其目的在于疗治、启蒙，改变其精神，改良其人生。乔典运小说对国民劣根性的批判，其目的也在于鲁迅所说的启蒙、"立人"，或人的现代化，进而推动社会的民主进步。下面结合具体作品，对乔典运小说的国民性批判主题详加论析。

一

作为社会心理学一个分支的群众心理学，其研究的群众心理，其实就是群体心理。群体心理通常包含三个方面：一是某一社会群体或组织的群体心理；二是临时聚集人群的集群心理；三是同质文化背景下的民族心理。① 因此，通过对群体或群众心理的考察，是可以了解民族文化心理的基本特征的。乔典运小说正是通过对群众心理的精彩描写，从而揭示出当代乡土社会语境中民族心理、民族性格的某些根性特点。那么，乔典运小说是如何描写群众的心理活动、心理世界以建构它的群众心理学的呢？这还得从他所刻画的人物形象说起。乔典运小说刻画最为成功的是老式农民形象，像《笑语满场》中的何老五，《村魂》中的张老七，《满票》中的何老十，《刘王村》中的刘老大，《冷惊》中的王老五，《问天》中的三爷等，都给读者留下了深刻的印象。通过对这些人物或惊恐或偏执或失落或摇摆等各种心态的细致刻画，乔典运挖掘、批判了农民身上那种无主张、胆小怕事、愚忠、保守、不知进取、迷信、自欺欺人、爱面子、惟上是从、家庭专制等劣根性。这些人物形象大都具有一定的典型性，或具有普遍的社会意义。从他们身上是可以窥见盛行于乡土社会中某种文化心理或社会心理的。

王鸿生从文化心理学的角度对乔典运小说的寓言性作了解读，他把乔典运笔下刻画最为出色的旧式农民形象大体分为六种类型：一是愚训型——死死恪守既往教训的何老五（《笑语满场》）；二是愚忠型——一心信奉上级任何指令的张老七（《村魂》）；三是愚德型——相信"一穷九分理"，以无私但无才作为立身之本的何老十（《满票》）；四是愚忌型——身患重病却忌讳人言，愿受一世欺哄也不听一句真话的老四叔（《借笑》）；五是愚恩型——一旦受恩或有恩于人便终生图报的刘老大（《刘王村》）；六是愚惧型——面对权力战战兢兢，一日不挨整早晚心不安的王老五（《冷惊》）。王鸿生指出：这些"愚"字当头的老人虽然境遇殊异，但在文化类型上的相似性却是惊人的。② 也就是说，这些人物具有共同的文化心理特征。刘思谦称乔典运是半个心理学家，他的大部分小说是心理寓言小说，其小说人物揭示了几种社会病态心理类型：其一惊恐型——代老大（《雪夜奇事》）、何老五（《笑语满场》）、

① 沙莲香：《社会心理学》，中国人民大学出版社 2002 年版，第 205 页。
② 王鸿生：《乔典运和他的文化寓言》，《上海文学》1988 年第 3 期。

于光宗（《人和路》）、李玉娥（《小猫不知人间事》）、王老五、王五婆
（《冷惊》）；其二，偏执型——张老七（《村魂》）、何老十（《满票》）、
刘老大（《刘王村》）、牛二（《山妖》）、陈老汉（《从早到晚》）、四叔
（《借笑》）、"火眼左三"（《气球》）、《笑城》的公民们和《无字碑》
的村民们；其三，骚乱型——作家老王（《从早到晚》）、梨花（《女儿
血》）、芳芳（《美人儿》）、何草（《怪梦》）。刘思谦认为，乔典运的心
理寓言小说致力于社会心理病灶的呈现和剖析，乃至基于病态社会形心
理疗救的热忱，他寄希望于社会变革、社会进步，寄希望于人的文化素
质、心理素质的提高，这与文学将人提高这一人文主义价值目标不谋而
合。① 这是直接从心理学的角度对乔典运小说人物的解读。

　　刘思谦和王鸿生对乔典运笔下人物的解读、分析，主要针对的是个
体农民形象。由于这些个体农民多是类型化人物——这从他们的命名也
可见出，这些人物形象实际上反映了乡土社会农民群体普遍的心理病
态。由乡土推至中国，农民的心理疾病也是整个中华民族的精神问题。
刘思谦、王鸿生二人正是循此思路分析的。这固然可以还原、呈现出乔
典运小说群众心理学的基本面貌，但如果缺少对乔典运小说中农民群像
的分析，那么这一群众心理学的构图就会严重残缺不全。因为通过农民
群像的刻画，乔典运直接展示了乡土群众也是整个国民的心理特征。

　　关于小说《村魂》和《满票》，乔典运专门写有一篇文章，题目叫
作《别了，昨天》，文中他把小说主要人物张老七和何老十的思想性格
特点归纳为"愚昧者的真诚"。在表现这些个别愚昧者可怕的真诚的同
时，小说还揭示了众多农民的社会心理特征。如在《村魂》中，张老
七的儿子春生、儿媳宛夏、村民张富胜、队长张小亮等代表的张家村里
的"人们"（乔典运作品中常见的用语，类似的还有"村里人""大
家"等），其思想观念显然与张老七的不同，如果说张老七代表的是
"诚"，那么村里人们就是"滑"，文中张老七就是这样对比、评价自己
与村里人们的。当张老七去世后，村里人们为自己的奸猾取巧而感到羞
愧，重新把他及他所奉行的忠诚、真诚等品德确定为"村魂"。在此，
愚昧者的真诚并非乔典运在文章中所说的全是可怕，也有可爱之处；群

----

① 刘思谦：《乔典运：随时提醒自己不要忘记》，《当代作家评论》1994 年第 1 期。

众、历史的选择也绝非无情，而是反复权衡、犹疑不定。在《满票》中，群众确实做出了无情的选择，在选举队长的选民大会上，选掉、抛弃了原模范大队长何老十。但是选民们在背后无情地抛弃何老十的同时，却是当面温情的劝慰、支持。对他示好的人有大队王支书、张五婆、何双喜及何老十的老婆、儿子苦根和儿媳秀花等。人们为什么当面一套背后一套、言行不一？在此小说表现了农民群众的两面性。

在小说《无字碑》中，乔典运更是直接表现了农民群众的心理状态，主要人物乡村老教书先生徐书阁的悲喜命运似乎只是一副显影剂、一块放大镜，只起到显现或照出全村众多"人们"灵魂的作用。如果说《村魂》《满票》中的"人们"大都是有名有姓的话，那么《无字碑》中的人们则是匿名的，是匿名群众。在极"左"革命运动中，人们你整我，我整你，都积极地整人，扒开古坟，推倒古碑，嬉笑怒骂，痛快解恨，不过也因怕神鬼报应而吓得要死；后来徐书阁被检举出来，遭到车轮大战、十八般武艺整治；运动过后徐书阁献出国宝——拓印的碑文，得到500块钱，引起人们嫉恨；他的失踪引起全村人的紧张、争吵、打骂；他的归来、修桥，在平息人们是非后又引起了人们的嘲笑、悔恨，后悔自己没有拓几张碑文发财，怨恨徐书阁吃独食。在此群众的狂热、无理性、自私、残酷、迷信、易变、追求实利等病态心理特征一一展露无遗。与《无字碑》构思相类似，《笑城》借利民公司售卖自行车被小县城里的"人们"误认为售假，一辆车也没卖出去的故事，集中展示了群众（主要是城里人，也包括乡里人；除个别人物外，大都是匿名群众）听信谣言、真假莫辨、从众、固执等的心理特征。作品中售卖自行车的故事似乎只是一个引子、一种触媒而已，小说真正要表现的也许是匿名群众普遍具有的病态灵魂。

乔典运正面直接表现群众心理的小说不多，大多是在叙述主要人物故事的同时从旁侧面刻画一二，群众心理特征只是构成主要人物故事的环境氛围。有时主要人物故事更像一个引子、一种借口，借此作者把读者引入对群众心理世界的仔细探视。像《美妻》，在讲述漂亮媳妇春姐被迫自残变成丑八怪，最终夫妻双双跳井自杀的悲剧故事的同时，也揭示了造成春姐悲剧的一个重要因素：农民群众尤其是农村妇女的嫉恨心理。《香与香》讲述的是五爷香了臭了又香了的人生故事，但同时刻画了农民群众唯上是从、惟利是从、见风使舵、妒忌、易变、从众、无原则等普遍心态。《欢天喜地》借助小县城普通工人老木在有奖储蓄中奖得了一万元，却被车间工友、左邻右舍、亲戚朋友等"咬肥"分食的故事，凸显了群众妒富、均富、造谣生事、幸灾乐祸等阴暗心理。中篇小说《小城今天有话说》讲的仍是小县城的故事，以河务局干事老于送给新来的石县长一斤韭菜，石县长送给他一条鱼为触媒，引发了小县城各色人等的热议，揭露了群众畏官、敬官又亲官、媚官及宁信谣言、无事生非的普遍心态。乔典运小说中的内地小县城与农村并无不同，都属于同一个"乡土中国"。因此，乔典运小说所揭示的县城群众的心理病态与农民群众的心理特征并无本质区别，只是整个中国国民性程度不同的表现而已。

对于群众的作为、心态，乔典运在其半部自传遗作《命运》中有诸多议论：

中国的老百姓太好了好极了，只要把他们失去的东西还给他们，他们就会忘了刚刚经历过的痛苦。……这种宽厚，这种满足，使我对老百姓有了深一步的认识……（四十三）

我明白了，革命是什么？群众是什么？是一面光辉耀眼的旗帜，打起这个旗帜不但所向无敌能达到任何目的，还显得自己很高尚很人民很真理。这是学习受迫害的第一课。从此，我见了署名革命群众的大字报，就油然而生出了强烈的反感，谁知道是哪个乌龟王八蛋写的，也可能是反革命写的，他写上革命群众就成了革命的大字报，你就不能反抗了，你若不同意你就是反对革命群众的反革命了，这就是挺怕人挺生动的教材。（六十三）

人们对我的态度不是因为我本人的高低决定的，是社会的反光，过去领导对我好，大家才跟着对我好，……现在……"对老乔好的领导都打倒了，老乔也要打倒"，这一回我可听见了他们的心声。中国的老百姓是最善于根据当官的沉浮行事了。（九十一）

只要以群众名义出现，没理也有理，到处可以通行。即使群众知道自己被利用，每个人也会认为这个群众指的不是自己是别人，所以谁都不会起来抗争，群众这两个字实在可敬可怕。（一二〇）

　　乔典运通过自己近三十年，尤其是"文化大革命"期间的坎坷人生经历，认清了群众心理的基本特征，并通过小说创作加以生动反映。这些群众心理特征，大多是一种心理病态，属于国民劣根性之列。但不可忽视，乔典运在自传和小说中也描写了群众的质朴、善良、同情心、实事求是、坚持原则等方面。也就是说，乔典运写出了群众的两面性。

　　乔典运小说对群众心理的刻画，虽然主要基于作者个人惨痛的人生经验，但却深刻揭示了群众的某些本质特征。在当代中国，群众一词常常要加上"革命""人民""劳动"等修饰语，以强调群众积极、正面的特征，而对群众低劣、负面的特征往往视而不见。与此不同，西方一些学者对群众的负面特征给予了充分注意。法国学者古斯塔夫·勒庞通过对法国大革命等历史事件的研究，揭示了群众的诸多负面特征：冲动、多变、急躁、轻信、专横、偏执、夸大感情、缺乏理性、缺乏判断力和批判精神，等等，心理低级类如妇女、儿童和原始野蛮人。当然，勒庞也看到了群众的两面性："群体可以杀人放火，无恶不作，但是也能作出极崇高的献身、牺牲和不计名利的举动，即孤立的个人根本做不到的极崇高的行为。以名誉、光荣和爱国主义作为号召，最有可能影响到组成群众的个人，而且经常可以达到使他慷慨赴死的地步。"[①] 对照一下勒庞的群众理论观点，不能不惊叹乔典运小说对群众心理刻画的准确和深刻。乔典运小说延续的仍是五四时期鲁迅等一代作家所开创的文学的国民性批判主题，但它所描绘、揭示的群众心理特征，并非只是国别的问题，实际上具有超越国别和民族的意义。

二

　　乔典运小说所揭示的群众心理特征尽管中西方相同或相似，但是如果考虑到这些群众心理特征形成的原因，那么不能不把它归于具有中国特色的时代政治和历史文化环境。也就是说，乔典运小说揭示的群众心理既是一种世界性的现代心理，更是一种具有本民族特色的社会心理。乔典运小说中的群众心理特征，也只有将它放回到乡土中国这一具体的

---

　　① 古斯塔夫·勒庞：《乌合之众——大众心理研究》，冯克利译，广西师范大学出版社2007 年版，第 72 页。

社会文化环境中，才可能得到正确的理解和解释。乔典运也说："我写的人物，多是我的同代人……他们的缺点和失误绝不是天生的，不是他们内心滋生的，而是历史造成的，是历史把他们扭曲了。"① 综观乔典运小说可以发现，影响群众心理走向的因素主要有三个：权力、良心和金钱。这些都是具有中国特色的因素。

首先是权力。乔典运的大部分小说都写到了乡土基层政治权力的威力，写到了它对农民群众个体或群体的生活、心理的影响作用。乡土基层政治权力的代表者主要是村支书和村长，乡镇和县上干部的权威往往也要通过村支书或村长来实现。乔典运小说也刻画了一些正面的权力代表人物形象，如《父子情》中遭反派批判而人民群众拥护的公社书记铁柱，《绕了一圈之后》中以自己老婆开刀整治不正之风的县委书记丁大江，《乡醉》中佯醉痛批救灾不力的乡干部的乡党委书记木易，《冷惊》中主动认错、引领农民致富的李支书，《人和路》中自愿代人受过的支书李老田，《小城今日有话说》中清正廉洁、一心为公的石县长，等等。这些形象与乔典运"文化大革命"前创作的《石青山》《贵客》等小说中大力歌颂的乡土基层干部形象一脉相承，共同构成乔典运小说中人物形象的一个系列。但是，新时期以来，乔典运小说中更引人注目的是一些负面的农村基层干部形象，尤以弄权专断、伤害群众的村支书最为突出，有人称之为"恶支书"。乔典运小说中的恶支书形象应该主要源自作者惨痛的人生经历——"文化大革命"中乔典运家乡所在大队支书老天把他整得不轻，当然也是乡土社会政治现实的真实反映。如果着眼于文学传统，则四五十年代赵树理小说对乡土基层政权问题早有反映，周扬在《赵树理文集序》中说："赵树理在作品中描绘了农村基层党组织的严重不纯，描绘了有些基层干部是混入党内的坏分子，是化装的地主恶霸。这是赵树理同志深入生活的发现，表现了一个作家的卓见和勇敢。"周扬虽然指出了赵树理小说的一个曾被忽视的特异之处，但他仍未注意到农村基层党组织自身的问题，农村基层干部为权力所异化的问题。乔典运的小说虽写到了乡土基层干部的权力异化问题（像

① 参见乔典运小说集《美人泪》，黄河文艺出版社 1989 年版"代自序"《别了，昨天——关于〈村魂〉〈满票〉》一文。

《气球》中的火眼左三，《旋风》中的"旋风"夫妻，《乡醉》中不关心民生的乡镇干部等），但这不是表现的重点，小说着重表现的是乡土基层权力运作在群众心理上引起的波动变化，一种心理作用、心理过程。

关于群众与权力之间的关系，勒庞曾有分析：群众具有消极、负面、低劣的心理特征，因此易为"群众领袖"所利用、操控和奴役，"群体对强权俯首帖耳，却很少为仁慈心肠所动，他们认为那不过是软弱可欺的另一种形式。他们的同情心从不听命于作风温和的主子，而是只向严厉欺压他们的暴君低头。他们总是为这种人塑起最壮观的群像。……群体喜欢的英雄，永远像个凯撒。他的权杖吸引着他们，他的权力威慑着他们，他的利剑让他们心怀敬畏"①。荣获1981年诺贝尔文学奖的德国作家埃利亚斯·卡内提也注意到了群众与权力的关系，他的群众理论著作直接命名为《群众与权力》。不同于勒庞，卡内提认为：群众的行为往往很残忍、很暴力，不可预测，"群众有这些倾向，根本原因并不是群众的某些恶劣、低下本质，而在于权力对群众的伤害"②。卡内提和勒庞的群众理论各有道理，结合起来看，应该更准确、完整地揭示了群众与权力相互关系的基本特征。乔典运小说中群众的心理波动、心理病态，有自身的文化水平、思想性格、情感好恶等主体方面的原因，但更重要的是外在的权力因素的影响。中国学者丛日云对当代中国政治语境中的"群众"概念进行了分析，指出："'群众'概念更多地继承了传统'民'的概念的消极、被动、受治者的涵义，在权力结构中处于在下者的地位。在一定意义上说，它是传统的'民'的臣民内涵的延续和蜕变。"③ 正是因为群众处于权力结构的下位，所以不能不承受到处于权力上位的领导、干部等的压力，从而产生相应的官本位、等级制等政治观念，形成奴性为主的国民性格。这是当代中国的某

---

① 古斯塔夫·勒庞：《乌合之众——大众心理研究》，广西师范大学出版社2007年版，第70页。

② 徐贲：《在傻子和英雄之间：群众社会的两张面孔》，花城出版社2010年版，第436页。

③ 丛日云：《当代中国政治语境中的"群众"概念分析》，《中国政法大学学报·政法论坛》2005年第2期。

种政治现实。乔典运小说显然揭示了这种现实。

在《笑语满场》中，关于选举谁当大队长，何老五与儿子"吵得不可开交"。儿子主张选"公家的光一点也不沾，对社员疼冷疼暖，从不仗势压人"的真共产党员武二林，但何老五却主张选原来的大队头头于占山，因为于占山仍被上级提名为第一候选人，他以前当大队干部时全大队每一家都被他炮治过，如果他当选后"要查出你没投他的票，他不活吃了你才怪"（于占山也确有秋后算账的想法）。小说中何老五对于占山当面献心送情，投了他两票（其中一票是代他老伴投的），但却遭到了于占山的慢待，他"吃了没趣，像当头挨了一棒，懵了过去"，思前想后，胆战心惊。小说结尾于占山落选下台，何老五的心情与放炮庆贺的群众一样，但听到群众对有人投了于占山两票的嘲讽，他从人缝里悄悄溜走了。通过一场农村基层民主选举，小说精彩地刻画出乡土政治权力对于一个胆小怕事的普通农民的心理影响作用。农民不是不敢伸张自己的民主权利，而是对权力伤害心有余悸。《满票》和《问天》也是描写农村基层选举的，前者虽侧重于展现落选的农村模范干部何老十的失落、困惑心理，但同时也刻画了农民群众心口不一的两面性——群众何以会心口不一？也许在于过去权力对他们的心理伤害至今未愈（像张五婆、小成母子）；后者着重描写一个类似何老五的"老实百姓"三爷的为难心理。对于选谁当村长，三爷以谁对自己好为尺度来考虑人选，但儿子的一句话——"对咱好当屁，得看看王支书对谁好才行，王支书想叫谁当谁才能当"——却提醒了他："可是哩，王支书不叫谁当，你就是选了他也白搭"。但三爷想来想去想得头痛仍决定不了选谁，直接去找王支书问主意，谁知王支书一字不透，最后三爷生气了，干脆在第二天选举之日带领一家老少上山给鸡打野菜去了。小说虽未写到权力对三爷的伤害，但以三爷为代表的农民群众对权力的一举一动极为敏感（如三爷对县上干部丁主任敬烟不周的恼怒），其唯权唯上是从、畏官以至于媚官的心态，与何老五等人并无区别。这几篇写农村基层民主选举的小说，与另一篇写县城某单位科室民主选举的小说《定时炸弹之谜》一起，共同反映了底层群众的命运和心理为权力所左右的社会现实，同时说明中国传统的官本位文化观念的残余影响远未肃清，民主法治建设任重而道远。

在乔典运小说中，权力对群众的心理影响还要深远得多，甚至在权力代表人物死后仍作祟于人心，如《换病》；或者作用于无知孩子的启蒙教育而成为害死孩子的真正凶手，如《凶手》。而小说《冷惊》中，因误骂支书而寝食不安、胆战心惊以至病倒不起，直到主动央求支书整治一顿才病好了的王老五，《没事》中被支书误伤躺倒，但却不准家人上告，主动洗掉椅子上的污血证据并拿到支书家表白的何老六，这些人物面对权力的惶恐心态何其相似，都是巴金所谓的"奴在心者"。他们的言行举动往往让人既哀其不幸，又怒其不争。但如果考虑到他们生存其间的权力经常横行无忌、为所欲为的现实环境，那么也许会体谅这些人物的所作所为。在一个权力极其强势的生存环境中，你能指望他们什么呢？

除了权力外，良心是影响群众心理变化的又一重要因素。乔典运的许多小说——像《村魂》《满票》《问天》《刘王村》等——都提到了"良心"，写到人物因是否讲良心而心理波动。那么何谓"良心"？"良心"一词最早出自《孟子·告子上》："虽存乎人者，岂无仁义之心哉？其所以放其良心者，亦犹斧斤之于木也。"朱熹的集注解释说："良心者，本然之善心，即所谓仁义之心也。"这种解释，把良心等同于儒家的仁义道德观念。《简明社会科学词典》认为，"良心"是指"人们对自己行为所应负的道德责任的认识和评价"，并指出："马克思主义肯定良心的存在，认为良心是人们在社会生活中，在履行对他人和社会的义务的过程中形成的一种道德意识，是一定的道德观念、道德情感、道德意志和道德信念在个人意识中的统一。"① 这也是从人的道德的角度来解释"良心"的。《简明社会科学词典》还指出："'良心是由人的知识和全部生活方式来决定的。'（《马克思恩格斯全集》第6卷第152页）社会传统道德观念和社会舆论对个人良心有很大影响。"

对于生活在乡土中国的普通群众来说，"良心"主要受儒家传统道德观念的影响，甚至直接就是一种儒家道德观念的内在修养；而从人的外在社会关系来看，"良心"主要受人伦、人情关系左右，讲良心即讲人情，也就是特别重视家人、亲戚、朋友、邻里之间的辈分、恩情、情

---

① 《简明社会科学词典》，上海辞书出版社1984年版，第508页。

义等感情关系。费孝通曾说，乡土社会是一个生于斯、死于斯的社会，是一个熟悉的社会，没有陌生人的社会，也是一个不同于法理社会的礼俗社会。要在这样的社会生存，不讲人情关系很难行得通。在人们的行为做事中，人情关系是考虑最多的一个因素。人情的冷暖变化最易触及人心，立刻产生相应的情感效应。不讲人情，即无良心甚至无人性，顾及人情则证明有良心有人性。因此，在乡土社会要讲良心不能不讲人情、讲关系，这也是"由人的知识和全部生活方式来决定的"。

在《满票》中，人们尽管已经做出了合乎历史发展趋势的正确选择，让模范干部何老十下了台，但却有悖于传统的良心、人情，因此许多人"都面带愧色地念诵着他的好处，都说投了他一票"。何老十自己也陷于良心、人情的感情漩涡不能自拔。比他更甚者的是《刘王村》中的刘老大，一个靠人们的良心、人情滋养才能活下去的普通农民。刘老大给缺水吃的刘王村人找到了饮马坑水源，成了全村人的大恩人，"村里人除了口头上恭维他，感激他，还常常孝敬他"，二十多年来，村里人有良心成了刘老大生活的唯一精神支撑。当村里人被王三赖新打出的水源更近、水质更好的井水吸引走后，刘老大失去了人们的笑脸和奉献，他一病不起。刘老大病危的消息使全村人觉得自己背了良心，于是重新又去饮马坑担水吃了。最后刘老大病好了，得胜了，笑了。小说中，不管是刘老大，还是其他村民，都是讲良心的，念念不忘良心。小说虽然重点表现的是刘老大怕失去全村人良心奉献的焦虑心理，但同时也描写了村里人的良心煎熬。由背良心到重新讲良心，村里人做出了自己最终的选择。这一选择说明了良心还将长期在人们充满人情味的生活中起作用，人们千百年来形成的文化心理积淀不是一朝一夕能改变的。

《小猫不知人间事》写的是一个寡妇为送两只猫娃为人情所困，既不好伤害这一家人，又不敢得罪另一家人，左右为难的心理。小说虽未提及良心，但人情与良心实无区别。要区别的只是自觉自愿的人情、良心和迫于权势或强加接受的人情、良心。小说结尾写寡妇李玉娥打定主意，大小三只猫谁也不送都自己养着，但在大家都讲人情、讲良心的乡土社会，这能否做到还是一个未知数。《小城今天有话说》所写的小县城，也是这个乡土社会的一部分。在小说中，当老李答应解决弯月工作问题时，老于奶奶说"今天算碰上讲良心的人了"；当人们造谣糟践清白廉正的石县长时，弯月气恨人们不讲一点良心；小说结尾时，民间艺人老牛对他的师弟老黑说"活人得讲个良心"，并劝告台下茶客"都把良心讲"。小县城人对良心的看重与强调，与乡村农民并无区别。

当良心、人情遭遇到权力的威压会出现什么情形呢？在《小猫不知人间事》中，当寡妇李玉娥为了报答过去的人情，准备把两只猫娃分别送给邻居任月芬大婶和同村小伙子小憨二人时，许多村人、熟人也向她索要猫娃，其中支书老婆王秋华最难打发。后来任月芬大婶主动提出不要猫娃，小憨和王老五两家也先后主动退回了猫娃，都是不想让寡妇作难，以免她得罪了权力人物，给她招来是非。在作品中，面对权力对人情的挤压，任月芬大婶、小憨和王老五等人都选择了人情礼让权力，寡妇李玉娥虽看重人情，小说结尾甚至让她决定了大小三只猫谁也不送，全都自己养着，以此来反抗权力，但在现实生活中，这一决定是否能够贯彻实行仍是一个问题。《问天》中，关于选谁当队长，三爷先考虑的是张文，因为张文在人面前看得起三爷，心里有三爷，三爷要报答这分情义；后又转向考虑李武，因为李武的妈在经济困难时期曾救过三爷的命，三爷要报答救命大恩。这里三爷选择队长人选是以"谁对咱好"即是否有恩情或人情为尺度的。但在儿子的提醒下，人情让位于权力，三爷重新又考虑起村长人选问题，甚至直接去问王支书想叫谁当村长。小说虽然反映的主要是农民因没有民主意识、主体意识而奴性十足的精神问题，但同时也揭露了乡土社会权力威势深入人心的影响作用——它的影响甚至盖过了救命恩情。

在乔典运小说中，影响群众心理波动的还有一个因素：金钱。80年代后期到90年代，随着商品经济大潮的不断涌动，物质、商品、金钱等对人心的影响逐渐显露。侧重物质而非精神追求，成为普遍的社会心理，乔典运小说对此时代心理也有所反映。乔典运90年代初有一篇小说直接命名为《钱》，写一个农民王大爷先前没钱装有钱，虽然心虚但受人尊敬，大名在外，后来儿子挣了钱给他2000块，他真有钱了却疯了。小说既写了金钱对于一个农民心理的影响作用，也写出了农民群众普遍的金钱崇拜心理。1988年发表的《欢天喜地》，通过普通工人老木有奖储蓄中了一万元，却被工友、邻居和亲朋好友"咬肥"的悲喜剧，反映了群众普遍存在的妒富、均富以至于造谣生事、无中生有的精神"红眼病"和阴暗心理。在 1986 年发表的《无字碑》中，人们面对徐书阁献宝（所拓碑文）所得的 500 块钱，笑、恨、打、骂、悔，一切表演都源于渴求物质、金钱的自私自利的务实心理。小说中，群众的心理先由权力后由金钱所左右，这实际上是完整地写出了当代中国社会心理的时代变迁过程。

当面对金钱与权力或良心两种因素同时作用时，人们又是如何表现的呢？对此乔典运小说亦有精彩描写。在《香与香》中，五爷由香变臭过程中，支书李老三的权势起了决定作用，村民们唯上唯权是从；而五爷由臭变香过程中，起决定作用的是五爷儿子的钱，人们趋利而动，完全抛弃了因贪污索贿下台的李老三。由过去的唯权是从到现在的唯利是从，群众的心理变化折射出整个时代社会变迁的过程。小说中权力与金钱先后作用于人们的心理，而非同时起作用，也就是说，权力与金钱并没有交锋。假如李老三没有下台，在有权的李老三与有钱的五爷儿子之间，人们又会演出怎样的心理活剧呢？《从早到晚》中已经富裕起来的陈老汉，认为支书的儿子应当接着老子的支书干下去，不同情被支书奸污的妇女反而怪她们长的漂亮。陈老汉由当年天不怕地不怕变成现在胆小如鼠，生怕祸从口出，这提供了一种剧情发展的可能性。而《黑洞》却主要描写了一个叫大花的农村妇女在金钱与良心两者之间的心理挣扎。一边是意外得到的一笔钱，买摩托车过幸福生活的诱惑；一边是良心的不安，对名声的顾及。大花考虑再三做出了钱交一部分留一部分（既想发财又想立功）的决定，但弄巧成拙，名利双失，连丈夫也弃她而去，以致最后她竟疯了。可以说，大花主要是因钱变疯的。但小说也写到了人们普遍的唯利是从、自私自利的社会心理氛围，这应该是大花致病的外在环境因素。《遗风》仍主要描写农民在金钱诱惑与良心不安之间挣扎摇摆的心态，一边是延续千年的刘关张赵黄的桃园结义情分，有福同享、有祸同当的祖宗遗训；一边是以关老二为代表的对于金钱、财富的强烈渴望。最终是逐利之心战胜了兄弟情义。乔典运小说对农民渴富逐利及艰难舍弃传统道德的心理描写，为那一时代普遍的社会心理留下了最真切的艺术素描。

受权力、良心、金钱等一种或几种因素的作用，乔典运小说中的乡土群众心理多呈现扭曲、变异、病态的形状，极少有正常、健康的样貌。像鲁迅一样,乔典运小说揭出农民心理的病态,其目的在于疗治,在于健康,"立人"或人的现代化。乔典运的许多小说都明白地宣示了作者"立人"的创作意图:《小猫不知人间事》的结尾,寡妇李玉娥想到自己也是个人,是个有骨头的人;《村魂》中张老七活得无愧于己,无愧于人,最终成为村民们的"村魂";《怪梦》中何草追问自己是人不是人,想清白做人而被大家看作疯子,最后跳崖自尽;《美人泪》中芳芳在村里才算个人才有自己,而在城里却受歧视低人一头,因攀比而失去自己;《刘王村》中村人们喝了饮马坑的水似乎变成"牛马";《女儿血》中梨花为了个人的理想而投水自尽;《香与香》中五爷由没脸活人到靠钱挣个人当当,再到真正不枉是个人,等等,诸多作品无一不在强烈地呼唤着真正的人的复归。乔典运这种启蒙式的小说创作,在五四以来的现当代小说史上并不鲜见,但其对群众心理的精彩、深刻的刻画却独具特色,所达到的社会历史深广度极少有人能出其右。

三

许多论者都注意到了乔典运小说的寓言性。寓言,一般是指带有明显教训寓意、富有哲理、短小精悍的民间故事。"寓言"一词最早见于《庄子·寓言》:"寓言十九,重言十七,卮言日出,和以天倪。寓言十九,藉外论之。"郭庆藩的《庄子集释》解释说:"寓,寄也。以人不信己,故托之他人,十言而九见信也。"庄子所说的寓言,指的是寄托之言,也就是假托别人所说的话,意在此而言寄于彼。这道出了寓言最基本的艺术特征,即言意的断裂、分离。寓言言意的分离,换言之,就是作者对具体表现对象的超离。如此,作品才能达到一个普遍性的哲理的高度。王国维在《人间词话》中说:"诗人对宇宙人生,须入乎其内,又须出乎其外。入乎其内,故能写之。出乎其外,故能观之。入乎其内,故有生气。出乎其外,故有高致。"又说:"诗人必有轻视外物之意,故能以奴仆命风月。又必有重视外物之意,故能与花鸟共忧乐。"这都是指文艺创作的一般规律来说的。具体到乔典运小说及其寓言性,则更强调"出乎其外""轻视外物",强调作者对具体人物故事的超离性。这是乔典运小说具有更多的言外之意、更普遍的哲理性的关键所在。但是,在对具体人物故事的超离过程中,作者也可能过多地考虑了某些抽象的思想观念的表达，而忽视甚至回避对一些具体的人物命运及其所映现的社会问题的深入开掘。王鸿生曾指出了乔典运小说寓言性的局限所在："作为象征复杂的日常生活关系及社会政治关系的简明图式，寓言的隔离性允许他不直接去接触碰撞某些敏感的、有风险的区域，而可以从思想观念的角度重新讲一个故事，以便比较安全地在这个故事的表层结构下置入另一层隐秘的含义。"就具体作品来说，《无字碑》结尾在把小说提升到文字、文明的磨灭与延续、有和无的历史哲学高度的同时，却失落了对文明毁灭和群众愚昧无知的罪魁祸首的追问。而《笑城》也让人在真与假的辩证思考中，容易忽视对社会不正之风背后的政治特权的声讨和对当代历史失误的清算。两篇小说都在一定程度上避开了"敏感的、有风险的区域"：权力政治的批判。

乔典运小说所展示的对群众心理起决定性影响作用的是权力因素，权力不仅严重影响人们之间的情感关系（《冷惊》中王老五与牛娃也即李支书的关系从亲近到生分），也是造成群众物质生活极端贫困（《村魂》《满票》《无字碑》《香与香》等小说对此有一定描写，因此群众才产生强烈的渴富逐利心理）的根本原因。但乔典运小说很少从正面直接表现乡土社会政治权力运作的内幕，更不用说对权力制度存在问题的剖析了。乔典运小说主要选取"愚"字当头的老式农民或普通群众作为表现对象，描写他们贫乏、困窘、荒芜的心灵，而对造成如此心灵的罪魁祸首——权力及其政治制度，却轻轻放过了。李丹梦说：乔典运"那些彰显国民劣根性的作品里，他关注和批判的重点也是在跟自己有类似经历的小人物上，一种自我审视；对'上'则保持着'为尊者讳'的、点到辄止的持重与大度。这是老乔前后期写作的不变之点"[1]。这是很中肯的评语。乔典运的《乡醉》是一篇深刻揭露乡土基层干部腐败的小说，尽管作品重点刻画的是一个党的好干部木易的正面形象，但在1986年冬天全国范围内清除精神污染、批判资产阶级自由化斗争中，仍被有人别有用心地诬批为自由化，是毒草，多亏当时领导清明，乔典运才得以平安过关。乔典运的中篇小说《香与香》发表后，《作品与争鸣》发表文章批评乔典运小说中对村支书李

---

① 李丹梦：《现代中原"化石"——乔典运论》，《小说评论》2012年第4期。

老三的描写，是丑化农村基层党组织，社会效果很不好。面对批评，乔典运觉得批评者是拿铁棍打他，欲置他于死地。乔典运不是神经过于敏感，小题大做，而是有着惨痛的人生教训作参考的。50年代末，他曾因一篇短文《是是非非》被批判、讨论达半年之久。乔典运对权力政治对自己的伤害一直心有余悸。尽管《乡醉》《香与香》等小说受到了批评，批评矛头指向的也都是作品的政治倾向，但今天看来，作者的批判力度仍显得不够强大，如两篇小说都未把作恶的权势人物作为重点来刻画，也未对乡土政治制度的弊端稍稍展开剖析。乔典运的批判确有"为尊者讳"或"顾左右而言他"的难言之隐，这与他的人生经历、社会政治现实等都有关系。乔典运未受批评的小说，绝大部分政治批判意识还要淡化。当然，也许有人会说乔典运小说创作的本意不在于此，而在于通过群众心理病态的揭示来批判国民劣根性。但国民劣根性批判应该不是目的，目的在于救治，在于人的现代化。那么具体如何"救治"呢？应该采取何种途径呢？不搞清楚造成国民劣根性或群众心理病态的原因是不行的。只有搞清楚"患病"的主要原因，才能有针对性地开出"药方"，达到"治病救人"的目的。对于乔典运笔下的乡土群众来说，造成其心理病态的原因主要在于权力。因此，推进权力政治改革，进而逐步改变整个社会文化环境，这应该是实现人的现代化并产生"新人"的根本途径。

　　乔典运有几篇小说专门描写乡土基层民主选举，这正是权力政治的具体表现之一。小说中农民群众的思想言行显然与现代民主制度不合拍，不谐调，从而形成一种讽刺剧。乔典运的许多小说都是杰出的讽刺小说，讽刺了那些不合时宜的老式农民。韩南在《鲁迅小说的技巧》中说：讽刺的写实，这是鲁迅大部分短篇小说的模式；讽刺用一个暗含的理想标准衡量对象，鲁迅的讽刺中暗含的理想，主要是涉及社会中人与人的关系，这正是传统的儒教伦理的领域，因此鲁迅就把这一点作为他的讽刺目标。[①] 与鲁迅相似，乔典运的小说也是一种讽刺的写实，有讽刺，但以写实为主；并且也把儒家伦理道德作为讽刺目标。乔典运小说中影响人物心理波动的良心、恩情、情义等，正是儒家伦理道德最核

---

　　① 韩南：《韩南中国小说论集》，北京大学出版社2008年版，第381页。

心的部分。但是当这些道德面对新的时代新的生活时，却显出了不合时
宜的尴尬状态，屡屡使其持有者陷入进退失据、左右为难的境地（《刘
王村》《问天》等），有人甚至为此发疯（《黑洞》），或自杀身亡（《怪
梦》）。因此，作者对这些传统的道德观念显然不以为然，有所批评、
讽刺。但乔典运的讽刺背后暗含的理想是什么呢？鲁迅秉持的主要是西
方的个性主义、人本主义思想资源，以西方为理想。乔典运也写到了
"立人"的重要性，但他的道德理想仍要立足于传统文化的土壤，摆脱
不了中国大地的束缚。鲁迅以西方思想观念从外观照中国传统文化，因
此对传统道德的批判最坚决，讽刺也最无情。乔典运从中国传统文化内
部观照，依据的亦是传统的尺度，因此他对传统道德的批判、讽刺犹疑
不决，类如其笔下人物。最典型的是小说《村魂》，在创作自述《别
了，昨天——关于〈村魂〉和〈满票〉》中，作者对张老七这个真诚的
愚昧者是彻底批判的，要与他坚决告别、再不相见。但在作品中，前面
部分主要写张老七的"老古板、死心眼""上级说个啥就信个啥，一点
也不灵醒"，批判、讽刺之意是明显的，但作品结尾却通过村民重新确
定张老七为"村魂"，而肯定了他身上所具有的"诚"——真诚、忠
诚、诚实的品德。作品传达的思想倾向是矛盾、复杂的，显然不同于作
者的创作自述。当然，创作自述中也说道："就道德而言，他们（即张
老七和何老十）的个人品质似乎无可指责，甚至是高尚的、圣洁的。"
由此可见乔典运对儒家传统道德的矛盾态度。从乔典运的个人生活中，
也可看到他重人情、讲良心的一面。其儿子乔小泉在回忆文章中说他
"为人和善，重情崇义"，应是对他的思想性情的准确概括。乔典运生
活中一贯遵行的道德操守不可能不影响到创作中对它的反思深度。可以
说，乔典运对长期浸润其间的传统道德文化的弊病了然于胸，看得真
切，但在动手清除、批判时，因为受其影响太深，也因为没有一个其他
的异质思想文化体系作为参照，故而不能不有所犹疑、保留。乔典运在
创作上深挖他的生活的"小井"无疑是正确的，但也应该看到"小井"
一样狭窄的生活对他的思想观念和艺术视野的限制，他显然不具备鲁迅
所具有的西方思想资源和艺术观念。

　　以上从寓言性和讽刺手法等艺术表现角度，分析了乔典运小说的思
想深刻性及其局限。另外，从乔典运小说中的一个作家形象，也可以探

测出其思想深度。这就是中篇小说《从早到晚》中作家老王的形象。乔典运小说很少直接写到作者自己，尽管其中许多作品带有某种自传性，其人物故事往往是乔典运自己某一时期人生遭遇的折射。《从早到晚》所写的主要是作家老王从早到晚一天的故事，其中也有作者自己生活的影子。从西方叙事学理论来说，小说中的作家老王是不能等同于现实生活中的作家乔典运的。但是，从作家老王身上是可以间接地见出作家乔典运真实的思想状况的。因为作家笔下的作家形象，最容易投射作家本人的思想感情，对乔典运这样创作写实性、自传性较强的作家来说，尤其如此。小说中，作家老王早上上班被人纠缠下棋，下午参加一个"多余的"座谈会，晚上陪客吃饭，从早到晚一天，想有所作为但终于碌碌无为。作为党的干部，他想发言揭露会议发言者的谎言和弄虚作假，但最终退缩了；对那种不把小人物当人看的官员的优越感想给予批评，但又不想得罪人；对陪客吃饭极不情愿，也看不惯，但碍于人情面子却参与其中。生活中，老王为没有爱情而悲叹，想给女儿调动工作却怯于找关系，对老朋友陈老汉虽厌恶、不满却盛情招待，等等，也是左右为难、烦恼苦多。作为作家，老王时时想着创作，但为写什么内容，苦于找不到合适的素材。想写法院院长知法犯法，包庇谋财害命的儿子的故事，但因怕是揭露性题材而受批判、被报复。只好写自己的老婆、家庭琐事，但当他摊开稿纸，拿起钢笔准备写时才发觉写什么还没有认真想好。小说中有一段文字这样描写陷于为难苦恼状态的作家老王："本来，他有许多材料可写，这些材料也有分量，他也有创作冲动，想写，如果顺着感情奔流而出，也可能会打响。可是，每一次冲动都被莫名其妙的害怕情绪抵消了。写矛盾，怕批评他是暴露，写光明，怕嘲笑他是拍马。创作需要勇气，他偏偏没有勇气。白白扔掉许多有用的素材，也白白浪费了不少宝贵时间。于是，无休止的苦恼折磨着他，达到不能自拔的境地。又怕受打击，又怕失了人格，'怕'字把他压垮了，压扁了，压得变形了。"作为作家，老王显然缺少作家最可宝贵的独立人格、独立思想，因此才处于左右为难、无所作为的境地。作家老王与乔典运笔下的老式农民——如陈老汉——别无两样，显然也在批判、否定之列。尽管作家老王不等于作家乔典运，但在一定程度上仍可把他的言行心态看作乔典运自己真实思想的流露。乔典运借助作家老王这一形象，对自己创作的困境做了披露，对自己思想上的困惑也做了某种展示。也许正是因为这些创作主体方面的困境、困惑的存在，乔典运小说的寓言性才有所缺失，讽刺也才留有余地。

乔典运小说尽管存在许多不足之处，但是，它的成就毕竟是主要的、显著的。它对乡土群众病态心理的刻画极为准确、生动、传神，给读者留下了深刻的印象。它的寓言和讽刺艺术，也给其他当代作家以有益的启示。南丁在《乔典运小说自选集》的序文中说："不可以将典运的小说仅仅视为乡土文学，既是乡土的，又是超越乡土的。他以他的小山村为载体，反映了这个大时代。这是典运对当代文学的贡献。"乔典运小说确实是超越乡土的，它将以独特而深广的国民性批判主题，在中国当代小说史上占有一个显著的位置。

第三节　田中禾小说及其母亲形象

田中禾，原名张其华，1941 年生于河南省唐河县一个小商人家庭。三岁丧父，母亲对其一生影响很大。中学时期即开始文学创作，出版了长诗《仙丹花》。1959 年考入兰州大学中文系，后因对大学文科教学失望而毅然退学到郑州郊区当农民，在劳动之余自修完了大学课程，并创作了许多文学作品。除当过农民外，还教过书，跟过剧团，在街办小工厂干过。"文化大革命"中曾遭冤案被捕入狱，1980 年平反后进入唐河县文化馆工作。1987 年调入河南省文联，曾任河南省文联副主席、河南省作协主席等职务。"文化大革命"后田中禾先后创作了大量小说作品，结集出版了《印象》《落叶溪》《轰炸：田中禾中短篇小说自选集》《田中禾小说自选集》等中短篇小说集，出版了长篇小说《匪首》《父亲和她们》和《十七岁》。另外，还出版了散文随笔集《在自己心中迷失》。

作为文学宛军的代表性作家之一，田中禾的小说早已名扬国内外。他的短篇小说《五月》曾荣获 1985—1986 年全国优秀短篇小说奖；他的以《落叶溪》为总题的系列笔记小说，被美国加州大学研究中国当代文学的郑树森先生称为"是转化本土小说传统成功的范本"；他的长篇小说，无论是 90 年代前期出版的《匪首》，还是近两年出版的《父亲和她们》和《十七岁》，都具有一种鲜明的个人风格和恢弘华丽的气度，更是令人叹为观止，不忍释卷。作为小说家，田中禾无疑是一位优秀的成功的小说家。成功的因素很多，仅从小说文本来说，就有题材、主题、人物、故事、结构、语言诸多方面值得评说。而在人物形象中，最引人注目的是田中禾小说中的母亲形象，尤其是长篇小说中的母亲形象。田中禾小说中的母亲形象主要以作者自己的母亲为生活原型，因而写得饱含感情、分外感人。田中禾写了多篇回忆母亲的散文，其中一篇题目是《母亲的歌》。借用这一题目，我们也可以说田中禾的大部分小说是唱给母亲的歌。仔细聆听，田中禾唱给母亲的歌既是欢快的、深情的，也夹杂着一丝忧郁和痛惜。何以如此？这还得从他笔下的母亲形象的基本特征说起。

一

在绝大多数人心目中，母亲无疑是慈爱的、伟大的。严父慈母，这是千百年来父母留给我们每个中国人的固定印象。田中禾小说中的母亲形象也不例外除了慈爱、仁慈、宽容等品质外，母亲形象更多的是具有坚韧、自强、自信、乐观等品性和丰富的生活智慧。

在田中禾的成名作《五月》中，母亲不是着重刻画的人物，但她不因中风手脚蜷缩而停息地里家里活计的勤劳，她对儿女的怜爱，仍给人留下较深的印象。其中的奶奶也是一个慈爱的母亲形象。《落叶溪》中，母亲的身影无处不在，"母亲说"是小说中常见的语式。母亲的讲述与作为孩子的"我"的目光共同构成作品的叙事视角。作者在《落叶溪》"代后记"中说："这个集子可以说是母亲和故乡的遗产。多数来自母亲讲述的故事，五六十年代的人物是我自己的耳闻目睹。""母亲讲述"不仅存在于现实生活中，也存在于小说文本中。但是，母亲在小说中除承担故事讲述者、转述者的功能外，还是一个故事的参与者，一个鲜活、生动的表现对象或艺术形象。在《花表婶》的故事中，母亲对花表婶的不幸婚姻充满同情，当其丈夫鹏举要同花表婶离婚时，母亲当众质问穿制服的女干部："凭什么只兴男人和女人离？"她对花表婶说："他表婶，凭什么让他给你离？他也没养活你一天，没走过你家亲戚。如今不是男女平等吗？你同他离，你——休了他！"母亲的思想可谓超前、新锐。在《第一任续姐》的故事中，母亲不因书君姐的"势利眼"和冷淡无礼而不理睬她，"听说她生孩子，母亲却收拾了一篮鸡蛋、挂面，要我挎上，一同去医院看望"。母亲的同情心与宽容仁爱在此表露无遗。在《印象》中，温和、慈爱的母亲变得"坚忍、刚强"。小说写道："牌坊街的人们更敬重母亲。这个四十一岁守寡的女人，不但使父亲下世时破落的店房成为西门里声誉最高的商号，为两个儿子一个女儿光彩地办了婚事，又把他们一个个教成、送走，到外边去读书、干事。"直到82岁母亲一病不起，病中的母亲仍很坚强，小说写道："我和妻子轮流每天请半天假在家陪伴母亲。她从来不要别人服侍。夜里高烧，第二天早晨烧一退，慢慢挣扎起来，把衣服穿好，腿带扎紧，梳头，洗脸，慢慢吃早饭。从不在屋里解手，总要自己到厕所去，自己回来。病重时由我们搀扶。母亲不喜欢别人为她做小饭，必得我亲自动手。直到如今我仍然为此感到欣慰，只要我为她做饭，她总吃得又香又高兴。我知道这不仅因为我能把握稀稠咸淡，而且从不浪费。"一个坚强、自尊、自立、节俭的老太太，一个伟大的母亲形象跃然纸上，让人不由得肃然起敬。

长篇小说《十七岁》仍然延续、扩展着《印象》中的人物故事，母亲的形象也更为丰满。小说先后叙述了母亲、大姐、六姐、大哥、二哥、李春梅和"我"（张书青）17岁的故事。17岁的母亲就已露出刚强的性格：为了给娘家换回一头驴改善生活而自作主张把自己嫁出去了。小说还叙述了父亲去世后母亲的故事：作为一个寡妇，母亲独自操持着店铺生意，带领儿女们一次次到乡下躲避战乱，把几个孩子养育成人，让他们接受良好教育，走出县城，开创属于自己的事业和人生天地。在人生的困窘中，在时代的动荡中，母亲表现了她的坚强、自信、善良、宽厚与智慧。小说还叙述了新中国成立初已46岁的母亲改名字、不断追求政治进步的故事。因此，母亲不仅是一位伟大的母亲，也是一位可爱的母亲。小说开头有一篇类似"楔子"或"引子"的日记，写到母亲的丧事，作者写道："母亲真的永远离开我了吗？不再伴我生活，不再给我爱抚，不再给我教诲？如果我在人世受了委屈，有了心事，我还能去对谁诉说？如果我犯了过失，做了错事，谁还能给我原谅，给我安慰？此时此刻我才明白，从此以后我要独立承受人世降临的一切，我真的要做大人了。"田中禾曾与人谈到他这部小说，他说："《十七岁》可以看作是我的自传。……我三岁丧父，在母亲影响下长大，母亲性格刚强，精明能干，富于生活智慧，却非常尊崇故乡小县悠久的市井传统。讲诚信、宽容，自尊、尊人，《十七岁》里母亲的形象就是我儿时对母亲的真实记忆，情节、细节大都是真实的。"① 因此，《十七岁》这部小说，既是一部回忆家族历史的小说，更是一部献给母亲的颂歌。

长篇小说《匪首》中的母亲也是一位慈爱、坚强的伟大母亲。她收养孤儿姬有申，养育少小丧母的杨蒹之、杨季之，让每个孩子都各有出路；她纺线织布，日夜操劳，在失火的杨家宅院地基上盖起了新房，让女儿荞麦嫁给她表哥，完成人生一桩桩大事。后来她常年卧病，遂决定去武当朝山，斜挎香包走出大门，"走入朝山进香的人流，转瞬间腿脚轻快，身影灵活，像个年轻媳妇"。杨蒹之和荞麦给母亲送行，"她头也不回，背影生气勃勃融入萌绿的山野"。小说还写到荞麦随土匪流窜时认识的一位瞎眼老女人，认定她就是背着香包走入田野的母亲。老女人虽然眼瞎了，但却更坚强，仁爱惠及天地万物。小说中的母亲形象也带有作者自传的色彩，如写母亲生病的一段文字："那时母亲在病中。形容消瘦，面色灰暗。但她从不要人伺奉。她喜欢一个人慢慢梳洗、整顿，收拾床铺，将被褥搭出去曝晒。屋里、地上照常保持干净、整齐。即使夜里病情严重、高烧不止，第二天太阳一出，还要强自挣扎起床，穿好衣服，扎好腿带，包好脚布，拄着拐杖，由荞麦搀扶到厕所去。"与上文引述《印象》中的文字相似，都写出了病中母亲的坚强、自立。这也应该是她贯穿一生的主要性格特征。

稍早于《十七岁》出版的长篇小说《父亲和她们》，刻画了两位母亲的形象。一位是"我"（小说以第一人称"我"来编辑、叙述其父母的故事）的娘、养母肖芝兰，一位是"我"的母亲、生母林春如（后改名曾超）。两位母亲生育"我"、教养"我"、宠爱"我"，在时代和人生的困厄中坚忍不拔、自尊自立地生活着，其身上的美德、品性无不显现出她们也是伟大的母亲。尤其是"娘"肖芝兰的形象，她的无私

---

① 田中禾：《在自己心中迷失》，河南大学出版社 2012 年版，第 513 页。

的爱，她的宽大包容，给人留下深刻的印象。作者曾在创作手记中说："'娘'这个形象很多地方借鉴了我母亲。我母亲管教我，用的是她没有底线的爱，不计利害的付出。……她那么善良、宽宏，坚韧、智慧，忍辱负重，一次次从危难中拯救伤害她的那个'不讲理的''浑货'，她是这本书中最完美的形象，几乎可以说是马家的圣母，曾让读她的朋友感动流泪。"① 正是因为作者以自己母亲为原型来刻画"娘"这个形象，笔下饱含感情，所以这个形象才那么美好、那么感人。

但是，在同一篇创作手记中，作者又说："为了这部小说，我真的忍心说'娘'是改造'父亲'的帮凶吗?"在与作家墨白的对话中，作者确切地说道："当我思索'父亲'、'母亲'和'娘'的一生时，我清楚地看到，宽容、善良、坚韧的娘，其实扮演着政治上对父亲改造的帮凶的角色。"② 如此看来，娘不仅是伟大的母亲，也是改造父亲的帮凶。小说中母亲林春如曾对父亲说："兰姐她不像你的女人，更像你的母亲。"娘在新婚之夜看着睡着的父亲，"像看自己养大的孩子"。娘曾说："你爹这个浑货，他长到老都是个孩子……"娘对父亲的感情，确实更多的是母子之情而非男女夫妻之情。因此，娘对父亲的改造其实就是一位母亲对自己儿子的改造。小说中对这种改造有很多描写，如娘和爷爷企图通过结婚，把读书读得心野的父亲拴在家庭的"笼子"里，免得他在外面惹是生非；当父亲被罚在采石场劳动改造时，娘通过复婚把他救了出来，在照顾他的同时也希望他"学着听话点"，别再惹是生非；在饥荒的日子里，当父亲给省委、中央写信反映公社欺骗上级、欺骗人民时，娘怪他又一次惹是生非，强迫他一块逃到外地；在外地鱼塘生活时，"娘把他管得很严"，不让他读那些没用的政治小册子，给他买了《人民公社农林牧副渔手册》，在娘的管教下，父亲成了养鱼能手。"这个鱼塘，不但使他逃出饥荒，摆脱困境，还标志着他的世界观改造正在完成一次从量变到质变的飞跃。"小说也多次写到父亲的抵抗或抗争，如从外地逃亡回来参加生产队劳动——看菜园，父亲喜欢一个人住在菜庵里，晚上也不回家睡，父亲有了自己的天地，有了更多的自

---

① 田中禾：《在自己心中迷失》，河南大学出版社 2012 年版，第 481 页。

② 同上书，第 484 页。

由，他可以不经娘的批准，自由地看书写东西，"哪怕什么都不干，摆脱娘那双眼睛，他也能轻松、自在点"，但在娘的干预下，父亲离开了菜园，他感到烦闷，觉得"回到家里像圈进了笼子"；"文化大革命"期间，"父亲乐意到外面闯荡，不只是为了逃避街道监管，更是为了摆脱娘和母亲。比起街道的监管，家里的压抑和自卑更沉重。即使在外面难免被人怀疑，逃脱不了灰色人物的身份，他也宁愿在陌生的异乡做册外社员。摆脱了熟人和亲人的眼睛，他心里觉得更自由"。父亲说他的人生像在兜圈子，最终还是回到原点：和娘生活在一起。小说中娘对父亲也是儿子的改造是成功的。

小说中还写了另一种形式的母亲对儿子的改造，这就是"母亲"林春如在教育上对"我"的改造。母亲林春如在教育上对"我"的管教，虽出于母爱，但她的严厉，让我心生"怨恨"，两次离家出走。母亲林春如说："是你和叶子让我变得懦弱、自私。让我感到害怕，感到自己的软弱。我不再那样高傲，不再那样目空一切，自命不凡。如果说从前我曾经有过远大的抱负、宏伟的理想，现在我觉得一切都无所谓，你和叶子才是我人生的真正意义。"她甚至为了当知青的儿子"我"能够有个工作，把自己做了一笔交易。她还安排了"我"的婚姻，因此"我"才从山里调回到母亲身边。作为母亲，林春如确实是伟大的，但"我"最终还是挣脱了她爱的怀抱和人生安排，出国来到美国一个叫"渥好思"或"威德豪斯"的小镇，开创属于自己的生活。小说中林春如对儿子的争取、改造最终是失败的，她没有赢得她人生的第二场战争。

对儿子的改造不管是失败还是成功，母亲的光辉形象在此都是要大打折扣的，读者对她们也许会生出像小说人物一样的"烦闷"或"怨恨"之情。

母亲的负面形象不仅存在于《父亲和她们》一部小说中，而且也存在于田中禾的其他小说之中。《十七岁》中的母亲，和父亲一块包办了大姐的婚姻，使她"因为要嫁给一个自己不爱的人，而忧念辞世"；《匪首》中的母亲，收养、驯化了野孩子姬有申，把他暗恋的荞麦妹妹许配给了杨兼之，最后为了让被俘的土匪天虫军司令的养子身首囹圄，她（荞麦认定瞎干娘就是母亲）毒死了他；《明天的太阳》中的母亲——"妈妈"，痴迷于麻将，只顾自己轻松自在，不顾丈夫正在生病，也不顾及儿女上班无人看管孩子；《椿谷谷》中的母亲——"娘"，因怕落人闲话，强行烧掉了保山媳妇送给儿子的鞋，逼得儿子（牛）跑出家门，"像一只无家可归的野狗"，终于失去人的自我意识和一切欲望，异化为只知干活的"牛"。在这些小说中，母亲的形象不全是伟大、可爱，也具有软弱、自私、保守甚至残忍的一面。而且，母亲的伟大与不伟大、可爱与不可爱是集于一身的，也就是说，同一个母亲，她的身上既具有美好的德行，也具有低劣的品性。这样，田中禾小说实际上写出了母亲形象的双面性或双重性，打破了以往绝大部分小说、文学中母亲形象给人的刻板印象和审美定势，使她成为一个复杂的文学形象。

二

对于母亲形象，如果眼光跳出田中禾小说局限以外，从古今中外文学、文化来比较观照，那么可以发现，它实际上是人类文化中普遍存在的母亲原型形象在当代中国的重新书写。

荣格最早详尽地论析了母亲原型及其转化的象征。在《母亲原型的心理学面向》中，他说：与任何其他原型一样，母亲原型显现在几乎无限多样的面向之下；一些具有代表性的面向包括：首先最为重要的是生身母亲、祖母、继母及岳母，其次是与之相关的任何女人——比如一位护士或保姆，或者一位远房女长辈，然后是可以在象征意义上被称为母亲的东西；属于这一象征范畴的有圣母玛利亚、德墨忒耳等女神，伊甸园、天国等代表着我们渴望救赎的目标的事物，教会、大地、地狱、月亮等激发虔诚或者敬畏的东西，田野、花园等代表肥沃与富饶的事物与地点，山洞、烤箱等中空物体，洗礼盒、莲花等容器或容器形状的鲜花，曼荼罗，子宫，以及奶牛等动物，所有这些象征都会有一个积极、满意的意义或者一个消极、邪恶的意义。荣格在这篇文章中进一步指出："与母亲原型相联系的品质是母亲的关心与同情；女性不可思议的权威；超越理性的智慧与精神升华；任何有帮助的本能或者冲动；亲切、抚育与支撑、帮助发展与丰饶的一切。神奇的转化与轮回之地，还有冥府及其居民，全由母亲统辖。在消极面向，母亲原型可以意指任何秘密的、隐藏的、阴暗的东西，意指深渊，意指死亡世间，意指任何贪吃、诱惑、放毒的东西，任何像命运一样恐怖和不可逃避的东西。"①荣格把母亲原型的所有特征的矛盾总结为"既可爱又可怕的母亲"。关于母亲的双重性，荣格意指的是同一母亲具有两种不同的品质，这从他所举的例子——圣母玛利亚和印度女神迦梨中也可见出。

荣格的学生埃利希·诺依曼在《大母神——原型分析》中，就"女性原型（thearchetype of the Feminine），或从更严谨的意义上说，即大母神原型（the archetype of the Great Mother）"的内在生成机制及其在世界范围内的神话、艺术和文化中的表现作了详尽的分析。诺依曼在书中多处论及作为原型的母亲的双重性或两面性。他写道：大母神"具有三种形式：善良的，恐怖的，既善又恶的母神。善良的女性（和男性）因素形成了善良母神，她，像包含着负面因素的恐怖母神一样，也可以独立地从大母神统一体中出现。第三种形式是既善又恶的大母神，她使正面和负面属性的结合成为可能"②。在分析原型女性的基本特征时，他写道："原型女性的基本特征远不只是容纳的正面形象。正如大母神可以是恐怖的，也可以是善良的，原型女性也不仅是生命的施与者和保护者，而是像容器那样，也攫取和收回；她同时是生命和死亡女神。一如既黑又白的蛋卵象征所表明的，女性包容着对立，而世界正因其结合着地和天，夜和昼，死和生，才真正得以存在。"③诺依曼用了整整一章的篇幅来分析原型女性的负面基本特征，即恐怖母神的象征表现。诺依曼分析的恐怖母神不单纯是恐怖的，而同时具有善良的一面，或像他所说是"既善又恶的母神"。如书中提到的古埃及女神，"塔—乌尔特，她是怀孕的巨怪，集河马和鳄鱼、雄狮和女人于一身。她是致死的，也是保护的。她与哈托尔惊人的相似，哈托尔是善良的母牛女神，她在河马的形象中是阴间女神。她有积极的一面，同时又是战争与死亡女神"④。

---

①　卡尔·古斯塔夫·荣格：《原型与集体无意识》，《荣格文集》第五卷，徐德林译，国际文化出版公司 2011 年版，第 67—68 页。

②　埃利希·诺伊曼：《大母神——原型分析》，李以洪译，东方出版社 1998 年版，第 22 页。

③　同上书，第 43 页。

④　同上书，第 155 页。

"在希腊，戈耳工作为阿耳忒弥斯—赫卡忒（Artemis – Hecate）也是夜路、命运和冥界的女主人。作为埃诺迪亚（Enonia），她是十字路口和门口的看守者，作为赫卡忒，她是带着盘蛇的月女神，死者的幽灵围绕着她，就像野性的狩猎女神阿耳忒弥斯有一群女妖跟随。她的主要动物是狗，在埃及、希腊和墨西哥，寻踪觅迹和夜半嗷叫的狗是死者的朋友。作为冥路的女主人，她手持钥匙，那是男性阴茎开启力的象征，也是这位主管生育和怀孕的女神的徽记。"① 墨西哥土著居民最古老的神祇奇科莫科阿特尔（Chicomecoatl），"她是色欲与罪恶女神，但也是通过性行为使植物繁殖和更新的伟大女神；作为月女神和地女神，她是西方的、死亡与冥界的女神"②。）阿兹台克的"贞洁的月神霍奇奎特札尔（Xochiquetzal）是爱欲享乐女神和罪恶女神，娱乐、歌舞和艺术女神。她是婚姻关系的女神，也是娼妓的守护神"③。类似这样的双面女神在书中多有描述。

从荣格到诺依曼，他们都论述了原型母亲的双面性、双重性。但是，他们选取分析的材料主要是远古时代的神话、传说、艺术等，而极少涉及后世的作家作品等文献资料。其实后世的作家也写到了母亲的双重性，以遥相呼应原型母亲的这一特点。以外国作家作品来说，就笔者阅读所及，像古希腊悲剧作家欧里庇得斯的悲剧《美狄亚》中的美狄亚，英国小说家萨克雷《名利场》中的蓓基·夏泼，劳伦斯《儿子与情人》中的莫雷尔太太，法国作家莫利亚克的小说《母亲大人》中的费利西黛，美国著名剧作家奥尼尔的剧作《榆树下的欲望》中的阿比，黑人女作家托尼·莫里森的小说《宠儿》中的赛丝，日本作家森村诚一的推理小说《人性的证明》中的八杉恭子，等等，这些母亲形象都展示了既给予儿女生命又占有甚至毁灭儿女生命的双重性格。

在论述母亲原型或大母神原型时，荣格和诺依曼几乎没有提及中国文学、文化。其实中国古代神话、传说中也有大母神形象，如抟土造人、炼石补天的女娲。如果说从女娲身上只看到女神的正面特性的话，

---

① 埃利希·诺伊曼：《大母神——原型分析》，李以洪译，东方出版社 1998 年版，第171—172 页。

② 同上书，第 185 页。

③ 同上书，第 199 页。

那么西王母形象则具有女神的双面性。先秦古籍《山海经》中写到她住在昆仑山西方（西极日落之处，暗示死亡、冥府），豹尾虎齿，蓬发戴胜，善于啸叫，既掌管着瘟疫刑罚，也掌握着不死之药。这显然是一个既可怕又可爱的女神。南朝时任昉《述异记》中记载的"鬼母"，又叫鬼姑神，虎头龙足，蟒眉蛟目，形状古怪，但本领极大，能够产生天地鬼，"一产十鬼，朝产之，暮食之"，纯粹是一个恐怖女神。中国后世作家也许因为受孝文化的影响，出于"为亲者讳"的文化心理，很少写到母亲的负面形象。因此，古代文学中的母亲形象，绝大部分是一位慈爱的母亲。唐代诗人孟郊的《游子吟》一诗中的慈母形象，是古代作家笔下最具代表性的母亲形象。西汉刘向《列女传》中所记载的广为流传的孟母三迁的故事，其中的孟母是另一位睿智、慈爱的伟大母亲形象。但是，仍有个别文学作品写到了母亲的负面形象。比较典型的如汉乐府叙事诗《孔雀东南飞》中的焦母，偏执、顽固、专横，逼迫儿子焦仲卿驱逐了美丽、善良、勤劳的妻子刘兰芝，最终害死了儿子，显然是一个不可爱的母亲形象。中国古代文学中也有杀死子女的类似美狄亚的母亲形象，如南宋洪迈《夷坚志·蔡郝妻妾》中两位杀子母亲。唐薛用弱《集异记》中《贾人妻》一篇，写贾人妻报仇后为断绝亲情竟然杀死亲子，显然也是一个让人感到恐怖的母亲。现当代作家笔下的母亲形象也多是贤妻良母，但曹禺剧作《雷雨》中的繁漪，张爱玲小说《金锁记》中的曹七巧，以及残雪《山上的小屋》、余华《现实一种》、方方《风景》等一些当代小说中的母亲，却与此大大不同，从她们身上看不到多少慈爱、贤惠的美德，相反她们自私、阴鸷、变态、冷漠等品性让人不由得心生反感甚至产生恐怖之感。

田中禾小说中的母亲形象倒不至于让人产生恐怖之感，但它确实也写出了母亲的负面特征。田中禾小说中的母亲形象同时具有正面特征和负面特征，这种双面性的母亲形象，如果追根溯源，应该是母亲原型（或大母神原型）在当代中国的一种变形显现。简言之，田中禾小说重现了人类文化中普遍存在的母亲原型。荣格曾经说道："谁讲到了原始意象（即原型——引者）谁就道出了一千个人的声音，可以使人心醉神迷，为之倾倒。与此同时，他把他正在寻求表达的思想从偶然和短暂提升到永恒的王国之中。他把个人的命运纳入人类的命运，并在我们身上唤起那些时时激励着人类摆脱危险、熬过漫漫长夜的亲切的力量。这便是伟大艺术的奥秘，是它对我们产生影响的奥秘。"① 因此，仅就母亲形象刻画这一点来说，田中禾小说实际已经具有了一种成为"伟大艺术"的质素。

三

通过母亲形象的刻画，田中禾的小说不仅写出了一种文学或文化原型，而且还对中国传统文化进行了深刻的反思。在田中禾的小说中，母亲形象实际上隐喻着中国传统文化。对此田中禾曾有过明确的说明。在一篇关于小说《父亲和她们》的访谈中，他说："肖芝兰……其实这个人物也是有原型的，她是中国传统文化的代表。善良、宽容，富有生存智慧和顽强意志，内心秉承着封建的伦理信念，执著地关怀着叛逆的主人公，终于把一个不听话的孩子改造成了驯顺的奴才。她的最终胜利是传统势力对自由思想的胜利。"② 在与作家墨白的对话文章中，田中禾又说道："宽容、善良、坚韧的娘，其实扮演着政治上对父亲改造的帮凶的角色。她对父亲的改造深深植根于传统观念之中，它渗透于我们的日常生活、伦理道德甚至我们的潜意识，以人本主义为中心的现代思想找不到向它进攻的突破口。"③ 既然母亲隐喻着中国传统文化，是传统文化的代表或化身，那么小说中娘对父亲和"我"的改造就可以看作传统文化对父亲和"我"的改造。传统文化对人、对人性的改造是通过母子关系、以母爱的方式温柔地进行的，天长日久，潜移默化，"奴性就是这样炼成的"。正像田中禾与作家墨白的对话所说："'娘'对父亲这个大孩子和'我'这个小孩子的改造，是以没有底线的爱和不计利害的奉献为武器，这就使'母亲'对娘的战争无法取胜。"在田中禾看来，母亲与娘似乎是对立的，这与作家墨白的看法——"我母亲"林春如在书中象征着现代，而"我娘"肖芝兰则象征着传统——是一致的。但是，小说中母亲林春如这个人物比娘复杂得多。母亲林春如在

---

① C. G. 容格：《论分析心理学与诗的关系》，叶舒宪选编：《神话——原型批评》，陕西师范大学出版社 1987 年版，第 101 页。

② 田中禾：《在自己心中迷失》，河南大学出版社 2012 年版，第 503 页。

③ 同上书，第 484 页。

反叛家庭、追求爱情、参加革命时，确实具有现代女性的品质，而当她成为一名县城教师、面对作为儿子的"我"的教育时，却正蜕化为一位传统的母亲，她对"我"的教育、改造，与娘对父亲和"我"的改造没有什么两样，是一脉相承的。出于对她的"怨恨"和反抗，"我"两次离家出走。后来"我"的离婚、出国，应该也是出乎她意料之外，不合她的意愿的。母亲林春如对"我"的改造、对娘的"第二场战争"，显然以失败而告终。

小说《父亲和她们》既写到了母亲隐喻的传统文化对人、人性的改造，也写到了人物对这一改造的反抗。人物的反对改造、出走，对自由和个人价值的追求，也是小说一个重要的主题。先是父亲的出走，"为了爱情，为了自由，到那边去！""那边"就是解放区，就是革命圣地延安。父亲以参加革命挣脱了娘和家庭的束缚。后来，父亲兜了一个大圈子又回到娘的身边，让她侍候，听她调教，逐渐成为一位青少年的精神导师，传统文化的教育者、维护者。接着是下一代"我"的出走，从学生时代两次离家出走到"文化大革命"后离婚，直到出国到美国，"我"似乎一直想摆脱母亲给"我"设定的人生轨道，也最终走上了开创自己人生世界的道路。"我"显然是一个勇敢的反叛传统的叛逆者形象。与父亲相比较，"我"也是一个成功的叛逆者。

对于父亲反叛传统文化的失败，并自觉成为一个传统的维护者，田中禾给予了尖锐的批评，说他被炼成了"奴性"，或"变成了又一代奴性十足的卫道者"。但是，对于传统文化对人的奴化改造、教育，田中禾在批评的同时，也看到了传统文化作为精神家园对人的抚慰作用。像原型母亲一样，传统文化也具有双面性、双重性。因此，对于传统文化，人们有反叛、出走，也会有依恋和回归。在一篇访谈文章中，田中禾说道："'出走'与'回归'是现代人的两种精神选择，也是当代作家的两大梦境。回归自然、回归纯朴、回归传统是疲于奔命的现代人在精神焦灼与物欲横流的世界里的梦想。'外面的世界很精彩，外面的世界很无奈'，出走后的漂泊感让现代人怀念精神家园，回归就成为自由的憩园。"① 具体到小说《父亲和她们》，正像田中禾在访谈中所说：

---

① 田中禾：《在自己心中迷失》，河南大学出版社 2012 年版，第 511 页。

"《父亲和她们》由身在异国的'我'来讲述，以一个美国小镇为讲述背景，'我'的怀旧、思乡的情调，的确就是对现代人宿命的隐喻，暗含了回归的情感。"

在同一篇访谈文章中，田中禾还谈到了他的小说《十七岁》，说它是"情感的吟哦，生命记忆的弦歌"，希望它"能在喧嚣的社会潮流中构筑一片小小的清幽天地，让人的心灵能在这里找回温情和宁静"。《十七岁》发表之前作者曾把它命名为《乐园》——"记忆的乐园，失落的乐园"。田中禾说："《十七岁》可以看做是我的自传。"其中的母亲形象，性格刚强，精明能干，富于生活智慧，尊崇市井传统，诚信、宽容、自尊、爱人，这一形象来自作者"儿时对母亲的真实记忆，情节、细节大都是真实的"。田中禾在这篇访谈文章中还说："温柔敦厚之道，是中国传统写作的标准要求，我这个骨子里反传统的人，笔下的作品却大体符合这个要求。……我眼中缺乏残酷，不会'凶狠'。我笔下没有恶到极致、凶到极致、情感变态到极致的形象。"也许正是因为作者自己是一个看重传统、怀念传统、受传统文化影响很深（尽管骨子里也反传统）的人，所以他的小说才把已经失落成为记忆的传统生活写成了"乐园"，小说中的母亲形象才那么坚强伟大、完美无缺（与小说的自传性也有关系）。小说《十七岁》既是一部家族自传性小说，也是一部关于母亲和传统文化的赞歌。

在这篇访谈文章中，田中禾还对他的几部长篇小说创作有过一个总结，他说："从《匪首》到《十七岁》，这几部长篇有着各不相同的结构手法和叙述方式，思想上却只有一个主题——人性在体制与传统力量作用下的境遇和困惑。"如果说小说《十七岁》中的母亲及其隐喻的传统文化，更多的是正面的品质，而非人性改造、压制的力量的话，那么小说《匪首》中的母亲形象及其象征含义却要略显复杂一些。关于《匪首》中的母亲，作者曾有过解释："人生都是一个异化自己失落天性的过程，要么被事业或文明异化，要么被本能变为野蛮。兼之的蝇营狗苟与申的不接受教化殊途同归，季之的现代文明只能使他更软弱。母亲以造物的、大自然的包容养育人类，不管他们贤与不肖。正因为她知道他们必然被异化，知道世界与生命是怎样的过程，她才养育所有的生灵，与其说是无奈，不如说是遵循天道。……在具象的乡土历史的抽象上，母亲是我们的传统文化……"① 作者只谈到了母亲如土地、大地一样的养育性、包容性，而未曾注意到母亲—大地的吞噬性、毁灭性，生命来源于此也必将回归、消亡于此。小说结尾时写母亲（瞎干娘）用毒药毒杀了被俘的"匪首"儿子姬有申，显然具有这样的象征意义。母亲隐喻的传统文化的劣根性，作者当然给予了否定性评价，不过主要不是通过母亲形象，而是通过杨兼之和姬有申必死无疑的命运加以表现的。但是，小说中写荞麦对母亲的不断寻找，却似乎象征了人对于传统的主动归依。而杨季之的出走到归乡再到又一次出走，也许象征了人对于传统文化的态度由犹疑不决到坚决否弃的转变过程。但他也许会像《父亲和她们》中的"我"，身在异国他乡却对故乡和亲人产生无限的乡愁和思念吧？

与杨季之的出走—归乡—出走相类似，其实早在田中禾的成名作《五月》中，小说人物香雨就展示了这一人生轨迹。但她在小说结尾时又一次离乡，似乎是以回归传统（感受到爱情的冲动，向往结婚、居家过日子）为最终归依的。面对有的评论家说香雨最后转变思想随遇而安，降低了作品的思想高度的批评意见，作者并不接受，他说："香雨是绝不会真的随遇而安的，这种人一旦回到自己的天地里，她仍然是一个不安分的追求者，但那应该是一种更执著更冷静更审时度势的追求，一种更高层次的人生奋进。"② 可见，人物终将摇摆于回归传统与叛离传统之间，无休无止。

总之，在田中禾的小说中，作为民族集体无意识的中国传统文化，其对中国人人性的母爱式温情改造确实让人感到可怕。但是，正像田中禾在与作家墨白对话时所说，传统文化既是"我们的精神负担和灵魂枷锁"，同时也是"我们的财富和骄傲"。像原型母亲一样，传统文化也具有两面性或双重性，它在改造我们的人性、阻碍我们追求自由的同时，它也是我们的精神家园。反叛传统与回归传统既是现代中国人的精神困境，也是整个人类的精神困境。通过对母亲形象所隐喻的传统文化的反思，正如荣格所说，田中禾小说把它要表达的思想"从偶然和短暂提升到永恒的王国之中""把个人的命运纳入人类的命运"。

---

① 田中禾：《超级玛莉的历险——〈匪首〉创作札记》，《小说评论》1995 年第 1 期。
② 田中禾：《在自己心中迷失》，河南大学出版社 2012 年版，第 459 页。

第四章

姚雪垠的长篇历史小说《李自成》

第一节　姚雪垠与《李自成》

姚雪垠（1910—1999），河南邓县（今邓州）人，本名姚冠三，字汉英，曾用名姚雪垠、姚冬白。他是中国现当代著名作家，第一届茅盾文学奖获得者。姚雪垠出生于河南邓县西乡姚营寨的一个破落地主家庭。姚营寨是南阳盆地西端的一处偏僻而闭塞的村子，姚雪垠出生时当地还盛行着野蛮的溺婴陋习。姚雪垠的母亲在他出生之前就已经下定决心将他溺死，幸经曾祖母搭救，才有机会活下来。姚雪垠 9 岁的时候，土匪攻破寨子，姚家房屋和衣物都被烧光，从此随父母逃到邓县城内居住。同年由父亲启蒙，几个月后进入私塾读书，背诵过大量古文并习作文言，闲暇时爱听艺人说《施公案》《彭公案》《三国志演义》等书。在私塾读了一年半之后，考入教会办的高等小学。三年后毕业到信阳一家教会中学插班。1929 年考入河南大学预科，同年在《河南民报》副刊上发表处女作《两个孤坟》。1931 年暑假，被学校以"思想错误，言行荒谬"为由开除。在开封的两年学生生活期间，姚雪垠对新文学和新史学发生了特别浓厚的兴趣，这对他以后的人生道路产生了关键性的影响。从开封来到北平后，因为研究历史需要一个比较安定的读书条件，姚雪垠当时并没有，于是只好走写小说这条路，从此开始了穷困艰苦的投稿生活。

从 1935 年起，姚雪垠陆续在北平《晨报》、天津《大公报》发表短篇小说。1938 年春天，在茅盾主编的《文艺阵地》上发表了短篇小说《差半车麦秸》，引起读者的广泛注意。1939 年，他写的长篇小说《春暖花开的时候》开始在胡绳主编的重庆《读书月报》上连载。1943年初至重庆，任中华全国文艺界抗敌协会理事、创作研究部副部长。1945 年初至四川省三台县任东北大学中文系副教授。同年夏季返成都创作了取材于自身经历的长篇小说《长夜》。上海解放后，他在私立大夏大学任教授，兼任副教务长和代理文学院院长。1951 年夏天，当时的华东高教部正在积极筹备将上海几所私立大学如圣约翰大学、沪江大学、大夏大学、光华大学、震旦大学等院校合并为华东师范大学。姚雪垠为了能够专心从事创作，趁这次院系调整的机会，辞去大学教授的职务，返回河南从事专业创作。不久又从河南省文联调到中国作家协会中南分会做驻会作家。"文化大革命"后，曾任湖北省文联主席、中国文联委员、中国作协名誉副主席、中国新文学学会会长等职。出版了报告文学集《四月交响曲》，短篇小说集《M 站》《差半车麦秸》，中篇小说《牛全德和红萝卜》《重逢》，长篇小说《戎马恋》《新苗》《春暖花开的时候》《长夜》《李自成》，论文集《小说是怎样写成的》，传记文学《记卢镕轩》等。《差半车麦秸》和《牛全德和红萝卜》因为对南阳方言土语的成功运用，不仅为小说的人物塑造增光添彩，还引起了读者和评论家的广泛兴趣与重视。他早期的小说多写农民在战乱中的变化和反抗斗争，为新文学人物画廊塑造了一批具有强悍豪爽性格的形象。姚雪垠的作品朴素自然，语言生动，多采用北方农村口语，为实践文艺大众化作出了贡献。

姚雪垠从发表《差半车麦秸》到出版《长夜》这十年的创作历程在多个方面为新中国成立后《李自成》的创作打下了深厚的基础。首先，在长篇小说创作方面积累了实践经验，有了对长篇小说美学理论问题的认识。其次，在描写人物性格方面的探索为《李自成》中几百个历史人物的性格描写取得了经验。第三，在文学语言方面的独特积累为《李自成》的语言运用开辟了道路。

姚雪垠的长篇小说《长夜》与《李自成》都与他早年的一段经历有关。1924 年秋季，因第二次直奉战争爆发，传教的外国人害怕打仗，将姚雪垠所在的学校提前放假，命令学生各自回家。姚雪垠在从信阳返回邓县的途中被土匪李水沫的杆子抓去，成为肉票。到土匪中后，他被一位姓薛的头目收为干儿子。这位薛姓头目为人正派，不吃烟，不喝酒，不赌博，不奸淫妇女。而且他手下的十来个青年土匪，枪支齐全，都不抽大烟，作战勇敢，在李水沫杆子中是一股重要力量。这一群土匪对姚雪垠处处照顾，并不把他当票子看待。姚雪垠也与这一股杆子相处融洽，几乎成为他们的一员。第二年春天，姚雪垠所在的杆子被打散，他也被义父派人送回邓县家中。姚雪垠前后在土匪团伙中度过了100多天。这100多天的绿林生活，对姚雪垠后半生的文学创作起了重要的作用，使姚雪垠有机会了解和熟悉土匪的生活、语言，成为他后来写作李自成的感性生活基础。姚雪垠曾把他在土匪中的这一段经历写成自传体小说《长夜》。这部小说描写了李水沫这支土匪队伍的传奇式生活，塑造了一些有血有肉的强人形象，真实有力地揭示出许多农民在破产和饥饿的绝境中沦为盗贼的社会根源，同时也表现了他们身上所蕴藏的反抗恶势力的巨大潜在力量。《长夜》中的几个主要人物，如薛正礼、赵狮子、刘老义、王成山等人，虽然有时杀人放火，但他们的本质并不坏，残暴的表面之下有着被埋藏或扭曲的善良品格。像《长夜》这样以写实笔法真实记录土匪生活的长篇小说，是五四以后新文学中绝无仅有的。《长夜》出版以后获得评论家的高度评价，被认为是中国现代文学的杰出作品。

　　如果说《长夜》写的是中国历史上受压迫农民不自觉的、没有明确政治目的的低级形态的武装叛乱，那么《李自成》则写的是底层农民有明确政治目标的高级形态的武装起义。《李自成》中的有些人物，有些细节，可以在《长夜》中找到雏形或原型，有些特殊的语言也可以在《长夜》中找到根源。如《李自成》中攻打村寨的描写，许多即来自于姚雪垠在杆子中的经历。《李自成》中的一些人物，如高一功的性格中就有姚雪垠在杆子中结识的土匪义父薛二伯的影子，袁宗第的塑造也受到赵狮子的影响。姚雪垠因为有跟随杆子一起攻打过村寨的生活经历，所以在《李自成》中才会有关于攻打山寨的生动叙述以及对于"孩儿兵"生活的细致描绘。

　　姚雪垠写作《李自成》的另一个素材来源是家乡处处流传的各种历史、神话传说。姚雪垠在他的童年时代，冬日农闲的时候，常常在邻家的牛屋中有许多人围着一堆火，坐在草墩或土坯上，有人吸着旱烟袋，大家一起听一个人说"古今"（历史故事或传说）。早年经常听老人们说"古今"的情景，给他留下了十分深刻的印象。"古今"丰富了他童年的精神生活，也教给了他最早的历史知识，培养了他对历史的浓厚兴趣。人们喜爱听家族的盛衰史、名人的"小出身"等代代口传的神话传说、古人故事，也爱听近人近事以及老年人曾经亲身经历的重大事件。除了古老的开天辟地、黄土造人、三皇爷穿树叶、洪水淹没了世界等故事之外，当地还流传着大量关于李自成的传说。李自成曾经三次路过邓州，其中最后一次是1645年3月，在清军追击下，李自成的残部从邓州的西边南下，一部分是从姚雪垠的家乡姚营村路过的，因而邓州留下了大量关于李自成的民间故事。这些民间传说和故事成为他创作小说《李自成》的最早源泉。但是姚雪垠后来才发现，自己早年听说的李自成故事与历史事实大相径庭。"我在幼年时听到的李闯王故事都是诬蔑李自成的，说他在河南杀得十字路上搁金元宝没有人拾。大顺朝迅速灭亡，统治阶级把他当'流贼'看待，在野史和戏曲中充满颠倒黑白的侮辱之词。"[1] 为此，姚雪垠想通过小说的形式还历史以本来面貌。

姚雪垠写作《李自成》，还得益于他对历史的热爱和丰富的历史知识。姚雪垠在回忆录中提到："我从青年起就喜爱读历史，日久天长，是我在中国历史学方面积累了一些知识。这是我写历史小说的知识修养基础。如果我没有较多的历史知识，临时阅读明清之际的一些资料，大概不可能动手写出《李自成》；倘若不具备较丰富的历史常识，孤立地研究有关明末农民战争的资料，也不会写出《李自成》，勉强写出来也必定是另外一种面貌。所以，倘若从一个专业史学家应有的修养水平要求我，我远远不够资格，然而作为小说家看，我在这方面的知识修养颇有用处，是我的综合条件中的一个重要组成部分。"[2] 将中国历史作为素材进行小说创作，姚雪垠有着非常宏伟的规划。除了《李自成》之外，姚雪垠还计划写作《天京悲剧》《大江流日夜》等表现太平天国及

---

[1]　姚雪垠：《〈李自成〉创作余墨》，上海文艺出版社编：《关于长篇历史小说〈李自成〉》，上海文艺出版社1979年版，第312页。

[2]　姚雪垠：《姚雪垠回忆录》，中国工人出版社2010年版，第165页。

辛亥革命运动的历史小说，以此填补五四新文学运动以来历史长篇小说的空白。

在抗日战争时期的 1941 年，姚雪垠即有意写作一部有关李自成的小说。但起初只是有一个写作的动念，或者说一种愿望。解放战争期间，姚雪垠开始为另外明末历史题材的小说做准备，从明代君权政治和崇祯皇帝的性格入手研究，发表了《明初的锦衣卫》《崇祯皇帝》等学术论著。新中国成立以后，他有机会为这部小说做更充分的写作准备，阅读了大量明清之际的史料，形成了对历史小说写作和李自成的一些基本看法。姚雪垠认为："一个态度严肃的历史小说家，既应该要求自己是一个小说艺术家，也应该要求自己是一个历史科学家。当确定写作目标之后，随着他对历史资料的不断收集和不断分析研究，他的认识才会不断深入，才会透过历史事实的错综复杂的现象认识事变的本质及其规律。"[①] 为了写作《李自成》，姚雪垠做了近两万张卡片，分门别类，根据内容立为不同专题。姚雪垠在初步研究了明末和清初的历史之后，就大致确定了这部长篇小说的基本构思，即以李自成领导的农民战争为主线，写出明清之际各阶级、阶层、政治集团、军事集团、各种社会力量的复杂关系、动态，同时写出各种力量的代表人物，对其中一部分人物则希望写出他们在典型环境中的典型性格。也就是说，要以小说的形式，反映明清之际我国封建社会生活的广阔画面，使读者更为全面地了解封建社会。

1957 年，姚雪垠因为发表《打开窗户说亮话》一文而受到批判，被打为右派。生活上的打击，促使姚雪垠下定决心开始写作《李自成》。从开始写作到全书出版，时间跨越了近 40 年。1963 年中国青年出版社出版了小说的第一卷，1976 年出版第二卷，1981 年出版第三卷，1999 年出版第四、五卷。全书共计 5 卷 12 册，长达 328 万字，单从篇幅上看，称得上一部超级长篇小说。小说规模宏大、气势磅礴、文笔新颖，堪称全方位描绘中国农民革命战争的历史画卷。1976 年出版的第二卷获得首届茅盾文学奖。《李自成》也成为姚雪垠新时期影响最大的

---

　① 　姚雪垠：《〈李自成〉创作余墨》，上海文艺出版社编：《关于长篇历史小说〈李自成〉》，上海文艺出版社 1979 年版，第 309 页。

小说代表作。

《李自成》的写作并不顺利，在漫长而曲折的写作过程中，作者克服了重重困难。写作期间，作者经受了难以容忍的歧视、干扰和压制。1957年秋天，姚雪垠在一本皮面活页夹上，开始秘密写作《李自成》第一卷的草稿。1961年夏整理完成第一卷初稿后，将稿子寄给中国作家协会，请求作协帮助找一两位明史专家看看。中国青年出版社得知此消息后，表示愿意出版，将稿子要了去。1963年第一卷出版后，姚雪垠又对它做了充实和修订，1977年出版了第一卷修订版。修订版不仅增加了一些章节，把他通过"文化大革命"对李自成的新认识写了进去，而且还新加了一个讲述他的创作理论、经验和对书中人物分析说明的3万多字的前言。第二至五卷的出版，姚雪垠原计划在1982年左右完成。但后来的写作和出版都比作家预想的要缓慢得多，直到作家逝世后，第四卷和第五卷才得以出版。

除了个人的勤奋与努力之外，如果没有毛泽东的两次直接关怀和支持，姚雪垠想要完成《李自成》的写作，也是不可思议的。第一次是在1966年8月，毛泽东在武汉主持中央政治局常委会扩大会议期间，指示要对姚雪垠予以保护。因为中共武汉市委采取了有效的措施，"文化大革命"中姚雪垠有关《李自成》的参考书籍、资料、笔记、稿件、卡片都有幸被保存下来。第二次是在1975年10月，姚雪垠给毛泽东写信，汇报了《李自成》第二卷已经在一年前完成了初稿。毛泽东批示同意姚雪垠按照自己的写作计划进行写作，并指示帮助他解决写作中遇到的困难。根据毛泽东的批示，姚雪垠于1975年12月来到北京，工作条件得到较大改善，从此能够专心从事《李自成》的写作工作。

姚雪垠在创作《李自成》的过程中感情非常投入。他在1976年修订版的前言中说："单就写人物说，必须对李自成及其将领、士兵群众、包括孩儿兵、女兵和女将在内，怀着深厚感情，不然就没法塑造出大大小小的、各色各样的英雄形象，为他们写出可歌可泣的故事情节。任何一个小说作者，他对自己所写的英雄人物和故事情节不感动，不充满激情，他的笔墨不可能深深地打动读者的心弦，唤起强烈共鸣。我在写《李自成》第一卷和第二卷的过程中，常常被自己构思的情节感动得热泪纵横和哽咽，迫使我不得不停下笔来，等心情稍微平静之后再继续往下写。"① 在时间的安排上，也是夜以继日，与时间赛跑。他自述道："许多年来我没有假日，没有节日，不分冬夏，每日凌晨三时左右起床，开始工作，每日工作常在十个小时以上。"② 1997 年初春，姚雪垠因写作过于紧张劳累而突发中风倒在书桌旁，当家人把他抬到病床上，他仍然要求："我要起来写《李自成》，写不完对不起读者。"③ 可以说，姚雪垠后半生的全部心血都用在了《李自成》的创作上。

第二节　《李自成》的艺术成就

《李自成》作为一部卷帙浩繁，规模宏大的超级长篇小说，不仅对中国封建社会农民运动的历史规律做了生动而深刻的揭示，而且在小说的结构技巧和人物形象塑造艺术等方面都达到了非常高的水平。茅盾认为这部作品是五四以来第一部长篇历史小说。并且评价说："中国封建文人也曾写过丰富多彩的封建社会的上层与下层生活，然而用历史唯物主义和辩证唯物主义来解剖这个封建社会，并再现其复杂变幻的矛盾的本相，'五四'之后也没有人尝试过，作者是填补空白的第一人。"④ 这部小说是五四新文学之后，我国第一部主要运用现实主义创作手法写作的长篇古代历史题材小说，在文学史上具有独特的地位。

姚雪垠研究专家詹玲评价说："在同时期作品中，《李自成》所描绘的'浩繁而又精密的画卷'、生动传神的人物形象、波澜起伏的故事情节都是独一无二的，它以其高超的艺术成就征服了广大读者。"⑤

《李自成》在艺术构思上做到了历史科学与小说艺术的有机结合。作者在占有史料，深入研究历史的基础上，既真实再现了历史的生活，

---

① 姚雪垠：《李自成·前言》，《李自成》第一卷上册，中国青年出版社 1977 年版，第 2—3 页。

② 同上书，第 4 页。

③ 姚海天：《李自成·后记》，《李自成》第五卷下册，中国青年出版社 1999 年版，第 795 页。

④ 茅盾：《关于长篇历史小说〈李自成〉》，上海文艺出版社编：《关于长篇历史小说〈李自成〉》，上海文艺出版社 1979 年版，第 164 页。

⑤ 詹玲：《穿透历史的人性光芒：姚雪垠和他的〈李自成〉》，《文艺报》2012 年 4 月 18 日第 5 版。

同时，又能跳出历史，大胆地虚构。严家炎在谈到这部小说的艺术魅力时说："小说《李自成》之所以那样吸引人，正是因为作者在明末农民起义历史的基础上运用各种史料，调动一切能够调动的直接、间接的生活经验，进行了精心的创造，出色的虚构。"① 小说一方面以历史真人真事为骨架，同时又以此为基础，大胆虚构了某些情节和细节。作者的虚构方式主要有三种：第一种是对历史事件的时间、地点等作了适当调整；第二种是合理采纳传说和野史的记载来丰富小说的情节和人物；第三种是依据作者的生活经历和感性经验来填补历史记载细节上的空白。小说虚构的目的是更加真实地写出明末清初各个社会阶层的生活。从情节和细节上讲，虽非必定实有，但从情理上讲，却是可能的、真实的。以小说中运用较多的第二种虚构方式为例，小说第一卷写到的潼关南原大战，虽然见于有些史料，但经姚雪垠的研究，历史上根本没有发生过这次战争。作者为了给李自成的出场安排一个恰当的时机，就选择了这一次几乎遭受全军覆没的战争。借这次战争的失败表现李自成在革命低潮期的坚忍不拔和百折不挠。红娘子在野史中是一个江湖女流氓，姚雪垠却将她塑造成封建社会中饱受压迫和侮辱的妇女代表形象。姚雪垠在写作过程中，既尊重史料而又不拘泥于史料。

　　关于这部小说，姚雪垠曾经表示："我希望在小说中写出李自成领导农民革命战争的最值得重视的经验教训，同时也写出封建社会中农民战争的规律。……写李自成革命的经验教训和农民革命战争的基本规律是全书的总主题。"② 《李自成》能够成为一部优秀的历史小说，在很大程度上得益于小说处处融入了作者对于历史的深入观察和思考。这些观察和思考既构成了这部小说的底蕴所在，也成为它最吸引读者的地方。小说把对历史的宏观理解与对人物个人命运的把握结合起来，写出了特定历史环境下的"这一个"。小说不仅写出了明王朝覆灭的必然性，也写出了李自成的个人命运和起义事业兴衰成败的深层原因。小说中的主人公李自成出身于贫苦农民家庭，幼年时替地主家放过羊，读过私塾，

　　① 严家炎：《〈李自成〉初探》，上海文艺出版社编：《关于长篇历史小说〈李自成〉》，上海文艺出版社 1979 年版，第 178 页。

　　② 姚雪垠：《〈李自成〉创作余墨》，上海文艺出版社编：《关于长篇历史小说〈李自成〉》，上海文艺出版社 1979 年版，第 315 页。

学过武艺，长大了当过驿卒。驿卒被裁之后，在家生活无着，曾因负债坐过几个月牢。李自成出狱后又去投军，因长官克扣军饷，他不堪忍受压迫，揭竿而起，杀了将官和当地县令，投奔舅舅高迎祥，算是死里求生。因为智勇过人，战场上能够身先士卒，在生活上与将士同甘共苦，李自成深得下属爱戴。他的军纪严明，在明末众多起义队伍中独树一帜，所以能够成为最终推翻明王朝的一支起义军势力。

小说运用对比或对照的手法，揭示了李自成取得成功和遭受失败的内在因素或个人因素。《李自成》实际上写了两个生命阶段的李自成，一个是前期成功的李自成，这个李自成是事业上走上坡路的李自成；另一个则是后期失败的李自成，这个李自成是事业上走下坡路的李自成。攻占洛阳城是李自成形象前后期的分水岭。洛阳是李自成出商洛之后攻克的第一座大城池。攻占洛阳之后，李自成第一次改变了进城的方式，不再同他的攻城部队同时进城，而是采用了隆重的入城仪式。虽然入城的队伍威武雄壮，百姓却因为夹道跪地相迎而失去从前迎接李自成的亲热和随意。正是在洛阳他开始与老百姓和他的将士变得疏远了。不难看出，李自成取得胜利的时候，就已经埋下了失败的种子。

前期的李自成，与他的下属打成一片，待人宽厚，遇事都是共同商议，很少独断专行，群众盼若救星；后期的李自成，被各种宫廷礼节所迷乱和局囿，不知道外面的真实情况，刚愎多疑，百姓唯恐避之不及。

朱仙镇大战之后，李岩有一段心理活动，可以看出李自成的前后变化：

> 他初到伏牛山得胜寨的时候，只觉得闯王豁达大度，虚怀若谷，常同他谋划大事，毫无隔阂。但是近一年来，随着闯王的人马强盛，声望煊赫，对待他渐渐地不似往日那样推心置腹，无话不谈。他也看见，宋献策以军师之尊，有时有所建议也只能见机行事，适可而止。这种情形，一半由于闯王地位崇高，非复往日困难挫折处境，一半由于闯王军中的大小将领十之八九是陕西人，且系久共患难的旧人，对河南人有形无形中有畛域之分，以客人相看，所以连宋献策在闯王同他议论陕西将领时，也尽量不置可否或不深言是非。

进军北京之后，李自成对下属的军纪败坏丝毫不知。所以才会有老马夫王长顺闯进皇宫向李自成进言，指出李自成如今孤立在上，对北京城中的情况全然不知，如同坐在鼓里。

小说安排了诸多相似的事件，前后期的李自成，处理方式迥然不同。前期李自成与下属肝胆相照，对他们充分信任，可谓知人善任。郝摇旗和他的部下因为受不了商洛山中生活的艰苦和军纪的严格，提出脱离李自成去河南另谋生路，李自成力排众议，不但没有惩罚郝摇旗，还馈赠银两、战马、盔甲和大刀给郝摇旗。嘱咐郝摇旗有困难了随时回来，让郝摇旗感动不已。郝摇旗后来果然重新回到李自成的部队中，成为愿为李自成出死力的一员虎将。对于黑虎星的回家探亲，王长顺以为他不会再回来，但李自成坚信黑虎星有情有义，一定会不畏艰险地回来。黑虎星也果然如约归来。王吉元因为赌博输掉公款 500 多两银子，李自成只是抽了他 100 鞭子，便赦免了他，从此对李自成感激不尽。在智斗宋家寨一节中，王吉元守卫战略要地射虎口，在敌人的策反面前不为所动，得到李自成的充分信任，最终取得活捉宋文富的大胜利。后来在张献忠兴山谋害李自成时，王吉元舍死报信，救李自成于虎口之下。

后期的李自成则经常用人失察，对下属无端抱怨和猜忌，显得居心叵测。对于投顺的袁时中，李自成被假象所骗，一厢情愿地认为袁时中是真心诚意的，以为把慧梅嫁给他就可以笼络住他，结果不但拆散了慧梅与张鼐的姻缘，还导致了慧梅的自杀。李自成在获取胜利的时候用人太滥，对于明朝降将，没有甄别地委以重任。这些众多归顺新朝的明朝旧臣们，却大都各怀鬼胎，只是一群专门歌功颂德、拍马溜须的投机者。在山海关大战之前，李自成派降将唐通和张若麒去劝降吴三桂，结果二人反替吴三桂出谋划策，与吴三桂沆瀣一气，回来后只是敷衍交差了事。李自成手下的大多明朝降将一遇战败，便纷纷逃离，毫无忠诚可言。

李自成在山海关大败之后，对于下属的抱怨和猜忌有增无减。首先是对宋献策、牛金星暗地心怀不满，抱怨他们没能够提前估计到满洲力量的强大。其次是在李岩提出带兵回河南，建立根据地，开辟第二战场时，李自成怀疑李岩怀有二心，用计杀死李岩兄弟。李岩兄弟之死，让李自成身边的谋士人人自危，这才有后来牛金星全家在襄阳附近的逃走。败退瑞昌之时，遇部将白旺来救，李自成害怕重蹈黄巢遭下属杀死的覆辙，决意离开白旺，并且拒绝白旺给他分兵，担心这些湖广一带的新兵会危及他的安全。正是这个决定，直接导致了李自成在通山牛迹岭被乡勇所杀。

小说在揭示群众对于历史方向决定性作用的同时，也充分肯定了英雄人物作为个人在历史重要关头所发挥的关键性作用。李闯王起义军的成败，与李自成个人的品行、认识水平直接相关。李自成因李岩在西安时阻谏东征最为坚决，对他心存芥蒂，不肯重用李岩。大顺军一路势如破竹，兵临北京城下时，李自成在心中责怪李岩差点耽误了他的大事。而在李自成从北京败逃回陕西的途中，又怀疑李岩兄弟存有二心，最后干脆以莫须有的罪名杀死李岩兄弟。杀死李岩兄弟，让大顺军内部，尤其是高层人人自危，军心涣散，这直接加速了李自成的失败进程。

前期的李自成，料事如神，沉着冷静。在处理石门谷坐山虎的骚乱、应对宋家寨与官兵的勾结等大事件中，李自成显示了对于全局的准确判断力和卓越的控制能力。

后期的李自成，如瞀如聋，章法自乱。李自成进入北京以后，将军队驻扎在城内，不但没有开仓放赈，救民于水火，反而骚扰百姓，人心尽失。如果不是王长顺冒死进言，李自成对这些情况还会全然不知。由于缺乏战略眼光，判断山海关的明将吴三桂肯定会不战而降，满人也没有胆量敢和大顺朝为敌。以为天下已经到手，江南更不需用兵，可以传檄而定。大顺朝的工作重心也就不是如何集中全力对付强敌，而是一方面忙于演习登极典礼，另一方面忙于拷掠追赃和赏赐宫女。对于吴三桂和清人方面的实力、意图和举动都不是很清楚。李自成不听宋献策和李岩的劝谏，一意孤行，怀着侥幸心理，在对胜利毫无把握的情况下，坚持东征吴三桂，结果遭遇重创。山海关之败，成为李自成革命事业从顶峰走向败亡的转折点。从此之后，他只能节节败退，再无招架还手之力。

前期的李自成，对将士、百姓亲如兄弟。小说写道：

> 在往日，每逢打过仗宿营时候，李自成不管自己有多么疲倦，总要到受伤的将士中间，问问这个，看看那个，有时还亲自替彩号敷药裹伤。去年夏天，有一个弟兄腿上的刀伤化了脓，生了蛆，臭

气熏鼻。自成看见伤号太多，医生忙不过来，就亲自动手替这个弟兄挤出脓血，洗净伤口，敷了金创解毒生肌散，然后把创伤包扎起来。当他挤脓血的时候，连旁边的弟兄们都感动得噙着眼泪。

　　李自成早期虽然对下层将士体贴入微，有时却又毫不顾及将士们的个人感受，甚至拿士兵们的婚姻幸福作为和敌人交易的筹码。慧梅跟随李自成多年，九死一生，与小将张鼐从小青梅竹马，以心相许。当慧梅刚刚知道李自成、高桂英夫妇决定将慧梅许配给张鼐不久，却又突然被以养女的名义许配给降将袁时中。李自成为笼络来投靠的袁时中，竟全然不顾慧梅和张鼐的感受。后来袁时中趁李自成和罗汝才准备围攻开封时，突然率三万大军逃走，将慧梅也裹挟而去。慧梅在闯王义军和袁时中妻子两种角色之间不得不做出艰难抉择，终于在李自成追剿袁时中时用计大义灭亲。慧梅也在得知丈夫被杀后自杀。慧梅悲剧的原因，小说中高夫人虽然多次抱怨撮合此事的牛金星、宋献策，但是负主要责任的还应该是李自成。是李自成为了显示对袁时中的信任，为了革命利益的最大化，才把慧梅和张鼐这一对有情人活活拆散。这显示了李自成铁石心肠的无情一面。

　　相似的一幕悲剧发生在年轻将领罗虎身上。罗虎自小跟随李自成的起义军，英勇善战，很会带兵。进北京城以后，李自成将貌若天仙的宫女费珍娥赏赐给罗虎，作为奖励。罗虎原本并不愿意娶一位宫女做花瓶，只想和定过亲的表妹结婚。在知道李自成的安排后，到处托人求情，但无人愿意替他说话，只好接受现实。新婚之夜因为十分痛苦，所以喝得大醉而归，这才使得一心要为崇祯尽忠的费珍娥有机会杀死他。罗虎之死，也可以说死于李自成的一厢情愿。

　　后期的李自成对将士、百姓冷漠、残酷。成立新朝之后，李自成处处以所谓的朝廷规矩为行事的准则，讲究君臣之礼，不再顾及下属和百姓的感受和利害了。从米脂祭祖回西安时，街道被铺上了黄沙，沿路净街。进太原、北京时，同样的一幕不但重现，而且更加森严。甲申元旦颁诏北伐，李自成明知诏书过于古雅深奥，百姓不容易明白，但他觉得这是按朝廷规矩办事，也就顾不得老百姓的感受了。败退山西途中，李自成大军所到之处，百姓不但坚壁清野，四处逃避，还在夜间烧毁自己的房屋，在旷野里呐喊，骚扰他的部队；又把路边的水井都填了。对于叛乱的城池，也毫不留情的以屠城惩戒。此时的李自成已经把百姓作为他的敌人了。同样在败退山西的途中，李自成下令把丢掉弓箭逃回来的小头目和士兵的左手砍去，已经令人发指。

在商洛山中时，李自成安慰高一功说："天意就是民心。只要看看民心背叛情形，就知道朱家的江山坐不长了。"此时的李自成，重视民心甚于所谓天意。可是在他进入南阳城时，入城的时间和城门，都由宋献策占卜决定。第二次攻打开封时，何时攻城，却又依赖宋献策的卜算。进入太原时的时间、路线，也由军师宋献策根据阴阳五行八卦提前择定。进攻北京时，破城的时间仍靠宋献策占卦决定。进京城的路线也是按照五行八卦，舍近求远，绕了几个大弯，才进紫禁城。败退湖北之后，多次感叹"天意亡我""天命不可违"，此时的李自成又成了一个相信天命的人了。

李自成多次拒绝李岩建议的"据守中原而经营天下"的战略，致使革命遭遇失败时进退失据。洪承畴对多尔衮分析李自成的弱点时说："李自成自从攻破洛阳以后，不断打仗，不肯设官理民，不肯爱养百姓，令士民大失所望，岂不是贼性不改？自古有这样建国立业的么？"可以说一语中的。流寇主义正是李自成失败的最主要原因。从西安东征北京时，一路只顾向前，不留兵驻守。尽管山西沿途灾荒不断，生产破坏，民生凋敝，李自成却只考虑如何供应东征大军，快破北京，而无暇虑及如何使民生安定，百姓得到休养生息。李自成溃逃时百姓视之为洪水猛兽，唯恐避之不及，甚至还落井下石，以致最终落得个死无葬身之地的下场。

《李自成》写到的有名有姓的人物超过300个，涉及的人物上至皇帝首辅，下至贩夫走卒，可谓各个社会阶层无所不包，无所不有。除了李自成之外，小说中形象鲜明的人物还有好几十位。例如起义队伍中的刘宗敏、郝摇旗、袁宗第、刘体纯、双喜、张鼐、尚炯、王长顺、牛金星、宋献策、李岩、张献忠、罗汝才，女性中的高夫人、慧梅、红娘子，封建统治营垒的崇祯、周后、高起潜、曹化淳、卢象升、杨嗣昌、洪承畴、左良玉、吴三桂，清朝的皇太极、多尔衮、庄妃、福临等，都是些个性突出，能够给人留下深刻印象的人物形象。

崇祯是小说着力刻画的一个反面人物。崇祯和其他因为荒淫、无心理政而亡国的国君不同，他时时不忘做一位中兴之主。崇祯宵衣旰食，兢兢业业，自以为并非亡国之君，其实独断专行、刚愎自用、狐疑善变、优柔寡断而又滥杀无辜。他身边的大臣、将领人人自危，不愿或不敢向他说实话，致使最后遭遇亡国之祸。这样一位君王的形象，在中国文学史上有相当独特的价值。崇祯的形象，在小说中不仅是李自成的敌对面，而且在某些方面与李自成形象形成了呼应。李自成后期所犯的诸种错误，如专断、疑忌、残酷等，几乎是在重蹈崇祯的覆辙。崇祯与李自成的相似之处，揭示了统治者最终走向失败的某种必然性。

张献忠和曹操二位义军领袖，对于李自成形象的塑造也起到了重要的陪衬作用。张献忠粗犷诡诈，虽然比李自成起事更早，却胸无大志，军纪不整，不能得到更多民心。曹操（罗汝才）更是一个酒色之徒，世故狡猾，缺乏宏图壮志，最终被李自成所杀。他们作为李自成的参照，反衬出了李自成的过人之处。此外，刘宗敏的刚毅勇敢，老神仙的老练多智，王长顺的赤胆忠诚，在小说中都得到了充分的表现。

即使是小说中一些非常次要的人物，也都常常被刻画得栩栩如生，如马三婆、丁举人、宋一鹤等人。马三婆是商洛山中的一位寡妇，以下神为业，油头粉面，风骚世故。她指使侄儿马二栓拉拢王吉元，对王吉元和宋文富等人心理的分析入木三分。在宋文富和李自成的斗争中，马三婆的地位虽然不高，却几乎成了双方交手的中心和主角。丁举人的妹妹出嫁途中，花轿被张献忠劫走，成了张献忠的妾。当妹妹刚被抢走的三四个月内，丁举人认为是奇耻大辱，痛恨妹妹不能殉节。并且责备母亲不该为此事难过，怪罪母亲的家教不严。可是从张献忠受了官府的招抚之后，妹妹派人带了厚礼来家连亲，丁举人又态度大变。从此后以是张献忠的亲戚为荣，吹嘘妹妹的八字好。除了经常去妹妹处打秋风外，还依仗和张献忠的关系寻求仕途上晋身的机会。宋一鹤为避上司杨嗣昌父亲杨鹤的讳，自称"宋一鸟"，还以此为荣。

《李自成》所表现的社会生活广阔，情节线索众多，却能够做到主次分明，互不干扰，显示了高超的小说结构技巧。姚雪垠这样介绍《李自成》的结构艺术："我在《李自成》的结构问题上不是采取单线发展的方法。为要在一部小说中写出明清之际封建社会的各种矛盾和比较广阔的生活画面，我采取了复线发展的结构方法。以李自成为代表的农民革命力量为一方，以崇祯皇帝为代表的封建大地主反动力量为另一方，它们之间的生死斗争是小说中的矛盾主线。明朝和关外清朝的战争是一条重要的副线，到第五卷后半部，这条副线升为主线，而李自成与明朝残余力量的斗争则降居副线。张献忠的活动在小说中构成第二条副线，也是贯穿始终的。"① 作者在情节的布局和人物的出场上颇费匠心，不但做到了诸多线索的繁而不乱，而且能够做到情节线索的彼此照应。作品一开头先写崇祯十一年初冬清兵第三次进逼北京城下，崇祯皇帝紧急召见太监高起潜和杨嗣昌，商议如何与清人议和，全力对付起义军。小说到第四章才写到李自成的出场。这样的写法，既强化了读者对于李自成的期待，又可以准确地写出明末全国的总体政治形势以及李自成所处的外围环境。小说的前三章，虽然没有直接写李自成，却为李自成后来与清人之间的斗争埋下了伏笔。小说从第四卷下册起，主要矛盾从起义军与明朝的对抗转变为大顺朝与清人势力的对抗。李自成的败亡，不是败给明朝，而是败给清军的追击。起义军、明朝、清人三股势力的消长，共同组成了这部小说的完整结构框架。《李自成》全书结尾部分是农民军对明朝的战争转化为对清人的民族战争，这样以清兵进入北京城外的历史形势开始这部小说，和小说结束于民族战争，在结构上首尾呼应，给人以完整的感觉。董之林对《李自成》的结构有过切中肯綮的评价。她认为："'李自成'不是孤立的，而是明、清朝代转换之际的历史产儿。换句话说，没有明王朝积重难返的政治危机，就没有李自成农民起义；没有李自成农民起义，就没有明朝的灭亡和清军入主中原；没有大顺朝的覆灭，就没有清王朝的一统天下。促成明末历史大变局的这三者之间，缺一不可。如果说，小说描写李自成、牛金星、李岩、宋献策等人被'逼上梁山'、投身农民起义，与《水浒传》相似；那么由于明、清王朝在小说描写中所占的分量，特别对各方高层人物的着意刻画，使这部看似表现农民革命的'水浒传'，毋宁是一部描写明末历史的'三国演义'。"② 这也正是姚雪垠的高明之处，他写出了李自成悲剧

---

① 姚雪垠：《〈李自成〉创作余墨》，上海文艺出版社编：《关于长篇历史小说〈李自成〉》，上海文艺出版社 1979 年版，第 315 页。

② 董之林：《观念与小说——关于姚雪垠的五卷本〈李自成〉》，《文学评论》2008 年第 2 期，第 79 页。

的全局而不是局部。

《李自成》对中国古典小说的战争描写也有巨大的突破。姚雪垠不满意中国古代小说中对于战争场面的具体描绘,认为以《三国演义》为代表的古典小说中的战争场面大都落入了一个固定的程式与套路,即两员武将大战几十个回合甚至上百个回合,战争胜败的关键在于武将个人的武艺与智谋,而士兵只是扮演了观战的"看客",似乎战争的胜负与他们无关。其实两将相斗绝对不是两军作战的主要方式。经常出现的战争情况应该是两军将士群体的互相厮杀,甚至是混战,胜败的决定因素在于训练有素的精兵的多寡。基于这样的认识,姚雪垠认为过去的战争描写并不真实,不是来源于生活,而是来源于说话人容易编述故事,也容易师徒传授,又由说"话"影响写成文字的章回体小说。这种写法虽然不符合生活真实,却适应了封建社会的英雄史观,所以能够长期存在并成为传统。《李自成》在描写战争时,从宏观方面,会写出作战各方的人心向背、作战方略,很像《左传》对战争背景的交代;微观方面,则会写出各方将士勇猛或恐惧的心理,以及如何在战场上厮杀或溃逃的表现,深得列夫·托尔斯泰《战争与和平》对战争场面描写的精髓。以小说中战争描写最为精彩的潼关南原大战和商洛山中对官军的抗击两场战役为例,这两场战争都是以少战多,却写得各具特色。潼关南原大战是突围求生之战,所以义军尽管伤亡惨烈,却依旧勇往直前,凸显的是战争的壮烈。商洛山中的射虎口、野人峪、麻涧、智亭山之战,紧张之中又透着从容淡定。既有短兵相接的厮杀,又有反间、诈死、奇袭的斗智斗勇,写得有张有弛,疏密相间,错落有致。整个战争的场面也腾挪转换,大起大落,波澜壮阔。姚雪垠对战争的描写艺术,源自于他个人在土匪杆子中的生活经验和对于中国古典战争、现代战争的理解,代表了我国小说艺术这一方面的新高度。

第三节　《李自成》的地域文化色彩

《李自成》作为一部揭示中国封建社会农民战争规律的历史小说,因为农民战争的区域性,也使得这部小说带上了一定的地域色彩。李自成起义席卷大半个中国,足迹遍及十多个省市。姚雪垠对李自成活动区域的描绘却并不是均匀用力的，而是以南阳、河南为中心，其他区域主要都处于陪衬地位。与李自成在商洛山区、豫西山区、鄂西北山区活动有关的章节占了《李自成》的过半篇幅。姚雪垠在叙述和描写李自成在上述地区活动的时候，对这些地区的历史、地理等如数家珍，了如指掌。且看李自成与张献忠谷城相会之后，二人商议李自成如何从谷城返回商洛时的一段对话：

> "李哥，你打算从哪条路走？"
>
> "石花街这条路我比较熟，往西去驻着王光恩的人，我想还从原路转回去。"
>
> "不好。既然有人在石花街看见你，暗中报给张大经，你再从石花街走，岂不容易走风？再说，你五更动身，白天走在朝山大道上，很不机密。"
>
> "我来的时候没有去找王光恩，打算回去路过均州附近时顺便约他见见面。"
>
> "你不用见他吧。看样子他是想真心投降朝廷。连曹操近来就对他存了戒心，你何必见他？他此刻纵然不会黑你，可是万一从他那里走漏消息，你从武关附近穿过时就说不定多些麻烦。小心没大差，别走原路啦。"
>
> "老河口对岸不是有个冷家集么？我从冷家集和石花街中间穿过去，打青山港附近进入淅川境，你说行么？"
>
> "不好。青山港驻有官军，附近没有别的渡口，两岸是山，水流很急。"
>
> "那么走哪条路好。"
>
> "我看这样吧，干脆出东门，从仙人渡浮桥过河。人们每天看见我的人马在谷城同王家河之间来来往往，一定不会起疑心。到了王家河附近，顺着官路往光化走，人们也只以为是我的人马去换防哩。过光比往西北，人烟稀少，山岭重叠，就不怕走风啦。我送你的人马在光化县西边的僻静处等候。"

这一段对话显示了小说作者对鄂西北、豫西南、陕南交界处的地理位置、自然环境、交通、人口等都非常熟悉。除了自然地理环境之外，这部小说在语言和民俗文化等方面也都显示了强烈的地域文化色彩。

首先，《李自成》大量地运用了河南和陕西的方言土语。关于长篇小说《长夜》和《李自成》，姚雪垠在《为重印〈长夜〉致读者的一封信》中做过这样一番比较："《长夜》是带有浓厚乡土色彩的作品；《李自成》虽然是历史小说，绝大多数主要人物都是陕西人，但是也含着独具的河南乡土色彩。"① 实际的情况的确如此，《李自成》中充满着大量的河南方言土语。小说在正文之外，还有许多对于这些土语的注解和翻译。例如，小说中有"丘"字，姚雪垠的解释是："棺材不正式埋葬，暂时浮埋或停放一个地方，书面语叫做暂厝。在河南口语中，浮埋叫做丘。"小说中的"生涩"一词，姚雪垠给的解释是：在北方口语中，铁器生了锈叫做生涩（例如董解元《西厢记》卷二："生涩了雪刀霜尖"）。朋友间发生不和，好像生了锈，就说是犯了生涩。一般群众是不说"芥蒂"或"龃龉"的。类似的词汇还有："栽盹"（打瞌睡）、"麦个子"（刚割的麦子捆成捆子，叫做麦个子）、"不念"（嗫嚅）、"蕃蛋"（下蛋）、"包弹"（非议）、"蛤蟆尿"（小雨）、"黄皮刮瘦"（消瘦）、"灰面"（面粉）、"冒凉腔"（说风凉话）、"料姜石"（一种状如生姜的石头），等等。

小说中在描写起义军以及土匪杆子时，常常让人物说出土匪黑话。例如："条子""填瓢子""长脖子""水清""出水""灌"等。因为作者早年曾经在土匪团伙中生活过，加之许多土匪黑话已经融入当地土语，所以作者这方面的语言贮备非常丰富，能够做到信手拈来。这些土匪黑话，既符合人物的身份，也为小说所描写的生活增添了某种神秘气息。

除了土匪黑话之外，小说中还有一些特殊的用语，如顺口溜、打油诗之类。如高夫人攻打灵宝时，亲兵头目张材回答城上敌人问话时用的是幽默俏皮的韵语：

> 你爷爷的家住在
> 北山南里，

---

① 姚雪垠：《长夜》，人民文学出版社 1981 年版，第 23 页。

南山北里，

有树的村儿，

狗咬的营儿。

《百家姓》上有姓儿，

朝廷的告示上题着名儿。

十五岁跟了闯王，

放羊娃儿的鞭子换成了刀枪。

你爷爷走过平阳，

会过荥阳，

打过凤阳，

攻过南阳，

围过郧阳。

破过径阳。

这一年你爷爷闯得远啦：

进过四川，

逛过甘南，

去过西番，

长城外打过转转，

逍逍遥遥地来到河南。

三天前攻过潼关，

如今来灵宝随便玩玩。

这一段话在作者早期的小说《长夜》中有过相似的版本，只不过更为简短。由此可知，这段顺口溜是当地土匪自报家门的常用套话。

《李自成》中的套话，除了土匪窝的黑话之外，还有行走江湖的艺人们的套话。起义军将领刘体纯为寻找宋献策，带领小孩在开封相国寺卖艺。两人的对话，尤其是小孩子吹嘘自家拳法的一段话诙谐幽默，令人忍俊不禁。这是河南的艺人们张口即来的套话：

小孩绾绾袖子，伸伸胳膊，踢踢腿，在中间立定，开始来个懒扎衣出门架子，变下势骞步单鞭，正要继续往下练，后生忽然叫道：

"小伙计，莫慌往下练，我先问你：古今拳家众多，各有其妙，你练的是哪家拳法？"

小孩子："我练的是俺家拳法。"

"什么安家拳法？我倒不曾听说有什么安家拳法。"

"我说是俺家拳法，不是安家拳法。"

"怎么叫俺家拳法？"

"俺爷爷教给俺老子，俺老子教给俺哥，俺哥教给俺，所以就叫做俺家拳法。"

众人一阵哄笑。后生又问：

"你家拳法有何妙处？"

"不敢说，集古今众妙之长！"

"好大口气！怎么说集古今众妙之长？"

"古今拳家，宋太祖赵匡胤有三十二势长拳，又有六步拳，猴拳，囮拳，名势虽有不齐，而实际大同小异。至本朝有温家七十二行拳，三十六合锁，二十四探马，八闪番，十二短，都很著名。吕红八下虽刚，未及绵张短打。山东李半天的腿，鹰爪王的拿，千跌张的跌，张伯敬的打，少林寺的棍，杨家的枪……"

《李自成》能够灵活运用河南土语中的歇后语和成语，使人物的对话具有非常强的表现力。这样的例子很多，比如，李自成处理石门谷坐山虎哗变时，黄三耀对他分析形势时说："谁个那么傻，放着河水不洗脚，故意往烂泥坑里跳？"红娘子因要办健妇营，欲向高夫人要慧英，高夫人说红娘子是"你想借走我的慧英，我怎么会答应？刮大风吃炒面，竟然能张开你的嘴！"马三婆向宋文富说的"运气来到，拿门板也挡不住"。又说"我虽说是女流之辈，可也是染房门前槌板石，见过些大棒槌"。袁时中和邵时信商讨何时回闯王营时说："气不圆，馍不熟。"

这样的成语不仅普通起义将士讲，起义领袖也经常脱口而出。张献忠说谷城知县阮之钿："望乡台上吹胡哨，不知死的鬼！"李自成也说开封的守城军民："这叫做望乡台上打锣鼓，不知死的鬼。"义军在商洛山中遭官军进犯，刘芳亮推辞不愿做南路主将时说："萝卜掏宝盒，我不是合适材料。"王吉元担心刘宗敏吃宋文富的亏，刘宗敏对王吉元说："我没有荷叶不敢包粽子，你少操这号心！"李自成在谷城会见张献忠时说："三年来我吃了不少亏，作了不少难，才知道铧是铁打的，一个虼蚤顶不起卧单，所以冒着路途风险来找你，要同你重新拧成一股绳儿对付官军。"张献忠送别李自成时说："有朝一日俺老张到你李哥的房檐底下躲雨，你可别让我淋湿衣服啊。"张献忠责骂下属乱拍马屁，说："你们就对我来个老母猪吃黍——顺杆子上来了。"牛金星向李自成分析地方官吏因不愿受官军骚扰而抱定的主意："能够不向朝廷请兵就绝不请兵，拖一天是两响。"豫西南一带方言将半天叫做一响，所以有"拖一天是两响"的俗话。李自成拒绝曹操追讨袁时中时说："家鸡打得堂前转，野雉不打一翅飞。""吹口气儿刮大风，吐口唾沫河涨水。"

　　除此之外，小说中还有大量富有地方色彩的歇后语或成语，如："粪堆上生棵灵芝草，老鸹窝里出凤凰。""六指儿瘙痒，额外多一道子。""大年初一逮兔子，有它过年，无它也过年。""先给杠子，后给麸子。"等等。可以说这样的成语在小说中几乎是随处可见。有时作者还会耐着性子在闲笔处向读者讲述一些成语的来龙去脉。比如"李三爷看告示——厉害"一条，小说写道：

　　　　有一个叫做李三景的老头，人们都叫他李三爷。他原是一个小地主，田地大半被王府占去，生活困难，但又不会干别的营生，每天大半时间坐茶馆，度过了许多年。他识字很少，每当府、县衙门张贴新告示时，他就赶快挤进人堆，装做看告示的模样，实际是听别人念告示，记在心中，然后到茶馆中大谈起来。街坊的年轻人多知道他不大识字，看见他刚挤进人堆中，有时抬头，有时低头，装做眼睛随着告示上一行行的文字上下移动，便故意问他："李三爷，这告示上写的啥呀？"他毫不迟疑地回答说："厉害！厉害！"李三景并未说错，因为官府的文告十之八九不是催粮，要捐，便是宣布戒严和各种禁令，或出斩犯人。在洛阳内城就流行一句歇后语，河南人叫做"嵌子"，说道："李三爷看告示——厉害！"

　　因为《李自成》中的一些重要人物如李自成、张献忠、曹操、高一功、高桂英等是陕北人，姚雪垠还有意在他们的口语中使用了一些陕北方言词汇。如"先后"（妯娌）、"刁"（强拿别人的东西）、"吃哒"（乱说）、"圪梁"（小的山脊）等。

姚雪垠对于文学语言有着自觉的追求，从青年时期就试图在文学语言方面探索出一条属于自己的道路。他认为："因为作家是语言艺术家，每个作家都不能不在语言的运用上努力学习、探索，练出一套真正出色的基本功，任何一位在文学史上放出异彩的诗人和作家，他们在语言的运用上必各有独自的特色。特色不一定全是值得称赞的，但是有特色才有异彩。每一位诗人和作家的独特风格虽然包含着许多因素，然而各自独具的语言特色是形成风格的重要因素。"①

姚雪垠在《为重印〈长夜〉致读者的一封信》中谈到了河南大众口语与他创作的关系。他说道："河南的土地和人民哺育过我的童年和少年，在青年时代我又在河南留下了活动的足迹。我熟悉河南的历史、生活、风俗、人情、地理环境、人民的语言。提到河南的群众口语，那真是生动、朴素、丰富多彩。在三十年代，我曾经打算编一部《中原语汇》，如今还保存着许多写在纸片上的资料。我对河南大众口语热情赞赏，而它也提高我对于语言艺术的修养。关于我同河南大众口语的血肉关系，已经反映在我的《差半车麦秸》、《牛全德与红萝卜》、《长夜》和《李自成》等作品中。……如果我丢掉了故乡的人民口语，我在文学创作上将很难发挥力量。"② 姚雪垠曾经用心收集过家乡的方言词汇。在《我怎样学习文学语言》一文中，姚雪垠谈到了这种工作对他的意义。"大概是一九三四年的夏天，我因为沉重的吐血病离开北平，路上辗转耽误，直到秋末才回到故乡。在故乡的七八个月中我既不能坚持写作，也不能用心读书。无聊的时候，我便读一点世界语，或把故乡的口语记录下来。日子久了，收集的语汇多起来了，便按照编词曲的方法把所收集的语汇编写在笔记本上，提名曰《南阳语汇》。这工作虽然没有做到完成，但是得到了很大益处。我从此真正认识了口语的文学美，那美是它所具有的深刻性、趣味性，以及它的恰当、真切、朴素

① 姚雪垠：《姚雪垠回忆录》，中国工人出版社 2010 年版，第 112 页。
② 姚雪垠：《长夜》，人民文学出版社 1981 年版，第 20 页。

与生动。一位朋友曾对我说过外国农民的语言往往很富于幽默性，而我也对故乡的农民语言发现了浓厚的幽默趣味。我读过莱翁·托尔斯泰的传记，这位伟大作家对于农民语言的种种赞美，我全可以借用来赞美我的父母之邦。"①

其次，《李自成》对陕西与河南一带的民风民俗、民间信仰有着生动而传神地刻画。

小说中写到疟疾在商洛山中被叫做老瘤鬼，人们有一套对付老瘤鬼的特别办法。大人和小孩子跑出村子很远，躺在山坡上、野地里、乱葬坟园里，让五月的毒热的太阳晒着，躲老瘤鬼。还有的孩子们由大人用墨笔或锅烟子在脸上画一副大眼镜，画些胡子，据说这样一画，老瘤鬼就找不到原人，回不到身上了。还有的人在路上偷偷摸摸地跟着别人的背后走，在别人不提防的时候，趴地上磕个头，解下腰带扔地上，转身逃走。据说老瘤鬼是一只牛（所以患疟疾又称做"放牛"），这是把自己的老瘤牛卖给别人，那一根扔掉的腰带象征牛缰绳。熊耳山中百姓给牛带上生麻做成的、用苏木水染得鲜红的长胡子，把鼻子和嘴唇全遮起来，防止牛瘟。商洛山中人们对付疟疾的办法和熊耳山中人们防止牛瘟的做法，都来自于作者幼年在家乡的见闻。姚雪垠的回忆录《我的前半生》对此有详细的记述。

小说有许多关于陕西、河南普通群众生活饮食起居的记录。例如，李自成在兴山附近吃的野菜和包谷糁煮成的糊涂汤，这些食物都是汉水流域常见的食物。不但有食物，还有对这一带百姓吃饭的姿势和神态的描绘。例如下面这一段描写刘宗敏吃早饭情景的文字：

> 他这时就像乡下一般下力人一样，用左手三个指头端着一只大黑瓦碗，余下的无名指和小指扣着两个杂面蒸馍，右手拿着筷子，又端着一碟辣椒蒜汁，走到院中，同亲兵们和老营将士蹲在一起。厨房里替他多预备的两样菜，有一盘绿豆芽，一盘炒鸡蛋，他全不要，说："端去叫大家吃，我不稀罕！"他把辣椒蒜汁碟儿放地上，呼噜呼噜喝了几口芝麻叶糊汤杂面条，掰块馍往辣椒蒜汁中一蘸，

---

① 姚雪垠：《姚雪垠回忆录》，中国工人出版社2010年版，第78—79页。

填进嘴里，几乎没有怎么嚼就咽下肚子。

端碗的姿势，蒸馍蘸辣椒蒜汁的吃法，芝麻叶糊汤杂面条的搭配方式，都是原汁原味的河南西南部群众的做派。《李自成》这样描写的依据应该不是书面的文献或史料考证，而是作者家乡南阳一带农民的生活习惯和习俗。在今天的河南农村，还常常可以见到这种吃饭的习惯。作者把这一套吃饭的方式，很自然地融合到了刘宗敏身上，赋予他特定的地方生活习性，让人感到有血有肉，亲切而熟悉。历史中的人物也就变成了生活中的人。小说还写到小孩儿用河边捡的小石头玩抓子儿，这在汉水中上游的平原以及川道是一种十分常见的游戏。

汉水流域向来是道家文化的重要根据地，当地的百姓喜好巫祀、敬重鬼神，各种方术盛行。陕西、河南、湖北交界地带的武当山是汉水流域最著名的大山，在民间享有至高无上的尊崇，许多人一生的最大愿望就是去武当山朝山一次，为此砸锅卖铁也心甘情愿。小说写到张献忠在朝武当上的大道上遇见两位香客：

> 　　一个是中年人，用一根半尺多长的铁针从左边腮上穿进去，从右边腮上穿出来；另一个是十七八岁的青年，一根大铁链子一头锁住脖颈，一头拖在地上，边走边哗啦哗啦响。他们的衣服很破烂，显然都是农村里贫苦百姓。像这样的香客经常出现，都为父母许过大愿，前来朝山还愿的。

香客们的打扮很有特点，也可见他们对武当山的虔诚与奉献精神。人们朝山既是虔诚的，同时又是低调的。小说同样写到在老河口附近的朝山官路上，有一位香客头戴一顶"不认亲"。这是一种当时北方下层社会中流行的一种小帽，帽檐低得遮住眉毛，使别人看不清脸孔，所以人们就把这种帽子叫做"不认亲"。人们认为对神的虔诚不宜张扬，所以才会带上这种帽子。

《李自成》中有大量对六壬风角、奇门遁甲等方术描写。这源于姚雪垠自幼对这些奇巧淫技的耳濡目染，与作家所在的汉水流域巫术盛行的社会环境也密不可分。小说中写到了多位算命先生、神婆，李自成也经常求教于鬼神。宋献策初见李自成时，就把献"图谶"，预言"十八子，主神器"作为见面礼。张献忠在谷城时，也有瞎子算命先生王又天替张献忠刚满月的儿子批八字，说他儿子的八字贵不可言。因为明朝大将左良玉的养女左小姐被困南阳，请孙半仙拆字预测凶吉。孙半仙被义军买通，要用计使她陷入义军布置好的圈套，就把左小姐说的"辰"字解释成应该在早晨趁大雾出南阳城，结果左小姐被义军俘虏。因为孙半仙的说辞符合一般人们拆字的逻辑，又迎合了左小姐急于出城的心情，所以当时没有被发觉有何破绽。崇祯在北京被大顺军围困后，和宫人拆字以卜吉凶。宫人魏清慧写了一个"有"字，希望北京有救。崇祯却将"有"字拆成了"十月"，解释成"大"不成"大"，"明"不成"明"，大明已经完了。河南新野县丁举人和几家大户争夺一处非常难得的坟地，因为据说这块坟地可以出三品以上的大官。靠着妹妹嫁给了张献忠这层关系，别人都让给了丁举人。坟地有所谓好坏，并且会影响到后人的命运，这种信仰在汉水流域非常普遍。与选坟地、争坟地相关的故事在本地区广泛流行。

《李自成》中还有大量关于婚丧嫁娶、四时节令的风俗描写。比如，小说写到红娘子与李岩拜堂后，人们朝新娘头上撒麸子和红枣，第二天"吃面"，第三天"回门"等习俗。袁时中迎娶慧梅时，请刘玉尺代他迎亲。这是男家派别人迎亲，新郎在公馆等候拜天地风俗的体现。小说还讲述了南阳一带黄昏拜堂习俗的来历。南阳城内和四郊，拜堂成亲是在黄昏以后，本来是古风子遗。当地把这种风俗的成因解释为，传说明代驻南阳的唐王荒淫无道，看到城中谁家娶媳嫁女，就派人拦阻花轿，把新娘抢进宫中，过两天才放出宫去。所以南阳各县都是白天拜堂成亲，只有南阳城内和四郊，是在黄昏以后拜堂成亲，为的是怕被唐王看见。

高夫人被困熊耳山中，过谷雨节时，还特别认真地写上咒符：

> 谷雨那天，她特意按照延安府一带的民间风俗，叫人用朱砂在黄纸上写一道"压蝎符"贴在墙上，符上的咒语是："谷雨日，谷雨时，奉请谷雨大将军。茶三盏，酒四巡，送蝎千里化为尘。"四角又写上"叭"、"吐"、"喊"、"口毒"四字。

甲申年前的腊月二十三的大顺国皇宫中，也上演了一幅幅生动的豫陕两省民间祭灶风俗图：

> 灶爷、灶奶是从街上请到的一张民间彩印画，贴在御厨房的后墙上。灶神画成了白胡子老头；灶奶画得很年轻，圆圆的白脸，黑漆漆的头发，同老头并肩而坐。他们都穿着大红大绿的衣服，灶奶的脸上还染了两块胭脂红。灶神的下边，印有大顺朝的甲申历。在神像的两边，贴着绿纸对联，上联写的是"上天言好事"；下联写的是"下界保平安"。在神像的上边贴一张绿纸横条，写着"一家之主"。神桌上的锡蜡台，插着一对又粗又大的牛油红蜡烛，烛光很亮。中间一只铜香炉，轻烟缭绕，香气扑鼻。香炉前放着一盘麦芽糖，叫做灶糖。用意是叫灶爷吃了后粘住嘴巴，到天上不能随便汇报。神桌下边的青砖地上，靠左边放着一只盘子，里边盛着小谷秆子，拌了麸子，这是为灶神的马匹准备的草料。桌边蹲着一个宫女，抱着一只红公鸡，这是为灶神上天官时准备的一匹"枣骝马"。

高桂英虽已经是一宫之主，却仍然按照民间的习俗祭拜灶神。

小说写元宵节之后洛阳城里的民俗表演，简直是一幅明代版的《清明上河图》：

> 玩狮子的，玩旱船的，骑毛驴的，踩高跷的，尽是民间世代流传的、每年元宵节在街上扮演的玩艺儿。今年元宵节洛阳军情紧急，这些玩艺儿都不许扮演，今天都上街了。往年骑毛驴的是扮演一个知县带着太太骑驴游街，知县画着白眼窝，倒戴乌纱帽，倒骑毛驴，一个跟班的用一个长竹竿挑着一把夜壶，不时将夜壶挑送到他的面前，请"老爷"喝酒，引得观众哈哈大笑。今年，将骑毛驴的知县换成一个大胖子，倒戴王冠，醉醺醺的，自称福王。那个用夜壶送酒的人改扮成两个太监，一老一少，不断地插科打诨，逗得观众大笑。

小说中的一些描写，来自于汉水流域的民间传说。如李自成的花马剑能够"通灵",夜间拔出之后,会有一道异光上射斗、牛之间,凡是懂得望气的人们都能看见,而往往在闯王要亲自出战或有刺客来近之前,这把花马剑会连着发出啸声,还会跳出鞘外。刘宗敏在白河飞马跃汉江时,身后乱箭飞射的惊险一幕也来自于当地马跳崖和百箭松的传说。关于李自成祖坟内长明不灭的铁灯以及会飞的小赤蛇的描写,也都来自于民间传说。潼关南原大战失败后,贺金龙拼死保卫高夫人的情节,也来自当地的快板和莲花落。李自成被杀后,乌龙驹不愿离开李自成的一段描写,写得声情并茂,来自于当地关于"义马岩"的传说。

姚雪垠有两句诗"丹青欲写风光细,不绘清明上汴河"。对这两句诗,作者解释说:"象《李自成》这样再现农民战争的小说中也应该有细致的风俗画描写,但不能象《清明上河图》那样替封建社会歌颂太平景象。"① 小说中诸多对民俗风情的描绘,如一幅长轴画卷,向读者展示了明末清初各阶层人民生活的真实场景。对于各种民间风俗,作者不是生硬的解说,而是有机地化入情节描写之中,作为生动、形象的细节点染着作品的时代氛围。

---

① 姚雪垠:《〈李自成〉创作余墨》,上海文艺出版社编:《关于长篇历史小说〈李自成〉》,上海文艺出版社 1979 年版,第 318 页。

第五章

周大新的小说

第一节　周大新小说的创作历程与主要特点

周大新，1952 年 2 月出生于河南邓县构林镇周庄一个农民家庭。1970 年 12 月入伍，1983 年考入解放军西安政治学院，1985 年毕业后入北京鲁迅文学院作家班进修，现为解放军总后勤部政治处创作室专业作家。自 1979 年发表处女作短篇小说《前方来信》以来，至今已有600 多万字的文学作品问世。周大新的作品曾获国内多种文学奖，其中以 2008 年 10 月获得第七届茅盾文学奖的《湖光山色》最为重要，显示了他的创作实绩。周大新的小说也多被改编拍摄成影视剧，其中中篇小说《香魂塘畔的香油坊》改编拍摄的电影《香魂女》1993 年获得第43 届柏林国际电影节金熊奖。

周大新虽有多种文体的文学作品问世，但相比之下以小说创作成就最高。综观他的小说创作，前后大致可分为三个阶段。从 1979 年开始发表作品到 1987 年左右，这是周大新军旅题材小说集中创作的时期。周大新是从军旅题材小说创作开始步入文坛，并为他赢得声誉的。短篇小说《第四等父亲》发表后，陕西省电视台和湖南省电视台先后找上门来商议把它拍成电视剧，这对作者的创作是一个很大的鼓励。小说从军人职责与家庭义务难以两全的矛盾冲突入手，描写了当代军人秦三军等复杂、丰富的内心情感，表现了他们无私奉献的高尚品德。《月涌大江流》《铜戟》等小说也是循此思路创作的。对于和平军营的军人，周大新小说似乎主要关注其道德。小说《"黄埔"五期》发表后，有评论即从"军界道德"的角度加以解读。小说借军人冀成训之口提出了军人的道德标准："那些没有实际才能而又企望当上军官或保持军官职位的人，是军界最不道德的人！"小说《军界谋士》写作训处三个参谋季浇粟、白可和邢植生，面对军长实战演习中故意设置的漏洞，季浇粟、白可假装不知，对可能出现的后果无动于衷，而邢植生则敢于直谏陈谋，不怕军长的冷落和生气，甚至被解除职务后还冒着军纪制裁的危险给师长打电话提醒他注意"敌军"突围的方向，在对比中表现了军人的不同品性和职业道德状况，孰优孰劣最后由军长在演练总结会上作了总结，读者亦有判断。小说也发掘了人物思想性格背后的社会历史根源，反映的问题更为尖锐，思想更为深刻。周大新军旅题材的另一类型是描写战场上的军人，《硝烟中的祝愿》《汉家女》《走廊》等都是。其中《汉家女》获得1985—1986年度全国短篇小说奖，是周大新军旅题材小说的代表作之一，也使周大新小说取得了全国性的影响力。小说所写的战地护士长汉家女，是一个既平凡又伟大的女性形象，也是一个军人英雄形象。由于作品注意挖掘人物身上复杂的人性内容，从而使这一形象显得真实可信，不同于以往当代文学中理想化的英雄人物。

　　从1987年起到1993年前后，周大新开始集中创作、发表一系列描写他的故乡南阳盆地当代生活（个别作品延伸进历史深处）的小说，这即是被作者自称为"豫西南有个小盆地"的系列小说。从军营转向故乡，周大新可以说找到了自己小说创作的根据地，找到了属于自己的文学道路。周大新曾撰文谈论他这些盆地小说："我心中琢磨：倘若自己写作时注意了以下三个方面，是否能使作品走得稍远些？其一，描写的是当代盆地人的真实生存状态……其二，传达的是当代盆地人对生命的热爱……其三，提供的是一种带有盆地特色的独特的审美享受。"①周大新的盆地小说以其强烈的地域色彩和时代特征，确实给读者一种独特的审美感受，在当代文学地图中占有一个独特的、不可替代的位置。这一时期周大新创作的盆地小说主要有：《武家祠堂》《小诊所》《小盆地》《家族》《泉涸》《紫雾》《老辙》《旧道》《怪火》《伏牛》《世事》《铁锅》《香魂塘畔的香油坊》（后改名为《香魂女》）《哼个小曲

---

①　周大新：《创造属于自己的文学世界》，《昆仑》1988年第5期。

你听听》《玉器行》《乡村教师》《左朱雀右白虎》《步出密林》《握笔者》《烙画馆》《寨河》《牺牲》《勒》《黄昏的发明》《无疾而终》《山凹凹里的一种乔木》等中短篇小说及长篇小说处女作《走出盆地》等。与周大新创作回到故乡、盆地相反，他小说中的年轻主人公大都纷纷逃离这片土地，成为新一代农民形象。所谓"逃离"，既指离开土地、农村到异地（如城市、军营）去寻找新的生活道路，也指虽不离开乡土但生产、生活方式（从事工商业等）发生了变化，已不同于父辈们（主要是种地）。在年轻农民逃离土地的过程中，与父辈的观念冲突往往不可避免，经常成为周大新小说构思的焦点。周大新曾说自己喜欢看悲剧，也常写悲剧。这些逃离土地的小说就多蕴含着浓郁的悲剧意味，悲剧性不仅来自那些年轻农民的人生遭际，也来自他们的父辈——老一代农民所维持的传统的生活观念。

《走出盆地》可以说是这一时期周大新的盆地小说或逃离土地的小说的代表作。小说讲述的是南阳农村女孩邹艾"走出盆地""寻找幸福"的人生故事。邹艾寻找幸福的人生故事，既寓示着"中国人和中华民族冲开重重障碍和束缚，坚韧顽强寻找理想的幸福生活的历史"，也是人类"寻找幸福"的生存哲学的艺术化表现。① 小说在叙事方式上有一定探索，新颖之处主要有两点：一是采用对话体式，通过邹艾与老四奶奶、与金慧珍、与女儿茵茵的对话，边说边忆边叙，讲述邹艾坎坷的人生故事；二是在邹艾现实人生故事的讲述过程中，先后穿插了天宫三仙女、地宫唐妮和阴府湍花的三个神话故事，从而形成一种对应式情节结构样式。小说艺术上的探索、创新在给人以新奇的审美感受的同时，也深化了作品的人物塑造和主题表述。

大致从 1993 年起，周大新的小说创作进入了多元探索、不拘一格的阶段。1993 年 7 月初在故乡南阳召开的一次创作座谈会上，周大新表示他最近想对创作作一些调整："一个就是从写作的动向来说，不一定非要局限在家乡的农村生活上，可以再作一些跳跃；另一个在表现形式和叙事方法方面要作一个大的调整。"② 就题材内容说，从 1993 年开

---

① 周大新、石一龙：《飞离与栖落》，《青年文学》2001 年第 11 期。
② 白万献、张书恒：《南阳当代作家评论》，河南大学出版社 1996 年版，第 270 页。

始周大新小说逐渐走向多样化。仍创作了反映家乡现实生活的小说，如《向上的台阶》《瓦解》《金色的麦田》《湖光山色》等；描写当代军人生活的小说，如《碎片》《浪进船舱》《预警》等。也出现了一些新的题材领域：其一，历史题材小说，如《银饰》《释放》《宣德年间的一些希望》《登基前夜》《战争传说》等。周大新稍早发表的中篇小说《左朱雀右白虎》就已含有一些历史内容，在弘扬南阳汉代文化方面受到赞赏。其二，科幻题材小说，如《平安世界》等。其三，都市或城市题材小说，如《现代生活》《21 大厦》等。其四，身边题材小说，以作者及家人的生活为创作素材，带有某种自传色彩，如《14 15 16岁》《同赴七月》及最近出版的长篇新作《安魂》等。稍早发表的短篇小说《养子》就已具有自传性质。周大新的许多小说具有较大的时间跨度（如《向上的台阶》《第二十幕》等），或将历史与现实捏合到一起加以描述（如《旧世纪的疯癫》等），因此在将它们归入现实题材时也不妨将其看作历史题材，一种"现当代历史"题材小说。

在周大新这一时期创作的各种题材小说中，《第二十幕》《21 大厦》和《湖光山色》无疑是具有代表性的作品。《第二十幕》分卷写成，先后以《有梦不觉夜长》《格子网》和《消失的场景》为题于1993 年、1996 年和1997 年单独发表或出版，后经修改合在一起以现名出版。对于书名，周大新这样解释道："如果把公元纪年以后人类在地球上的活动比做一出戏，那么二十世纪的人类活动只是这出戏中的一幕，于是我就把书起名为《第二十幕》。"[1] 小说讲述的主要是南阳尚姓人家丝织业百年兴衰的家族故事，其间夹杂叙述尚、卓、晋、栗四家人的恩爱情仇故事，并展现一个世纪的时代生活变迁，作品取材角度比较独特，反映的生活面也极为广阔，整体看具有史诗品格。其中尚达志、盛云纬、卓远、栗温保、尚昌盛、曹宁贞等人物，个性鲜明，给读者留下了深刻的印象。在叙述方式上，小说向民间的鼓书艺人学习，叙述不慌不忙、有条不紊，故事生动曲折、引人入胜，同样让人印象深刻。小说被称为"中国的《百年孤独》"，虽有夸大其辞之处，但却表明了作品杰出的成就。2003 年人民文学出版社出版了《聚焦二十世纪：周大

---

① 周大新、石一龙：《飞离与栖落》，《青年文学》2001 年第 11 期。

新〈第二十幕〉评论选》，由此可见评论界对这部小说的看重。

　　《21 大厦》（2001 年）是周大新的写作目光由农村、军营转向城市后其生活和艺术积累的结晶。小说主要讲述了一个农村复转军人小谭在京城 21 大厦当保安的故事，属于新世纪兴起的底层写作之列。通过小保安的工作变迁与视角移动，小说反映了城市各阶层人物的生活。21 大厦显然是城市的缩影，不同楼层象征着城市不同社会阶层的人的生活。作者曾说《21 大厦》是想把 21 世纪初年我们民族精神大厦内部的一些景象展现出来，因此，书名中的"21"应该是 21 世纪新时代的象征。作品在展示新的时代社会精神景观时，对社会上层人物（如女博士宋大姐、女大学生彭仪、沈部长、邱总裁、梅苑等）生活空虚、堕落、人性为物欲所异化多持批判态度，而对社会底层劳动人民（如保洁员丰嫂、保安员老梁、崔发、黄白顺、余太久等）生活穷困却相互帮扶、侠义的关系，明显持有肯定、赞赏的态度。除人物刻画上的对比手法外，象征是小说最显眼的艺术表现方法，像 21 大厦、大厦中处处可见的那只黑雉鸟等，都具有丰富的象征含义。

　　2006 年发表、出版的长篇小说《湖光山色》是周大新以前描写故乡农村生活题材的小说创作在新世纪的延续，但它在人物故事、主题表达等方面又有新的发展。小说讲述的主要是农村女孩暖暖与丈夫旷开田在家乡发展旅游业的创业故事，主人公仍属于"逃离土地"的新一代农民形象系列。但与那些纷纷进城打工的大多数农民相比，暖暖等人却属于留守土地的少数者之列。《走出盆地》等小说表达的是寻找幸福的主题，而《湖光山色》却告诉人们：幸福也许不在别处，就在你的脚下。面对当今社会迅猛发展的城市化潮流，《湖光山色》显然是一种逆城市化的理想主义写作，或者像有的评论家所说，是一种田园乌托邦写作。2008 年 10 月《湖光山色》获得第七届茅盾文学奖，授奖辞说它："深情关注着我国当代农村经历的巨大变革，关注着当代农民物质生活与情感心灵的渴望与期待。在广博深厚的民族文化背景上，通过作品主人公的命运沉浮，来探求我们民族的精神底蕴，这是《湖光山色》引人注目的特色与亮点。"授奖辞还引用艾青的诗句"为什么我的眼中常含泪水，因为我对这片土地爱得深沉"来说明作者的"创作情怀"。《湖光山色》确实是一部表达作者对故乡土地和父老乡亲深沉之爱的小说，也是一部表达作者的时代忧思、有所寄托的作品。

在论及周大新的代表作时，我们举出的主要是长篇小说。其实周大新先后创作的一些中短篇小说，像《汉家女》《小盆地》《家族》《泉涸》《伏牛》《左朱雀右白虎》《步出密林》《银饰》《向上的台阶》《瓦解》《碎片》《登基前夜》等，无论从思想性还是艺术性看都是精品。其中一些篇目在艺术上大胆探索，是可以称作先锋小说的。

综观周大新各类题材小说创作，不管是"走出盆地"还是"返回盆地"，也不管是现实题材还是历史题材、科幻题材，都具有一些共同的基本的特征。首先是周大新小说具有浓郁的地域色彩。周大新小说的人物故事大都取材于他的故乡南阳盆地，那些反映当代南阳城乡生活的小说就不用说了，那些军旅、城市、历史甚至科幻题材小说，其人物也多来自南阳地区。周大新小说地域性的集中体现是：人物故事所生存的环境（自然环境和社会环境）、景物、风俗习惯等的描写，往往具有强烈的地域性特色。如他小说中的鞭炮烟花作坊，做"冥宅"（棺材）手艺，香油作坊，做铁锅手艺，逮猴、驯猴、玩猴技艺，银饰作坊与手艺，丝绸织造手艺，独山玉雕，烙画艺术与传说，汉画像石刻，一门双承的婚俗，《坐花轿》民歌，《绸缎谣》民歌，新婚铺床仪式及其歌谣，空棺葬仪，娶阴亲风俗，关于楚国的民间传说，等等，都是具有南阳地域特色的事物或意象。周大新曾说："每个人都生活在一定的地域里，每个地域的人都有自己的生活习俗，这种生活习俗就是民俗。民俗既是人生活方式的组成部分，也是影响人心灵的重要因素。小说家要表现人的生存方式，要展示人心灵深处的景观，不去触及民俗怕是很难完成这两项任务的。"①这是就民俗对于人物塑造的作用来说的。除此以外，周大新小说中这些民俗事象描写还具有相对独立的认识作用和审美价值，自有其意义。

其次是周大新小说具有强烈的故事性。这是各种题材的周大新小说给予读者的一个共同的突出的审美印象。周大新多篇（部）小说被改编、拍摄成影视剧，这也是他小说故事性强的一个重要证明。在《漫谈"故事"》一文中，周大新对故事对于小说的重要性有集中、全面的

---

① 李丹宇：《让世界充满温情和美好——作家周大新访谈》，《黄河》2007 年第 1 期。

表述。从这篇文章里可以看到，周大新小说故事性强显然来源于故乡丰富的民间故事、民间文化的滋养。在一些访谈、创作谈、评论等文章中，周大新对小说的故事性也多有强调。但周大新对小说故事性的认识前后也有波动。开始从事小说创作时，他只是想把自己看到的、听到的、编出的各种各样的故事告诉别人，想让人知道自己是一个会讲故事的人。后来，大概是 80 年代中后期，受当时文坛"淡化"故事思潮的影响，周大新也创作了几篇故事性很淡甚至没有故事的小说，但读者几乎毫无反应，他只好又转向创作故事性比较强的小说。1993 年在南阳举行的一次周大新创作座谈会上，周大新说道："一直到目前为止，我觉得我的小说戏剧性比较强，这是我很大的缺陷。"①"小说戏剧性"，换言之，即小说的故事性。就周大新所说来看，他似乎并不把小说故事性（戏剧性）强作为他小说创作上的优长之处来看待，或者他并不满足于创作故事性强的小说，而是追求更为高远的艺术境界。基于故事性而进行多种艺术探索，这正是周大新小说创作最为可贵的精神。关于周大新小说的故事性，后文还将详细论析，这里从略。

再次是周大新小说始终关注社会底层人物的生活，这些人物大都刻画得个性鲜明、形象饱满，给读者留下了深刻的印象。其中尤为引人注目的是一些女性形象，刻画得更为成功。周大新小说中有一些男性形象，如《铜戟》中的杜一川，《伏牛》中的照进，《向上的台阶》中的廖怀宝，《瓦解》中的万正德，《第二十幕》中的尚达志、尚昌盛，《湖光山色》中的旷开田，《预警》中的孔德武等，因包含着更为丰富的历史文化和人性内涵，所以刻画得比较丰满、成功。但周大新小说中更多的女性形象，如汉家女（《汉家女》）、小枫（《紫雾》）、邰二嫂（《香魂女》）、秋芋（《铁锅》）、荀儿（《步出密林》）、秀妮（《牺牲》）、碧兰（《银饰》）、邹艾（《走出盆地》）、盛云纬、曹宁贞（《第二十幕》）、暖暖（《湖光山色》）、娜仁高娃（《战争传说》）等，相比较作品中的男性形象，言行更为大胆，性格更为突出，往往巾帼不让须眉，成为一个大写的人的形象。在小说中，周大新常常把女性的美丽、善良、坚强等品性与男性的平庸、邪恶、懦弱等品性加以对比描写，因而

---

① 白万献、张书恒：《南阳当代作家评论》，河南大学出版社 1996 年版，第 270 页。

女性形象更加光彩夺目。

周大新在一篇访谈中曾说："女性和男性相比，在体力上是弱的一方，生育和抚育后代又耗去她们的很多精力和体力，也因此，她们少进攻性和破坏性。她们的天性中温和的、爱和善的东西更多一些。这也是我在写作中特别关注女性的原因。我希望这个世界是一个和平的安宁的充满笑声的世界，人与人之间不再你争我斗恶语相向而是充满爱意，家庭与家庭之间不再你仇我恨拳脚相加而是和睦相处，民族与民族之间不再你打我、我打你征战不休，而是平等相待，国家与国家之间不再是你想欺侮我、我想吃掉你，而是共同发展。我的这种愿望在女性中可能会获得更多的支持者。而要实现这个愿望，就须不间断地向人们的心中灌输爱和善这两种东西。在男人和女人中，谁来担负这种灌输任务更合适，显然是女人。这就是我总把女人作为我小说中的主要人物的原因。"① 在另一篇访谈中他也表达了类似的看法："女性在我们的社会里，虽然政治地位和经济地位都有很大的提高，但由于长期的男权文化的影响，她们在文化上的地位其实不高，甚至有时候，女性仍然被作为玩味和玩弄的对象来加以表现。我喜欢书写女性命运，是因为我对女性充满着同情，是因为女性身上有着我们人类得以幸福生活的最重要的东西：爱和温情。"② 由此可见，周大新小说是把女性作为爱与善的载体或化身来加以表现的。尽管女性形象往往承担着作者思想观念"传声筒"的功能，但作为艺术形象来说其塑造仍然是比较成功的，像汉家女、郜二嫂、邹艾、盛云纬、暖暖等，都是可以称为典型人物的。

最后是周大新小说的人性主题和爱的哲学思想，在给人以复杂、深刻的思想启迪的同时，也给人以生活的亮色和希望。周大新小说注意把笔触深入人物的内心深处，描写出人性的复杂性。在写于 20 世纪末的题为《我依然迷恋小说写作》的文章中，周大新说他新世纪的小说创作"在讲述各种各样的人生故事时，会更注重去发现人的内心世界的奥秘，会去寻觅人性各个隐秘角落里的东西，会去观察人的心理变化的奇妙景观，会去描摹人的意识流动的怪异图像，会从各个角度去审视

① 周大新、石一龙：《飞离与栖落》，《青年文学》2001 年第 7 期。
② 李丹宇：《让世界充满温情和美好——作家周大新访谈》，《黄河》2007 年第 1 期。

人，从而加深对人的内宇宙的认识"。其实，周大新以前的小说就已经这样审视人、描写人了，并且做得相当出色。1996 年出版的周大新"文集"，每一卷都取了一个标题，分别是"猜测""花园""秘境""窘态""惊魂"（影视剧本集，可除外）。阅读周大新文集中的小说后，仔细品味这些标题，发现这些标题实际上向读者暗示了周大新小说创作的一个特色：善于展示人性"花园"的不同景观，善于发掘人内心世界的"秘境"。

周大新小说创作在思想上受俄国作家列夫·托尔斯泰的小说影响较大。周大新曾在一篇题为《列夫·托尔斯泰的劝告》的文章中谈到了列夫·托尔斯泰小说对自己的"劝告"也即影响："要关注社会底层人的生活""要剖析和展现人的灵魂的质地""要向世界呼唤爱""要多关注女性的命运""写小说不要抛弃故事"。就周大新的文章所列举的诸方面来看，他所受的影响显然不限于思想观念，也包括艺术表现。在另一篇访谈文章中，周大新仅谈到了列夫·托尔斯泰的思想影响，却把沈从文与列夫·托尔斯泰并举，他说："俄国的列夫·托尔斯泰与沈从文都对我的创作产生了影响。他们的作品皆传达出一种人间没有区别的爱，或者说就是爱一切人，因此即使对坏人他们也寄予了深刻的理解。"[1] 周大新从列夫·托尔斯泰、沈从文等作家作品中继承过来的爱的哲学思想，既集中体现在他小说中的一些女性形象身上（如上文所说，这些女性往往是爱与善的化身），也经常体现在小说的结尾上——他的小说往往是一种爱、善战胜仇恨与邪恶的故事结局，给人以生活的希望。周大新曾说，文学作为"一种药品"，是可以治疗人的精神和心理方面的疾患的；小说作为一种精神抚慰剂，是可以抚慰读者的心灵的。周大新以"为了人类的日臻完美"为创作目标，"想通过作品唤醒人、感动人，让世界中温情、爱、美的东西更多"[2]。他的小说也确实实现了这一目标，尽到了一个作家的社会职责。

周大新的小说创作无疑取得了巨大的成就，但也存在着一些不足之处，如某些作品在情节构思上有雷同现象，某些人物形象，主要是男性

---

① 李丹宇：《让世界充满温情和美好——作家周大新访谈》，《黄河》2007 年第 1 期。
② 同上。

形象刻画还欠丰满，小说语言个性化色彩不鲜明等。但是，哪一个作家的创作没有缺陷呢？我们在注意到作家创作的不足和欠缺的同时，更应关注其优长之处，关注其独特的贡献。周大新小说除了能给人以思想的提升、情感的温暖外，其在叙事方式上广纳博收、不断探索的艺术创新精神，尤其是在民族文学传统的创造性转化方面所取得的重大成就，必将给中国当代其他作家以深远的艺术启迪。

第二节　周大新小说的故事性及其超越

周大新的小说故事性强、可读性强，读过周大新小说的人大概都会留下这个印象。但是，周大新的小说不仅仅以故事性取胜，它所蕴含的丰富思想，它所传达的作者深沉的、爱憎分明的情感，以及它所塑造的一个个性格鲜明的人物形象，大概也给读者留下了深刻的印象。从作者的角度说，立足于故事而不局限于故事，这是周大新一贯的小说理念和叙事策略。发表于《文学评论》1992 年第 1 期上的《漫谈"故事"》一文，集中、详细地阐述了周大新的这种小说观念。文中周大新说他写小说的最初目的，是想成为一个会讲故事的人；小说创作实践使他进一步明白了故事对于小说的重要性，懂得它是小说最基本的成分，是小说中不可缺少的东西。在文章中，周大新还就故事在小说的人物塑造、情感传导、思想负载、语言描写、读者阅读等方面的作用，故事对于小说与其他文学样式相区别的意义，结合自己的小说创作实践，一一作了论析。文章看起来是周大新在不断强调故事对于小说的重要性，但其实也流露了周大新小说创作的艺术雄心：通过故事叙述，创作一种人物鲜活、爱憎分明、思想深刻、语言精彩、读者喜欢的小说。也就是说，周大新写小说是不会满足于仅仅讲一个故事的，甚至是讲一个精彩的故事。关于这一点，周大新也有明确的表述。在新世纪之初的一次访谈中，周大新谈及写作中篇小说和长篇小说的区别时，他重申《漫谈"故事"》一文中的主要看法，强调小说中故事的重要性，但他又说"只有故事不是小说"[①]。这就可以看出周大新写小说是不会满足于讲故

---

① 周大新、石一龙：《飞离与栖落》，《青年文学》2001 年第 11 期。

事的，他必然要超越故事，追求更为高远的艺术境界。那么周大新小说是如何立足于故事而又超越故事，从而达到一个高远的艺术境界的？这成为一个让人特别感兴趣的问题。通过对这一问题的探讨，也许会对当代小说创作提供许多有益的启示。

一

　　作为一个 50 年代出生的来自乡土社会的作家，像其他同时代的出身于农村的中国当代作家一样，周大新从事创作的文学资源主要有两个：一个是革命文学，所谓"红色经典"；另一个是民间文学，包括民间的歌谣、传说、故事、曲艺、戏剧等。两种文学资源、文学传统各有其特点，但共同以其作品的故事性强烈地吸引了童年、少年时代的周大新。据周大新的《在构林》《中学时代》等回忆性文章，当时他从学校图书馆借阅了《长城烟尘》《青春之歌》《林海雪原》《敌后武工队》《红旗谱》《播火记》《红岩》《野火春风斗古城》等一大批那个时代流行的革命历史题材小说，并说"那时看小说完全是为故事所吸引"。而在《漫说"故事"》一文的开头，周大新则叙述了他小时候在故乡受到民间传说、故事熏染、影响的情况，他说他的故乡是一个盛产故事的地方，差不多人人的肚里都装着一串串的故事，他打小就听到了许多故事，有景物故事、动物故事、鬼怪故事、历史故事和荤故事等，由此"养成了爱听故事的嗜好"。在《夏夜听书》一文中，周大新又回忆、叙述了小时候在夏夜听大鼓书的盛况。鼓书内容大致可分为两类：一类是武打的，如《赤壁大战》《杨家将》《林冲上山》等；一类是言情的，如《西厢记》《樊梨花》《守寒窑》《闹洞房》等。鼓书艺人"所说的许多故事和人物都深深印在了我的脑子里"，那些鼓书"对我做了最初的文学启蒙"。从周大新的创作自述和回忆文章中，我们可以看到他小说创作最重要的文学资源是什么，看到他在这些文学资源中最看重的是什么，或者说哪些文学资源、文学传统对他影响最为重大。毫无疑问，是故事，是故事性。尤其是民间叙事文学，这是故乡对他最丰厚的馈赠。

　　那么，周大新小说都讲了哪些故事呢？他又是如何讲这些故事的？其故事性到底如何？这里结合他的一些具体作品稍加分析。

通读周大新的小说，我们发现周大新经常讲述的是一些传统的类型化故事，如爱情故事（《紫雾》《伏牛》《蝴蝶镇纪事》《银饰》等），复仇故事（《旧道》《紫雾》《走出盆地》《战争传说》等），父子代际冲突故事（《武家祠堂》《泉涸》《玉器行》《瓦解》等），等等。这些传统故事在人物设置、情节发展、故事结局等方面往往具有一定的程式性。周大新小说虽然不一定套用这些程式，但其人物冲突的剧烈、尖锐，故事情节的曲折生动、引人入胜，却显然延续了这些传统故事的叙事特色。但是，我们也注意到周大新在讲述这些传统故事时，经常加入当前时代的一些要素，从而使所讲故事具有鲜明的时代特色，契合当代读者的审美风尚和需要。小说《银饰》是一个关于爱情或偷情的传统故事，但其中加入了同性恋的成分，从而使这个传统故事显得卓尔不群，更为幽曲迷人。小说《泉涸》在传统的父子冲突中，通过新旧两代农民对待土地的不同态度，折射了中国改革开放以来农业化与工业化的时代冲突。而《紫雾》讲述的是两个家族三代人的恩怨情仇故事，在爱情与复仇的主题二重奏中，张扬的却是追求个人幸福、实现个人理想与价值的现代性价值。

周大新还善于讲述一些时新的现代故事。如现代归乡故事，像《返回家园》《怪火》《河里太阳》《铁锅》《乡村教师》《握笔者》《湖光山色》等小说，讲述的都是人物从外地回归乡土家园的故事。自从鲁迅的《故乡》等小说开创了现代归乡叙事模式后，五四以来的归乡叙事绵延不断，反复讲述现代游子的思乡之情，或讲述外来文化视野下故乡人事的渐变与巨变。周大新的归乡故事仍脱离不了这一叙事模式，但却增加了新的时代内容。《返回家园》中的农村姑娘宗小莹，自以为从城市带回的九万元存款可以使她在家乡扬眉吐气、颐指气使，并顺利地与所爱的人结婚，但结果却大大出乎她的意料之外，她的男朋友提出要和她分手。问题显然不在于她的九万元来历不清白，而在于她身上熏染的城市的金钱观、爱情观、价值观与家乡所固有的传统观念格格不入，甚至在语言上也存在着隔膜。宗小莹虽然回到了家乡，但她实际上成了一个家乡的异乡者。以此来看这篇小说，它实际上是写城乡文化观念的冲突的。与此相对，周大新还有一类小说，如《汉家女》《走出盆地》《现代生活》《21大厦》等，写的是乡下人外出当兵或进城打工等逃离乡土（另有《人间》《泉涸》《武家祠堂》等小说，年轻的主人公虽身在乡土但观念已不同于传统农民，主要从事工商业，脱离了传统的农村生产生活方式，也是一种对乡土的"逃离"）的故事，但仍然反映的是不同的观念冲突的问题。尤其是乡下人进城的故事，在中国城市化快速发展的时代背景下，经过当代诸多作家的共同努力，一度成为新世纪之初的文学主流。周大新也以他的《21大厦》等小说加入了时代的合唱。在此，我们不断强调周大新小说的时代特色，只是想指出：周大新笔下的故事既传统又现代，既曲折生动，又包含着丰富的当下生活内容——这，也是吸引读者的重要因素。

　　周大新的归乡故事和逃离乡土的故事，都可以归结为一个更大的叙事类型，即关于寻找的故事。周大新在他的第一部长篇小说《走出盆地》的"再版自序"中说："……就是在这部小说里，我开始把描述和表现人类挣脱既有束缚的企盼和渴望，作为自己的一个任务。人的一个最大的特点，就是永远对现状不满足，永远觉得当下的处境是对自己的一种束缚，永远想向别处、想向自己认为没有束缚的更美好的地方走。但没有一个人找到了那种地方。……可人依然在寻找，在不停地走。也许走和寻找，就是人的命。"其实，早在一篇访谈里，周大新就谈到了这部小说的"寻找"主题："《走出盆地》是我的第一部长篇小说，她的确是我那阶段文学思考的结果。我在分析了人类的主要活动之后发现，人活着的目的，人类全部活动的目的，其实就是四个字：寻找幸福。人们不停地去劳动、去发明、去创造、去反叛、去打仗、去迁徙，就是为了寻找幸福。生活在南阳小盆地里的我的故乡人，他们世世代代也在寻找属于自己的那份幸福，为了表现他们那种可歌可泣的寻找过程，我写出了《走出盆地》这部小说。小说写的是一个南阳农村姑娘走出盆地改变自己命运的经历，寓示的却是中国人和中华民族冲开重重障碍和束缚，坚韧顽强寻找理想的幸福生活的历史。"①

　　之所以不厌其烦地引述周大新的创作自述，是因为不止《走出盆地》一篇，他的绝大部分小说，除了上文提及的归乡或逃离乡土的小说外，像《步出密林》《伏牛》《烙画馆》《勒》《山凹凹里的一种乔

---

　　① 周大新、石一龙：《飞离与栖落》，《青年文学》2001年第11期。

木》《银饰》《向上的台阶》《旧世纪的疯癫》《第二十幕》等，讲述的都是寻找的故事，表达的是寻找幸福与理想的主题。不过，仔细辨析周大新这两段大意相同的自述文字，仍可发现表意上的差别。先前的访谈侧重的是南阳盆地人的寻找，进而上升到整个中国人的寻找，而后来的小说"再版自序"则着眼于寻找是人类的宿命。显然，周大新已在一个时代性的主题中发掘到了人类学的、哲学的意义，他的视野更为广阔深远。如果从这个角度观照周大新的小说，则会发现他的大部分小说表面上是讲他的故乡南阳盆地人，讲述当代中国人寻找人生幸福和理想的故事，但实质上却是讲述一个人类在实现自我价值的过程中如何确证自己主体性的问题，讲述人类永远"在路上"的生存状态（既指人的外在行为，也指人的内在精神）。这显然是一个现代性故事，一个具有周大新在《漫谈"故事"》一文中所提出的具有"新""深""不媚俗"等特征的"质量好"的故事。这也是周大新小说吸引广大当代读者的最根本的原因。

周大新的小说除了具有吸引读者的好的故事以外，还有特别引人入胜的好的讲故事的方法。对于故事的讲述方法和技巧，周大新也是非常重视的。同样是在《漫谈"故事"》一文中，他说："故事的质量有高低之分，但就某一个故事来说，它的质量并不是固定不变的，它会因小说家讲故事的技巧、本领不同而提高和降低，从而使小说的品位、等级也随之发生改变。……我在创作中体会到，作者在讲故事时所站的位置、所取的视角、所定的讲述顺序、所用的语言、所选的节奏，都影响着故事的质量，从而影响到小说的品位和等级。"对讲故事的技巧的重视，这是周大新从长期的创作实践中得到的宝贵经验。另外，当代文学思潮的影响也不可忽视。20 世纪 80 年代中后期，在马原等先锋作家的叙事革命后，中国当代小说创作一度由先前重视小说创作的题材内容、社会政治功能等（写什么、为何写），转变为视小说的叙事方式、语言、文体等（怎么写）。先锋小说创作的叙事革命浪潮不可能不波及、影响从那个时代走过来的每个当代中国作家。周大新也不例外。那么周大新在他的小说中是如何讲述故事的？他的小说具体来说都采用了哪些技巧呢？

小说中的悬念能让读者产生探秘的冲动、紧张的心理，被故事紧紧抓住，甚至产生废寝忘食、不忍释卷的阅读效果。周大新小说在讲述故事时就经常设置悬念，以此吸引读者。《风水塔》讲述一个带着几个月大孙子讨饭的老头，因柳镇人的同情被安排守护镇上的风水塔，但他沉默寡言、脾气古怪，管教小孙子的方法也很怪异，让孙子去当兵也让人觉着意外。当听到当兵的孙子战死的消息时，他的平静、他的言行举动也让人疑惑，小说设置了一个又一个悬念，让读者同柳镇人一样迷惑不解，到最后终于解开了谜底，原来老头抗战期间为日军所俘，曾有辱先人家国，现在终借孙子战死而得以雪耻。《预警》是周大新近年创作的长篇小说力作，讲述一个当前比较热门的反间谍题材故事。故事的主角是我军机密作战部队 998 部队的作战局局长大校孔德武，在美女、金钱、出国、升职等一个个陷阱面前险象环生，最后还是落入从部队复转后做生意的前战友的圈套，被逼迫吐露我军最高核机密。小说以大校孔德武的生死荣辱命运为主要情节线索，设置了一个又一个悬念，直到小说结尾，孔德武生死未卜，仍是一个引人遐想的悬念。正像小说封底作品简介所说，作品"读起来就像一部悬念迭生的希区柯克大片，处处布满疑云，步步都是陷阱，紧张刺激，让人欲罢不能"。

小说情节的曲折多变，常让读者产生审美预期落空后的惊奇和沉思。尤其是情节发展中的突转，更让读者产生意料不到的惊奇感和极大的审美愉悦。早在两千多年前，古希腊学者亚里士多德就在他的《诗学》一书里论述了情节发展中的"突转"。当代美国学者利昂·塞米利安在其《现代小说美学》一书中也论析了在情节设计时"发现与陡转"的重要性。我国清代文人但明伦在评《聊斋志异》中"葛巾"一篇时，也谈到了情节发展中的转折，他说："文忌直，转则曲，文忌弱，转则健，文忌腐，转则新，文忌平，转则峭，文忌窘，转则宽，文忌散，转则聚，文忌松，转则紧，文忌复，转则开，文忌熟，转则生，文忌板，转则活，文忌浅，转则深，文忌涩，转则畅，文忌闷，转则醒。"① 这也是袁枚在《随园诗话》中所谓的"文似看山不喜平"的意思。

周大新小说的情节发展就很曲折，往往一波三折，结果超出读者意料之外。如《牺牲》一篇，写"文化大革命"时期四川姑娘韩秀妮，

___

① 转引自罗钢《叙事学导论》，云南人民出版社 1994 年版，第 88—89 页。

为了所爱的人及其母能活命，情人变成姐弟，逃荒来到豫西南，嫁与"我"二哥，生儿育女，后"文化大革命"结束，她欲与爱人偷偷返回家乡，被发现后被绑回夫家，被迫吐露实情，在村中长者主持下与"我"二哥离婚，终于与所爱的人组成家庭，"我"二哥也重娶妻子。情节发展到此似乎顺理成章地朝着皆大欢喜的结局行进，但小说的结尾却出人意料地由喜剧转为悲剧。原来，外人的闲言碎语使得秀妮的爱人、儿子觉得大失自尊，终于迫使她又一次离婚，落了一个夫离子散、孤家寡人的境地。为爱人、亲人不惜牺牲自我，但却落了个爱人、亲人背叛和离弃的结果。小说结尾时人物的命运既让人感到意外，也引人深思。再如周大新的长篇处女作《走出盆地》，小说分为"一步""二步""三步"三部分，从前到后讲述了南阳农村女孩邹艾的人生"三部曲"：先在家乡，不甘于草芥一般的女人的普遍命运，由绣字出名而当大队妇女队长，后受辱学医，进而当兵走出盆地；在军队，由卫生员而当护士，进而与副司令的儿子结婚过上了上层人的优裕生活，但公公病逝、丈夫自杀，世态炎凉人情冷漠使她决定转业离开城市回到家乡；在家乡，她先开诊所，接着办医院、办药厂，后因医药事故医院停业整顿，因赔偿病人而倾家荡产，但她并不想追随女儿出国到美国定居过安稳生活，而是想从头再来，再办医院，实现自己的宏大理想。邹艾的人生故事可谓曲折、坎坷，其情感经历也并非一帆风顺，而是多灾多难，包含着一个农村女孩太多的辛酸血泪。由农村而城市，由城市又回到农村，邹艾的人生轨迹看似简单，好像画了一个圆，又回到了人生的出发点。但是，读过这部小说的读者都知道，主人公的人生并不简单，这是一个曲折、复杂、丰厚的人生故事，一个包含太多女性血泪的故事，这正是小说吸引人的地方。周大新获得茅盾文学奖的长篇小说《湖光山色》与此类似，也是讲述一个南阳农村女孩暖暖的人生奋斗故事，因受到村干部的欺压而追求权力，因想扩大旅游事业而引进外资，但当自己的丈夫当上村长而欺男霸女、忘乎所以时，当外来资本为所欲为、污染村风民俗时，尤其是外来资本与本土政治权力结合后形成更大、更恶的势力时，暖暖的人生预期——破产，陷入被辞职、离婚、被毒打、告状无门的人生最低谷，直到柳暗花明，一个恶有恶报、善有善报的大结局到来，读者才为她的故事长舒一口气。这里，吸引读者的仍是女主人公曲折多变的人生命运故事。

周大新小说还运用巧合、意外等偶然因素，从而形成人物命运的传奇性，如《世事》；通过特定的环境氛围的设置、渲染，以增加人物故事的神秘、紧张气氛，如《银饰》；设置先声夺人的戏剧冲突，以引起读者的阅读兴趣，如《铜戟》。而小说《溺》，则通过类似民间故事三叠式的情节重复，既增强了女主人公命运的悲剧性，也在读者脑海中留下了深深的印痕，从而反复回味那个不幸的丑女人的故事。

如果说以上技巧是传统小说最常采用的讲故事的方法的话，那么周大新小说还经常学习、借鉴外国现当代小说的叙事方式和技巧，使他的小说在外在艺术形式上给人耳目一新的感受。

二

"文化大革命"后随着改革开放政策的实施，国门的打开，外国的作家作品、文学流派、文学观念及文学批评理论等不断地被翻译、介绍到国内，尤其是外国现当代作家作品，包括现代主义文学，对中国大陆当代作家影响深远，成为他们创作的一个重要文学资源。周大新也不例外。

在《新"粮"上市》一文中，周大新说他很早就喜欢阅读外国文学作品，差不多把翻译过来的外国古典文学名著都读了一遍，又想读到更多二战以后外国当代优秀作品，因此见到译林出版社的《世界文学名著·现当代系列》之后喜出望外。文中，周大新着重介绍了这一系列的三部作品：以色列作家阿摩司·奥兹的成名作《我的米海尔》、美国作家艾丽丝·沃克的长篇小说《紫颜色》和墨西哥作家卡洛斯·富恩斯特的长篇处女作《最明净的地区》。周大新又在《文学：一种药品》一文中提到他有一段时间"读了许多描写爱情的小说，像《茶花女》、《伊豆的歌女》、《爱情故事》、《霍乱时期的爱情》、《红与黑》等等"，这些爱情小说都是外国文学名著。另外，在一些作品评论或阅读札记中周大新还谈到他读过以下外国作家作品，有俄罗斯作家列夫·托尔斯泰的《战争与和平》《安娜·卡列尼娜》《复活》，陀思妥耶夫斯基的《罪与罚》，意大利作家伊塔洛·卡尔维诺的《帕马洛尔》（小说集）、《寒冬夜行人》《命运交叉的城堡》（小说集），美国作家迈克尔·坎宁安的《丽影萍踪》，罗伯特·詹姆斯·沃勒的《廊桥遗梦》《梦系廊桥》，冯内古特的《五号屠场》，柯蒂斯的《巴德，不是巴迪》，汤姆·克兰西的《彩虹六号》，英国作家威廉·萨姆赛特·毛姆的《没有被征服的女人》，V. S. 奈保尔的《毕司沃斯先生的房子》，安东尼·伯吉斯的《发条橙》，德国作家哈德施林克的《朗读者》，土耳其作家帕慕克的《我的名字叫红》，希腊作家尼可斯·卡赞扎斯基的《基督的最后诱惑》，等等。周大新在谈及当代军事文学的创作信心问题时，曾说到中国作家通过对外国作家尤其是欧美作家的军事题材作品的了解，大都具有了一种"世界眼光"。通过对外国作家作品的大量阅读，周大新自己在小说创作（不限于军事题材）中也显然具有了一种世界眼光。这主要表现在小说的思想和艺术两方面。在思想上，周大新主要受到俄国作家列夫·托尔斯泰的爱的哲学或人道主义思想的影响，这在他的《列夫·托尔斯泰的劝告》一文和与学者李丹宇的访谈《让世界充满温情和美好》中都有很明确的说明。关于思想影响，因与我们的论题关系不大，这里不再赘述。

在艺术上，周大新主要是在小说的叙事方式上受到外国作家作品很大影响的。关于这一点，笔者觉得可以从周大新阅读、评论外国小说的着眼点或兴奋点上得到印证。周大新特别关注外国小说的叙事方法、技巧、视角及情节结构方式等方面的特点。他说："《寒冬夜行人》……最新颖的地方是它的结构方式，这种方式到目前为止还从来没有人用过。"（《卡尔维诺的启示》）对于美国作家迈克尔·坎宁安的《丽影萍踪》，他说道："仅凭这一部小说他就赢得了我的尊敬——他为自己的小说搭建了一个精美无比的骨架。"（《骨架美了也诱人》）"我喜欢读《五号屠场》的另一个原因是他的叙述方法新颖独特。"（《对"人世"的又一种定义——读〈五号屠场〉》）"帕慕克多视角叙述故事的本领令我大开眼界。"（《站在欧亚两洲的连接处——读帕慕克的〈我的名字叫红〉》）"本哈德施林克在情爱故事里选择了一个新品种，又用了高明的技巧来讲述，让一个又一个的意外造成一波三折的效果，使我们读完书后心里久久不能平静下来。"（《情爱新品种——读〈朗读者〉》）从以上多篇文章的引述中，我们可以看到周大新与外国作家作品的共鸣点在哪里。这也是周大新小说创作易受其影响的地方。那么到底如何受到影响呢？当然还得结合周大新的相关小说来具体分析。

　　周大新小说特别重视叙事视角的选择，通过对第一人称视角和第三人称限知视角的选用，从而抛弃了传统的上帝式的无所不知的全知视角叙事。周大新的许多小说都采用第一人称"我"来讲故事，但又可细分为不同的情形。一种情形是"我"讲述他人的故事，"我"仅是故事的旁观者、转述者，如《泉涸》《牺牲》《乡村教师》等小说，就主要讲述"我"的哥哥、二嫂、同学等人的故事。另一种情况是"我"讲述自己的故事，"我"是故事的主角或主角之一，如《伏牛》《蝴蝶镇纪事》《烙画馆》等小说，就都讲述"我"的爱情故事。两种叙事方式中的"我"都主要指故事的叙述者而言，而非真实的作者周大新。周大新小说第一人称叙事，还有一种双重第一人称的叙事方式，如小说《溺》，正文部分是一个丑女人以第一人称"我"讲述自己不幸的婚恋故事，而其后的"附：一点说明"则告诉读者：正文这个故事是"我"在河边遇到一个老太太，是她讲给"我"的。这样小说就出现了两个"我"，前一个"我"既是故事的主角，也是她自己故事的讲述者。后一个"我"仅是前一个"我"的故事的发现者、转述者而已。长篇小说《战争传说》与此相类似，也有两个"我"，一个是搜集、抄录关于明中期"北京保卫战"传说故事的研究者"我"，另一个是讲述自己在战争中的间谍行为和不幸遭遇的瓦剌女人"我"。前一个"我"仅是一个故事的编辑者、转述者，而后一个"我"则是故事的主角，且作为主角的"我"的故事也是整个小说的主体部分。这种双重第一人称的叙事方式为什么要设置一个似乎无关紧要的外在的叙事者（转述者）"我"呢？这还要从第一人称叙事视角所产生的审美效果说起。

　　布斯曾说："说出一个故事是以第一人称或第三人称来讲述的，并没有告诉我们什么重要的东西，除非我们更精确一些，描述叙述者的特性如何与特殊的效果有关。"[①]　一般认为，采用第一人称叙事通常会让读者产生特别真实、亲切的感受，也会给整个叙事带来强烈的主观抒情色彩（通过自我心理描写、心理分析和插入抒情、议论等）。周大新那些以第一人称"我"讲述自己或他人故事的小说，在给人以真切的时

————————

①　W.C. 布斯：《小说修辞学》，华明等译，北京大学出版社 1987 年版，第 168 页。

代生活感受的同时，也大都弥漫着浓郁的主观抒情气息。由于第一人称叙事中"我"的权威性，读者很容易被"我"的遭遇或情感所打动、所左右，甚至失却自己独立的价值评判。周大新小说双重第一人称叙事方式中，那个外在的叙事者"我"的设置，也许是想拉开读者与主要人物故事的距离，起到一种"间离效果"的作用。或者更准确地说，是既想让读者随"我"（故事主角的"我"）一同进入"我"的故事中同经历、共悲喜，又想让读者随"我"（故事发现者、编辑者、转述者的"我"）一同仅从外面冷静观看这个故事。简单地说，就是既要入乎其内，又要出乎其外。这样读者才不会完全为故事主角"我"的命运与情绪所操控，从而更冷静赏析、评价主角的故事。《银饰》和《21大厦》等小说也是双重人称叙事——第一、三人称叙事，主体部分是第一人称"我"叙事，外在的叙事者却变成了"他"，是"他说"，但仍有异曲同工之效。看到第一人称叙事优长的同时，也应注意第一人称叙事的局限性，如"我"就不能叙述"我"视力不及的人物故事，也不能感知、描写他人的内心世界。

与第一人称视角叙事相类似，第三人称限知视角叙事也有它的视角局限性，但"第三人称有限视点通过限制叙述者对'我'字的使用而逃避语法人称的范畴；至于在话语类型方面，这一视点消除了议论，并于可能时以戏剧呈现代替叙述；它假装只进入一个人物的内心，并经常使用这个人物的视觉角度"，从而"能把第三人称叙述的方便之处与第一人称所保证的真实性结合起来"①。也就是说，第三人称限知视角叙事相比第一人称视角叙事，大大减少了它的主观化，而具有更多的客观性、戏剧性。第三人称限知视角叙事方式以它极大的兼容性和便利之处，赢得了近现代以来中外作家的广泛喜爱。第三人称限知视角叙事也就是从小说人物固定视角来感知、叙述故事。周大新的小说《武家祠堂》，就是以主要人物尚智的视角叙述故事的，只在结尾部分稍稍超离人物视角之外。小说《山凹凹里的一种乔木》，如果除去小说首尾简短的第一人称叙述和第三人称全知叙述，那么小说正文故事都是以主要人

---

① 华莱士·马丁：《当代叙事学》，伍晓明译，北京大学出版社 2005 年版，第 130—131 页。

物逐二北的限知视角叙述的。小说《银饰》与《山凹凹里的一种乔木》相类似，如果除去小说首尾的第一人称叙述，则小说正文故事就主要是以人物视角来叙述的。但与《山凹凹里的一种乔木》不同，《银饰》是多人物多视角叙事的，分别从郑少恒、吕道景、碧兰、吕敬仁、老银匠等人物视角感知叙述故事，从而合成整个故事及其发展线索。多人物视角叙事在整体上更像传统的第三人称全知视角叙事，具有更大的自由。不管是多人物视角叙事还是第一人称视角叙事，故事及其发展都限制在人物视线以内，人物的心理活动，也只限于视角人物自身，不能随便进入他人的内心世界，因此读这样的小说会给人以更真实的感受。

　　第一人称视角叙事，第三人称限知视角或小说人物视角叙事，使得故事的讲述显得更为真实可信、抒情化或戏剧化，这无疑可以引起读者的阅读兴趣。这是从叙事效果来说的。如果着眼于情节本身，正像美国学者华莱士·马丁所说："叙事视点不是作为一种传递情节给读者的附属物后加上去的，相反，在绝大多数现代叙事作品中，正是叙事视点创造了兴趣、冲突、悬念乃至情节本身。"① 也就是说，叙事视点往往决定情节的属性，决定情节的可读性。周大新的《银饰》《武家祠堂》《伏牛》《蝴蝶镇纪事》等小说，其情节发展中的冲突、悬念等，正由叙事视点而来。如《武家祠堂》中的情节冲突，不仅有外在的主人公与乡土传统势力、观念的冲突，还有主人公自己内心的事业心、尊严感与同情心、内疚感的冲突及情感的纠结，由于人物限知视角的设置，因而这后一种冲突不仅真实可信，而且更为深沉蕴藉，让主人公获得了读者广泛的同情。再如《银饰》中从南阳知府吕敬仁视角叙事的一节文字，其中写到吕敬仁及其夫人发现了是碧兰偷走了银子并与小银匠"鬼混"，但他并不让夫人惊动她，也不去"捉奸捉双"，还让夫人彻底忘掉这件事情，为什么？是爱惜声誉还是另有所谋？这就给情节发展造成了很大的悬念。当人物命运结局一一水落石出时，我们才看清了吕敬仁的真实面目：他是一个多么阴险毒辣的角色啊，他的所作所为对他的名字来说简直是莫大的讽刺！特定的叙事视角的选用，从故事的具体进展来说，确实给周大新小说带来了一波三折、引人入胜等情节艺术魅

---

　　① 华莱士·马丁：《当代叙事学》，伍晓明译，北京大学出版社 2005 年版，第128 页。

力，成为吸引读者的重要因素。

但是，第一人称叙事视角或小说人物叙事视角的选用，在带来小说情节的真实性、可读性的同时，也带来一些非情节性或反情节性的因素，如人物的心理描写、心理分析，插入的议论、抒情，多人称、多视角所引起的杂乱和迷惑，都会干扰、滞缓主要情节的正常发展。因此，对于周大新来说，"只有故事不是小说"，只有讲故事的视角、技巧，肯定也不是小说；小说要有故事，好的故事，要有讲故事的视角、技巧，好的视角、技巧，还要有鲜活的人物和丰厚的思想等，这才是他心目中完整的理想的小说。周大新小说由叙事视角而来的大量的心理描写和议论、抒情等文字，其目的显然在于人物刻画与主题表达，也就是说，周大新小说在某种程度上已经超越了单纯的讲故事，或仅靠故事性取胜。

周大新小说在叙事时间或情节叙述的先后次序上，主要采用传统的依序连贯的叙事方式，但也有个别篇章选取倒叙方式的，如《屠户》《铁锅》等作品。如果说《屠户》采用倒叙方式主要为了先声夺人制造悬念，引起读者的阅读兴趣的话，那么《铁锅》中倒叙的审美作用却不限于此，更在于通过现在时空的故事与过去时空的故事的对照，形成人生的戏剧性和沧桑感。后者在一定程度上显然超越了单纯的故事性。

在叙事结构上，周大新小说经常采用的是一种可称之为比照式结构方式。包括情节的对比、人物的对比、不同时空环境的对比（如历史与现实、现实与虚幻、中国与外国、城市与乡村等）、意象的对比，等等，这些因素综合起作用从而形成了周大新小说的叙事张力。这一叙事张力，既强化了小说的故事性，又以其丰富的思想情感指向超越了单纯的故事性。关于这一点，下文详加剖析。

三

周大新对小说的结构方式非常看重。他在谈论卡尔维诺的《寒冬夜行人》、迈克尔·坎宁安的《丽影萍踪》、冯内古特的《五号屠场》等外国小说时，特别注意到这些小说独特的结构方式及叙述方法。他也专门谈及了自己小说的结构："《湖光山色》里用五行来结构全篇，是考虑到人物命运和故事发展脉络正好是相生相克的情况。小说中的一个故事和另一个故事相生相克。《银饰》叙述的故事是清末民初的故事，当时记事的方法经常用子、丑、寅、卯……小说这样的结构是和传统的记事方式相对应。"① 谈及中篇小说与长篇小说的区别，周大新的一个着眼点就在小说结构上，他说："写中篇起笔可以随意，而写长篇小说则要求预先把框架搭好，搭结实，如果没搭好就开始填充建筑材料，由于所用材料太多，重量太大，很可能会把你的框架压得摇摇晃晃甚至塌掉。中篇小说虽然也要搭框架，但可以边搭边填充，而且随时可以调整。"② 谈及军事文学的创新，周大新提到了"创造新的叙事方式"，其中也包括小说的结构方式，他说："……不断创造出新的结构样式和叙述方法，不要让我们的作品总是采用全知全能的叙述视角和线性的故事讲述方式。"③ 不限于军事题材小说，周大新自己在小说创作中是如何打破传统的线性叙事方式的呢？我觉得主要在于周大新小说所采取的比照式结构方式。周大新的大部分小说都采用了这种结构方式，多少克服了传统的线性叙事的简单化倾向，超越了小说单纯讲故事的低级形态，而具有较为复杂的叙事艺术特色及由此带来的复杂的主题意蕴和审美感受。

周大新小说中有人物、故事的对比、对照，如《军界谋士》中邢植生与季浇粟、白可三个"军界谋士"品性、道德的对比，《小诊所》中岑子在杏儿哥诊所的现实故事与他回忆中的战场故事的对比（《白门坎》与此类似），《铜戟》中杜大川等当代军人故事（其中有多重人物对比关系）与抗日伤残老军人故事及坠子书中的杨家将故事的对比，《泉涸》中"我"哥土埂的故事与我们周姓祖先传说故事的对比，《左朱雀右白虎》中古楠、王涵夫妻发现、保护汉画像石刻的故事与汉画像石刻上的汉代年轻官人和民间美女的故事的对比，《走出盆地》中当代农村女孩邹艾的人生故事与天宫三仙女、地宫唐妮和阴府湍花三个神话故事的对比，《湖光山色》中当代农村村主任旷开田欺男霸女、忘乎所以的故事与古代楚王赟、前任村主任詹石磴欺男霸女、忘乎所以的故

---

① 李丹宇：《让世界充满温情和美好——作家周大新访谈》，《黄河》2007 年第 1 期。
② 周大新、石一龙：《飞离与栖落》，《青年文学》2001 年第 11 期。
③ 周大新：《我们会遇到什么》，江苏文艺出版社 2010 年版，第 158 页。

事的对比，等等。在所举作品中，不限于人物、故事的对比，也包含着战场与后方、城市与乡村、历史与现实等不同时空环境的对比，铜戟、泉水、盆地等特殊意象与主要人物故事的对比。尤其是人物、故事、环境、意象等要素相互比较中所隐含的不同思想观念的交流、交锋与张力，更是周大新小说意蕴丰富性产生之所在。

　　小说《小盆地》中，当热情、好客、淳朴的温家盆人，在外来者"我"的鼓动下有人起了竞争意识，想打破原来平静的生活状态时，温家盆人群起而反对，压灭了这种所谓"为利忘义"的作为，使生活又恢复到传统的样式。小说中温家盆人持有的平均、仁义、互利等传统观念与"我"具有的现代竞争意识形成了尖锐冲突，最后以"我"的失败离开而结束。对于温家盆人及其思想观念，小说似乎持一种批评的态度，批评其封闭、保守、落后，两千多年来从无变革，生活如死水一潭。小说前后插入了许多收音机节目内容片段，暗示的是一个日新月异正在发展的现代世界，在这个现代世界对照下，温家盆人就像生活在一个世外桃源中，温暖、平静、无欲无求，但一出地界，就像那出了盆子的金鱼，"一拿到盆子外边就不行了"。在现代生活方式和思想观念的影响、渗透下，温家盆人的生活方式还能维系多久呢？但是，收音机节目传达的信息是多方面的，也涉及人类逐利、自私的本性，人类的疾病、战争等，这样的世界与温家盆人的世界相比，显然后者更让人向往。这里需要特别注意疾病的隐喻。"我"和那些来自南阳、邓县、镇平、内乡等处的城里人，在外面那个现代、文明的世界身患疾病，都不得不到温家盆这个落后、偏僻的乡村来洗温泉治病，这是否隐喻着现代城市文明使身体到精神都产生了病变，甚至一病不起，只有乡土文化道德才是治愈这城市文明病的唯一良药？以此角度解读小说，则作者显然又是肯定、赞赏温家盆人的生活方式和思想观念的。综合来看，作者的态度是矛盾的，作品的意蕴是复杂的、丰富的。而作品复杂、丰富的意蕴，主要来自温家盆人的平均观念与"我"的竞争观念，温家盆山村的偏僻、落后与外面世界的快速发展，温家盆人悠久的历史传统与现实生活中的变革愿望，乡村的健康与城市的疾病等多重对比关系。其中主要是不同的文化环境及其中人的思想观念的对比。

　　周大新后来获得茅盾文学奖的长篇小说《湖光山色》，似乎仍延续着《小盆地》的创作思路，进一步思考在外来城市文化观念的渗透、影响下乡土文化传统的价值和路向。在乡村的贫穷、落后与田园风光，乡民的愚昧无知与纯朴、善良，外来商业开发的利与弊，看与被看，拯救与被拯救，权力压迫与抗争，历史与现实，宗教与世俗等多种对照中，表达的仍是矛盾的态度、复杂的思想。但相比《小盆地》，《湖光山色》中的作者则更贴近现实，他写到了传统的乡土社会在城市资本、观念侵入下不可避免的时代巨变。

乡土社会的变化有时并非由外来的城市人引起，而是起自其内部。具体来说，是由最早接受了现代思想观念的农村知识青年引起的。但这变化并非一帆风顺，而是遇到了父辈顽强、坚固的阻力，现代与传统的观念冲突因此构成了小说的主要情节。周大新的《泉涸》《人间》《武家祠堂》《紫雾》《怪火》《寨河》《走出盆地》等小说，就是如此结构的。此类描写代际冲突的小说，容易受社会进化论思想的影响，认为年轻的总是好的，终要胜过年老的。但周大新的小说，在传统与现代的参照对比下，往往传达出对于乡土传统爱恨交织、肯定与批判并存的复杂情感态度，表达了复杂的思想意味，超越了社会进化论的固定主题模式。如《泉涸》中，"我"哥土埂卖掉祖田开办家庭作坊，追求自己的人生理想，追求幸福的生活，这固然无可争议，但父辈、祖辈对土地的热爱也是情有可原，甚至更为悲壮感人的；在工业化的强势发展趋势下，祖辈世代耕种的土地沦丧，土地的诗意消失，也是让人伤感不已的事情。《怪火》里甚至让父亲的一把火，烧醒儿子富裕后的作恶之心，以此表明对年轻一代价值观的决绝的批判，也说明年轻人并非全好于父辈。另外，《武家祠堂》中尚智的内疚，表明压服他的传统的仁义观念并非一无是处；《寨河》中银月奶的忧虑、害怕也并非毫无意义，因为为富不仁不仅仅是存在于旧时代的故事，也是当前社会的普遍现象；《走出密林》既写了夫妻观念的冲突，也夹杂着写到父子观念冲突，相比之下，父亲比儿子更开明一些，最终接受了儿媳的新观念，放弃了传统的谋生技艺玩猴。周大新的《玉器行》《瓦解》等小说，所写并非乡村故事，但反映的仍是代际观念冲突。这些描写观念冲突的小说，有的意蕴单薄些，有的仍含有丰富的意蕴，如《瓦解》中的万正德，其灭绝人性固然值得批判，但作为一个爱儿女的父亲，不是也有值得同情的一面么？

与《小盆地》相类似，《现代生活》《21大厦》等小说也是主要描写城乡文化观念冲突的，但讲述的都是乡下人进城的故事。《现代生活》中随丈夫一起进城打工的乡村女人"我"，到城市女人尹姐家做奶妈，在"我"眼中，过着富裕生活的城市女人尹姐看起来心眼好，对"我"不错，但她其实虚伪、自私、算计。小说看起来是通过一个乡村女人的视角叙述一个城市女人的故事，城市女人尹姐当然是作品着力刻画的主要人物。但是，小说的叙事者"我"却不容忽视，"我"来自乡村，所代表的是乡土文化传统，虽然贫困，但善良、纯朴，看重夫妻、母子亲情，"我"对尹姐的观察，实则是"我"以传统的乡土道德观念作参考，来比照一个城市女人的"现代生活"。小说中的人物、观念的对比意味是很明显的，这也是作品让人深思的地方。《21大厦》因是长篇，生活容量更大，所以作品除主要描写了小保安"我"所代表的乡土传统观念与城市文化观念的冲突外，还写到了底层生活与所谓上流社会（21大厦的不同楼层可看作不同社会地位、身份的象征，地下二层与58层等显然是两种生活、两个社会）的对比，建立在欲望、利益基础上的爱情与纯真、浪漫的爱情的对比，历史（21大厦修建前的历史，人类居住的演变史等）与现实的对比，中国与外国的对比（主要是吴发硕与外国女上司的故事），等等，作品丰富的意蕴正由此而来。

周大新笔下的城乡对比，既是不同生活和文化空间的比较，也是不同时间节点的比较，因为农村往往是传统、过去的代表，相对地，城市是现代、未来的化身。周大新小说所表露的复杂意蕴、复杂情感，说明周大新并非是一个乐观的历史进化论者。他的《湖光山色》甚至要建设一种乡土乌托邦社会，更是逆当代城市化历史潮流而动的。除对历史发展持慎重态度外，周大新还对历史的循环重复耿耿于怀，这些共同构成了他的历史观的最核心部分。周大新在《漫说"故事"》一文中谈及他的小说《老辙》时，使用了"恶的循环"这个概念。其实他的《紫雾》《怪火》《旧道》《香魂女》《步出密林》《瓦解》《第二十幕》《湖光山色》等小说，其人物故事也可用"恶的循环"来解释。在或者用"人物命运的重复"来解释。在这些小说中，现实与历史（过去）往往纠缠不清，现实人物故事与历史（过去）人物故事因此形成一种时间的对照，如"我"家的怪火与民国三十五年春天地主郝大牙家的着火（《怪火》），环环的不幸婚姻与郜二嫂的不幸婚姻（《香魂女》），旷开田的欺男霸女、忘乎所以与楚王贲、前村主任詹石磴的欺男霸女、忘乎所以，等等。作者在人物故事的前后对照中，传达的是对历史的循环和重复的忧虑。有时，这种历史的反复给人以深深的无奈和绝望之感，如《旧道》中郑三桐夫妇的断绝子嗣，显然象征着未来希望的完全破灭，也是自我主动终结这种世代复仇的循环，从而走出历史的阴影。有时，人物在命运的相似中试图跳出历史的循环，如《香魂女》结尾郜二嫂对环环将心比心的体贴，也许预示着环环人生命运的转机，而《步出密林》结尾苟儿放掉了要猴用的五只猴子，既是旧的家族命运故事的终结，又是新的生产生活方式的开始。作者试图给予他笔下的人物以另一种有希望的人生道路或前途，从而打破历史循环或重复的宿命般的运行轨迹。但就小说所描写的那种生活形势来看，"恶的循环"不会永远终结，人物也不会像童话故事结束时那样"从此过上了幸福的生活"。作者对此是有清醒的意识的，如《湖光山色》的结尾，原来是青葱嫂利用船解体的机会，抱住旷开田与他同归于尽，但后来作者做了改动，改成现在的结尾，因为作者意识到"想凭借个人的力量来终结人间的丑恶也是不可能的"①。

如果说周大新对此类人物的现实—历史故事的叙述还有不足的话，则主要在于他对人的恶的积极的历史作用有所忽视。黑格尔曾提出恶是历史发展的动力的观点。恩格斯肯定了黑格尔的观点，他说："在黑格尔那里，恶是历史发展的动力借以表现出来的形式。这里有双重的意思，一方面，每一种新的进步都必然表现出对某一种神圣事物的亵渎，表现为对陈旧的、日渐衰亡的、但为习惯所崇奉的秩序的叛逆，另一方面，自从阶级对立产生以来，正是人的恶劣的情欲——贪欲和权势欲成了历史发展的杠杆，关于这方面，例如封建制度的和资产阶级的历史就是一个独一无二的持续不断的证明。"② 恩格斯还批判了费尔巴哈"没

---

① 周大新：《我们会遇到什么》，江苏文艺出版社 2010 年版，第 279 页。
② 恩格斯：《路德维希·费尔巴哈和德国古典哲学的终结》，《马克思恩格斯选集》第四卷，人民出版社 1972 年版，第 233 页。

有想到要研究道德上的恶所起的历史作用"。同样，我们也可以批评周大新没有想到要深刻地描写"道德上的恶所起的历史作用"，尽管他也不自觉地写到了费丙成、郑三桐等人的家业扩张对于发展地方经济的积极作用，稍稍自觉地写到了薛传薪代表的城市商业资本进入农村后对于农民的生活水平的提升和思想观念的转变的积极作用。人物道德上的恶的动机与积极的历史结果往往形不成对比，而人物道德上的恶与另一人物道德上的善往往形成对比，如曲蔓与郑三桐、与纪怀，暖暖与薛传薪、与旷开田等。因此，此类小说人物主要给人以善恶分明的感觉，甚至滑入善恶报应的旧有情节模式（如《湖光山色》），客观上简化了作品的审美意蕴。

四

论及周大新小说的结构方式，不能不注意到其中不断插入的风俗性意象或神秘性意象描写，与主要人物故事相对照，往往也形成一种象征，直接凸显作品的主题意蕴。

周大新喜欢在小说中描述某一风俗性意象，如《香魂女》中的小磨香油及其制作工艺，《玉器行》中的独山玉雕，《烙画馆》中的烙画，《左朱雀右白虎》中的汉画像石砖，《铁锅》中的麻山铁锅及其制作工艺，《步出密林》中的抓猴、驯猴、玩猴技艺，《银饰》中的银饰及其工艺，《第二十幕》中的丝绸及其制作工艺，等等。这些意象也可称作民俗意象。关于民俗，周大新说："每个人都生活在一定的地域里，每个地域的人都有自己的生活习俗，这种生活习俗就是民俗。民俗既是人生活方式的组成部分，也是影响人心灵的重要因素。小说家要表现人的生存方式，要展示人心灵深处的景观，不去触及民俗怕是很难完成这两项任务的。"① 可见周大新小说描写这些民俗事象或风俗性意象的主要目的是在写人，为表现人物、刻画人物服务。具体如何服务呢？首先是把人物放到他（她）所生活的特定风俗环境中来写，让人产生特别真实的感受。借用周大新的话说："这样写的好处就是让人物有生活的依托，给读者逼真的生活真实感。把人物放在非常具体的生活环境中，比

---

①　李丹宇：《让世界充满温情和美好》，《黄河》2007 年第 1 期。

如《银饰》中的银饰作坊，《香魂塘畔的香油坊》中的香油坊，具体的生活环境对人物性格有着非常深刻的影响。……人就是生活在历史的流程之中，生活在特定的环境中，各种各样的文化遗产都在人物身上发生作用。如果把这些剥去了，留下孤零零的一个人，那这个人肯定是不真实的。"① 另外，周大新笔下的风俗性意象往往具有象征意义，象征着人物的某一品性。比如《银饰》，其中多次写到银饰，周大新是这样解释的："我当时所以想到用‘银’这个符号，原因很多，首先是因为我小时候按我们豫西南乡下农家的传统，戴过银质的长命锁，戴那锁的目的是保证自己生命的安全，那个银闪闪的东西给我留下了深刻记忆；其次是我们南阳城里过去有不少银饰铺子，南阳的银饰曾非常出名，而且至今还有做银器的人；再就是我喜欢银白这种颜色，银白这种颜色不晃眼，柔和而美丽。在我的眼中，银这种金属首先很贵重，在我的故事发生时，它还是作为货币使用的。其次，它的延展性也好，可被塑造。再者，它的颜色很柔和，给人一种洁净的美感。我让它在我的小说中不停出现，是想提醒人们，世上还有比银子贵重的东西——人的感情和生命；是想告诉人们，碧兰、少恒和道景所追求的，是银白色的十分洁净的东西；是想向人们呼喊，书中那些年轻人的生活，原本也可以塑造成像银质饰物那样美的模样。"② 在周大新的解释中，银、银饰既与特定地域的风俗习惯或民俗技艺有关，也与人物的品性、追求相对应，具有丰富的象征意义。尤其是后一点，指明了这种风俗性意象描写，不仅烘托渲染出了一个真实的人物生活环境，而且具有更为重要的深化人物、凸显主题的艺术作用。银饰在小说中具有远远超出传统小说中单纯道具的作用，它所具有的丰富的艺术功效，使它成为作品不可或缺的重要组成部分。

对于《第二十幕》中不断写到的尚吉利丝绸，周大新也有过一个解释："1988 年，当我决定写长篇小说《第二十幕》时，韧性这两个字悄然走进了我的构思里。于是，我选择了一种很难扯断韧性颇大的物品——绸缎作为我叙述的道具；我把韧性这种东西，作为我虚构的人物

① 周大新：《我们会遇到什么》，江苏文艺出版社 2010 年版，第 256 页。
② 同上书，第 269 页。

展开活动的酵母；我让韧性在一场旷日持久的奔跑中，充分发挥它的兴奋药力。韧性或多或少地帮助我完成了此书，我因此对它怀着一份感激。"① 绸缎所具有的韧性，显然也是作品主人公尚达志所具有的最重要的性格特征。对于尚达志这个人物，周大新曾专门谈论过，他说："尚达志是我在《第二十幕》中着力描画的一个人物，我是怀着既爱又恨既钦佩又鄙视既尊重又轻蔑既想颂又想贬的很复杂的心情去写的。他的身上，既有中国男人最珍贵的东西，又有许多反人性的让人反感的东西。他是那种为一个既定人生目标活着的有惊人毅力的人，是那种为了长远目标随时准备低头退让甚至愿去受辱的人，是那种把家族荣誉和事业——实业成功视为一切的人。他是中国一个种类男人的代表，是中国文化发展到二十世纪的一个产物，是人生路上一个奇怪的跋涉者，是一个堪作标本的人。"② 周大新是把尚达志作为一个复杂性格、复杂人物去刻画的。尚达志身上不仅具有韧性等"中国男人最珍贵的东西"，而且还具有"许多反人性的让人反感的东西"，这些都属于周大新所说的"二十世纪的遗产"之列。但在清算之后，也许只有那种积极进取、百折不挠的韧性等品性最值得 21 世纪的我们保留下来。对照作品中的人物故事，作者的解说恰如其分，也揭示出了作品所要表达的主要思想。

周大新对丝绸、银饰、小磨香油、汉画像石刻、独山玉雕、烙画、玩猴等民俗事象或风俗性意象的关注与描写，显然得之于其故乡南阳民间文化的长期浸润和影响。上文周大新关于民俗的论说，不仅对周大新笔下的人物适用，对周大新自己也是适用的。除此而外，周大新小说中不时出现的神秘性意象，也来自南阳民间神秘文化的影响。周大新说："我出生和成长的邓州地界，古属楚国，离楚国的第一个首都丹阳很近，应该说从小就受楚文化的影响。我们那个地方，尚巫重卜的风气一直存在，我小时候，一有病，母亲就要拿几根筷子放在碗中，看筷子能不能站立在碗底，若能站立，就表明是有鬼魂来捣乱，就要祷告让鬼魂离开。一个生活在这种环境中的人，所写的小说有些神神怪怪的东西应

---

① 周大新：《历览多少事与人》，作家出版社 2005 年版，第 139 页。

② 周大新、石一龙：《飞离与栖落》，《青年文学》2001 年第 11 期。

该不足为奇。"① 作家把自己从小就经验过的神秘事象写入作品，就文学是生活的反映来说，确实是"不足为奇"，甚至是很自然的事情。

就具体作品来说，有人问到《泉涸》《紫雾》中反复出现的神秘东西是否具有象征意义，周大新回答说："《泉涸》中突然枯竭的泉水和神秘出现的黑天鹅，《紫雾》中不祥的紫雾，这些的确都有象征意义，至于象征什么，应该由读者去理解，不应该由我来多嘴。我在这里特别想就神秘问题说两句。我们讲科学并不就是否认神秘的存在，所有科学未达到的地方，其实就是神秘的地盘。我们生活中遇到的暂时不可解的神秘事情很多，这些当然应该进入我们的作品；另外，文学原本和神秘就有着紧密的关系，小说在某种意义上说就是制造神秘，写得越神秘才越有艺术魅力。"② 周大新不仅明确说明他的小说《泉涸》和《紫雾》中的神秘性意象具有象征意义，而且进一步指出"小说写得越神秘才越有艺术魅力"——他的潜台词是：他小说中对神秘性意象的描写是有意的艺术追求。除了《泉涸》《紫雾》两篇小说外，像《伏牛》中那些通人性的牛及其行为，《银饰》中人物睡梦中那只黑色的怪鸟，《左朱雀右白虎》中那两朵一红一黄、时隐时现的菊花，《第二十幕》中那个网格状的类似族徽的符号，《21大厦》中那只不时出现的黑雉鸟，《战争传说》中人物能闻见云彩上的香味，等等，所写都是比较神秘的事象。不用说，这些也都是周大新小说创作中有意追求的结果。

不管是神秘性意象还是风俗性意象，周大新都谈到它们在小说中具有象征意义。这是作者创作意图的自我阐发。其实，韦勒克与沃伦早就指出："一个'意象'可以被一次转换成一个隐喻，但如果它作为呈现与再现不断重复，那就变成了一个象征，甚至是一个象征（或者神话）系统的一部分。"③ 周大新小说中神秘性意象和风俗性意象的反复出现，必然形成一种象征，具有象征意义。这种象征意义直指作品的主题，成为作品丰富意蕴的一个重要组成部分。

周大新小说丰富的主题意蕴既来自生动曲折的人物故事的叙述，也

---

① 李丹宇：《让世界充满温情和美好》，《黄河》2007年第1期。

② 周大新、石一龙：《飞离与栖落》，《青年文学》2001年第11期。

③ 勒内·韦勒克、奥斯汀·沃伦：《文学理论》，刘象愚等译，江苏教育出版社2005年版，第214—215页。

来自具有象征意义的神秘性意象或风俗性意象的描写，二者有时也形成一种比照性关系。比如小说《银饰》，银、银饰所象征的纯洁、美好，与人物的爱情悲剧相比较，形成极大的反差，给读者造成强烈的艺术冲击，进而思考爱情、生命、生活的价值和意义，思考儒家传统文化道德的吃人本质。而小说中不时出现的那只黑色的怪鸟，显然暗示着危险、不幸、死亡等会随时降临在人物身上。值得注意的是，这只黑色怪鸟往往只出现在人物睡梦之中，这表明人物在意识或潜意识中是知道自己的所作所为会有危险甚至是致命的危险的。但人物置危险于不顾，而终于走向死亡的结局，这是人物（人类）主动反抗自己命运的悲剧，虽悲惨却壮美。再如《泉涸》中，一边是"我"哥土埂失恋、贩卖纽扣、卖祖田、办纽扣作坊的故事，一边是神秘出现、神秘消失的黑天鹅、汩汩流淌不息的地乳泉水及其突然枯竭，以及祖辈、父辈与土地的生死纠葛，二者穿插对比，形成一种叙事张力。如果说前者传达的是对实现个人价值、追求幸福生活的肯定，对发展工商业的时代趋势的肯定的话，那么后者则流露出对于地乳泉和黑天鹅所代表的土地的灵性与诗意消失的伤感。这是一种理性与情感的矛盾，内含着丰富的意味。小说结尾写到地乳泉水突然枯竭与工棚倒塌、建筑工人被砸，作者也许是想警告人们：工业化对土地不留情、不宽容、不心疼的"占领"（作品中建筑工人所听录音机歌曲的歌词），也许会造成两败俱伤的结果。

周大新小说中的象征性意象描写，人物、情节、时空环境等的对比、对照，以及对叙事视角的精心选用，这一切元素的有机结合，构成了周大新小说的整体风貌。周大新小说的魅力既在于其生动的故事性，也在于上述几种元素在有机结合过程中所形成的叙事张力。"张力"是英美新批评派学者艾伦·退特提出的一个概念。在《论诗的张力》（1937年）一文中，他说好诗具有某种共同的特点，它是整体效果，是意义构造的产物，它被退特称为"张力"。张力（tension）一词，是把逻辑术语"外延"（extension）和"内涵"（intension）去掉前缀而形成的。张力即指诗歌语言的内涵（暗示意义）与外延（词典意义）相互差异、对抗、作用而形成的诗的丰富意义及其整体审美效果。"在终极内涵和终极外延之间，我们沿着无限的线路在不同点上选择的意义，会依个人的'倾向'、'兴趣'或'方法'而有所不同。"因此一首具有张力的诗，其内含的诗意绝非单一，而是非常丰富的。"张力"这个概念后来被其他新批评派学者发展引申，成为诗歌内部矛盾因素对立统一现象的总称。如梵·奥康纳 1943 年发表的《张力与诗的结构》一文，认为张力存在于"诗的节奏与散文节奏之间；节奏的形式性与非形式性之间；个别与一般之间；具体与抽象之间；比喻，哪怕是最简单的比喻的两造（原文如此—引者）之间；反讽的两个组成部分之间；散文风格与诗歌风格之间"①。张力的概念被新批评派学者主要用来分析诗歌作品，但它后来被用于多种文学体裁的文本和文学文本的各个层面的研究，成为一个使用广泛的理论术语。这里借用这一概念来说明周大新小说中多种结构要素之间及每一结构要素内部各成分之间相互作用、共同形成其丰富意蕴的叙事艺术特点。

周大新小说的这一叙事艺术特点，也可借用巴赫金的小说理论加以说明。巴赫金在《陀思妥耶夫斯基诗学问题》一书中提出了著名的复调小说理论，又在《长篇小说的话语》一文中说："长篇小说作为一个整体，是一个多语体、杂语类和多声部的现象。""长篇小说是用艺术方法组织起来的社会性的杂语现象，偶尔还是多语种现象，又是个人独特的多声现象。……作者语言、叙述人语言、穿插的文体、人物语言——这都不过是杂语藉以进入小说的一些基本的布局结构统一体。其中每一个统一体都允许有多种社会的声音，而不同社会声音之间会有多种联系和关系（总是在某种程度上构成对话的联系和关系）。不同话语和不同语言之间存在这类特殊的联系和关系，主题通过不同语言和话语得以展开，主题可分解为社会杂语的涓涓细流，主题的对话化——这些便是小说修辞的基本特点。"② 从复调小说到话语杂多，巴赫金逐步建立起他的对话诗学的文化理论。巴赫金小说理论对我们最大的启示是，由人物、情节、叙述人、作者、文体等元素有机构成的作为"混合体"的小说，其主题是对话性的因而也是很丰富的。周大新小说主题意蕴的丰富性即来自其结构要素的多样性及其相互对话关系。周大新的《小盆地》《泉涸》《伏牛》《左朱雀右白虎》《走出盆地》等小说，是可以

---

① 参见赵毅衡编选《新批评文集》，百花文艺出版社 2001 年版，第 121 页。
② 巴赫金：《小说理论》，白春仁等译，河北教育出版社 1998 年版，第 39—41 页。

被看作巴赫金所谓的复调小说的。

　　周大新的小说《碎片》，写的是唐古拉山输油泵站上尉军官虞西鸣的故事，但他未像传统小说一样讲述一个线性发展的生动曲折的故事，而是不厌其详地分别叙述了上尉因心脏病突发猝死留下的下列遗物：日常用品；现金与存折；艺术品；书籍；照片；证件、证书；信件（共54封）；笔记本（共15本）；写成的文章六篇；诊断证明书（三份）；离婚协议书。上尉在笔记中说到地壳、地球文明、人的快乐、物体、物质、精神、人体、城堡、王国、历史卷宗、人类生活、人生、事物，等等，都是由碎片构成的或是碎片状态。其实这篇小说何尝不是由许多素材碎片所构成的？每一素材碎片都表现了上尉生活和思想性格的一个侧面，合起来共同刻画了一个立体的血肉丰满的当代军人形象，也共同反映了一个军人与后方社会互动所构成的立体的当代现实生活。但许多素材碎片各有含义，不同素材碎片在对话中合成一个有机的艺术整体时，素材碎片间也产生了一定的张力，从而形成作品丰富的思想意蕴。小说讲述的不仅仅是一个当代军人无私奉献的故事，也是一个当代中国人的"烦恼人生"故事，更是一个具有普遍意义的关于生活、人生的哲理故事。类似《碎片》这样的极端化结构方式，在周大新的小说中并不多见。但这一小说结构的思维方式，在周大新小说创作中却比比皆是。像《小盆地》《小诊所》《铜戟》《紫雾》《泉涸》《伏牛》《左朱雀右白虎》《走出盆地》《第二十幕》等小说，其中叙述者、人物、情节、意象等，皆可分别看作小说结构的素材碎片，也是一种巴赫金所谓的小说话语杂多现象。多种素材碎片或话语形成叙事张力，也形成了复杂幽微的含义。周大新小说的思想复杂性全由此而来。

五

　　不管是作为一种叙事语法功能，还是作为一个具有思想性格的独立个体，人物对于一部（篇）小说来说都是至关重要的。对于周大新小说来说，从后者的角度，即从传统小说人物观来观照、解读其中的人物，似乎更适合一些。因为周大新的小说基本上属于传统现实主义文学的范畴，他的小说也塑造了许多栩栩如生、个性鲜明的人物形象，其中一些人物称得上是"典型人物"。但是周大新小说中的人物往往与故事情节的形态、类型或模式有关，可看作一种情节功能型人物。如复仇故事与复仇者，归乡故事与归乡者，离乡（进城）故事与离乡（进城）者，爱情故事及其男女主人公，等等。这种人物，尽管各有个性，互有差别，但可看作是一种类型化人物，也是一种文学原型人物，因为这些让人联想到了中外古今作家作品及民间传说、故事、神话、史诗、说唱等作品中的类似人物。下面结合具体作品，对周大新小说中此类人物稍加分析。

周大新许多小说讲述的故事都可归结为复仇故事。最典型的如《旧道》，写郑三桐、纪怀两人各为父母家人向对方复仇，处心积虑、绵延不已，正是周大新所谓的"恶的循环"。除此之外，还有《人间》《紫雾》《老辙》《河里太阳》《伏牛》《启明星》《勒》《溺》《走出盆地》《第二十幕》《战争传说》《湖光山色》《预警》等小说，都程度不同地写到了人物的仇恨、复仇。其中有些复仇故事是与爱情故事纠缠在一起的，爱而恨，恨而爱，恩爱情仇，最是动人的因素，如《紫雾》《伏牛》等。因此，这些小说中的人物既是情爱者，亦是复仇者。也因此，周大新小说所讲复仇故事，因爱情失意、家恨、国仇等不同原因，可分为不同类型的复仇故事；有些复仇故事与其他类型的故事混杂在一起，成为比较复杂的故事。

在中国传统的复仇故事中，其主角多为男性人物，但周大新所讲述的复仇故事，其主人公却多为女性。像《伏牛》中的西兰、《启明星》中的二翠、《勒》中的"她"、《溺》中的"我"、《走出盆地》中的邹艾、《战争传说》中的瓦剌女人娜仁高娃等，每每让人想起古希腊神话传说和戏剧中的复仇女神和美狄亚等形象。像美狄亚等复仇者一样，周大新小说中的女性也大都是爱情的失意者，婚姻的不幸者。女性的婚恋悲剧看起来是由男性的情感背叛所造成的，但其根源主要还在于男权制社会，在于这一社会的政治、经济、文化制度。男权制社会给予男性许多机会、特权，但只给女性安排了一个处于劣势的弱者地位，一个附属的角色。在政治、经济、军事等重要的社会领域，少有女性的身影。现代女权运动兴起以来，这种状况大有改观，但对女性的歧视和不公从未消除。因此，女性对于男性的仇恨、报复，往往可看作是对整个男权制社会的反抗，对于男权制社会所安排的不公平命运的反抗。周大新小说中的女性复仇者亦可作如此观，如《伏牛》中的西兰，其对照进的报复，对莽莽的嫉恨，对大队长权力的向往，隐隐可见对男权制社会政治权力结构的反抗。再如《走出盆地》中的邹艾，当老四奶奶劝她"从今往后你自个可别再出头去办什么事，做官啦，学医啦，开诊所啦，办医院啦，连想都别去想！咱一个女人家，老老实实找个男人过日子是正事！人哪，都有个命，命里该你吃三升米，你想去吃一斗，能行？……"她并不服气，仍要与男人一较高低，并坚信自己最终会胜利。当老四奶奶说到男人是地上的土，女人是土中的草，女人既然是草就得忍受羊啃猪拱牛踩人割的命运时，她更是不服气，表达了她的抗争："女人不是草！男人要是土，女人就是水！没有水，土就会干裂成粉，就会被风吹走，就会寸草不生，就会毫无用处！要一定说女人是草，我就是那种蒺藜草，羊也不敢啃猪也不敢拱，牛也不敢踩人也不敢割！我凭啥任他们去折腾？"邹艾的抗争，显然具有反抗男权制社会的色彩。但周大新小说并未把邹艾、西兰等女性复仇者写成一个清醒、坚定的女性主义者，她们对男性和男权制社会的反抗，主要出于女性的情感本能。她们的反抗并不顾及某些女权主义者所倡导的"姐妹情谊"，而是伤害到了其他的善良女性。因此，与其说这些女性复仇者是坚定的男权反抗者，不如说她们是奋不顾身的个人幸福追求者。

在周大新笔下，有因爱生恨的复仇女性形象，也有以德报怨、极度宽容、善良的地母式的女性形象。像《铁锅》中的秋芋、《牺牲》中的秀妮、《走出密林》中的荀儿、《第二十幕》中的盛云纬、《湖光山色》中的暖暖等，都是此类传统的女性形象。鲁迅在《阿长与〈山海经〉》一文的结尾写道："仁厚黑暗的地母呵，愿在你怀里永安她的魂灵！"鲁迅笔下的长妈妈，其实就是一个地母式的女性形象。诗人艾青笔下的大堰河保姆也是一个地母式的女性形象。现当代文学作品中那些具有传统美德、极度善良、仁慈、生殖力旺盛的女性人物，基本上都可以归入地母式女性形象之列。这类女性形象当然是古代传统女性形象在现当代的延续或变形，往往是受肯定、赞美的一类人物形象。地母式的女性形象也是世界范围内普遍存在、历史悠久的一个文学、文化原型，最早可推源于古代神话故事中的大地女神形象。"在土地的丰饶与其妇女生殖能力之间存在统一性这种观念是一切农业社会的突出特征之一。"① 从中国神话中抟土造人的女娲形象中仍可看到原始的生殖崇拜的痕迹。但在后世中国社会中，人们更看重的是女性的品德而非生殖力。这些品德主要是勤劳、善良、温顺、慈爱、任劳任怨、忠贞不渝、尊老爱幼、心灵手巧等。但周大新小说中的地母式女性形象，除具有这些传统美德之外，更具有一种时代的新气质。具体来说，就是她们具有自主意识，顽强执着地追求自己的幸福和理想，这正是"文化大革命"后个人觉醒的新时代精神的体现。她们那种执着追求、九死无悔，巾帼不让须眉的精神，让男性汗颜。周大新小说也确实把这些女性与她们的丈夫、情人等男性加以对照描写，在对比中，男性往往鲁莽、轻率、平庸、无能、贪婪、自私、狠毒、病弱等，而女性则机智、勇敢、善良、多才、无私、宽容、慈爱、健美等，因此女性形象比男性形象更为突出，焕发出更为迷人的人性和艺术光辉。

周大新笔下的女性形象，不管是地母式的女性还是女性复仇者，多是人生幸福、理想的追寻者。周大新所讲述的那些离乡故事，那些逃离土地的故事，其主人公也多是人生幸福和理想的追寻者。其中也有女性，如汉家女、荀儿、郜二嫂、暖暖、邹艾等。这里且看一些男性人物，如《人间》中的邹尚毅，《武家祠堂》中的尚智，《小诊所》中的岑子和杏儿哥，《泉涸》中的土埂，《紫雾》中的周素，《老辙》中的费丙成，《家族》中的周氏兄弟，《伏牛》中的照进，《香魂女》中的金海，《铁锅》中的郝祖宛，《山凹凹里的一种乔木》中的逯二北，《金色的麦田》中的"我"（小豆），《21 大厦》中的小保安，《湖光山色》中的旷开田等，他们共同构成"逃离土地"的新一代农民形象。周大新曾在一篇访谈中说："在今天中国农村的年轻一代人中，的确有'逃离土地'的现象。谁都知道，干农活是又苦又累的，种田的收入很低，农村的生活又闭塞又单调，所以许多农村年轻人便都把离开土地到城镇生活作为自己的奋斗目标。这是一种符合人性本能的选择，也是中国现代化进程的一种要求。但人是离不开土地养育的，人对土地的厌弃和背

---

① 米尔恰·伊利亚德：《神圣的存在：比较宗教的范型》，晏可佳等译，广西师范大学出版社 2008 年版，第 245 页。

离，造成农田的荒芜和被侵占，是会遭到惩罚的。逃离土地不是人类处理自己与土地关系的正确办法。我一方面认为年轻农民们应该逃离土地，对他们的举动充满深切的同情并给予鼓励；另一方面又对这种逃离的后果充满忧虑。不离开土地很难有好生活，逃离土地也可能会带来更坏的生活，农民们的这种两难处境也使我的内心处于两难的惶惑之中，我的一些小说便是在这样的心态下写出的。小说并没有去刻意反映什么，只是想去表现现阶段中国农民的命运，那其实也是人类的命运：不停地去寻找好东西，也不断地把手上的好东西扔掉。谁知道前边路的尽头等待人类的究竟是什么？"① 在同一篇访谈中，周大新谈到他的小说《走出盆地》和《21 大厦》，其主人公都不甘于现状而"逃离土地"，勇敢寻找属于自己的幸福生活，这种"走出"或"飞离"，是人生一种基本的生存状态。访谈中，周大新强调的是所讲故事的人生或人类普遍性。但他那些"逃离土地"的故事、"寻找幸福"的故事，却无疑打上了浓重的当代中国的时代烙印，甚至打上了鲜明的故乡南阳盆地的地域烙印。有人曾指出周大新盆地小说创作的两大母题："盆地"和"走出盆地"，前者象征着盆地人的生存状态，后者象征着盆地人生存的奋斗；南阳盆地人的命运也是中华民族的命运。② 因此，周大新笔下追寻者的故事，既是一个世界性的文学原型故事，更是一个中国本土的现实故事。当然，从另一个角度说，周大新小说不仅仅表现了中国当代年轻农民对土地的逃离，更写出了人类普遍的生存状态，即人类对于现状的永不满足，进而对于幸福、理想的追寻。

这些追寻或寻找幸福的青年农民形象，在新时期以来的中国当代小说史上人数众多，构成了一个形象系列。这些形象既含有当代中国人普遍的生活经验，又包含着作家自身独特的人生体验，因而分外生动感人。创造这些形象的不管是"城籍农裔"作家，还是"农民军人"作家，皆出身于农村。从农村到城市或军营，这些作家都有着刻骨难忘的"逃离土地"的人生经验。所以，当他们拿起笔来讲述那些"逃离土地"的故事、那些农村青年追求人生幸福和理想的故事时，其人生经

① 周大新、石一龙：《飞离与栖落》，《青年文学》2001 年第 11 期。
② 参见胡平《神话的复归——周大新盆地小说原型分析》，《文学评论》1994 年第5 期。

验不可能不或多或少、或隐或显地渗入笔下的人物故事之中。他们的故事往往带有自叙传的色彩。由于作家自身人生经历、情感的注入，其笔下"逃离土地"的故事才讲述得那么曲折动人，那些青年农民追求者形象才被刻画得那么鲜明、生动、饱满、深情，具有迷人的艺术魅力。但正像朱向前对阎连科《中士还乡》等小说的论析："对传统道德伦理观的反叛和认同，就构成了阎连科农民军人主题全部创作的最大悖论。"①这种悖论，既是作家笔下农民军人的矛盾，也是作为农民军人的作家自身的矛盾。另一些"城籍农裔"作家的创作中也存在类似问题。如路遥小说《人生》中，农村青年高加林最终的人生归宿，对他的道德谴责和对刘巧珍身上所具有的传统美德的赞美，显然暗示着对传统道德观念的认同。

　　就周大新来说，其笔下的农民军人形象，"逃离土地"的青年农民形象，大多数是乡土传统坚定的反叛者，但某些作品中仍能见出作者价值判断的犹疑和困惑。如《泉涸》中"我"哥弃农经商，自有其生活合理性，但作品中"我"爹、桑叶田、地乳泉和神秘的黑天鹅共同象征的乡土传统世界并非一无是处、毫无价值，在二者的尖锐冲突中，作者的价值天平似乎是偏向后者的。而在《湖光山色》中，作者甚至逆城市化的时代大潮而动，让女主人公由城返乡开拓自己的人生事业，并对"田园风光"等乡土传统价值给予了充分肯定。在这些作品中，作者的价值困惑并不体现在某一单个人物身上，而常常是由一组相互对照式的人物反映出来的，如《泉涸》中的"我"哥与"我"爹，《湖光山色》中的暖暖与旷开田，分别呈现了乡土传统更新发展的合理性、可能性，及与工商业和旅游业所代表的现代城市文化价值观念的矛盾冲突。因此，周大新小说中的人物往往是单纯的，但作品的整体意蕴却是丰富的、复杂的，引人深思，耐人寻味。

　　总之，周大新小说中的人物及其故事、人物故事所蕴含的思想观念，这些是水乳交融在一起的，是密不可分的。周大新小说在表面上是侧重于讲故事的，故事性很强，但它经常能超越故事性，达到一个比较高远的艺术境界。一方面，周大新小说通过生动曲折的故事给读者提供

----

① 朱向前：《军旅文学史论》，东方出版社1998年版，第177页。

了丰富的思想启迪；另一方面，通过动人故事的讲述，它也成功地刻画了许多性格鲜明的人物形象。即使是单纯讲故事，周大新小说也超越了传统小说的艺术法则，而在叙事方式上具有一定的现代性。因此，我们所说的周大新小说对故事性的超越，既指其人物形象的鲜明、突出，思想的深刻、丰富，也指其叙事方式的现代性而非传统性。

第三节 《湖光山色》中的民间传说及其意义

对于作家文学来说，民间文学不仅是艺术母体，还是创作源泉。像周大新这样土生土长的中国当代作家，更是注意采撷从土地上生长出来的丰茂的民间文学之花叶，以嫁接，以装扮，进而完成自我文学形象的塑造。也许都是出于土地、乡村的缘故吧，中国乡土作家对民间文学有一种本能的类似血缘关系的亲近。从一定意义上说，是民间文学滋养、生成了中国乡土文学这棵大树。许多当代乡土作家都谈到了民间文学对自己创作的影响。周大新在《漫谈"故事"》一文中曾说：他的故乡南阳邓县，是"一个生产故事的地方""差不多人人的肚里，都装着一串一串的故事"；他在童年、少年时代，从故乡父老乡亲口中听到了许多"景物故事""动物故事""鬼怪故事""历史故事"和"荤故事"，正是这些民间故事养育他成为一个小说家。作家对民间文学的利用，或者民间文学对作家创作的影响，其方式是因人而异的。就周大新来说，其小说强烈的故事性显然得之于民间传说、故事等叙事性文体特点的潜移默化。周大新小说与民间文学、文化的关系是一个很大的题目。下面仅就周大新获得第七届茅盾文学奖的长篇小说《湖光山色》如何利用民间传说，及民间传说对作品人物塑造和主题表达的意义，作一窥斑见豹式的论析。

一

《湖光山色》中的民间传说，主要有两类：一类是史事传说，如关于楚长城、楚王赏、屈原等的传说故事；一类是地方风物传说，如丹湖的神奇烟雾或迷魂区的传说故事。据作者说，前一类关于楚国的史事传说，"星散在故乡的村落、山坡、湖畔和田垄里。在我懂事后，这些传说开始断断续续零碎地进入我的耳朵，像鄢陵之战，丹淅之战，像楚秦联姻，像怀王赴赵，它们部分地满足了我了解历史的兴趣，在不觉间给了我精神上的滋养"；而后一类关于地方风物的传说故事，丹湖及其神奇烟雾都出自作者的虚构，尽管丹湖"脱胎于故乡的一座巨大水库"①。既然丹湖及其神奇烟雾是虚构的，那么附着其上的传说故事似乎更是编造出来的。但其实不然，只要看一看那些解释性的传说故事，不管是龙王女儿生火做饭的炊烟、丹湖湖神显现真身的护身之物，还是楚军作怪的冤魂、阎王释放的幽灵，其故事，其人物或角色，仍是民间文学中常见的母题和原型。因此，关于丹湖神奇烟雾的传说故事说到底仍来自民间文学，而非作者完全的虚构。在这里，笔者并非要考证《湖光山色》中的传说故事是否真正来自民众，而是想要说明：民间文学对作家周大新的影响也许是无所不在且潜移默化的；同时，像其他当代作家一样，周大新对民间文学的利用，主要是一种创化性运用，而非简单的直录照搬。

关于后一点，且看作品是如何叙述这些民间传说故事的。关于屈原的历史传说出现在作品多处，但大多零碎、简约。较详细的一次叙述是作品中人物九鼎向大家解释端午节习俗所讲的屈原故事，但也因主人公暖暖刚落草儿子的哭声而打断未讲完。关于楚长城，因为学术界还有争论，所以作品中的叙述介于历史事实和虚构故事之间，而且其叙述也极其简略。作品中叙述比较详细、完整的是楚王赘的两个故事。一是谭老伯编的楚王赘迁都告别母亲故里祭祀的故事，而这故事的源头仍来自民间传说——据民间传说，楚王赘是其父亲与一个民女所生的儿子。另一个仍是谭老伯讲的，却真正来自一本民间传说书上的导致楚王赘迁都的故事，一个忘乎所以的故事。关于丹湖神奇烟雾的地方风物传说，如上所述，本来都可以大书特书的，但作品中实际叙述也是三言两语、一笔带过。作者为什么采用这样一种详略有别、以略为主的民间传说叙事方式呢？因为作者明白，只有故事还不是小说，"故事是思想寓意的载体，是人物成活的依据，是引诱读者阅读的香料，是展览语言才能的舞台"②。也就是说，故事对于小说来说确实很重要，但其重要性也许只

---

① 周大新：《〈湖光山色〉的写作背景》，《语文教学与研究》2009 年第 21 期。

② 周大新、石一龙：《飞离与栖落》，《青年文学》2001 年第 11 期。

限于工具性层面，作家讲述故事的目的在于表达思想、塑造人物等。作者说的当然不限于民间故事，但民间传说一类故事也应包括在内。因此，在《湖光山色》中，作者对民间传说故事的叙述，是与作品的人物塑造、思想表达等密切联系在一起的，是为其服务的。出于这样的文学观念、创作目的或意图，作品中的民间传说叙述或略或详，不一而足。

具体来说，作品对地方风物传说和屈原等历史传说的简述，其主要目的在于氛围烘托，即通过对民间传说故事的引述，渲染、展现乡民的生活文化环境，作为人物故事展开的物质基础和心理依据。这种形式的氛围烘托，也容易形成作品鲜明的地方色彩。而作品对楚王赘传说故事的详述，其目的却似乎不限于此。当代民俗学者陈勤建在其《文艺民俗学》一书中考察了民间文艺在作家文学创作中的重建情况，提出了四种模式，除上文论及的"氛围烘托"外，还有"衍生复写""综合组建"和"对应错位"。《湖光山色》中现实人物旷开田的故事，与作品所讲述的楚王赘的历史传说，形成"对应错位"这一对民间文艺的重构模式。"对应"或"错位"，在于作家文学与被利用的民间文艺在结构意蕴上是相契合还是相背离。旷开田与楚王赘，其故事在结构意蕴上正与"对应错位"重构模式相符合。通过这种重构模式的建构，《湖光山色》的人物故事间形成一种对比关系，并把两种不同的历史时空组接在一起，从而为读者提供了味之无尽的形式意味和想象空间。这也许正是作者想要达致的审美效果。

《湖光山色》中的民间传说故事，尽管不能独立存在，只是作者塑造人物、表达思想的"依据"和"载体"，但其本身仍具有迷人的魅力，既是"引诱读者的香料"，也是帮助读者认识历史、社会、人生的教科书。仅就其器物性、工具性层面来说，由于这些民间传说在作品中反复出现而成为一种"有意味的形式"，具有丰富的含义。

二

韦勒克和沃伦在其《文学理论》一书中曾说："一个'意象'可以被一次转换成一个隐喻，但如果它作为呈现与再现不断重复，那就变成了一个象征，甚至是一个象征（或者神话）系统的一部分。"① 《湖光山色》中丹湖神奇烟雾及其风物传说，楚王赘史事传说，在作品中多次出现，如果把它们看作一种"意象"的话，那么显然已变成了象征性意象，具有一定的象征寓意。

就丹湖神奇烟雾及其风物传说来说，其寓意较为明显，显然是人类欲望的象征。这一传说故事中的人物或角色，如龙王的女儿、丹湖湖神、楚军冤魂、阎王、幽灵等，都来自另一个世界，或水下，或地下，也许暗示了人类埋藏于心底的幽深、神秘的潜意识欲望。传说中那神奇的烟雾，似乎是通向人类潜意识欲望的通道，或者是显现人类深层欲望的镜像。

而对楚王赘来说，其身上的传说故事主要有两个，因此具有不同的象征意义。一是楚王赘迁都告别母亲故里祭祀的故事，这故事原来是说明楚王赘不忘故里、亲人的离别之情的，但随着这一历史故事在现实生活中的反复表演，却具有了一种反讽的意味，因为饰演楚王赘的旷开田已彻底忘记了自己的故里和亲人，失去人之常情和本性，徒然沦为王权的奴隶，或者说准确一点，被政治权力异化为非人。另一个楚王赘的故事是一个忘乎所以的故事，表现楚王赘的荒淫、无耻、残忍。如果联系谭老伯讲述这一民间故事的上下文语境，那么旷开田与楚王赘仍是有关系的，因为旷开田的所作所为，也有荒淫、无耻、残忍等特点，正是忘乎所以。关于楚王赘的两个故事，表现了同一历史人物不同的性格侧面。这是可能的，因为人性本来就是复杂的。两个楚王赘的故事，都与现实生活中人物旷开田有关系，旷开田显然是历史人物楚王赘在当代现实中的复活。这当然不是因为旷开田在故事表演中逐渐地神似楚王赘，而是因为旷开田不仅多次说他是楚王庄一村之王，而且在村中横行霸道、为所欲为，成为真正的"村王"。由一个朴实、本分、勤劳的农村小伙子转变成为忘乎所以的"村王"，我们在感叹政治权力对人异化的同时，也不能不迷惘于人性的复杂性。

从人物塑造的角度说，楚王赘与旷开田是一对互补型人物，甚至也

---

① 勒内·韦勒克、奥斯汀·沃伦：《文学理论》，刘象愚等译，江西教育出版社 2005 年版，第 214—215 页。

可以说是同一个人物在不同历史时空的两个化身。但作品讲述的主要是一个当代现实中的故事，作为历史人物的楚王赟毕竟不是作品着力塑造的人物，尽管如此，他的存在，为现实人物旷开田增加了丰厚的历史内涵。也就是说，旷开田这一人物的性格发展、人性变异，除了要从现实生活中找原因外，还得从历史深处去寻找历史的基因。这种历史基因说明确一些，就是政治制度、文化心理等方面的原因。还是作品中人物谭老伯说得好："开田的所作所为，依我看叫忘乎所以；这世上能叫人忘乎所以的东西很多，其中最厉害的就是权力……我是研究历史的，我知道中国历朝历代有多少因权力而忘乎所以的人，也知道有多少人想对权力加以制约。但要制约权力，谈何容易，它首先需要执掌权力的人有一种超越世俗利益的眼光，自愿制定一些包括限制自己手中权力的制度……"谭老伯所说，也正是作者对中国现实政治与历史文化进行的思考。这是作者借助作品中人物之口直接表达的忧思之情，更多的忧思却通过生动的故事叙述间接暗示出来。比如旷开田的权力异化，与他长期所受权力压迫、剥削的关系，与他生活的乡土社会中人们普遍的物质、精神贫困和权力崇拜心理的关系，等等，在包括旷开田在内的多个人物的故事叙述中，我们可以感受到作者深沉的思考。正像阿Q是未庄这个具有强烈象征性的特定环境的产儿一样，旷开田也是楚王庄这个具有象征性的乡土环境的产儿。旷开田当然不是阿Q，但显然都是乡土中国的文化畸形儿。楚王赟也是这样的文化畸形儿。作为遗传了楚王赟历史基因的后代，旷开田这一人物形象内涵因此大为丰富了，逐渐成长为一个既具有鲜明个性又具有历史普遍性的典型人物。这应该是《湖光山色》的主要成就之一。

三

《湖光山色》通过对史事传说和地方风物传说两类民间传说故事的叙述，一方面深化了人物形象塑造，另一方面表达了作者对人性、权力政治和历史文化的思考，这无疑加重了作品的思想分量。但是，民间传说在作品中还有更为重要的意义。作品中，民间传说等民间文艺、民间风俗及其所赖以生存的乡土环境一起构成了乡土民间文化与世界的整体面貌。作品中，旅游项目开发经理薛传薪提出了一个概念：田园风光，可以用来指代这一乡土民间文化与世界的整体面貌，因为他所说的田园风光不限于乡土自然景观，还包括乡土人文精神因素。作品中，薛传薪这一人物那种居高临下、唯利是图、有恃无恐等表现，当然既为作品中暖暖等人物所不喜，也为作者所批判。但他的高谈阔论中确实也有作者自己对中国乡土农村发展的思考。农村因田园风光具有被看的价值，从而发展旅游产业，而发展旅游产业又给农村社会带来诸多经济的、道德的、文化的难题，那么农村经济社会发展应何去何从？在作品所叙述的楚王庄发展旅游业的主要情节中，作者对包括民间传说在内的整个乡土田园风光的价值和意义似乎多有思考。

首先，针对当前城市化发展的历史趋势，作者思考了乡土农村的前途命运。作者曾谈到创作《湖光山色》的缘起："中国的城市化还在不事声张地进行，……农民的日子过得艰难，人们渴望离开乡村，世世代代的生存之地变成了极想抛弃之处，其外部和内部的缘由究竟有哪些？和农民涌进城市这股潮流并起的另外两个现象，是大批城市人在节假日里向一些乡村和小镇涌去，是一些城市资本开始向乡村流去，这反向流动的两股人流和反常的资本流动，在告诉我们什么？会带来啥样的结果？这一个个问号一个时期以来，一直在我的眼下，这个住在城市里的农民儿子的脑袋里翻腾，它们促使我去思考，《湖光山色》便是这种思考的一个小小的果实。"① 如果说城市化是当今中国社会发展的大趋势的话，那么作者似乎有一种逆历史潮流而动的思想。这不仅表现在作者看到了与城市化逆向发展的社会潮流，而且还在他的作品中刻意设计了主人公暖暖从大城市回到农村家乡谋求人生事业发展的情节。通过暖暖的事业发展的故事，作者也许想说明：农村青年不必非要进城，在自己家乡也可以大展身手，实现自我的人生价值。这里需要注意的是，暖暖是以具有被看价值，也即旅游价值的田园风光发展她的事业的。暖暖事业成功的故事也许并不具有普遍意义，但田园风光确实是农村区别于城市的独特之处。正像作品中人物薛传薪所说："全中国大小城市的建设正在趋向千篇一律，……而农村因为其变化太慢反而保留了自己的独特韵味……"农村的"独特韵味"应该是同一人物在作品前文中所说的

---

① 周大新：《〈湖光山色〉的写作背景》，《语文教学与研究》2009 年第 21 期。

田园风光。借助作品中人物之口，作者对农村的独特韵味或田园风光的强调，以及在作品结尾刻意描写的并非仅仅取悦于读者的正义战胜邪恶的故事结局，似乎都在说明作者对乡土社会经济发展道路的一种设计。这也许是一种带有理想色彩的乌托邦设计，但不是没有这种历史可能性。

另外，从文化精神上说，田园风光中的民间传说故事等内容，既是形成乡土文化精神的重要因素，也是乡土文化精神的具体体现。如旷开田在表演楚王赘的传说故事时，逐渐从富有人情人性蜕变为没有人性、忘乎所以，像楚王赘一样，他也遭到了村人和家人众叛亲离的待遇，甚至差点为青葱嫂所溺杀。而遭到旷开田背叛、欺压、打击的暖暖，尽管人们对掌权的旷开田无可奈何，但却同情、帮助善良的暖暖，甚至曾经欺侮、伤害过暖暖的下台的村支书詹石磴，也来看望被旷开田打伤的暖暖。这种乡土社会朴素的善恶观、是非观，其实在楚王赘和屈原的传说故事中就已经存在了，深入乡民的集体无意识，形成乡土道德传统。这种道德情感倾向以及小说结尾所表露的善恶报应思想，既是作者思想倾向性的所在，也是作品具有"暖意"的重要根源。这种乡土道德观念，无疑构成了田园风光中最深层次的精神内涵，以区别于城市文化特征，并可作为商品经济发展中人性迷狂的解毒剂。

新世纪以来，在作家们纷纷描绘中国农村分崩离析的图景，讲述农民进城的故事，大唱乡土挽歌或城市悲歌的时候，周大新却以他的《湖光山色》独自肯定、凸显乡村的价值。在他的作品中，乡村不仅具有迷人的田园风光，而且逐渐成为人们——离乡的农民和城市人的精神家园。作为建构这一精神家园的要素之一的乡土民间传说故事，其重要意义正在于这一精神建构的过程之中。

第六章

新时期湖北汉味小说

第一节 文学都市与汉味小说中的城市景观

中国现代都市文学，由于受城市化整体发展水平的限制，受新中国成立后主流意识形态的制约，其创作一直比较薄弱。当然，这也是强势的乡土文学或农村题材创作反衬的结果。但是，都市文学创作自有其传统，也取得了许多成就。20世纪90年代以来，随着中国社会城市化的迅猛发展，都市文学创作的同步跟进和研究的逐步深入，作为文学都市形象，一些各具魅力的中国现代大都市纷纷展现在读者面前。如海派作家和海派新传人笔下的上海，京味文学中的北京，抗战文学中的重庆，冯骥才、林希笔下的天津，陆文夫、范小青笔下的苏州，叶兆言笔下的南京，贾平凹小说中的西安，等等。本章要讨论的当代汉味小说，以描写华中第一大城市武汉而著名。

汉味小说，是当代学者樊星提出的一个概念，用来指称那些"以具有浓郁的武汉地方风味的文学语言描绘武汉风土人情的小说"①。汉味小说的代表作家是武汉的两位女作家：池莉和方方。需要注意的是，她们的小说并非全是汉味小说，只有那些讲述武汉人的故事、武汉地方色彩比较浓郁的小说才可算作汉味小说。作为"当代地域文化小说、当代城市文学总格局中颇具特色的一个组成部分"，汉味小说给我们展现了怎样的武汉城与人的"特色"呢？作家又是如何描写这一特色的？

---

① 樊星：《当代文学与地域文化》，华中师范大学出版社1997年版，第242页。

下面仅从汉味小说所描绘的武汉城市景观入手，考察作家是如何借此文学景观，既表现了武汉城与人的性格特征，也表现了作家自己的人生感悟和艺术追求。

一

"文学景观"是近年来国内新兴的文学地理学的一个核心概念。曾大兴先生对此概念作了专门研究，他说："所谓文学景观，就是指那些与文学密切相关的景观，它属于景观的一种，却又比普通的景观多一层文学的色彩，多一份文学的内涵。"文学景观就其源头讲可分为虚拟景观和实体景观两种。"所谓虚拟景观，就是文学家在文学作品中描写的景观，……大凡能够让文学作品中的人物看得见、摸得着，具有可视性和形象性，又能让读者觉得具有某种观赏价值、审美价值和文化价值的景或物，都可以称为虚拟景观。""所谓实体景观，就是文学家留下的景观，……大凡在现实生活中看得见、摸得着，与文学家的生活、学习、工作、写作、文学活动密切相关的，具有一定的观赏价值、审美价值与文化内涵的景观，都可以称为实体景观。"① 曾先生关于文学景观的界定和分类给人很多有益的启发，但笔者更倾向于把他的"虚拟景观"解说作为"文学景观"的定义，因为文学景观毕竟是文学的而非文学家的景观。文学景观最根本的属性应是它的虚拟性、虚构性。文学是人学。依据文学，主要是小说中景观与人物的远近亲疏关系，可把景观大致分为两大类：一类主要是作为人物故事背景出现的人物所在地域景观，也可称为人物背景景观；另一类主要是与人物性格、命运密切相关的人物日常生活景观，也可称为人物切身景观。

汉味小说主要讲述武汉人的故事，其中有大量描写人物所在地域武汉城市景观的文字段落。池莉创作于新世纪之初的长篇小说《水与火的缠绵》，有一段类似茅盾《子夜》的开头，描绘的是 80 年代初武汉的城市景观。在这幅混响着巨大声音、涂抹着浓厚油彩的城市风景画中，有灰色天空中的一架小小的飞机、武汉南湖机场、京广线上又长又粗、呼啸而来的一列火车、长江大桥、蜿蜒的蛇山、武昌火车南站、江

---

① 曾大兴：《文学地理学研究》，商务印书馆 2012 年版，第 118—119 页。

面上鸣着汽笛的轮船、武汉钢铁公司吐着浓烟的烟囱群、石油化学总公司吐着火焰的烟囱等具体景象。小说写道：这就是女主人公"曾芒芒的出身之地和生长之地——城市"。其实更准确的说法应是武汉市，因为上文所提具体景象许多都是武汉特有的。池莉发表于2011年的中篇小说《她的城》，则描绘了新世纪的武汉城市景观。它写蜜姐的擦鞋店："位于中山大道最繁华的水塔街片区，联保里打头第一家，舰头门面，分开两边的大街，横街是汉江一路，纵街是前进五路，两条街道都热闹非凡。江汉一路上有璇宫饭店和中心百货商场，都是解放前过来的老建筑，老建筑总是有一副贵族气派的。前进五路路口就是大汉口，大汉口院子里，清朝光绪十二年聘英国人设计修筑的水塔，一袭紫红，稳稳矗立，地基五六层，六楼顶上有钟楼，真是怎么看怎么好看。……"其中提到的中山大道、联保里、江汉一路、璇宫饭店、江汉关钟楼等，大都是武汉著名的街区和地标式建筑。

　　如果说《她的城》和《水与火的缠绵》所描绘、展示的武汉城市景观还稍嫌静止、单一的话，那么池莉发表于1987年的著名小说《烦恼人生》则提供了一幅连续的城市动态画面。追随小说男主人公印家厚上下班的足迹，读者粗粗领略了武汉城市一些独特的"风景"：排队使用的公共卫生间、厕所，上班拥挤的公共汽车，一江大水的长江，太阳升起时的轮渡，马路边的餐馆及其武汉特产热干面，武钢的幼儿园、车间、食堂、副食商店，下班时的车流、人流，下班拥挤的公交车，夕阳下的轮渡，彩灯勾勒下的长江大桥，温馨的、将要拆迁的家。这是一个普通的武钢工人足迹所到之处所展示出来的武汉城市景观。其中有与人物日常生活密切相关的城市景观，也有与人物关系不大，仅可作为人物背景的城市景观，如长江、长江大桥等。这些人物背景景观，往往是武汉城市特有的地标式景观。

　　方方小说中也有对武汉城市独特景观的描写。长篇小说《落日》开头写祖母孙子成成和孙媳汉琴晚上跳完舞回家，写到云鹤舞厅在民众乐园（原叫"新市场"），地处热闹繁华的六渡桥；还写到他们回家绕过铜人像直奔四官殿，四官殿码头灯火通明，来了一艘渡船，下来的人很少，人很快散入在经脉般的城市道路之中。小说在此处写到的民众乐园、六渡桥、铜人像、四官殿及其轮渡码头，连同小说后文写到或提到的东湖粤汉码头、月湖、琴台、龟山、江汉路、长堤街、汉正街、归元寺、西商跑马场（现叫"解放公园"）、中山公园，这些地名都是武汉城市有名的景点。方方的中篇小说《风景》，其中写到或提到的京广铁路、晴川饭店、中山大道、龟山、水果湖、汉正街等地名，也都是武汉城市著名的景点。方方新世纪发表的小说《出门寻死》，追随女主人公何汉晴出门寻死的足迹，作者给读者展示了一幅动态的连续的城市图景：汉口里份、运输公司单位住房、滨江公园、流逝的长江水、灯光勾勒出的长江大桥、长江上轮船的叫声、江汉关大钟、武昌火车南站、热干面小吃铺、汉水桥、汉阳南岸嘴、晴川桥、晴川阁等。除了与人物日常生活密切相关的汉口里份等个别地方外，绝大部分地方也都是武汉城市独有的地标式景观。

阅读方方、池莉比较典型的汉味小说，可以发现，两位作家共同写到或提到一些武汉城市特有的地标式建筑、街区和山水，如长江大桥、黄鹤楼、晴川阁、中山大道、江汉路、江汉关钟楼、六渡桥、汉正街、古琴台、龟山、蛇山、东湖、水果湖等。这些地标式景观在她们的小说中经常出现，首先形成了作品强烈的地域色彩。读者在阅读时，一看到这些地标式景观，就知道小说讲述的是一个武汉故事。对于本地读者来说，作品所具有的亲切感和独特的艺术魅力，更是不言而喻的。另外，这些地标式景观也具有写实性或纪实性，可让读者产生一种艺术的真实感。文学景观虽是作家在文学作品中虚拟、虚构或想象出来的地理景观，但它不是凭空虚来的，而是仍来自于现实世界，作家不可能完全脱离现实生活而进行创作，作品中的景观描写亦是如此。汉味小说对武汉城市地标式景观的描写，不仅表明它所讲的是一个具有地域特色的故事，也暗示这是一个真实存在于现实生活中的故事。

二

汉味小说不仅描写了武汉城市的一些地标式景观，而且深入到城市内里，描绘了许多武汉人的日常生活景观，涉及武汉人的衣、食、住、行诸多方面。这些武汉人的日常生活景观，也都是典型的武汉"风景"。下面就池莉、方方的汉味小说中共同描写的日常生活景观略加介绍一二。

风景之一：饮食起居图。汉味小说对人物的生活起居环境多有详细描写，像池莉小说《烦恼人生》中印家厚狭小凌乱的家及公用卫生间，《你以为你是谁》中陆武桥居住的洞庭里十六号及父母住的简易宿舍住宅区，《生活秀》中来双扬的住房及其楼下吉庆街夜市，《她的城》中蜜姐的水塔街片区里巷及其擦鞋店；方方小说《风景》中七哥的河南棚子无处容身的家，《落日》中丁如虎的四官殿巷子里三代混居的家，《风景》中陆建桥一家借宿的姐姐的家，《出门寻死》中何汉晴受委屈的婆家及关系亲热的里份邻里，等等，这些由人物日常起居环境构成的景观，长久地影响着人物的性格，左右着人物的命运，也给读者留下了深刻的视觉印象。

除了居住环境，池莉、方方的汉味小说还经常写到人物的日常饮食，构成一幅幅饮食男女的世俗生活图景。《风景》中父亲边喝着酒、嚼着黄豆，边讲他的战史；大哥每天天不亮就出门，手里提着一个饭盒，里面装着半斤米和一碟咸菜；七哥每天去给家里捡菜，但却全靠吃白饭填肚子，那年寒冷的冬天下藕塘挖藕差点死掉。小说写道："八年的捡菜史给至今二十八岁的七哥留下了深深的印记。"食色，性也。小说写到母亲边洗菜、切菜，边同邻居调情。方方小说中的饮食往往是粗糙简单的，与人物粗俗恶劣的生活环境与性格相一致；小说中的饮食描写往往也是片言只语的，作者似乎并不着意于此。池莉小说却与此不同，经常会细致地描写人物的饮食，如《冷也好热也好活着就好》中写燕华家四菜一汤的家常小菜，《小姐你早》中写李开玲的早餐、戚润物在海鲜城赴宴时点的菜，《她的城》中写蜜姐请逢春吃饭时点的菜，等等。池莉笔下的饮食也明显要精致得多，达到食不厌精、脍不厌细的程度。池莉小说中描写详细的菜肴，汇集起来可装订成一大本精美的菜谱。两位作家也都在小说中写到了武汉特色小吃热干面。热干面作为武汉城市特有的一种物美价廉的早点，一种武汉市民的日常生活方式，它提醒读者注意，小说讲述的可能是一个普通武汉人的故事，一个来自社会底层的故事。

风景之二：街头消夏图。池莉小说《冷也好热也好活着就好》中描写的武汉市民集体在夏夜街头纳凉、休憩的景象，也许会给读者留下深刻的印象。这一夏夜街头景观与武汉夏季持续高温的气候有关，是因气候而形成的一种日常生活景观。方方的《落日》也写到了汉口四官殿居民夏夜在街头露宿的图景："街上还是乱哄哄的，但巷子里已安静了许多。很多人都睡下了。摆在外面的床，各式各样的，一个挨着一个，一直伸展到远远的巷尾。月光和灯光相融着，在这光照之下安睡的人们，如一具具睡尸。女人们在白天里花枝招展地打扮着街市，而在夜晚塌着乳房，大叉着肥腿睡在外面，却犹如污染夜景。男男女女的呼噜交错地响着，形成跌宕。几乎一个人接着一个人地翻身，竹床和木板床的吱吱嘎嘎给汉口的夏夜平添一种永远值得回味的韵律。"如果说池莉小说中的武汉市民夏夜露宿街头所构成的景观在世俗中含有一股浪漫气息的话，那么方方笔下的同一景观则直逼人生丑陋和残酷的内里，仿佛要把人引入地狱，让人不禁产生恐怖之感。这当然与小说主人公不同的人生境遇和命运有关，读者的景观感受也会受到它的影响。

　　风景之三：吵架、打架及其人群围观。读者有可能对池莉小说《汉口永远的浪漫》中的武汉人因走路不耐烦而打架而杀人的街头场景惊讶万分。稍加留心，可以看到池莉许多小说写到武汉人的吵架、打架及其人群围观，如《致无尽岁月》中也是因为走路不耐烦，大毛和人打架被追到新华书店地下室躲藏；《太阳出世》中的赵胜天，在结婚那天因交通堵塞而与人大打出手；《水与火的缠绵》中的高勇，也是在结婚当天在公交车上遭遇小偷而大打出手，等等。方方小说《一波三折》中也写到因挤公交车而吵架而大打出手，主人公卢小波的命运因此而改变。比打架稍逊一筹的是服务人员的谩骂。《一波三折》中，公交车司售人员如果不还嘴相骂，也不至于被拳脚相加。方方小说《黑洞》中在照相馆工作的陆建桥，因讥骂顾客而受到领导批评；《白驹》中在邮局工作的女孩钱小品，"长得还俏，但嘴巴最毒"，都写到服务人员态度之恶劣。方方《黑洞》中写陆建桥做公交车售票员的老婆和乘客吵架，"从祖宗一直骂到乘客父母的床上"。池莉小说《冷也好热也好活着就好》中也有类似描写，写公交车上的售票员小艺与乘客相骂，言语粗俗，非女孩子所能说出口。池莉小说中这一场景似乎来自作者真实的生活经历，作者在《老武汉：永远的浪漫》一书中有相关叙述。由武汉人性格缺陷所造成的人群围观，类如鲁迅小说中的一些场景，作者当然持批判态度。

武汉大冷大热的气候塑造了武汉人大起大落、易暴易怒，但也易解积怨、不计前嫌的性格特征。因地接南北之便利，武汉人兼具北方人之豪侠和南方人之精明。关于气候特点、地理位置影响形成武汉人的性格，进而影响武汉城市的性格的形成，池莉、方方都有一些散文、随笔谈及。池莉、方方的汉味小说与她们这些散文、随笔，可做互文性阅读。

汉味小说所描写的武汉人的日常生活景观不限于以上介绍者，还有婚丧嫁娶风俗景观（池莉的《太阳出世》、方方的《落日》等）、家庭邻里社区景观（池莉的《冷也好热也好活着就好》、方方的《出门寻死》等）等。这些武汉人的日常生活景观不同于那些武汉城市地标式景观。地标式景观往往只是作为小说中人物故事的背景而存在，与人物的性格、命运关系不大。而由不同生活场景所构成的日常生活景观，却深刻影响着人物的性格、命运，有时甚至是人物思想性格的外化展示。如果说地标式城市景观对于人物来说，往往只具有旅游观赏价值的话，那么日常生活景观则具有生命攸关的意义，与人物是血肉一体的。

方方在小说《一波三折》中说："环境是最能塑造人的。"这环境主要是指人物的日常生活和工作环境，小说主人公卢小波由好变坏的人生命运，就主要是由他所在的装卸站工作、生活环境"塑造"出来的。《落日》中丁如虎的弑母行为，《黑洞》中陆建桥恶劣的服务态度，也都应该从他们逼仄的生活环境中寻找原因。池莉的《烦恼人生》《不谈爱情》《太阳出世》《生活秀》《你以为你是谁》《有了快感你就喊》《所以》等许多小说，也都写到了人物的日常生活环境，尤其是家庭环境对人物的情绪、性格、命运的影响作用。逼仄、恶劣的日常生活环境产生了人物的人性之恶，但也培养了人物坚强不屈、勇于拼搏的性格和强劲的生命力。方方题名为《生命的韧性》的散文，其中写到作者认识的一位汉口老人，少年丧母，中年丧妻，老年丧子，后来外地的女儿又被人谋杀致死，但他接人待物时依然声音平静、表情和蔼，一点也不想让别人因他的悲哀而心生悲哀之情，他的生命的韧性让人感佩。方方、池莉笔下的许多人物，像七哥、丁如虎、陆建桥、何汉晴、印家厚、赵胜天、李小兰、来双扬等，也都像那位汉口老人一样具有生命的韧性。

除了生命的韧性外，池莉、方方汉味小说中的人物也不因生活环境
的恶劣和人生的烦恼而悒郁、沉闷，反而有说有笑，常常表现出诙谐、
幽默、乐观、大度的性格特征，尽管时有粗俗、下流的成分。如池莉
《冷也好热也好活着就好》中猫子在公用厨房与嫂子们的斗嘴，方方
《黑洞》中陆建桥在照相馆上班与女同事调情等。樊星先生将汉味小说
那种化烦恼为俏皮话的怪味幽默称作"汉味幽默"。他是从人物语言角
度考察的，但言为心声，人物语言的幽默其实也折射了人物乐观的心
态。汉味小说中的大多数人物确实够坚韧、够乐观。

三

池莉、方方的汉味小说一般被看作新写实小说的代表。新写实小说
以写实为主要特征，特别强调对现实生活原生形态的还原。阅读池莉、
方方的许多汉味小说，确实给人一种生活的毛茸茸的质感，一种触手可
及，特别真切的感觉。读者常常会有身临其境的感觉，觉得好像随着作
者笔下人物的牵引，正行走在武汉的大街上，或汉口的里份里，并一直
走进武汉人的日常生活里去。不用说，小说中的地理景观也给人特别真
切的审美感受。

但是，池莉在《我对武汉说·水是不能忘记的》一文中却说："我小
说里头的武汉，是虚构的，不能完全与现实等同的。因为我总不能够飘
浮在空中写作，我必须有一个立足点，站在那里，放出我漫长的视线；
我总得有一个熟悉的地域载体，用以展示我对人类的种种感知。"在另一
篇访谈文章中，池莉仍这样说："武汉是我的一个模特、一个观察对象，
我通过武汉这个地方观察各色人等，它是我创作的一个载体。写人物必
须有一个环境，武汉这个环境就很合适，而且对文学创作而言还特别合
适，武汉人好说好动、行动性强、性格很外向，我出去一走就可以看到
形形色色的人，大千世界尽收眼底。每个作家都有一个自己生长出来的
生活环境作为他创作的载体，就像福克纳一辈子都写他那邮票一般大小
的家乡一样。"① 池莉小说中的武汉显然是一个真实的存在，但她为什么

---

① 赵艳、池莉：《敬畏个体生命的存在状态——池莉访谈录》，《小说评论》2003 年第
1 期。

要反复强调她小说中的武汉只是一个虚构的载体呢？联系上述引文可以看到，池莉在小说中着重表现的是武汉城市中的人而非武汉这一城市，另外，池莉借助武汉城市地域景观还表现了她"对人类的种种感知"。

文学地理学强调实证研究，文学中所描写的地理景观总要落到实处。读者读作品时，也喜欢把文学景观与实地景观一一对应起来。这些做法有它的合理性，但都忽视了文学景观的虚构性、想象性。因此，当把虚构的文学景观看做实存的实地景观时，读者的失望甚至上当受骗之感必然就会产生。池莉在《我对武汉说·水是不能忘记的》一文中说，有些读者读了她的小说，来到武汉，大呼上当；就连她自己，在武汉生活了半辈子，许多时候都还想大呼上当。莫言也在《超越故乡》一文中谈到他曾陪着几个摄影师重返故乡去拍摄《透明的红萝卜》中所写的那个大桥洞，不但摄影师们对其感到失望，连自己也感到惊讶：小说中的桥洞高大、神奇，而眼前的桥洞又矮又小，伸手即可触摸洞顶。可见不能把小说中描写的景观等同于现实中的景观。

即使是非虚构性的文体，也不能这样做。贾平凹在《商州再录》"题记"中写道：他的《商州初录》《商州又录》发表后，引起了读者的兴趣，纷纷来信商讨商州的天文地理、风物人情、政治经济等，有几位勇敢好奇的年轻人，竟要自费前往实地考察，这使作者欣然的同时又惴惴不安，一再声明：地方的美丽和神秘，并非出自作者的"人人都说家乡好"的秉性，也非作者专意要学陶渊明，凭空虚构出一个"桃花源"，"初录"和"又录"里的描写，已足以说明这不是"桃花源"。贾平凹的声明就是怕读者去商州实地考察后会失望而事先打的"预防针"。贾平凹的《商州三录》散文，意在向外界"披露"商州，让外面的人"知道"商州，同时也表达了作者关于商州、商州人、时代变迁等的思考。因作者的思考，其笔下商州的风土人情景观就不由得打上了作者强烈的主观色彩，甚至写什么不写什么都是有所选择的，而非作者所说的"实录"。对于侧重于主观抒情的散文、诗歌等文体来说，作品中的景象、物象等，往往只是作为意象——表意之象存在的。古人强调"得意忘言""得意忘象"，因此，诗文中的景象、物象等，并非全是客观写实，而是经过了作家心灵的选择、情感的浸润，打上了作家强烈的主观色彩。作家甚至还可以因情设景，为了表达情感的需要而创造出本来没有的景观。

　　莫言在《超越故乡》一文中谈到为什么现实中的桥洞不是小说中的桥洞，他说："桥洞还是那个桥洞，但我已不是当年的我。这也进一步证明了我在《透明的胡萝卜》中的确运用了童年视角。文中的景物都是故乡的童年印象，是变形的、童话化了的，小说的浓厚的童话色彩赖此产生。"在此段引述文字的开头，莫言就说道："故乡的风景之所以富有灵性、魅力无穷，主要的原因是故乡的风景里有童年。""风景里有童年"换个说法，就是"风景里有作家"，有作家的童年记忆、情感倾向、思想观点、理想追求等。也就是说，小说中的风景不单纯是客观写实的风景，而是打上了作家主观烙印的风景，用莫言的话说就是"主观性的、感觉化的风景"。莫言在文章中提出作家创作要超越故乡、走向世界的命题。如何超越故乡、走向世界？莫言说："对故乡的超越首先是思想的超越，或者说哲学的超越""故乡的经历、故乡的风景、故乡的传说，是任何一个作家都难以逃脱的梦境，但要将这梦境变成小说，必须赋予这梦境以思想，这思想水平的高低，决定了你将达到的高度"。然后作家要在创作中融入自己的主观思想，要在故乡的独特性中发现它所包含的普遍性，"这特殊的普遍，正是文学冲出地区、走向世界的通行证"。何谓"特殊的普遍"？莫言没有明说，但根据莫言的论述，他的意思是：作家创作要在独特的故乡经历、风景、传说描述中含有普遍的人类价值，共通的人性。

　　池莉对其小说中武汉城市及其地理景观的虚构性强调，亦有超越"故乡"或地域性的考虑。对于汉味作家的头衔，池莉不敢自封，也不愿自封，她说："味是一种本质的东西，一种神韵，远不只是表面的地方色彩、习惯用语和风俗人情。味在作品的骨子里头，要靠读者品出来。""作家的对象始终是人，……人类的心灵是有许多共通之处的。作家要瞄准要研究要抓住要表现的是人类共通的情感。不论这个人生活在什么地方，作家只有真正生动地写活他，'这个人'才能走进千千万万读者心中。在'这个人'激动、感动、打动读者的同时，他所在地方的味道就无形之中被读者所感觉所接受了。关键的是人。当你深刻了解一个人时，你必然同时了解了他的生活环境和地方特点给他性格的影响，然而，你若单纯了解一个地方的风物景致和民俗俚语，你永远也写不出真实的人。"① 对于池莉来说，风景中的人要比风景更为重要。既如此，作为表现人的地域载体的风景，其虚构或写实，已无关紧要了。

无独有偶，关于小说的汉味，方方也有类似言论。在《我的小说与我生活的城市》一文中，方方说："我的状态便是诸多人的状态，我对这座城市的感受便是诸多人的感受，我看到的城市便是他们看到的城市，我所拥有的情怀便是他们所拥有的情怀。我描述的内容表达的情感便也是他们想要描述的内容他们想要表达的情感。""这样，我就努力地用自己的作品表达自己。虽然它只是一个人的表达，但它的背后却站着一群人。有些东西，看上去并非与武汉相关，与武汉相关的只是写作者我个人。这就够了，因为我就是吃武汉的粮喝武汉的水呼吸武汉的空气吸取武汉的营养长大的，无论我写什么，我都会带着武汉的气味，这种味道或许就是汉味。""汉味，并非就是显示在作品的表面的东西，它是深入在作品的骨头缝里的。"方方也是更看重对人、对共通的人类情感的表现。当然，方方要表现的人首先是自己，不同于池莉表现的人直接是人物。但不管表现自己还是人物，地域景观无疑不是首要表现对象，它也就难免成为池莉所说的虚构的载体。

四

小说创作中，作家表现自己和表现人物实际上缺一不可。也就是说，池莉、方方都要既表现自己，也表现人物。不管是表现作家自己，还是表现人物形象，这都是文学景观不同于一般的地理景观的根本所在。前文已论及人物的日常生活景观与人物性格、命运的关系，这里仅就池莉、方方汉味小说中所描写的地理景观所含有的时间意识或历史感稍加分析。这一历史感既是小说中人物所具有的，同时也是作者想要表达的。

说到文学景观，一般强调的是它的地理空间形状和特点，而往往忽视其中的时间因素。但时空的一体性早就注定了时间的永恒存在。美国地理学家索尔早在 1974 年发表的《地理学的第四维度》一文中就认

---

① 池莉：《关于汉味》，《真实的日子·池莉文集4》，江苏文艺出版社 1995 年版，第226—227 页。

为：地理学内容除了自然、文化、人类三个维度以外，还要涉及时间的维度，时间维度是地理学认识的重要部分。关于地理学的时间维度研究，形成历史地理学学科。对于文学景观来说，时间因素有时更为重要，它是人物和作者感悟生命、抒发感情的重要方式，也是一部作品具有历史感的显在标志。

就池莉、方方的汉味小说来说，主要讲述的是当代现实人生故事，小说在描绘人物的背景景观和日常生活景观时，经常插入关于过去时间的描写，给人以强烈的历史感。池莉的《烦恼人生》中，印家厚在午饭后收到了一封当年知青伙伴的来信，他停下脚步，靠着一棵树，歪坐草丛中，让思绪回到了过去。在此，阳光、树木、厂房等现实画面组接上了知青生活片段，人物的现实故事接通了人物的历史故事。人物因其当过知青的生活经历，思想性格更为丰富。小说也因为人物的这一知青生活经历而具有更为深阔的历史内涵。也许因为池莉自己当过知青，所以在小说中经常写到人物的知青生活经历。像《一冬无雪》《滴血晚霞》《你以为你是谁》《来来往往》等都是如此，《致无尽岁月》更是从人物当知青写起。方方虽未下乡当过知青，但许多小说也写到了人物的知青经历，如《风景》《桃花灿烂》《出门寻死》等。《出门寻死》中的女主人公何汉晴常常便不出大便，坐在厕所里欲哭无泪，逼她不得不遥想当年在洪湖当知青的往事，因一年乡下发大水无菜可吃，天天用腌辣椒下饭，一个月吃下来，解大便成了问题。解大便看似小事，却联系着人物的历史经历，也预设了人物后来出门寻死的命运，因此这一厕所场景也是历史内涵丰富的景观。

除了运用人物的知青岁月与现实生活的不同时空镜头的组接产生历史感而外，池莉还经常在人物的现实生活故事的讲述中，穿插介绍武汉城市著名的街区、建筑、习俗和历史名人家族等的历史变迁、历史掌故，从而产生一种关于城市与人的历史沧桑感。方方的《琴断口》更胜一筹，在讲述杨小北与米家珍、蒋汉的爱情纠葛故事的过程中，穿插介绍了汉阳琴断口地名的来源，即俞伯牙、钟子期的知音传说故事，小说中多次提到"知音"一词，因此，在结构上实际形成了一种古代传说故事与当代爱情故事对比、对应的隐喻结构样式，而时代、历史的感叹也自隐其中。

另外，池莉、方方的汉味小说有时不借助明显的时代或时间的对比，也能够在单一的地理景观描写中表达深沉的人生沧桑感和历史感。比如在池莉的《生活秀》中，对于吉庆街夜市卖鸭颈的来双扬，作者用了两幅图景描绘她。一幅是初次认识卓雄洲的满月之夜，来双扬看着那轮满月，"那满月的光芒明净温和，纯真得与婴儿的眸子一模一样，刚出生的来金多尔是这样的眼睛，幼年的久久也曾经拥有这样的眼睛""浮华闹市里从来没有这样的月亮"，来双扬被月亮和爱情所感动；另一幅图景是来双扬静坐在卖鸭颈的小摊前，"一双手特别突出，青春期早已过去，它们依然修长白嫩"，来双扬为手做了美容，养了指甲，为指甲做了水晶指甲面，为夹香烟的食指和中指各镶了一颗钻石，繁星般的灯光下，来双扬的手指夹着一支缓缓燃烧的香烟，闪亮、跃动、风情无限。在永恒的月亮和喧嚣的闹市的衬托下，来双扬这女人显得卓尔不群、一枝独秀，但也显得特别落寞、沧桑。关于这个女人、这篇小说，作者在《生活本是一场秀》一文中有过一个解释，说写作来自一个虚构的幻景："一个漂亮女子，一点鸭颈的小生意，她总端坐在人山人海的灿烂与喧嚣之中，目光安静地落在抽象的虚无飘渺之处，用两根嫩如花茎的手指，夹着香烟，静静地有一搭无一搭地吸着；再一晃，就是天荒地老了；生命过去了，花自飘零水自流。"作者显然要表达在时间的流逝中女人的沧桑感。人物的时间感、沧桑感也许似有还无，但作者的感受却特别强烈，她说："千百年地望过去，我们中国女人的景象是那么凄伤，郁闷，邪恶和优美。我没有办法不写，没有办法不想，没有办法不孤独，没有办法不苍凉。"关于女人和时间，古往今来，许多作家都写过这个主题。池莉笔下的月亮让人想起张爱玲小说中的月亮，都是一样的凄美、苍凉。

方方的《中北路空无一人》，如果读了小说，了解了中北路及路边武汉重型机床厂（简称"武重"）的历史，那么就会知道小说题目所提示的场景包含着丰富的历史意蕴。小说结尾写做好事而惹上官司的下岗工人郑富仁，后半夜两点钟从父亲家出来，骑上自行车回自己家，出门后"夜真是深得厉害，冷风便在这夜深之处呼呼地吹着""此时的中北路上空无一人""郑富仁行在这空空的街路上，突然觉得自己心里也空得厉害""本来不想空空荡荡的，哪晓得比原先还要空空荡荡"。此处人物内心的空荡感，来自复杂人事、无情时代的挤压或剥夺，直指人生命脆弱、渺小的本质，所以小说在描写了人物内心的空荡感后，接着——也是小说结尾最后一句话写道："人生就是这样呀。"一股沉重的人生和历史的沧桑感油然而生。作者也曾在《献给我生活的城市》一文中谈到这篇小说的创作缘起，说起自己当装卸工时曾到过中北路武重，那些气派的厂房、壮观的场景给她留下了深刻的印象，甚至想到武重当工人，但经过30年的时代变迁，武重和中北路都发生了巨大变化，这种时代巨变让作者产生了强烈的创作念头。在文章中方方还谈到自己四年社会底层生活，谈到自己过去的同事、下岗的同事与武重工人的命运。因此，小说结尾所写的下岗工人郑富仁空空荡荡的心理感受，何尝不是作者自己的人生感受？小说结尾最后一句话甚至直接表达了作者的人生沧桑感。

在池莉、方方的汉味小说中，地理空间景观常常显在地与时间、与历史纠缠在一起，形成富有历史感的城市景观。不仅如此，风景画同时也是人物画，并打上了作者独特的主观烙印。因此，文学景观绝非仅是一种地理空间景观那么简单，而是蕴含丰富的艺术象征体，它揭示或暗示的是人与宇宙、与世界的复杂关系，以及特定时空中人的复杂的生命感受。

作为文学景观，汉味小说中的城市景观既标识着武汉城市的一些基本的地理特征，也揭示了城中人（包括作者）的某些突出的思想性格，给读者留下了深刻的印象。如果把这一文学景观放到现当代都市文学传统中去观照，那么可以发现汉味小说的城市景观的取景视域，显然与30年代的新感觉派小说和90年代的卫慧、棉棉等美女作家作品大不相同，而与老舍的京味小说和张爱玲的都市"传奇"有一脉相承之处。池莉曾在一篇访谈文章中强调过自己与张爱玲的不同。但是，在取材于世俗生活这一点上，两人无疑是有相通之处的。关于张爱玲小说中的人物日常生活空间，李欧梵指出："她的角色通常生活在两类内景里：典型的上海'弄堂'里石库门中的旧式房子，或是破败的西式洋房和公寓。"① 而池莉，包括方方，她们的汉味小说中人物的主要生活空间，

---

① 李欧梵：《上海摩登：一种新都市文化在中国（1930—1945）》，人民文学出版社2010年版，第275页。

其一也是石库门式的武汉里份（"里份"是武汉人叫法，上海人称作"弄堂"）旧房子。这种城市里弄生活环境与老舍笔下的北京胡同也有相似之处。汉味小说中另一种经常出现的人物生活空间是单位住房（卫生间、厨房等有时共用），却是新中国成立后才出现的当代城市居民生活特有的一种建筑样式。从生活建筑景观中的人物来说，池莉、方方笔下活跃着两类人物形象：一类是知识分子，主要生活在单位（大学、研究所等）住房里；另一类是处于社会底层的普通市民，如工人、下岗工人、小店铺经营者等，主要生活在单位住房和里弄房子里。尤其是后一类人物，更是汉味小说中的主角。因此，池莉、方方的汉味小说中的城市景观，与老舍、张爱玲的城市景观都有相似之处，但景观中的人物却与老舍笔下的人物更加贴近——都是城市底层市民故事的叙写，不同于张爱玲的旧式大家庭人物命运的写照。当然，这只是粗浅的比较，且局限于人物生活的"内景"。而要对不同于北京、上海的武汉城市景观的独特性给予认定，还应该把作为人物活动背景也是"外景"的那些地标式城市景观都包括进来，这样武汉城市景观才会全面、立体地映入观者的眼帘，给他（她）一个完整的印象。如前文所述，幸好汉味小说给人们提供了这样一个全面了解、认识武汉城市的机会。武汉城市景观必将随着汉味小说的阅读、传播，为更多人所了解。作为魅力十足的文学都市形象，武汉也必将在现当代都市文学版图中占有独特的也是重要的一席之位。

第二节 《她的城》：女性智者和女性成为智者的故事

《她的城》是武汉作家池莉发表于 2011 年的一部中篇小说。小说讲述的是三个汉口女人的故事。其中所描写的女性智者形象，既是池莉小说中的一类人物形象，也是一种广泛存在于民间故事中的文学原型形象。借此形象，池莉表达了她的女性意识，也树立了一种关于女性的理想形象。池莉小说一般被看作描写世俗生活的"新写实"小说的代表，但作者对女性理想的书写和表达，却使作品具有了一丝浪漫的气质。下面就从《她的城》切入池莉小说，考察其女性智者形象，进而探求作者的女性意识和女性理想。

一

　　《她的城》所写的三个汉口女人，首先一个叫逢春。逢春是汉口水塔街联保里超级帅哥周源的妻子，婚前曾是汉口最豪华的新世界国贸写字楼的白领丽人。丈夫贪玩不顾家，还是同性恋，她因与丈夫赌气，到蜜姐开的擦鞋店里打工，原想丈夫很快会接她回去，但丈夫竟不睬不顾，使得她骑虎难下，不得不坚持干了三个多月。这一天，逢春擦鞋遇上了外地商人骆良骥，两人一见钟情，同时坠入情网。为了不让逢春红杏出墙，对得起逢春的丈夫和街坊邻居，蜜姐立刻解雇了她。逢春与蜜姐争吵、和好、吃饭、谈心，两人最终成为好朋友，成为"闺蜜"。逢春在擦鞋店打工的过程中，在与蜜姐交谈、交往的过程中，了解了汉口水塔街的历史和居民的人情世故，也了解了蜜姐及其婆婆不幸但坚强、乐观的人生，大长见识，逐渐变得成熟。如果说蜜姐及其婆婆是生活中智者的话，那么可以说逢春是一个生活智慧的学习者，她必将走向成熟，成为另一个生活中的智者。

　　蜜姐在小说中是作为一个生活中的智者，也是逢春的启蒙老师的形象出现的，是小说中一个比逢春更光彩夺目的人物形象。她精明、强悍，了解城市历史，通于人情世故，会做生意，会生活。不同于逢春，她是生活中的智者、强者。但是，她的成熟和智慧也不是天生具有的。小说开头部分写蜜姐曾在军队一待八年，使她"总有女生男相气派"，养成了说话嘹亮豪爽、办事干脆果断的性格。蜜姐后来又在汉正街窗帘大世界做生意十年，"这就又把蜜姐塑造了一番"，使她成为精明、干练的茶馆老板娘阿庆嫂式的人物。另外，蜜姐出身于大家庭（祖辈早在20世纪20年代初就与外商做生意，直到"文化大革命"时才被造反派彻底拉下历史舞台），家族历史的教育使她对城市掌故了然于胸，见识不凡。她的丈夫生了癌症到处看病，最终英年早逝，她与"某人"的恋情持续七年，最终却自行了断，感情的创伤与浪漫使蜜姐历经了人生的沧桑，变得更加坚强、成熟。小说开头写"现在的蜜姐"，说她"眼观六路、耳听八方、胆大心细、遇事不慌，见人说人话，见鬼说鬼话，活活成了人精；脸面上就是一副见惯尘世的神情，大有与这个世界两不找的撒脱与不屑"。是生活和阅历，使蜜姐成为"人精"，成为生活中的智者的。

在蜜姐成长、成熟的过程中，她的婆婆对她影响至大至深。这也是一个生活中的智者形象。这个女人在汉口市立女中毕业后，在汉口平安医院做病案管理员一辈子。若干年里家里住房一再被挤占分割，"文化大革命"中丈夫跳楼自杀，她都顺其自然，没有发疯发狂、哭天抢地、自暴自弃。她孤儿寡母不觉得恓惶，把儿子养得体面豪爽潇洒。几十年来大小事情，她都安静面对。她明知蜜姐有了"某人"，但硬是当做不知道一样，对蜜姐一点脸色、怨言都没有。自己给孙子买了鞋子等东西，却把好落在蜜姐身上。当儿子不幸去世，头七刚过，她就让蜜姐有合适的人的话，不要有顾虑，再往前走一步。当蜜姐并无再嫁之意，终日躲在家里消瘦得只剩一把骨头时，她不顾80岁高龄，请人在自己居住的地方装修出了一间小店铺，让蜜姐做生意，把她从伤痛和颓废中挽救出来。这个女人在生活中始终坚强、乐观、宽容、豁达、从容、淡定、慈祥，有一种超凡脱俗的气质。不仅如此，她还很会生活，经常亲自操刀做一些私房菜，精细、好吃得不得了。蜜姐的婆婆，这个蜜姐所说的"独立的女人"，蜜姐用过去巷子里唱的儿歌来形容她：这个女人不是人，她是神仙下凡尘。从"人精"到"神仙"，蜜姐的婆婆是一个比蜜姐更有生活智慧的女人。

在蜜姐成熟的过程中，蜜姐的婆婆可以说是她的一个生活指导老师。而在逢春的成长、成熟过程中，蜜姐是她的主要生活导师，蜜姐的婆婆对她也有一定的影响，也可算是一位导师。逢春正是通过向她们学习，从她们的生活经历、言行处世方式和人生观念中，汲取生活的智慧，逐步走向成熟。小说中多次写到逢春的"犯晕""混沌无知""不懂""年轻没经历""幼稚可笑"等，也直接写到她需要"好好学习"。因此，仅就逢春来说，小说写的是女性成长的故事。而从人物关系的角度看，小说也可以说写的是一个生活智慧的女性学习者与她的女性智者老师的故事，三个女性的人生智慧故事。

二

与《她的城》的构思相类似，池莉写于90年代末的小说《小姐你早》，也是讲述一个女性学习生活智慧、成为人生智者的故事。这一女性，即粮食储备研究所副研究员戚润物，她的故事也是因其丈夫的错误（与保姆"胡搞"被戚润物回家撞上）引起，但性质要严重得多，直接面临婚姻的解体。戚润物在极度愤怒、震惊和无助之时，遇上了具有许多美德、"永远都是不慌不忙，有着天鹅的风韵""矜持的古典的"李开玲，后来又遇上了如一个年轻漂亮的"狐狸"（小说中也写到李开玲"像狐狸，像蛇精"）、一匹性感的"小母马""一只敏捷的小鹿"的艾月，在她们的引导、帮助下，惩罚了早已堕落、腐朽的丈夫，同时成长为成熟的、有女性独特品质的女人。故事结束时，三个女人同样成为"密友"。

在《小姐你早》《她的城》这样的小说中，存在着两类女性形象，一类女性是生活智慧的学习者，另一类女性已然就是生活中的智者。当然，这是相对而言的，像李开玲，有时并不比戚润物高明，她的"美德"也不如艾月的"锋利"和更能适应这个时代，因此，她仍需要学习。如果说后者是现在的智者的话，那么前者则是未来的智者。因此，这些小说可以说都是关于女性智者的故事。

但是，池莉的一些小说仅写到未来的女性智者，或者准确地说，是生活智慧的女性学习者。如《太阳出世》中，李小兰在怀孕、生产和养育女儿至一周岁的过程中，学习了许多知识，性情为人也大变，变得好学、有毅力、自信、体谅人、朴素大方、礼貌待人等。简言之，就是从幼稚、娇气变得比较稳重、成熟。尽管李小兰有很大的变化，但是，"她从来没有这么强烈地意识到自己幼稚无知：不会当家过日子、不懂世事艰辛、不知道许多常识性的生活道理"。李小兰追求的人生目标是大学女教师王珏"那种腹有诗书气自华的韵味"。她的好学必将使她具有这种成熟的知识女性的"韵味"。而《一去永不回》中的温泉，通过上护士培训班；《凝眸》中的柳真清，通过参加革命九死一生的经历；《所以》中的叶紫，通过三次失败的婚姻，都从单纯幼稚走向成熟，成为生活中的强者和智者。

池莉还有更多的小说只写到生活中已然就是的女性智者。大致可分为两类。一类可称为知识型女性智者，如《不谈爱情》中的梅莹、《你以为你是谁》中的宜欣、《来来往往》中的林珠、《致无尽岁月》中的"我"——冷志超，等等。这些女性都是知识女性，有知识、有文化、有理性，对待爱情、婚姻、事业以至整个生活，能够依据自己的理性意识加以取舍，大胆追求自己的人生理想，或执着坚持自己的生活观念，具有鲜明的现代气质。另一类是处于社会底层的市民型女性智者，如《不谈爱情》中的吉玲及其母亲、《不要与陌生人说话》中的徐灵、《生活秀》中的来双扬等。这类女性都有很丰富的生活阅历，通晓人情世故，善于待人处世，也很会生活。借用小说《她的城》对蜜姐的形容，这类女性大都活成了"人精"。蜜姐当然也属于这类女性。除了以上两类女性智者，《请柳师娘》中的柳师娘，也是一个生活中的智者，不过是属于古代的、古典的女性智者。

池莉小说中的女性形象多种多样，但女性智者无疑是比较重要的一类文学形象。池莉小说讲述的也许并不是女性故事，相反是男性故事，像《你以为你是谁》《来来往往》等小说就是如此，但其中的宜欣、林珠等女性智者，却给读者留下了深刻的印象。如果对人物刻画过程中一些人为的理念、雷同的构思等瑕疵忽略不计的话，那么女性智者形象无疑是作家池莉贡献给当代文学的最具艺术魅力的文学形象。

三

池莉小说中的女性智者，主要是那些已然就是的女性智者，大都活成了"人精"，或如"神仙"，或如"妖精"（"蛇精"），或如"狐狸"。池莉小说中的这些比喻、这些形容，其背后暗含的广泛流行于民间的传说、故事，如美女蛇或白蛇传的故事，狐狸精的故事等，是读者都耳熟能详的。从这里可以看到池莉小说与民间文学、文化的内在联系。但笔者认为，池莉小说中的女性智者，与民间故事中的机智人物类型更为接近，可看作这一类型化人物或原型人物在当代小说中的复现和创造性发展。

机智人物一般与机智人物故事相联系，是指这一广泛存在于世界各地的民间故事类型中的主人公。据祁连休、冯志华编著的《中外机智人物故事大鉴》的"前言"介绍：机智人物故事，"这一个门类的民间故事，中国极其丰富，迄今为止已在汉族和40个少数民族中发现了规模不等的700多个机智人物故事群。包括中国在内，亚洲、欧洲、非洲许多国家都有机智人物故事流布，其中最为集中的是中近东机智人物故事带和东亚、东南亚机智人物故事带"。"大鉴"把机智人物分为劳动型机智人物和非劳动型机智人物两大类，前者指从事体力劳动的各种类型的机智人物，包括农夫型、农妇村姑型、雇工型、长工型、牧民型、工匠型、船工型、渔民型、矿工型、奴隶型、农奴型、仆役型、游民型等；后者指不以体力劳动谋生的各种类型的机智人物，包括官宦型、文人型、才媛型、小吏型、讼师型等。相比男性机智人物，女性机智人物明显要少得多，只有农妇村姑型和才媛型两小类。"大鉴"一书介绍和收录了五娘子、黄三姐、美美、钱六姐、赛里买（回族）、蓝聪妹（畲族）等女性机智人物及其故事。荣格曾在《童话中灵魂的现象学》一文中论及智慧老人的原型形象，虽未完全排除女性智者，但主要谈论的是男性智者。

　　女性机智人物故事有时也叫作"巧媳妇"或"巧女"故事。有人专门研究了这一赞美女性智慧的世界性故事类型，认为："正是在这封建礼教的层层重压之下，民间文学中却创作了极其丰富多彩的'巧媳妇'故事，生动形象、痛快淋漓地揭露了男尊女卑的家长制压制女性的本质，讴歌了妇女的聪明才智，针砭了代表封建宗法势力的公公、官吏等人歧视妇女的愚蠢、丑恶行径。从这一点上看，'巧媳妇'故事实是对中国传统的宗法制社会压迫妇女的一种精神反叛，是对广大女性争取自身权利和解放的一种有力的鼓舞。"① 女性机智人物对家长制、宗法制、等级制等的嘲讽与反抗，其实也是对男权制的反抗，因为这些制度主要是为男性服务的。女性机智人物所彰显的生活智慧，不仅使她自己化险为夷，最终获得幸福的生活，而且也暗示了女性整体要获得性别解放，一个重要的前提是：有足够多的智慧。

　　池莉小说中的女性智者，与民间故事中的女性机智人物同属一类，可看作这一民间原型人物在当代作家作品中一种改头换面式的复现，借用弗莱的原型批评的理论术语来说就是"置换变形"。从原型的重复显现的角度来说，池莉笔下的女性智者身上也体现出了反抗男权制的色彩。这在《小姐你早》中的三位女性身上有集中的表现。《她的城》中，逢春与蜜姐最后成为一对闺蜜，结成智者联盟，也是"要一起协力对抗内心的苦痛与纠结，还有男人带来的种种麻烦与打击"。其他女

---

① 刘守华主编：《中国民间故事类型研究》，华中师范大学出版社 2002 年版，第642 页。

性，无论是来双扬、吉玲及其母亲等底层社会女性，还是梅莹、宜欣、林珠等知识女性，都能够运用自己的智慧从容应对"男人带来的种种麻烦与打击"。在这些女性身上，多少显示了女性反抗男权制的意味。仅是其身上所体现出的决断与智慧，也往往优于男性。在池莉小说中，男性常以自高自大、自私自利、自以为是、愚昧无知、懦弱无能等面目出现，如《不谈爱情》中的庄建非、《云破处》中的金祥、《小姐你早》中的王自力、《致无尽岁月》中的大毛、《她的城》中的宋江涛和周源，等等，大抵如此。这样，在与男性的对比中，女性显得更为智慧和伟大。

当然，从原型的创造性发展来说，池莉小说中的女性智者自有其特点，不同于民间故事中的女性机智人物。比如由于时代语境的巨大变化，现代女性面临的主要是与自己的另一半——男性的关系问题，不同于古代女性主要应对男性家长的刁难；现代女性还要比古代女性面临更多更复杂的家庭以外的社会生活难题。因此，池莉笔下的女性智者在追求性别平等、独立和幸福的过程中，要比民间故事中的女性机智人物具有更多、更大的智慧。即使如此，这些智慧也并不能保证她最终必然获得幸福生活，池莉小说中的女性智者的命运发展有时显然不同于民间故事中女性机智人物那种固定的圆满的人生结局。另外，相比民间故事中女性机智人物大都是农妇村姑型人物，池莉似乎更钟情于知识型女性智者。前文论及《太阳出世》中的李小兰，她追求的人生目标是像知识女性那样具有"腹有诗书气自华的韵味"。李小兰虽然出身于干部家庭（父母都是处级干部），在区图书馆这一文化单位工作，但她只是中学学历，并无多少文化；从她对同事叶烨的无礼态度看，她的整体素质也不高。那么她何以要追求知识女性的"韵味"呢？这既是人物因怀孕和生养孩子而产生的内在生命需要，也可看作者的女性理想的直接表露。而在《不谈爱情》中，池莉在肯定作为智者的知识女性梅莹的同时，似乎对作为小市民的吉玲母亲的邋遢、丑陋和易变一面有所批评。对于《生活秀》中在吉庆街卖鸭颈的"民间的女子"来双扬，池莉在一篇访谈中也表达了她的不喜欢，她说："就我个人的现实生活态度而言，我比较喜欢比较安静的，坦率的，有幽默感的，攻击性较少的，善解人意的女性。我与《生活秀》中的来双扬，恐怕就只能做一般的朋友了，她太利害了。"①

池莉虽然倾心于知识型女性智者，但也能欣赏市井女性的生活智慧。她不喜欢来双扬的"利害"，但仍能像朋友一样理解她的生活处境，欣赏她从生活中历练出来的风韵、性感和精明。对于吉玲母亲和蜜姐等其他底层市井女性的精明、世故和凶狠老辣，也持欣赏的态度。作者赞同女性有知识、有文化，但对知识女性戚润物身上的邋遢、保守、落伍于时代的一面，显然也不喜欢。在作者看来，知识女性专业研究得再深入和透彻，如果不会生活，不具有生活的智慧和能力，缺少女性独特的品质，那么她是不会有女性的魅力的。

综上所述，通过对原型人物的复现与改写，池莉笔下的女性智者在展现其固有的女性意识的同时，也似乎树立了一个关于女性的理想形象，或表达了一种女性的理想。作为女性理想的形象表达，女性智者不仅仅是性别战争中的优胜者，更是整个人生、整个生活中的强者。她甚至有足够多的智慧逃避时间的残酷法则，永葆青春的魅力，成为一尊不朽的女神。池莉笔下的女性智者，既是其小说中逢春等女性人物的追求目标，也是现实生活中整个女性的学习榜样。

第三节　《水在时间之下》：一个汉剧女艺人的人生悲剧

新世纪以来，作家方方在小说创作的女性题材方面用力颇多，先后发表了《奔跑的火光》《有爱无爱都刻骨铭心》《水随天去》《树树皆秋色》《出门寻死》等一系列中篇小说，刻画了英芝、瑶琴、天美、华蓉、何汉晴等女性尤其是下层妇女形象，对女性的命运有强烈的关注和思考。2008 年底出版的长篇小说《水在时间之下》，作者方方继续关注着女性的命运，但这次却选择了一个女戏子的独特人生故事作为叙述对象。如果说前面提及的几部小说都是叙述现实生活中的女性故事，主要延续着作者 80 年代描写市民生活的小说叙事风格的话，那么这部长篇则主要描述现代历史长河中汉剧舞台上一个女戏子的命运故事，是作者

---

① 赵艳、池莉：《敬畏个体生命的存在状态——池莉访谈录》，《小说评论》2003 年第
1 期。

的一次艺术探险。由于叙述的是女戏子、女艺人的故事，小说把一个女性的命运遭遇与一个地方性剧种的兴衰变化及剧作的演出活动、剧中人物的喜怒哀乐之情等交融在一起描写，因此读罢小说会有一种人生如戏的感叹。这也是作品中女主人公对自己人生命运的真切感受。人生如戏亦如梦，女主人公的人生故事其实是一个悲剧故事，而且这个悲剧蕴含着丰富的性别和历史文化的意义。

从小说的情节发展来看，《水在时间之下》叙述的其实也是一个女人复仇的故事。这女人就是汉剧女艺人水上灯。水上灯原名水滴，出生于汉口一个水姓富商之家，出生当天父亲就惨死于街上杂耍艺人的失手之下，被看作克死了父亲的不祥之人。为水家大太太、大少爷所逼，身为姨太太的母亲只好把她送人。她的养母因背叛卑微的丈夫而被一戏班琴师所骗，在洪水到来之时永远走失，养父被水家二少爷水武等人毒打致死。此时正在戏班学戏的水滴不顾班规私自回家，为葬父卖身于一戏班，后随此戏班下乡演出遭到骗奸。巧遇汉剧名角余天啸，为其所救并收为干女儿，余还请人为她教戏。偶然的机会，水滴因替汉剧当红女艺人玫瑰红演戏而一炮走红。抗战中，水上灯留在了沦陷的汉口并嫁给了先为军官后为商人的张晋生，但心里更依恋的是当年在洪水中患难与共的陈仁厚，陈仁厚为地下抗日人员。后张晋生为水家大少爷水文设计所害，而水文又因水上灯要救陈仁厚而被日军捕杀。在汉口沦陷期间，水上灯信守对教戏老师的承诺，从不为日本人演戏。抗战胜利后，水上灯又一次在汉剧舞台上大放光芒，但由于张晋生、玫瑰红、水文等人都因她先后死去，所爱之人陈仁厚出家隐居，与水家的关系也逐渐真相大白：原来自己的复仇之箭都射向了自己的亲人。此时水上灯心灰意冷，突然决定退出汉剧舞台，永不唱戏。此后水上灯又以水滴之名与傻哥哥水武隐居于汉口一个普通小巷，直至去世。汉剧艺人水上灯的人生故事，爱恨情仇，大悲大喜，大起大落，真如一台汉剧的演出。不过，却主要是一种类似《俄狄浦斯王》式的命运悲剧的演出。

作品中，作者多次写到人物产生的人生如戏的感觉。如水上灯抗战期间避难于乡下，其唱《昭君出塞》，"直唱得她自己泪流满面，仿佛她就是那个离乡背井，回望家乡，一哭三叹的王昭君"。再如与水上灯一生演艺生涯密切相关的汉剧名作《宇宙锋》，当水上灯第一次认真地坐下来看戏，看的即是此剧，当时她"突然一下就看傻了，心里竟久久地回荡着她（剧中人物赵艳容——引者）的声音"；后来，此剧成为成名后的水上灯的拿手好戏之一；最后此剧又成为水上灯离开舞台的告别戏，这次演出，"赵艳容的装疯弄傻几成水上灯情绪的发泄……水上灯被自己的泪水噎住"。此时，演戏之人与剧中之人、现实与戏剧并无分明的界线，人生亦如演戏。不仅如此，在现实生活中主人公同样有此感受。如水上灯告诉玫瑰红其丈夫肖锦富如何调戏她如何被张晋生设计杀死的详细经过，她说"像极了一部连台本的大戏"。抗战中水上灯避难乡下时生病，"昏沉之间，往事全都变成了梦，一遍遍在她脑子里回转，就仿佛演一场连台戏，没完没了"。作品中的人物在现实生活中感到是在演戏，而演戏时又带上了自己的真实情感，反不觉得在演戏，是在搬演自己真实的生活经历。在此，不仅人生如戏，而且戏如人生。

京剧四大名旦之一程砚秋曾在其日记中说："上至最高长官下至贩夫走卒，据我眼光看法，并没有高低贵贱之分，均是要人亦可均是贱人。世界等于大舞台，所有一切皆是与戏剧攸关。所谓要人亦不过是一演员而已，民国三十余年这般演员并未更换。"[①] 又在劝夫人信中说"人生就是演悲剧"。这既是发自时代社会的感慨之言，亦是切身人生的觉悟心得。人生如戏，戏如人生。也许只有过着双重生活的戏子、艺人，才有这样真切的体会，也才能发出如此真切的心声。由人生如戏到人生如梦，正由于对人生的深切觉悟，才能转换衔接得如此自然以至于必然。程砚秋在其日记中多次写到"人生如梦幻"。其实，何止程砚秋一人，从古到今，有多少文人作家都发出了人生如梦的感叹，并诉诸笔墨，形成中国文学永恒的主题之一。著名的如唐代诗人杜牧的"十年一觉扬州梦"，宋代词人苏轼的"人生如梦，一樽还酹江月"，唐传奇中的"南柯一梦""一枕黄粱"，明清小说亦是中国古代小说集大成者《红楼梦》，等等，无不专注于人生如梦的主题营造。这既源于时沉时浮、大悲大喜、变幻莫测的人生经历，有沉痛真切的人生体验、人生感悟做基础，又不能不说受到了佛教色空等观念的深刻影响。近现代以

---

① 转引自章诒和《一个名伶的内心世界——〈程砚秋日记〉读后》，《南方周末》2010年7月22日。

来，由于宗教迷雾的破除，社会责任感的加强，文人作家似乎少有发出人生如梦的感叹的。但是，稍加翻检近现代以来的作家作品，诸如张恨水的《金粉世家》、林语堂的《京华烟云》、白先勇的《游园惊梦》、张爱玲的《对照记》、韩少功的《归去来》、贾平凹的《废都》，等等，多少都寄寓着作者人生如梦的感叹。可以说有人生即有人生如梦的感叹，有此人生感叹即有表达此感叹的文学存在。方方的《水在时间之上》也正延续着这一人生感叹，"人生如梦"不仅仅是其中一章的标题，也应看作是整个作品的主题。当主人公水上灯在抗战胜利后又一次红遍武汉三镇之时，"她的生活看似喧闹，处处花团锦簇""心意却越来越倦怠。她曾经无比热爱的汉剧，在她眼里业已提不起兴趣，她曾经连做梦都想追逐的荣华富贵，在她心里也变得索然无趣"，这正是她梦醒时分的内心挣扎。

人生如梦的感叹实际上是一种人生的悲剧感。因此，程砚秋才说"人生就是演悲剧"，张恨水也才在《金粉世家》的序言中反复感叹："人生宇宙间，岂非一玄妙不可捉摸之悲剧乎？"从根本上说，人生如梦的悲剧感，正是人生在残酷无情的时间面前的无奈感。孔夫子说："逝者如斯夫，不舍昼夜。"抒写人生如梦的诗文作品莫不写到人对时间无力把握的悲剧感，方方的《水在时间之下》也不例外。在作品的"楔子"中，作者方方发出了长长的感叹："这世上最柔软但也最无情的利刃便是时间。时间能将一切雄伟坚硬的东西消解和风化。时间可以埋没一切，比坟墓的厚土埋没得更深更沉。又何谈人心？脆弱的人心只需时间之手轻轻一弹，天大的誓言瞬间成为粉末，连风都不需要，便四散得无影无踪。"作品结尾最后一句话是："唉，其实这世上，最是时间残酷无情。"作者又一次发出无奈的感叹。在作品的首尾呼应中，在整个作品的爱恨情仇的故事叙述中，通过主人公如戏如梦的人生命运，作者方方都在建构着她的关于时间的人生终极悲剧。

但是，需要注意的是，这一悲剧的主人公是一位女艺人、女戏子，因此她的悲剧又有其独特性。一方面，主人公由于她的女性身份、女性命运，因而其悲剧显得特别惨烈、尖锐。说其"尖锐"，是因为这一词语似乎为女主人公所专有，时时出现在对她的描述文字中。而且，作者也在作品"后记"中说"这是一本有关尖锐的书"。但作品的尖锐性归根到底来自于女主人公的悲剧命运，来自于女主人公复仇女神式地对自己不幸命运的抗争。这种命运抗争，既指向贫富不均、黑暗动荡的时代社会，又针对男性中心的历史文化传统，表现了一种决绝的势不两立的对峙。正像女主人公自己所说："如果这世界是污秽的，我这滴水就是最干净的；如果这世界是洁净的，我这滴水就是最肮脏的。总而言之我不能跟这世界同流。"通过对女主人公一生悲剧命运的叙写，作者方方思考了一种独特的主要由仇恨导致的女性命运。另一方面，主人公的女性悲剧命运又是在地方性戏剧——汉剧的舞台上演绎的，从她的悲剧故事可以透视汉剧的兴衰成败、汉剧艺人的悲欢离合、汉剧艺术的陈规陋习与无穷魅力，因此她的悲剧蕴含着诸多历史文化意味，甚至可以说是一种艺术的悲剧、文化的悲剧。

悲剧的原因何在？作者方方对此有很好的说明，她说："改变人的因素其实就是两方面，一方面是人自身，人不能离开自身的基因遗传、兴趣、性格以至天性的东西；另一方面是文化环境、生活环境的影响，人摆脱不掉这两种因素对自我存在的困扰。"① 水上灯的悲剧首先源于自身的性格和选择，如她的有仇必复、有恩必报的性格使得接近她的人大都受到伤害，自己也遍体鳞伤。再如她在抗战期间武汉沦陷前放弃入川、为求安稳嫁给张晋生，这些重大的人生选择使其人生道路愈加坎坷不平，平增许多愁苦之色。更为重要的是水上灯对富贵虚荣的追求，与其亲生母亲李翠、与其姨汉剧名角玫瑰红如出一辙。这种人生追求，有其时代的合理性，但却使李翠抛弃了刚生下几天的亲生女儿，使玫瑰红离开了真正爱她的万江亭而嫁给肖督军的侄子肖锦富，并沦为他的玩物。对于水上灯来说，这种追求使得她实现了红遍武汉三镇的艺术理想，也报了仇，但失去的更多，如真正的爱人，如亲人之间和解、相认的可能性，等等。在这里，三位女性都是或曾是汉剧艺人，可以说，相同的文化身份导致了类似的人生选择和命运结果。文化身份既蕴含着一定的文化观念，又与文化观念一起共同形成于一定的社会文化环境。这就不能不说到水上灯悲剧的另一个原因：汉剧及其兴起、发展的社会文化环境。

----

① 叶立文、方方：《为自己的内心写作》，《小说评论》2002 年第 1 期。

汉剧，是我国地方性剧种之一，从声腔上说属于皮黄戏，对京剧形成有重要作用，至今已有近四百年的历史。它产生于湖北，得名并播育于汉水，不仅仅是汉水流域，全国其他许多省市甚至东南亚地区，都曾是汉剧活动的区域，许多地方至今仍时有汉剧演出，深受当地观众的喜爱。由于清王朝对女艺人的废禁，汉剧早在康乾年间就没有女艺人上台演出了，后来汉剧老艺人甚至把女人上台作为禁忌，直到 20 世纪 20 年代，汉剧公会会长余洪元等人还反对女人学戏、演出。在京剧来武汉演出的冲击、影响下，武汉和沙市一带的妓院烟花女子不少人开始学习汉剧并登台献艺，由此产生了第一批汉剧女艺人。汉剧女艺人的兴起，对汉剧艺术的发展、繁荣显然起到了不可磨灭的重要作用。但汉剧女艺人自身却承受了难以忍受的悲苦和灾难，有的女艺人为当地的军阀、资本家、大财主等"讨"去做了小老婆，有的女艺人常年女扮男装或抱定独身主义，以求保全自己。①

稍稍了解了汉剧的发展历史及其社会文化环境后，再来观看小说《水在时间之下》，就明白了何以水上灯的亲生母亲对小时候随舅舅的戏班子走江湖风里来雨里去、被流氓欺负等往事想都不敢想，终于决定宁愿守寡留在水家过富裕安稳的日子，也不肯离开水家选择母女相依为命的生活；何以她的养母不让她学戏，说"这些女戏子都是从妓院里挑出来的""唱戏的女人，没有一个落得个好"，甚至连她的极其卑微的养父也说"再苦再穷我也不能让她卖身当戏子""唱戏这行当，被人欺遭人贱，一辈子人前抬不起头"；何以玫瑰红在军阀侄子的威胁恐吓中只好选择嫁给了他，她的故事来源于汉剧女艺人黄大毛的真实遭遇，她与同是艺人的万江亭的相恋、万江亭的被砍伤、她的被恐吓、被逼迫改嫁军阀侄子及其婚后生活的不幸，等等，这些情节和细节都出于女艺人黄大毛这一真实的生活原型。再如水上灯自己，为葬父卖身于一戏班，在乡下演出时遭到买戏的大户人家七十多岁的老爷的骗奸，而在戏班班主眼里，"女戏子陪买戏的主家睡觉，也是常事"；即使演戏出名后，也常遭人殴打、抄家。这是女戏子、女艺人在旧时代的共同命运，

---

① 参看刘小中、郭贤栋《汉剧史研究》中"汉剧女艺人兴起"部分，武汉市艺术研究所编印，第 304—321 页。

凄惨而真实。即使是男戏子、男艺人，亦是如此。万江亭虽然很走红，有众多戏迷，但正是由于戏子的身份，他才被人砍杀，最终失去所爱之人。即如梨园领袖余天啸，也对水上灯说："我终究只是一个戏子""学戏最重要的就是谦和本分"，戏子"要想红到老，就得忍。忍字头上一把刀，就是刀割得心头痛，也是个忍"。因此，作品主人公水上灯的人生悲剧不仅仅是旧时代女戏子普遍命运的生动写照，也从侧面反映了旧时代大多数戏曲艺人共同的人生遭遇。

总之，方方的小说《水在时间之下》，其女主人公水上灯如戏如梦的人生悲剧，不仅人物个性鲜明，故事生动曲折，实现了作者在作品"后记"中"好看"的审美预期，而且具有丰富的人生、性别和历史文化的悲剧审美内涵，引人深思。《水在时间之下》显然是作者方方至今最为厚重的一部女性题材小说，也是她最为生动的一部"汉味"文化小说。

第七章

汉水流域新时期小说的民间文化资源

在对中国当代文学 60 余年来所取得的成就加以检阅时，纵向的时间维度是常见的视角，横向的地域维度也是一个有效的视角。在中国当代的文学地图中，汉水流域新时期小说创作不能不引起更多的关注。仅以获得国内最权威的茅盾文学奖的长篇小说来说，属于汉水流域新时期小说的就有贾平凹的《秦腔》、姚雪垠的《李自成》（第二部）、宗璞的《东藏记》、柳建伟的《英雄时代》、周大新的《湖光山色》等几部作品。至于其他作家作品，诸如王蓬、京夫、李春平、乔典运、周同宾、田中禾、二月河、陈应松、池莉、方方等人的小说，皆以其独特的艺术风格而闻名全国。汉水流域新时期小说创作何以会取得如此引人注目的成就？其原因是多方面的。但有一点是显著的，就是汉水流域新时期小说对民间文化资源的大量汲取、利用。可以说，汉水流域新时期作家大都是赤诚的民间之子，其小说作品充满着浓郁的民间文化气息、民间生活气息，具有独特的审美魅力。

第一节 丰富多彩的民间文化景观

在对汉水流域新时期小说的民间文化资源进行考察时，不能不首先注意到多数作家在创作中对民间文化资源的利用是重视的、自觉的。如商州作家贾平凹，他在小说集《腊月·正月》"后记"中说："当今的文学，可以说是中西杂交的文学。如何在这一前提下走一条自己适合的路子呢？我想着眼于考察和研究这里（指商州）的地理、风情、历史、习俗，从民族学和民俗学方面入手。"具体该如何入手考察呢？贾平凹在另一篇答问文章中说："对于商州的山川地貌、地理风情我是比较注意的，它是构成我的作品的一个很重要的因素。一个地区的文学，山水的作用是很大的，我曾经体味过陕北民歌与黄土高原的和谐统一，也曾经体味过陕南民歌与秦巴山峰的和谐统一。不同的地理环境制约着各自的风情民俗，风俗民情的不同则保持了各地文学的差异。我在商州每到一地，一是翻阅县志，二是观看戏曲演出，三是收集民间歌谣和传说故事，四是寻吃当地小吃，五是找机会参加一些红白喜事活动。这一切都渗透着当地的文化啊！在一部作品里，描绘这一切，并不是一种装饰，一种人为的附加，一种卖弄，它应是直接表现主题的，是渗透、流动于一切事件、一切人物之中的。"① 在贾平凹提及考察的民俗事象中，民间戏曲、歌谣、传说故事等民间文艺占有相当重要的地位。南阳作家周同宾也曾谈到民间文艺的重要性和对它的借鉴，他说："不少初学写作的年轻人轻视民间文艺，嫌它鄙俗、粗糙，往往不屑一顾。其实民间文艺中有很多好东西。民歌、民间故事、民间戏曲、俚语谣谚，曾哺育过不少古今中外的大作家。我喜欢民歌、爱听地方戏和曲艺。我觉得，这些作品有着清新质朴的美，有很高的艺术性，是我们耍笔杆的人所创造不出来的。我写作时，在立意、构思、语言、韵味、节奏等各方面，都从民间文学得到启发、借鉴。"② 这既是切身之论，也可以说是本流域内与他有着同样出身和生活经历的作家的共同的艺术经验的总结。像贾平凹、周同宾这样重视民间文化、民间文艺的作家，在汉水流域新时期作家中具有普遍性。

汉水流域新时期作家在主体意识上对民间文化是重视的，在创作实践中也是自觉地、有意识地运用民间文化的诸多资源，由此在他们的小说中形成丰富多彩的民间文化景观。这里以具体的小说作品为例，说明汉水流域新时期作家是如何利用民间文化资源的。

---

① 贾平凹：《答〈文学家〉编辑部问》，雷达主编：《贾平凹文集·求缺卷》，中国文联出版公司 1995 年版，第 334 页。

② 周同宾：《文学书简》，《周同宾散文自选集》，河南文艺出版社 1998 年版，第460 页。

一　日常民俗生活的描写

民间文化，在一定意义上说也就是民俗文化。民俗，即民间风俗的简称。作为民众创造、享用和传承的生活文化，民俗首先在外在形态上表现为一种生活相，一种生活的样子或生活的方式。因此，作为对生活进行形象化反映的文学作品，不能不首先反映民众的日常民俗生活。汉水流域许多新时期作家都热衷于在自己小说中铺陈、渲染、描述民俗事象，包括本流域内民众的衣、食、住、行等有形物质民俗，生、养、婚、葬等人生仪礼民俗，岁时节令民俗，民间崇祀、禁忌、兆卜、巫术等心意信仰民俗，民间游乐竞技民俗，民间手工技艺民俗，等等。学界曾有人把邓友梅、陈建功、冯骥才、林希、陆文夫、范小青等作家描写北京、天津、苏州等城市市民民俗风情的小说看作一个当代小说流派，称作"市井风俗派"小说。其实，如果剔除人为设置的城乡地域限制，那么汉水流域新时期作家描写民俗生活的小说都可以称作"风俗派"小说。

以贾平凹来说，他的商州系列小说，即以描写商州山地的民俗民情而著称。如果说他的《商州初录》展示的主要是商州地区不同空间地域——诸如黑龙口、桃冲、龙驹寨、贾家沟、山阳、棣花、白浪街、镇柞等——的民俗民情的话，那么其《腊月·正月》正像篇名所提示的，展示的主要是时间性的岁时节令民俗，小说描写了打扫卫生、采办年货、贴门联、贴窗花、放鞭炮、走亲戚、磕头拜年、给压岁钱、点彩灯、闹社火、舞狮子等春节民俗，还写了给女子"送路"（女子出嫁时娘家举办的酒席）、红白喜事包电影等民俗事象。贾平凹笔下的民俗，既带有古朴、浓郁的色彩，又透露出时代变迁的信息。他笔下的民情，大都纯朴、憨厚、可爱，多写美好一面，偶有批判，也带有恨铁不成钢的爱意。与贾平凹同为商州作家的京夫，其中篇小说《白喜事》，作者在故事开始前的"小序"中即解释篇名："陕南农村，大凡男婚女嫁、降男生女、筑屋祝寿等庆典之举，皆称为喜事；而丧葬祭祀，却也称为喜事，这大约是忌讳那个'祸'字，不过这等事，前边要冠个'白'字，叫做'白喜事'。当然前者便是'红喜事'了。"整篇小说写的是福寿奶奶的丧葬过程，即"白喜事"，作品蕴含着浓郁的陕南民俗生活气息。陕南汉中作家王蓬的短篇小说《油菜花开的夜晚》，构思与京夫的《白喜事》类似，也以某一民俗事象为主要表现对象，不过这次却是陕南乡村习俗姑娘"相亲认门"。王蓬的长篇小说《山祭》，写秦岭山地人家宰了肥猪或猎获较大野物，请邻居、相好来吃"刨膛"的习俗，大块吃肉，大碗喝酒，佐以民间艺人音乐伴奏，既热闹，又喜庆，给读者留下深刻印象，真不愧是描写秦岭山区风俗画的能手。

当代南阳作家群的小说，亦以大量描绘具有南阳地方特色的民俗事象、民俗生活而醒人耳目。以周大新来说，他的中篇小说《左朱雀右白虎》，描写的民俗事象是中外有名的南阳汉画像石刻；他的多卷本长篇小说《第二十幕》，以南阳尚姓家族丝织业的世纪兴衰为主要情节线索；他的小说《紫雾》《香魂女》《银饰》《走出密林》等，皆以某一民间手工技艺或游乐技艺结构全篇，分别描写了制作鞭炮烟花、榨香油、加工金银首饰、耍猴等民间技艺。综观周大新的小说，浓郁的民俗文化气息扑面而来。其他南阳作家作品，如张一弓的小说《孤猎》《夜惊》，乔典运的小说《冷惊》《满票》，周同宾的长篇纪实文学《皇天后土》，田中禾的笔记小说《落叶溪》、长篇小说《匪首》，殷德杰的小说《磨盘村的诅咒》，等等，无不以描写南阳民俗民情、以鲜明的民俗生活特色而给人留下深刻的印象。

原在襄樊铁路工作的作家王雄，其"汉水文化长篇小说三部曲"，所写内容据作者自己介绍，《阴阳碑》是码头文化，《传世古》是钱币文化，《金匮银楼》则是银楼文化。这些文化形式都属于民间文化范围。其中的码头文化，在整个汉水流域具有典型意义，本流域许多作家都描写过这一民间文化特征。如王蓬笔下的汉中，京夫笔下的八里镇，贾平凹笔下的龙驹寨、荆紫关、葫芦镇、安康、丹江口市等，王雄笔下的襄阳，池莉和方方笔下的汉口，或写实，或虚构，皆为汉水支干流上的著名码头。以工商业为主要特征的码头文化不同于传统的农耕文化，这在以上诸位作家的小说中都有反映。仍以作家王雄来说，他的《阴阳碑》以清朝末年襄阳马背巷鞭炮铺老板权国思及其后人权六子的奇特人生和爱恨情仇为主要情节线索，既描述了权六子成为襄阳丐王、盘踞襄阳古渡口码头开杠子铺等码头帮会文化等，也穿插介绍了大量襄阳民众的生活习俗、传说、技艺等。诸如杜预沉碑的传说，老人去世的丧葬习俗，屋脊仙人骑凤的典故，四眼井与酒圣杜康的传说，鞭炮作坊每日"对点"（盘点）的规矩，婴儿洗三的仪式，饭馆门前挂幌子的讲究，集混子的名称，诸葛菜的来历与做法，算命先生的谶言，奶妈的地位，鞭炮作坊用火的禁忌，婴儿蹲狗窝的风俗，胡辣汤的名吃，理发业敬奉罗祖的传统及行帮讲究，船帮的船形结构特点与船行的字号，跳大神祛邪比试的阵势，过年祭灶、贴窗花、吃团圆饭、拜年等习俗，穿天节的节俗，浩然巾的传说，端阳节赛龙船的风俗，小孩周岁抓周的习俗，"樊鞭"高架烟花的设计，喝茶听书的习惯，中秋吃月饼、吃柿子等习俗，立春咬春的风俗，丐帮的"春典"（黑话）、帮规、礼节及其始祖唐明皇与龙鞭的传说，青帮的来历及开香堂的仪式，鱼梁洲贾杆子的传说故事，码头杠子的形制，汉江花船的来历，多宝佛塔的结构，结婚喊彩的风俗，王膀子卤品的制作，刘家蔑匠铺的工艺，抚州会馆的建筑布局，襄阳皮影戏的制作与表演，迎亲"过期"搭大棚的习俗，大家闺秀凤仙包手的习俗，绿影壁的艺术景观，寒食节行讨吃冷饭的传说故事，人死出殡大泥盆垫砖摔丧盆的传说，女贞树的传说，等等。所写都是襄阳民众的日常生活方式，也反映了底层民众的情意、观念和信仰。《传世古》《金匮银楼》与此类似，都不愧是真正的汉水文化小说。

王雄笔下的民俗其实是城市市井生活文化，但仍属于传统的市井民俗文化，现代的市井民俗景观需要在武汉作家池莉、方方的小说中才能窥见。如方方《风景》中的汉口河南棚子码头工人生活的贫困、逼仄，汉正街的生意经，《落日》中的四官殿底层市民的生老病死、婚丧嫁娶，《万箭穿心》中的楼房风水，等等；池莉小说"人生三部曲"中的公共卫生间、挤公交车、武汉特产热干面、孩子入托、车间评奖金、给老人做生日、菜市价格、住房拆迁（《烦恼人生》），花街楼风情（《不谈爱情》），结婚、生子、坐月子、请保姆、给女儿过周岁生日（《太阳出世》），《冷也好热也好活着就好》中的公共厨房、家常小菜、武汉特色小吃、夜晚在马路上纳凉消夏，《生活秀》中的吉庆街夜市大排档，等等。所写都是当今城市市民生活中常见的"风景"或民俗景观，不过带有武汉主要是汉水下游最后一个码头重镇汉口的浓郁的地方色彩。相比较王雄，池莉、方方笔下的市井民俗生活更有亲切感，因为它离读者（当代文学的读者主要是城市读者）自己的现实生活最近。

二　民间口头文艺的借用

民间口头文艺仍可归入民间民俗文化的范围，这里单独提出来加以强调，因为它既包含着丰富的民间文化信息，是民间文化最有特色的组成部分，也是汉水流域新时期小说利用民间文化资源最为显著的标志之一。

以民间歌谣等韵文作品来说，这是当代作家普遍喜欢在自己小说中引用的一种民间文学形式，汉水流域新时期作家也不例外。汉水流域的山水土地也给本流域作家创作提供了取之不竭、用之不尽的丰富多彩的民歌资源。读者可在贾平凹的《天狗》《火纸》《浮躁》，王蓬的《山祭》，蒋金彦的《最后那个父亲》，京夫的《白喜事》等小说中，听到陕南的乞月歌、花鼓、情歌、行船号子、锣鼓草、山歌对唱、哭嫁歌、十月怀胎歌、《长工苦》歌、灵堂孝歌等；在周大新的《哼个小曲你听听》《走出盆地》《第二十幕》，田中禾的《匪首》等小说中，可听到南阳的小曲、《坐花轿》歌、山曲儿、《绸缎谣》、新婚铺床仪式歌、坠子书、儿歌、麦子歌等；在王雄的《阴阳碑》中，可听到襄阳地区的青帮开香堂《开山门歌》、结婚喊彩、乞丐莲花落等；在陈应松的《松鸦为什么鸣叫》《望粮山》《母亲》《独摇草》《火烧云》等小说中，可听到神农架林区的哭嫁歌、薅草扬歌、《女人歇不得》歌、山歌、《黑暗传》等。这些民间歌谣的大量引用，往往渲染、烘托出一种民间化的环境氛围，有利于展开底层人物传奇性的命运故事，也打破了小说单一的情节叙述，改变了小说的叙事节奏，在整体上给小说带来了活泼的情趣和诗化的韵味。

民间戏曲虽散韵兼备，但韵文部分似乎更能表现民众的思想情感，也乐于为作家作品所引用。如贾平凹的长篇小说《秦腔》，前后多处插入秦腔唱词、乐谱，对于表现夏天智、白雪、引生等人物思想性格起到了关键作用，也寄托了作者对逐渐消逝的乡土文化传统的深深依恋和挽悼之情。而方方的长篇小说《水在时间之下》，主要叙述汉剧艺人水上灯的悲剧性人生故事，把主人公的不幸命运与汉剧的兴衰变化及演出活动交织在一起来写，因此女主人公的人生故事既是一出个人的性格悲剧、命运悲剧，也是一出关于汉剧及其女艺人的历史文化悲剧，作品包含着丰富的思想意蕴，引人深思。

对民间流传的神话、传说、故事等散文作品的引述、利用，也比比见于汉水流域新时期作家的小说中。如贾平凹的《天狗》对天狗吞月神话故事的借用，构成小说情节展开的重要文化氛围和人物命运发展的暗示或预兆；其长篇小说《怀念狼》发展丰富了早期《商州初录》中关于狼的民间传说故事，在表现狼的残忍、狡猾的同时，也叙述了狼的仁义、知恩图报，引发读者对人与狼以至人与自然关系的新的思考。其实这也是民间流传的大量的人与动物故事的普遍性主题所在。汉水流域由于其中上游（包括神农架林区）多是崇山峻岭、山高林密的地形地貌，活跃着各种野兽和以打猎为生的猎人，民间也流传着大量关于野兽及猎人与野兽的传说、故事。除贾平凹外，王蓬的《山祭》、张一弓的《孤猎》、陈应松的《豹子最后的舞蹈》等小说都写到了猎人与狗熊、野猪、豹子、狼群等野兽的故事，让人反复思考人与自然的关系，思考人类的终极命运。

汉水流域的多山多林地形也滋生了另一种铤而走险的人群——土匪，民间也流传着许多关于他们神奇人生的传说、故事。民间绿林文化源远流长，西汉末年绿林起义的地点正在本流域内。西晋末年流民李特等人起义，清朝中期白莲教起义等，也都发生或主要转战于本流域内。明末李自成、张献忠的农民起义军也曾活动于本流域部分地区，本流域著名作家姚雪垠的多卷本长篇小说《李自成》，就叙述了这段历史故事。据作者自己说，在创作时除认真研究《明史》等正史文献记载外，也借用了许多民间传说、故事，如潼关南原大战、李自成到谷城会见张献忠、李信与红娘子等情节、人物，就都从民间而来，其目的是用来丰富情节线索，更好地刻画人物。农民起义军与聚啸山林的土匪，称呼因不同的意识形态立场而有异，但从某种意义上说其内涵其实一致。近代以来，由于官府腐败、军阀混战、天灾人祸等原因，中国大陆各地土匪遍布。据英国学者贝思飞的《民国时期的土匪》一书介绍：河南，尤其是其西南部诸县，是典型的"土匪王国"，其中白朗的农民起义军转战豫、鄂、皖、陕、甘等数省，成为中国最后一次主要的农民起义，影响深远。白朗的义军主要转战、活动于本流域内，在民间流传着许多关于他的传说故事。南阳作家田中禾的《轰炸》《匪首》，马本德的《假

坟》《土匪》，殷德杰的《马统领与徐县长的故事》，周大新的《第二
十幕》，乔典运的《换笑》，秦俊与行者合著的《乱世枭雄——别廷芳
演义》等作品，都以土匪为主人公或写到了土匪故事。陕南汉中、安
康、商洛三地地处秦巴山地，山高林密，为土匪活动提供了良好的藏身
之处，近代以来亦是土匪活跃地区。贾平凹的《五魁》《白朗》《美穴
地》，孙见喜的《山匪》，叶广芩的《响马传》《青木川》，王蓬的《山
祭》，蒋金彦的《最后那个父亲》等小说，都写到了土匪及其故事。汉
水流域新时期小说的土匪叙事，除依据历史事实外，主要取自民间关于
土匪的传说、故事等。其中的土匪形象，在传奇性的情节叙述中，也一
改《林海雪原》等当代小说中土匪的意识形态定性形象，而具有更复
杂多样的人性内涵和人生意味。

三　民间语言的提炼加工甚至直接录用

　　这在汉水流域新时期小说中也是普遍现象。通过对民间方言土语的
提炼加工，对民间俗语、谚语、歇后语、流行语、顺口溜、行话、黑
话、暗语等熟语的借用，在渲染民间文化环境氛围、准确刻画小说人物
的同时，也给作品带来一种通俗明快、生动活泼的风格特点。
　　贾平凹的中篇小说《废都》，写到一个陈世美式的大学教师，因搜
集、出版了一本研究散落在民间的古汉语的书而被破格晋升为教授，其
中提到的"携""宴席""泼烦""言传""逊眼""避"等散落于民间
的古汉语，其实这也是关中城乡民间常用的口语。不仅如此，其中一些
词语也是陕南商州山地民众常说的口语，贾平凹商州系列小说之一的
《高老庄》，其中就提到了"携""避"等故乡父老乡亲口头的"土
语"，并说这些词语"原本是上古语言在民间的一种保留"。在这部小
说中，其主人公高子路也以汉语研究而成为教授，回到商州故乡后收集
了大量散落在民间的古语，如"止"（停意）、"至"（最意）、"滋"
（喷射意）、"瓷"（死板意）、"撕"（用手使东西离开附着件意）、"使
唤"（使用意）、"试"（感觉意）、"毕"（完意）、"匪"（顽皮意）、
"利"（快意）、"谋乱"（烦闷意）、"熟"（加热意）、"雾"（眼睛看不
清意），等等，其实也是当地民众日常生活中常用的语汇。这是小说中
因人物的语言研究而提到的民间语言，因集中而分外显眼。其实小说对

民间语言的运用，最常见的是人物的说话——自白或对白，也即人物语言，通过人物的口头语言，既表现人物的思想性格特点，同时也展现民间语言的艺术魅力。仍然来看贾平凹小说《黑氏》中的一段人物对话：

……黑氏便叫："木犊，起得早？难得落了雨，也不蒙头睡个懒觉？"

木犊回过头来，倒是吓了一跳，火光映在脸上，红膛膛的象酱了猪血，瞧见是黑氏，笑，嗤嗤啦啦响。

黑氏又说："一条扁担，还那么伺候？"

木犊说："不收拾软和，它砍肩哩！"

黑氏说："反正它是压人的，你也要去南山担龙须草吗？"

木犊说："南院秃子，三天一来回，赚得三块多钱的，我比他有力气。"

黑氏说："人家都出去跑大生意，千儿八百的挣哩……"

木犊说："咱没车，就是有车，没怎个本事的。"

黑氏在墙头上长长叹了一口气。黑氏可怜这木犊，家底缺乏，人又笨拙，和一个老爹过活，三十二、三了，还娶不下个女人做针线，裤子破了，白线黑线揪疙瘩缭。本要说句"你哪有秃子灵活，担龙须草走山路，瓷脚笨手的可要小心"，话到口边又咽了。待要走下梯子，木犊却叫："黑，给你个热的！"手就在火堆里刨，刨出个黑乎乎的东西，两手那么倒着，大声吸溜，跑过墙根处了，踮脚尖往上递。黑氏看着是颗拳头大的洋芋。

这段引文中，不但人物的对话是纯正的日常口语，甚至连人物（黑氏）未说出口的心里话也是口语化的。在这段人物对话中，人物纯朴、善良的性格，生动、细微的神态，都通过人物各自简短、形象的口语栩栩如生地"表演"出来了。

再看看乔典运小说中的两段人物语言：

（何老十对小成说：）"你娃子别认为喝了几年墨水就啥也懂了，还不中得很哩，我干了几十年算摸透了。啥是理根？理根就是一个穷字。咱们这个天下，是穷人的天下，穷就是最大的理，千理万理都得服从这个穷字。一穷九分理，不要说平时穷沾光，就是犯了王法，你只要是穷人，也得让你几分。你没看看，有钱的人还得装穷，穷要不好，为啥放着排场不排场，偏偏要去装穷？你本来就是穷人，这多好，多硬棒，为啥要削尖脑袋出力流汗往那些有钱人堆里钻？不是自找苦吃，不是自己要把自己弄得低人一头？你别信那些胡说八道，九九归一，有钱人终究也跑不出穷佛爷的手心，没早的有晚的，迟早都得收拾他们。别再迷了，听干爹的话没有错，早觉悟早光荣……"（《满票》）

老王又连哄带吓地讲下去："反对修沥青路的举手！没有，都赞成，好！不过，光心里赞成不中，嘴里赞成也不中，真赞成假赞成得看行动。行动是啥？男女老少每人砸三百斤石子。啥呀，太多了？你还要良心不要？叫我看还太少了。三百斤，管你们子孙万代走下去，要不是社会主义好，你上哪一国也找不来这个便宜！三百斤，一个月内交齐，一两也不能少，一天也不准拖。砸多大呢？说洋的讲厘米，你们也不懂；咱说土的，一律要指头蛋一般大的。我可知道你们好打折扣，咱丑话先说头里，这一回可是说一是一，说二是二，硬底子硬帮，没有一丝一毫的空，硬碰硬，实打实。谁敢砸得大了，可别怪我老王翻脸不认人，到时候有你们好吃的果子！"（《村魂》）

两段人物语言都是乡村干部的说话，虽是干部，但常年生活在农村或经常与农民打交道，因此所说语言大部分仍是乡土民间生活中常见的语汇、句式。相比较前段人物语言，后段不仅反映了人物的思想性格，还再现了人物在大庭广众中说话的立体情境，更胜一筹。

乔典运小说还经常运用一些民间日常生活中习见的熟语，如俗语、谚语、歇后语、流行语等。上面两段引文中的"一穷九分理""九九归一""跑不出佛爷的手心""丑话先说头里""硬碰硬，实打实"等短语即是。上面所引两篇小说中，其他人物语言或小说的叙述语言中提到的"狗咬扛篮的，人敬有钱的""三句好话暖人心""一夜夫妻百日恩""听诊器，方向盘，当大官，掌大权""亲为亲，邻为邻，关老爷为的山西人""杀猪杀尾巴，各有各的杀法""姜还是老的辣""明人不做暗事"等语句，也是民众常说的熟语。这些鲁迅所说的方言土语里的"炼话"，言简意赅，形象生动，极富艺术表现力。周扬曾对赵树理小说在叙述描写上采用群众语言给予了很高评价。乔典运在小说叙述语言的民间化、通俗化方面的探索和成就，也应该给予较高评价。

作家对源于日常生活中的人物语言的描写，一般要经过提炼、加工的环节，而非原样照录，否则读者有读不懂的可能。但周同宾的长篇纪实作品《皇天后土》（作者把它当做散文写的，但作品发表时有些刊物把它放在小说、报告文学、纪实文学栏目中）却采用口述实录体，让农民自己说话，对于每个农民所说的话，作者"忠于说话人的原初表述，只作删节，决不改窜"。为什么采用口述实录体？在一篇访谈中，周同宾解释说："自己说自己，就会显得真切、实在，更能够直接表现不同的农民的爱与恨，喜与忧，奋斗与挫折，追求与困惑，对人生的感悟和对世界的评判。总之，可以写出不同的农民的不同的心态和生态。"[1] 而对于作品的语言，作者在这篇访谈中这样说道："写这个系列，着力追求的是语言的质朴，自然，有生活气息，有乡土味。也就是说，要写出地道的豫西南的农民语言，不同的农民的不同的语言。"作品的语言确实达到了作者的审美目标，给读者留下了深刻的印象。请看下面两段引文：

> 我，命苦啊！就像那苦苦菜（苦苦菜是一种野菜），从根儿到梢儿，都苦。
>
> 五岁，我妈死了。我爹又娶了一个。后娘好吃好喝，好吸水烟，好看戏，好赶会。两天不吃肉就馋，三天不上街就闷。成天抱个水烟袋，呼噜噜呼噜噜，吸不够。她娘家是地主，享惯福了。嫁给我爹，是第三家。我爹死后，她又嫁了，嫁给一个宰牛的，有肉吃，有钱花。后来，那人犯法了，坐了监，不知道她又嫁没有……蝎子的屁股后娘的心，毒啊，拿我当丫头使，三天两头打我。鞋底

---

① 周同宾：《忘不了父老乡亲——就〈皇天后土——99 个农民采访记〉答客问》，《周同宾散文自选集》，河南文艺出版社 1998 年版，第 484 页。

扎了针打，打了不叫哭。十七岁就叫我出门（出门即出嫁）。图钱，图粮食。她花，她吃。（《苦菜》）

你可是稀客。我这儿，没人来。他们都气我，恨我，捣我脊梁筋，啥难听话都说了。我知道。他们没法儿。干气，瞎鼓憋。两年前，有事无事都来，踢断我门槛儿，像松香膏药粘着，甩也甩不掉。现在，不来了，都不来了，都得罪了。我是脖子上围裹脚布——臭一圈儿；吃一辈子斋，临老喝碗狗肉汤。我算把这世道看透了，我也把我自己看透了。世上事儿嘛，就是这，人嘛，就是这……

小孩没娘，说来话长。我给你从头说——（《善人》）

这真是地道的农民日常生活语言！《皇天后土》整部作品就是由这一个一个农民的谈话所构成的。这些农民的谈话语言，在展示一个个性格迥异、鲜活生动的农民形象的同时，也让我们见识了民间语言的艺术魅力。对于农民的口语，一般的印象是琐碎、啰嗦、混乱、低俗、粗鲁、稀松平常、说过即忘等，但周同宾笔下的农民语言，却简练、生动、形象、准确、传神，极富表现力，给人留下了深刻的印象。

池莉和方方的汉味小说，其汉味的获得主要也是来自武汉方言，即樊星先生所说的"汉腔"。樊星先生说："方方、池莉经营'汉味小说'，一方面直接从武汉平民生活中汲取活生生的方言作为小说中人物的对话，给人以生活的原质感，另一方面努力自然地化方言为别具表现力的'汉味文学语言'。……油滑又俏皮、尖刻又传神、夸张又新颖：这便是'汉味文学语言'的特色所在。……将武汉方言化入文学作品，使文学语言更富于表现力，更富于俏皮、夸张、想象新颖、比喻奇特的生动色彩，无疑是'汉味小说'对中国文学语言的一个可贵的贡献。"[①]他主要是从小说的人物语言和叙述语言两方面入手概括汉味小说的语言特色的。汉味小说的语言特色在方方的《落日》、池莉的《冷也好热也好活着就好》等小说中有比较鲜明的表现。尤其是小说人物的语言，生动地表现了武汉人的性格特点。易中天先生在《读城记》中谈到武汉人的性格特点时，结合武汉方言"婊子养的""您家""鬼做""啫"

---

① 樊星：《当代文学与多维文化》，武汉大学出版社 2005 年版，第 38—40 页。

"差火""夹生""梗朋友""唰唰""铆起搞""醒倒煤"，等等，分析了武汉人火气大、礼性也大，不虚伪、仗义、大方、爽朗等性格特点。言为心声，从武汉人的日常语言出发考察其性格特点，进而解读武汉城市的文化性格，这确实是一个独特的角度。对于池莉、方方的小说，我们当然也可以如此解读。

第二节　民间文化原型的重构

民间文化原型，简称"民间原型"，是李继凯先生提出的一个概念。据他说："所谓'民间原型'，是从外来的神话原型批评理论体系中推衍生发出来的一个概念。神话原型批评旨在探索文学与原始初民的原始经验、原始意象及其传承的历史性联系。由此特别注重上古神话、宗教仪式及其置换变形，认定后世文学是初民神话的移位，或文学世界中的深潜层面总涵容着神话原型，从而体现着民族的集体无意识或原始意象。基于'原型'起自初民并主要续存于民间（民心、民生、民艺等）的发生发展规律，我们觉得采用'民间原型'这一概念来进行文学评论，当较神话原型批评中独对'神话'的强调，更顺达一些，也更易于为人们所接受。……从原型发生的规律看，神话原型多由人与自然（包括生命本能）的关系生发出来，尤其是从人对身心内外未知的大自然的神秘体验中生发出来；而民间原型则由此更进一步，既承传着、增益着此前的神话原型，又进而拓展到人与社会的广泛联系，由此生发出更具人类社会意味的原型，诸如家国乡土原型、孟姜女或七仙女原型、节庆民俗原型等等，大都是人类走出原始时代后的产物。因此，'民间原型'这一概念较'神话原型'具有更大的包容性。它不仅包括着时下流行的'神话原型'，而且包括着民间在历史长河中不断生成的其它文艺原型（如仙话原型、传说原型、故事原型、谣谚原型、戏曲原型、美术原型等），甚至进一步包括着民间的生活原型、民俗原型、人物原型、信仰原型和环境（生态或地理）原型。"[1]

---

① 李继凯：《论新时期秦地小说中的民间原型》，《湘潭大学学报》（哲学社会科学版）1997 年第 5 期。

那么，何谓"原型"呢？原型（archetype）一词，最早源于希腊文，其本义是"原始模式"或"某事物的典型"。在柏拉图的哲学理论中，原型用来指事物的理念本源。两千年后，分析心理学创始人荣格借用这个概念来解释人类集体无意识的心理内容。加拿大学者诺思罗普·弗莱对原型概念有多层次的考察和界定："第一、原型是文学中可以独立交际的单位，就像语言中的交际单位——词一样；第二、原型可以是意象、象征、主题、人物，也可以是结构单位，只要它们在不同的作品中反复出现，具有约定性的语义联想；第三、原型体现着文学传统的力量，它们把孤立的作品相互联结起来，使文学成为一种社会交际的特殊形态；第四、原型的根源既是社会心理的，又是历史文化的，它把文学与生活联系起来，成为二者相互作用的媒介。"① 显然，弗莱所说的原型主要是文学原型，不同于荣格研究的心理原型。这样，对原型就可以从哲学、心理学、文学等不同角度加以观照和解释。但正像有的学者所说："更大量'可见'的原型则是文化角度上的原型，也就是说是通过具体的文化载体所体现的精神现象，比如文艺中意象的反复、母题的置换变形。这种原型通过社会性的文化承传而不是精神遗传世代流传下来，这也是最容易辨认和理解的原型。"②

结合以上关于原型和民间原型的概念介绍，我们认为所谓民间文化原型（可简称为"民间原型"），是指反复出现于民众日常生活、文化活动或文艺形式中的主题、人物、意象、情境、仪式、故事类型、结构原则、话语方式等，反映着民众在漫长的历史发展中比较原始的或后来衍生的心理内容、思想观念与情感态度。当代作家对民间文化原型的利用，主要是创造性的化用，借用弗莱的说法就是"置换变形"，注意在其中注入新的时代精神和个人的审美情趣、审美理想，从而使它焕发出新的艺术魅力。这即是民间文化原型"重构"的意思。李继凯先生从民间的憧憬、民间的情爱、民间的批判、民间的形式四个方面论析了新时期秦地小说对民间原型重构的概况。借鉴他的分析框架并稍加改造，

---

① 参看叶舒宪选编《神话——原型批评》，陕西师范大学出版社 1987 年版"代序"《神话——原型批评的理论与实践》一文，引文中标点略有改变。

② 程金城：《中国文学原型论》，甘肃人民美术出版社 2008 年版，第 7 页。

我们从民间的理想、民间的情爱、民间的批判、民间的信仰、民间的形式等几个方面来分析汉水流域新时期小说对民间文化原型创造性的重构。

一　民间的理想

许多汉水流域新时期小说都表现了社会基层民众的日常生活和人生故事，也表现了他们的人生理想和生活追求。可以说，在民众的思想深处往往隐约可见一个乌托邦社会原型。这一文化原型，早在我国第一部诗歌总集《诗经》中就已显现。"乐土"而至于"桃花源"，文人的改造仍可从民间追寻其思想源泉。王蓬的《山祭》中，在极"左"政治运动和商品经济风潮未及影响之时，秦岭深处观音山山村人家，虽也生产、生活艰辛，但民风淳朴，生活富足，山水风光美丽，也算得上一处迷人的天堂。周大新《湖光山色》的结尾，楚王庄在清除了忘乎所以、无情无义的权力之后，旅游业重新开张，从此事业步上坦途，村民将过上富裕、平静、幸福的生活。贾平凹《土门》中提到的神禾塬，是一个新型的城乡区，"它是城市，有完整的城市功能，却没有像西京的这样那样弊害。它是农村，但更没有农村的种种落后，那里的交通方便，通讯方便，贸易方便，生活方便，文化娱乐方便，但环境优美，水不污染，空气新鲜"。这显然是作者为中国城乡社会发展设计的理想形态，也是仁厚村村民理想的生活家园。

但汉水流域新时期作家普遍怀有一种恋乡怀旧之情，对传统乡村的美丽风光、淳朴风俗和美好人性往往大加赞美，甚至理想化。而对于当前城市生活文化的喧嚣、肤浅、逐利、自私、堕落等则出于本能地批判，从反面印证了作家的恋乡恋土之情。周同宾在其散文自选集《情歌·挽歌》"自序"中说："我是农家子，吃红薯饭长大，穿粗布衣成人，对农村和农民，一直怀有一腔挚情。自打学会做文章，开笔便写农村和农民。虽然住进了城市，吃上了公粮，心还留在农村，还时时记挂着父老乡亲。比较而言，农村比城市风景更美，农民比市民风俗更淳，农村生活比城市生活，有更宜人的风情风韵。"他所表达的恋乡斥城的文化心态在汉水流域新时期作家中具有代表性。这种文化心态在贾平凹的长篇小说《废都》和商州系列小说，周大新的《湖光山色》和《21

大厦》，马本德的《老人河之梦》，田中禾的"落叶溪"系列小说，陈应松的《松鸦为什么鸣叫》等小说中，都有或轻或重的流露。这种恋乡斥城的文化心态，是乡土民间安土重迁、落叶归根、看重人情、美化家乡等传统观念的当代变化形式，在金狗（《浮躁》）、暖暖（《湖光山色》）、伯纬（《松鸦为什么鸣叫》）等乡村人物形象身上都有所体现，但更像是作家自己的文化单相思。因为在当前迅猛发展的城市化的社会历史大趋势下，尽管城市生存环境并不理想，但仍有更多的炳（《在城市屋檐下》），汉家女（《汉家女》），小保安（《21 大厦》），翠翠、光利、陈星（《秦腔》），刘高兴、五富（《高兴》）们逃离乡土或涌入城市谋生。对于这些农民来说，理想的生活家园不在足下的乡土，而在别处、在城市。汉水流域新时期作家尽管多有抵触，但仍然表现了这种不可遏抑的时代心理，也即这个时代的农民文化心理。

另外，由于民间的藏污纳垢性，作家对乡土民俗民性的表现不能不有所批评，延续五四时期鲁迅等一代作家普遍的启蒙意识和文学的国民性批判主题。如贾平凹的《古堡》《高老庄》《古炉》等商州系列小说，在对商州山民婚丧嫁娶等日常民俗生活的展示中，更多地揭露和批判他们愚昧、落后、自私、迷信等劣根性。周大新的南阳盆地系列小说和陈应松的神农架系列小说，许多作品与此类似，都打上了作家强烈的国民性批判的思想烙印。尽管如此，一些作品在批判山民或乡民愚顽不化的民性时，亦不隐讳其身上的淳朴、善良、吃苦耐劳、有情有义等传统美德和旺盛的生命活力，从而展露出普遍存在于民众内心深处的生命崇拜、英雄崇拜、道德崇拜等民间文化原型的心理模式。像金狗、蔡老黑（《高老庄》），邹艾（《走出盆地》）、伯纬等人物形象及其作为，正是这些心理模式最集中的体现。苏雪林在《沈从文论》一文中这样论析沈从文小说的"理想"："借文字的力量，把野蛮人的血液注射到老迈龙钟颓废腐败的中华民族身体里去使他兴奋起来，年青起来，好在廿世纪舞台上与别个民族争生存权利。"① 汉水流域新时期作家似乎也有沈从文的创作理想，在他们看来，面对现代都市文明病和整个当代中国

---

① 刘洪涛、杨瑞仁编：《沈从文研究资料》上册，天津人民出版社 2006 年版，第 189—190 页。

社会的物欲横流与道德沦丧，乡土民间生命和文化的"野性"也许是一剂不错的药方，能够扶危治病，帮助中华民族走向伟大复兴。"礼失而求诸野"，从古到今，从来都不失为文化建设的方便之门。

二　民间的情爱

爱情是文学永恒的主题之一。民间的爱情往往不同于文人作家笔下的爱情。如一夫一妻制是中国现代作家普遍接受的观念，包括言情、武侠等通俗小说作家亦持有如此观念。但汉水流域新时期作家笔下的婚恋却有许多非常态的婚姻形式，如上文提及的贾平凹、王蓬、京夫等作家小说中那种"招夫养夫"的婚俗形式。现代婚姻家庭的建立也以男女双方的爱情为基础，但周同宾的《皇天后土》中，豫西南农村却普遍盛行换亲、转亲、买卖婚姻的习俗，正像叫坤的农村青年所说："结婚就是配对儿。一配成对儿，就一辈子不能散。咱这儿没离婚的。经济呀，情面哪，名誉呀，儿女呀，捆住哩，想离也离不成。离了再找，再配对儿，更难。农民的家庭是最稳定的，依我看，婚姻有三个层次：同情、感情、爱情。多数是两口子互相有点儿同情。……一部分有点儿感情。……在农村，几乎是只有婚姻，没有爱情。爱情在戏里——《梁山伯与祝英台》、《西厢记》。农村人会唱，会说，就是不知道自己也需要爱情。"他可能道出了乡土民间婚恋普遍注重实际或务实的特点。汉水流域新时期小说在描写此类民间婚恋形态时，有批判，有谴责，但更多的是宽容、同情。作家往往是站在民间文化的立场上描述此类婚恋故事的。

但民间社会仍有合乎现代观念的婚恋形态，尤其是近现代以来大力宣扬恋爱自由、婚姻自主，就更是如此。在汉水流域新时期作家笔下，如贾平凹《商州》中的刘成与珍子、《浮躁》中的全狗与小水，周大新《湖光山色》中的暖暖与旷开田、《第二十幕》中的尚达志与盛云纬，田中禾《五月》中的改娃和小五，张一弓《张铁匠的罗曼史》中的张银锁与王腊月，池莉《太阳出世》中的赵胜天与李小兰，方方《有爱无爱都刻骨铭心》中的瑶琴与杨景国，等等，皆因其爱情故事而感人。他们或不顾父母反对，或历经磨难，或生死不渝，甚至结合又离异，皆因男女双方的爱情做基础。民间文化中向来就有男才女貌、忠贞不渝、婚姻美满等情感诉求和道德观念,《梁山伯与祝英台》等民间四大传说对此有精彩的表现。汉水流域新时期小说对符合现代观念的婚恋故事的叙写,主要受近现代以来个性解放、科学、民主等思潮的影响,但民间文化原型的影响也是潜移默化、不可忽视的。

另外,民间的情爱表达方式也大大不同于有知识有文化的文人作家。只要稍稍翻阅一些民歌,就知道其中情歌占了相当大的比重,且那种情爱表达得非常热烈、大胆、奔放,直叫所谓正人君子脸红心跳。民间的荤故事或黄段子也比比皆是。大多出身于乡村,受此种文化氛围熏染的汉水流域新时期作家,当然要在其作品中表现这种原始、自然形态的性爱关系。当然这也有一个由雅驯到粗俗的创作过程。贾平凹的短篇小说《火纸》中,持篙人、孙二娘和阿季的歌唱,都关乎男女情爱,有的却含有明显的色情成分。其长篇小说《高老庄》中,蔡老黑对菊娃的爱情追求,绝不同于已是大学教授的高子路,敢爱敢恨,一有机会就想与她交合,甚至冒着被抓捕的危险去见她。贾平凹的长篇小说《废都》,更因大胆的性描写而备受争议,也许多少受到作者故乡民间比较自由、开放的性观念的影响。王蓬的《水葬》,通过翠翠母女和麻二的故事,对秦岭山地这种自由的性观念有更多的展示。周大新《湖光山色》中的女主人公暖暖,对爱情的追求是大胆的、执着的,敢于冲破父母的反对阻挠,不顾村干部的权威压迫,独自走进意中人旷开田的家,和自己所爱的人建立起事实婚姻。当旷开田后来当上村干部腐化堕落而不听劝告,且与他感情破裂时,暖暖又毅然同他离婚。这种敢爱敢恨的性格类似于蔡老黑,也是民间社会青年男女表达情爱常见的方式。

三　民间的批判

对于社会政治、社会风气及政治人物,民间自有其评价尺度。生成于民间的批判意向,体现着民心的向背和民众的好恶爱憎之情,必然会影响到来自于民间底层或具有民间文化立场的作家。汉水流域新时期作家也不例外。贾平凹的《鸡窝洼人家》讲述了一个两户商州山地人家换老婆的故事,在破镜不能重圆的遗憾里,表现了山地农民思想观念的艰难变革和民心思变的历史发展趋势。他的《浮躁》以对民众时代情绪的准确概括而著名，对家族政治斗争的危害也有深入描写和强烈批判，这批判也是小说所写普通民众的爱憎表达。京夫的《白喜事》《八里情仇》，王蓬的《山祭》，张一弓的《犯人李铜钟的故事》《张铁匠的罗曼史》，田中禾的《五月》等小说，大都在一种民俗故事或情爱故事的叙说中，反映着民众对于农村极"左"政策、势力和观念，以及党在新时期的农业政策失误的批判和忧虑，这也是作者的情感态度。

在"文化大革命"后不久兴起的"改革文学"创作中，"清官"形象、"清官"意识一直是饱受争议的创作倾向。如果从民间文化观念来看，这正是其重要的组成部分。作家对此不无肯定和欣赏的描写，表明作家是站在民间立场上表达着民众普遍的政治诉求与理想的。这在贾平凹描写改革的《鸡窝洼人家》《腊月·正月》《古堡》等商州小说中有典型表现。小说中致力于改革的人物，其改革的推进或成功，大都得到县上领导的支持和帮助，这些县领导大致都可看作"清官"形象。除了贾平凹，像南阳作家张一弓的小说《犯人李铜钟的故事》中的田振山书记、乔典运的小说《乡醉》中的乡党委书记木易、殷德杰的《歪歪井有个李窑主》中的公社郭主任等人物，其实也都可看作"清官"形象。与清官相对应的是昏官、贪官等，主要是官员中的极"左"势力代表者、思想观念陈旧者、以权谋私者及昏庸无能之辈。在这些清官形象身上，作者寄寓着类同于民众的政治理想和喜爱之情。与清官对应昏官、贪官相类似，民众还有忠臣对应奸臣的政治观念，作家在表现民众这一政治观念时，往往也是站在他们一边的。这些官员形象，其背后自有一套君君臣臣的文化规范，从中亦可见到民间社会传承久远的政治伦理和朴素的历史观。

民间的批判有时不同于作家的批判。周大新的小说《向上的台阶》和《湖光山色》都写到了权力政治对人的异化，这是民众（廖老七、暖暖等）羡慕、追求权力时所没想到的。民众追求的是做清官、忠臣，对其反面往往持一种道德化的否定评价。而在民间流传的历史权贵人物故事的对照中，作家却在作品中把批判的矛头指向了历史文化深处。民间对权势人物的看法，也常夹杂着风水论、宿命论和迷信、报应等思想，如贾平凹小说《浮躁》中写到田巩两家的崛起，当地民众把它归之于地理风水好，毛泽东、周恩来和朱德三位国家领导人竟成了民间阴阳师扶乩占卜的三老大神，对此作者显然是不以为然、有所批判的。

四 民间的信仰

张正明先生在《楚文化史》一书中曾说到楚人崇巫习俗甚于华夏。汉水流域上下都曾是古代楚国的势力范围，崇巫之风不能不遍布本流域内广大地区。至今，民间巫风之盛仍可见历史影响的痕迹。从小就熏染于如此文化氛围中的汉水流域新时期作家对此生活习俗也不能不有所表现。

巫鬼文化在作家作品中最集中的表现是丧葬习俗的描写。京夫的小说《白喜事》，写的是福寿奶奶的丧葬过程：人刚死，烧倒头纸，"燃完倒头纸，灵堂已设置好了。死者被万山大叔抱着，放置在厅堂的停尸床上，用麻纸苫了脸，拉上了帐子，点上了神灯。灵前香案上，点着两只漆蜡，中间放一尊已经被尘封的灰黑色的锡铸香炉，供着一炷加了香料但粗糙得像荞面饸饹似的神香，散发出苦艾和烧牛粪一样的呛味儿，使灵堂有一种神秘和庆典的气氛"。接着，给亲友报丧，孝子挂孝，"孝子没挂孝，那就是对亡灵的最大不敬，对先祖遗训的背叛和亵渎，那可非同小可"。福寿奶奶属虎，龙行四六，需过五天下葬，孝子要守灵，请孝歌队，孝歌队唱《开路歌》《安五方》和《王祥卧冰》《郭巨埋儿》等"十大孝"歌；打墓；乐人吹奏；死者下葬。在丧葬过程中，作品插叙了很多人物故事，包含着丰富的社会生活内容和新的时代信息。但仅就丧葬习俗本身来说，围绕它的人们的一言一行，以至矛盾冲突，无不体现着鬼神信仰和念祖孝亲的观念。贾平凹的小说《秦腔》，其中写到夏天礼、夏天智等人物的葬礼，小说《高老庄》写到高子路父亲过三周年的礼仪，这些葬礼、礼仪也都包含着民众的鬼神信仰和念祖孝亲的观念。

贾平凹的小说《浮躁》，写到仙游川的风水，小水的新婚谢罪，不静岗和尚的拆字，雷大空尸体的"浮丘"（暂时将棺木安放在某处，待忌日之后方能入土），百神洞阴阳师的扶乩等民俗文化事象，从中皆可看到民众的信仰与禁忌。其中写到州河上名叫"看山狗"的鸟，被山民视若熊猫一样珍贵，又比熊猫神圣，作各种图案画在门脑上，屋脊上，"天地神君亲"牌位的左右。小说主人公金狗出生奇特，被看做

"看山狗"托生而来，因他与官僚主义斗争的事迹到处传说，竟在州河两岸所到之处掀起了"看山狗"崇拜热，到处画有它的图案。在这里，对"看山狗"的崇拜显然有图腾崇拜的意味。"所谓图腾，就是原始时代的人们把某种动物、植物或非生物当做自己的亲属、祖先或保护神。"① 图腾是原始社会中族群的一种信仰和习俗，至今社会生活中仍有某些残存的遗迹，如汉民族对龙凤的敬奉就带有图腾崇拜的印痕。张正明在《楚文化史》中说道："楚人的先民以凤为图腾，……在楚人看来，凤是至真、至善、至美的神鸟。他们对凤的钟爱和尊崇，达到了无出其右的程度。"② 《浮躁》所写的对"看山狗"鸟的崇拜，让人遥想到了远古时期楚人的信仰和习俗。

　　从作家对丧葬礼仪习俗的描写中还可见到民众对于生死的观念，即重生亦重死的思想观念。重死并非表现为唠唠不休地谈论死亡，或对死作形而上的哲学思考，而主要表现为厚葬隆丧的礼节、仪式、习俗等。民间关于死亡的观念，往往纠缠着佛教的生死轮回、因果报应、地狱天堂等思想。如小说《秦腔》对夏天智死前一笑的描写，小说人物引生、中星爹的解释是："人死了有的上天堂，有的下地狱，凡是能上天堂的死时都是笑的，那是突然看到了光明，突然地轻松，不由自主地一个微笑，灵魂就放飞了。"夏天智在小说中是一个德高望重的人物，他能上天堂也含着好人有好报的意思。当代民俗学者陈勤建在分析民间四大传说之一的孟姜女传说故事的结尾"死后化鱼"时，谈到了另一种民众的生死观："在中国古老的民俗生死观当中，没有我们今日死的概念，死是'化'，也是生，由'化'，转变为其他生灵。"③ 死而"化"为其他生灵，孟姜女传说是这样，梁祝化蝶等民间传说、故事也是如此。盘古开天辟地的神话更是典型的"化生"故事。周大新的小说《走出盆地》，其中穿插讲述了天宫的三仙女、地宫的唐妮和地府的湍花三个仙女皆因爱情被贬凡间，为了学种庄稼、织布做衣和造房子，连续奔走，最终耗尽力气，但身倒心未死，身体分别化作白河、唐河和湍河，冲破

---

① 任骋：《民间图腾禁忌》，中国社会出版社 2006 年版，第 3 页。
② 张正明：《楚文化史》，上海人民出版社 1987 年版，第 7 页。
③ 陈勤建：《文艺民俗学》，上海文化出版社 2009 年版，第 284 页。

了玉皇爷、土地爷和阎王设置的四面大山的围困和囚禁，冲出了盆地。这仍是民间传说故事。但死而化生的观念，在反映了民众的善良愿望的同时，也许还反映着民众追求永生、追求不朽的信念，一种原始的思维和信仰。卡西尔对此有过论述："在原始思维中，死亡绝没有被看成是服从一般法则的一种自然现象。……那种认为人就其本性和本质而言是终有一死的概念，看来是与神话思维和原始宗教思想完全相斥的。……它们（神话和原始宗教）断然否认死亡的真实可能性。在某种意义上，整个神话可以被解释为就是对死亡现象的坚定而顽强的否定。由于对生命的不中断的统一性和连续性的信念，神话必须清除这种现象。原始宗教或许是我们在人类文化中可以看到的最坚定最有力的对生命的肯定。"① 如果这样来理解生与死的话，那么《走出盆地》中的女主人公不甘事业失败，从头再办康宁医院，不仅要把它办成全南阳、全河南的一流医院，还要让它在全国、全世界出名，要让世界医学发展史上载下它的大名，对"名"的追求正是对生命不朽的追求。这显然是具有与民间传说相类似的生死观念，也是民众普遍具有的一种人生理想和心理原型。

汉水流域新时期小说对丧葬习俗的描写，内中往往含有佛教的思想观念。除此以外，还写到佛教的事象、景观和人物，如烧香拜佛、吃斋念佛、寺庙、和尚、信徒等。周大新的《湖光山色》写女主人公暖暖小时候随母亲经常到凌岩寺上香，以求其父在丹湖里打鱼不出事情，后来在发展旅游事业过程中，多次聆听凌岩寺天心师父的教诲，以解除人生中的诸多困惑。作品中，凌岩寺和天心师父等佛教因素，成为与楚王庄世俗人生故事相对应的另一种文化环境背景，对作品的主题表达显然起着一种丰富的作用。除了佛教，作家还写到道士、道观及民众求签问卦等道教景观和活动，如贾平凹的《古堡》《浮躁》等商州小说；还写到天主教或基督教等外来宗教意象，如教堂、《圣经》、礼拜、教徒、神父或牧师等，如京夫的《八里情仇》、周大新的《第二十幕》、田中禾的《匪首》等小说。小说中，民众参与佛、道、耶等宗教活动，类似于从事民俗活动或民间文艺活动，主要都是出于一种实用性的功利目

---

① 恩斯特·卡西尔：《人论》，甘阳译，上海译文出版社1985年版，第107—108页。

的。李泽厚在《孔子再评价》一文中提出"实践理性"或"实用理性"的概念，用以概括孔子儒学甚至整个中国文化心理的一个重要的民族特征。以此观点观照民间社会民众的宗教活动、宗教信仰，那种实用主义态度应为民族文化心理的集中表现。

五　民间的形式

汉水流域新时期小说对民间文艺形式有创造性的利用，不限于简单的转述、引用。如周大新的小说《走出盆地》，其女主人公坎坷、不幸的爱情故事，大体合乎民间文艺中的难婚原型及其相应的婚恋三角模式，可看作作者对于这一文艺原型的创造性运用。其实这种民间文艺原型及其叙事模式，在周大新的《第二十幕》，贾平凹的《商州》、《浮躁》，京夫的《八里情仇》，王蓬的《山祭》，田中禾的《五月》等小说中都有所表现。在叙事方式上，民间文艺创作在千百年的发展过程中形成了许多原型模式，不能不深刻影响到善于汲取民间文化营养的文人作家作品。如民间故事中常见的三段式或三叠式情节结构模式，即是如此。"所谓'三段式'，是指类似情节反复三次或多次。这类似的三件事情可以是一个人做的，也可以是三个人做的。每件事情实际构成了一个相对完整的情节序列（sequences）。"① 中国古代小说经典作品《三国演义》中的"刘玄德三顾草庐""孔明三气周公瑾"，《西游记》中的"尸魔三戏唐三藏""孙行者三调芭蕉扇"，《水浒传》中的"宋公明三打祝家庄"等故事情节，显然都是取自民间故事的"三段式"结构原型。汉水流域新时期小说中也时时可见这一"三段式"结构原型，如周大新小说《溺》中那个丑女人的三次比美、三次相亲、三次不幸婚姻，乔典运《黑与白》中黑脸会计与白脸队长三次到大队部里找支书老张争辩是非，《多了一笑》中小林等儿女为了给其母顺气三次编找"多了一笑"的原因，贾平凹的《猎人》中戚子绍的三次猎熊遭遇，等等，在重复性的情节叙述中表现人物执拗的思想性格和特别不幸的命运，给读者留下了特别深刻的印象。

民间文艺中的人物原型对汉水流域新时期作家的小说创作也有很大

---

① 万建中：《民间文学引论》，北京大学出版社 2006 年版，第 211 页。

的影响。如诞生于本流域内的汉水女神形象，不仅影响着从古至今中国文人作家的文学创作，更是对本流域内新时期作家的创作有着潜移默化的影响作用。汉水女神最早出自《诗经·汉广》一诗，它不仅塑造了中国最早的江河女神形象，而且对后世中国文学创作产生了深远的影响。像宋玉《高唐赋》《神女赋》中的巫山神女，曹植《洛神赋》中的洛水女神宓妃，唐诗宋词中的"佳人""美人"，直到曹雪芹《红楼梦》中的林黛玉等，这些女性形象在某种程度上都可归源于汉水女神。汉水流域新时期作家也写到了这一女神形象。王雄的《阴阳碑》写到襄阳的穿天节节俗：相传正月二十一这天，是郑交甫与汉水女神相遇定情的日子，谓之"穿天节"；这天有情男女不约而同到汉江边聚会玩乐，其时女子会在河滩捡拾有孔石子，用彩色丝线穿起来戴在头上，以祈求婚姻美满、早生贵子、全家平安等。这是关于汉水女神的节令风俗描写。汉水女神形象广泛而深刻的影响，主要表现在汉水流域新时期小说对女性形象的塑造上。贾平凹早期小说如《满月儿》《商州初录》《二月杏》《小月前本》《冰炭》《天狗》《商州》《浮躁》等，其中着力刻画的满儿、月儿、小白菜、二月杏、小月、白香、师娘、珍子、小水等女性形象，多是善与美的化身，身上有仙气、神性，类乎仙女神女。近一点说，这也许是贾平凹受到了沈从文、孙犁等现当代作家小说的影响，远一点说，也许是贾平凹受传统文学诸如《聊斋志异》《红楼梦》等影响所致。但从文学原型的角度说，也许是汉水女神形象置换变形的结果。王蓬《水葬》中的翠翠，京夫《八里情仇》中的荷花，周大新笔下的"香魂女"、王涵、暖暖等，这些女性形象也都具有非凡的神性，也可看作汉水女神在当代小说中的变形显现。

汉水流域新时期小说中还有一类人物形象，集中体现着民众的智慧，类似民间文艺中常见的机智人物。如贾平凹《古堡》中的道士，《王满堂》中的王满堂，《浮躁》中的金狗、雷大空，《古炉》中的狗尿苔的婆，周大新《怪火》中的爹、《伏牛》中的奇顺爷、《湖光山色》中的天心师父、《第二十幕》中的尚达志、卓远，田中禾《匪首》中的母亲，王雄《阴阳碑》中的六爷，池莉《不谈爱情》中的梅莹、《小姐你早》中的李开玲，等等，在小说情节叙述中表现出的人生智慧常常让人赞叹不已。秦俊的历史小说《庞振坤外传》，其主人公的传奇故事据作者说多取材于民间传说，也受到了新疆阿凡提故事的启发，更是民间机智人物的翻版。

　　另外，汉水流域新时期小说中的清官形象（如上文所述）、英雄形象（如贾平凹《浮躁》中的金狗、张一弓《犯人李铜钟的故事》中的李铜钟、陈应松《松鸦为什么鸣叫》中的伯纬等）、猎人形象（如王蓬《山祭》中的姚子怀、贾平凹《怀念狼》中的傅山、陈应松《猎人峰》中的猎人家族白氏父子兄弟等）、土匪形象（如贾平凹《白朗》中的白朗、叶广芩《青木川》中的魏富堂、田中禾《匪首》中的姬有申等），等等，也多来自民间生活或文艺中的原型人物，富含民间审美价值和艺术魅力。

　　汉水流域新时期小说对方言土语的提炼加工，对民间俗语的大量运用，其中亦可见到民间语言原型范式对作家的深刻影响。前文所引乔典运小说对民间俗语的大量录用，乔典运、贾平凹、池莉、方方等作家的小说和周同宾的作品对民间语汇、句式的熟练运用，都可见到生生不息、传承久远的民间语言对作家作品这样那样的影响。作为民间文化重要载体的民间语言及其语言艺术形式，主要是口语化的而非文字形式的；它也早在文字出现之前就已存在。民间口头语言，是一切语言艺术形式的活水源头，其范围远比胡适在《白话文学史》中所强调的中国文学的白话文传统广大得多。赵树理曾说"广大群众就是话海"，倡导向他们学习语言。汉水流域新时期作家以自己优秀的小说作品显示了他们在学习民间语言方面所取得的丰硕成果。

第三节　民间文化的审美意义

　　汉水流域新时期小说对民间文化资源的利用，给其自身带来了一种别样的审美意义。举其大概说，主要是小说的民间化、民族化、通俗化等审美特征。当代有所谓民俗小说、文化小说等名称，许多汉水流域新时期小说应该是其代表者。下面结合具体的作家作品，仅从三个方面对汉水流域新时期小说中民间文化的审美意义加以论说。

　　首先，是民间文化资源的利用给作品带来浓郁的地域色彩。民间文化主要表现为一种地域文化。地域文化不限于民间文化，它还包括其他传统文化，如被历代官方所倡导的比较正统的儒家思想文化。但是，民间文化是地域文化最为重要的组成部分。作家对地域性民间文化资源的利用，必然使其作品具有一定的地域色彩。有论者指出：南阳"地处豫、鄂、川、陕交会处，北连中原，东通吴会，西接川、陕，南控荆楚，正好是中原文化与荆楚文化的交接带。……这两种不同的文化经由在南阳盆地的碰撞、交融，铸就了南阳地域文化的独特品格：现实与浪漫并存、凝重与飘逸兼容、重质轻文、博大雄厚。这样的文化品格，正是哺育作家的最好营养。当代南阳作家群无不吮吸着这种文化营养，他们的创作也无不体现着这一文化品格"①。岂止是南阳，本流域内的陕南秦巴山区，湖北的荆襄地区、江汉平原，其实都是多种文化的"交接带"。对于这样的多种文化的交融，作家往往也有清醒的认识。如贾平凹在一篇访谈中说：商州，"属陕西，却是长江流域，是黄河流域向长江流域过渡的交错地带，更是黄土文化与楚文化的交汇地带，有秦之雄和楚之秀，是雄而有韵，秀而有骨"②。在这篇访谈中，贾平凹还说到了商州汇聚了楚文化、中原文化和秦文化三种文化，并说："具体到我自己，有三种文化的影响，不是人为而是天然的。"如果从整个汉水流域的角度加以观照，多种文化交融也正是其地域文化的基本特征之一。以上提及的中原文化、汉文化、楚文化或荆楚文化，以及未提及的巴蜀文化等，这些地域文化或区域文化，都曾在汉水流域这一更大的地理空间存在过、传播过，其思想观念、习俗、文艺等至今仍影响、制约着本流域内民众的思维方式和日常言行。本流域内的作家概莫能外，其创作必然会打上汉水流域地域文化的烙印。

　　具体到某一较小地域，其地域色彩可能各不相同，各有各的特点。如有人对当代南阳作家群"地域色彩"的论说："正如'陕西作家群'的成功得益于其多部长篇小说的出现，以及作品中所表现出的浓郁陕西历史文化风貌一样，南阳小说家的作品也处处深深地镌刻着'南阳特产'这一标志，浓郁的地域文化特征也决定了这些作品只能是出产于南阳这一独特的文化氛围里面，而不是其他地方作家所能模仿复制的。因此，我们在作品中到处可见的是南阳的民情风俗、人文地理、历史传

----

① 陈继会主编：《文学的星群——南阳作家群论》，河南文艺出版社1999年版，第12页。
② 贾平凹、穆涛：《平凹之路》，青海人民出版社1994年版，第22页。

说，甚至连话语方式和语言习惯也都是原汁原味的南阳特色。"① 结合乔典运、周大新、田中禾、马本德、殷德杰、李克定、秦俊等作家的小说作品，这些"南阳特色"会看得更加清楚。论说中提到的"陕西作家群"比较笼统，其实陕西作家可根据南北不同的地理环境和地域文化细分为陕北作家群、关中作家群和陕南作家群三类。贾平凹在《王蓬论》一文中就是如此划分陕西作家的，并说这"势必产生了以路遥为代表的陕北作家特色，以陈忠实为代表的关中作家特色，以王蓬为代表的陕南作家特色"。贾平凹在文中论析了陕南作家王蓬小说的"阴柔灵性之美"，论人亦是论己，贾平凹作品实际上也是具有"阴柔灵性之美"的。这也是滋养于陕南山水和地域文化中的大多数陕南作家作品共同的审美特色。

如果从整个汉水流域来看，本流域新时期作家的许多小说也体现出一些共同的流域或地域色彩。如上文所述的汉水流域新时期小说对码头文化、猎人故事和土匪题材的叙写，在小说取材上有着共同的地域特色，作品风格上也受到了地域文化的浸染。如贾平凹小说因受楚文化影响而具有的神秘色彩，这在本流域其他作家如蒋金彦、周大新、田中禾、王雄、池莉、方方等人的小说中也多有显现。贾平凹小说中的神秘色彩更像是天然生成的，周大新小说中的神秘色彩却更多地来自作者的有意为之，但作为小说共同特色的神秘却同一，且都来源于汉水流域楚文化、巫文化余风的影响。池莉在题为《我》的文章中说："楚人的巫风之久远始于原始社会，历经千年的沧海桑田至今不息。"并在另一篇文章《我对武汉说：一条大河波浪宽》中谈到她的文学创作与武汉的关系时说："如若不是凭借江汉平原千百年积蓄的巫风与灵气，我那一次又一次的绝望将如何攀援、超脱、升华？"这都是切身之论，且在《你是一条河》等小说中有所表现。

其次，民间文化资源的利用可以丰富情节、丰满人物，增加作品的艺术魅力。以民俗描写来说，许多汉水流域新时期小说在描述民众日常生活中的民俗景观时往往只把它作为人物、故事的铺垫、陪衬，起到渲

---

① 陈继会主编：《文学的星群——南阳作家群论》，河南文艺出版社 1999 年版，第 51—52 页。

染、烘托环境氛围的作用。但仍有一些作家更看重小说创作中民俗的地位和作用，把它与人物、故事等量齐观，甚至置于首要的位置。如京夫的《白喜事》正是在陕南农村丧葬习俗中展开故事、刻画人物的，无此习俗，小说终难成篇。王雄的《金匮银楼》也是在关于长命锁的襄阳习俗中展开银楼贾家与粮行皮家的家族恩仇故事的，无此民间俗信，小说的恩仇故事难以展开，人物迷信、善良或邪恶的性格也将无从表现。再如秦巴山区"招夫养夫"的民间习俗，这既构成了贾平凹小说《天狗》的主要情节，也是王蓬的《山祭》和京夫的《八里情仇》等小说的情节结构样式，小说中人物的言行、性格、心理等也由此彰显。无疑，这些民俗描写丰富了小说的情节线索，对刻画人物的性格命运也起到了至关重要的作用。

汉水流域新时期作家往往并不满足于在作品中点缀性地简单引述神话、传说、故事、歌谣、戏曲等民间文艺形式，而是把它看作情节发展或人物命运不可或缺的一部分。贾平凹的小说《天狗》就是如此。作品先后插入民歌十余首，不仅烘托出了人物故事发展的环境氛围，而且对刻画人物心理、情感具有独特的效用。作品中古老的乞月习俗、仪式和乞月歌，其背后是天狗吞月的神话故事。与天上的星辰天狗和月亮相对应的，是人间的人物天狗和如菩萨、如月亮的师娘。因此，这一神话故事暗示着作品中情节发展的趋向：天狗将代师傅而娶师娘。《天狗》中的民俗、民歌和民间神话故事，都对小说的情节发展和人物塑造起着重要的作用。贾平凹的另一篇小说《火纸》，其前后共引述了六首民歌，其中四首都是民间情歌，歌中那种大胆、热烈、执着的爱情，正与现实中阿季与丑丑的悲剧爱情形成一种比照关系，让人唏嘘感叹、无言以对，只能像小说结尾撑筏少年那样喊出无词的汉江号子。

周大新的长篇小说《走出盆地》，在讲述农村女孩邹艾的命运故事的同时，时断时续插叙了天宫的三仙女、地宫的唐妮和阴府的湍花三个神话故事，形成一种对应式或对位式的情节结构样式，复合表现了古今女性共同的婚恋、人生的不幸与艰难。周大新另一部长篇小说《湖光山色》，在叙述男主人公旷开田的故事过程中，也穿插叙述了古代的楚王赏的民间传说故事，构成一种情节与人物的比照对应关系，从而把现实与历史联系起来，暗示了当代乡村权力政治的历史文化基因，不由人不深思乡土社会的前途命运。

但是，《湖光山色》中人物故事的对应，不同于《走出盆地》，前者在作品中是局部的，而后者是全局性的。后者在整体情节结构上的对应，用米兰·昆德拉的话说就是一种小说"对位法"的结构艺术。昆德拉在《小说的艺术》中将小说比作音乐，用作曲技法"对位法""复调"手法来说明一种小说结构艺术，即多条情节线索（包括不同文体）平等发展，因主题的统一而成为不可分割的艺术整体。这种结构方式的小说也可称为复调小说，是巴赫金人物话语复调小说理论的进一步发展。周大新的小说《泉涸》《伏牛》《左朱雀右白虎》等，像《走出盆地》一样，在主人公的命运故事与民间传说的交织发展中，形成一种情节"复调"，从而反映了更为广阔的社会历史生活，使作品具有丰富的思想意蕴。

陈勤建在《文艺民俗学》中谈到民俗文艺在作家文艺创作中的重建方式时，归纳了四种模式：衍生复写；综合组建；对应错位和氛围烘托。其中"对应错位"可归入昆德拉所说的小说对位法的结构艺术，也常常形成一种复调小说。不过，用于重建的民俗文艺不限于民间传说、故事等，也有民间歌谣、戏曲等。民歌如上文提到的贾平凹的短篇小说《火纸》。戏曲如贾平凹的长篇小说《秦腔》，其中穿插引述了许多秦腔戏文和曲谱，与主要人物的故事形成一种"对位"或"复调"，从而增强了作品的思想意味和艺术韵味。

汉水流域新时期小说对民间习俗、民间文艺等的民间文化事象的创造性运用，使得其讲述的故事更像一个接通历史场景的当代风俗故事，其中的人物也像一些历史文化原型人物在当代的置换变形，读者在读作品时常常有一种恍若隔世的感觉，进而获得一种深沉厚重的历史感。这些可被称作真正的风俗小说的作品，其中作者所着力刻画的人物，像天狗、邹艾、旷开田等，因其包含着丰富的历史信息和生活内容，从而具有一定的典型性，甚至成为所谓的典型人物。这标志着作家的小说创作取得了极大的成功。

最后，民间文化资源的运用使得作家作品的叙事方式、整体情调和风格等都发生了改变，变得朴素、生动、活泼、清新。鲁迅在《门外文谈》中说："不识字的作家虽然不及文人的细腻，但他却刚健，清新。"因对民间文学、文化资源的摄取、利用,文人作家创作也会由文人化、雅致化向民间化、通俗化位移,染上民间不识字作家的刚健、清新的文风特点。这种影响效果,有时是作家有意追求的,有时是潜移默化的。

以小说的基本要素故事来说,故事性强是我国古代小说和民间叙事文学的基本传统之一,也是大量利用民间文化资源的汉水流域新时期小说普遍的审美追求和艺术特征。小说叙事性强必然带来新奇、通俗、明快、亲切等文风特点和与此相应的审美效果。

周大新曾专门撰文叙说:他生在一个盛产故事的地方,在他的故乡,差不多人人的肚里,都装着一串一串的故事,他在童年、少年时代就听到了许多"景物故事""动物故事""历史故事"和"荤故事";并说道:"我写小说的最初目的,是想把自己看到的、听到的、编出的各种各样的故事告诉别人,想让人知道我并未辜负家乡的养育,我也成了一个会讲故事的人!"① 周大新小说一个显著的艺术特色就是故事性强,这与民间传说、故事等的影响是分不开的。周大新后来也创作过几篇淡化故事的小说,但很不成功,这使他又一次转向故事,在抒发情感、表达思想、刻画人物等方面都借助于故事,十分重视小说的故事性。周大新的小说无论是中短篇小说《汉家女》《紫雾》《伏牛》《香魂女》《银饰》等,还是长篇小说《走出盆地》《第二十幕》《湖光山色》《21大厦》《预警》等,无不以故事性强而取胜。

再如,贾平凹的小说也以故事性强而取胜。《浮躁》以后,贾平凹的小说创作致力于意象营造,因其小说意象鲜明丰富,也因其自觉执着的艺术追求和不断的理论阐释,他的小说被人称为意象小说或意象主义小说。但即使如此,贾平凹的小说仍具有很强的故事性,故事仍是吸引读者的重要法宝。在长篇小说《土门》座谈会上,贾平凹说:"我是写革命故事出身的,开始写的是雷锋的故事,一双袜子的故事。后来我感觉一有情节就消灭真实。碎片,或碎片连缀起来,它能增强象征和意念性,我想把形而下与形而上结合起来。要是故事性太强就升腾不起来,不能创造一个自我的意象世界。……我大部分描写的是日常生活中的琐

---

① 周大新:《漫说"故事"》,《文学评论》1992年第1期。

事，呼呼呼往下走，整个读完会有一个整体的把握。写故事就要消除好多东西，故事要求讲圆，三讲两不讲，就失掉了许多东西。写故事就会跟着故事走，要受故事的牵制。"① 这里贾平凹主要谈故事的局限性，但他并未消除小说的故事性。不过，以前的戏剧性故事为现在的生活琐事或生活化故事所取代而已。贾平凹后来的小说，如《高老庄》《怀念狼》《秦腔》《古炉》等，仍具有引人入胜的故事，且更富有生活气息，让读者感到亲切。他的 2002 年出版的中短篇小说集《听来的故事》，其标题更是标举"故事"。

除贾平凹、周大新二位作家以外，汉水流域新时期作家除了南阳作家行者等个别人外，普遍重视小说的故事性，作品往往以会讲故事、故事生动曲折、引人入胜而吸引读者。这种审美效果的取得，不能说与作家大都出身于农村，长期生活、浸润于民间文化氛围没有关系。尤其是民间传说、故事、评书等叙事文学的影响，更是许多作家之所以成为作家的关键因素。

就小说叙事方式说，汉水流域新时期作家的许多小说在叙事方式上有一种民间故事化、评书化的倾向。具体来说，就是作家在叙述故事时有意追求民间故事的讲述方法，或有意暴露叙事者，其故事的讲述人，类似评书等民间文艺表演中的说书人。如京夫的小说《白喜事》，开头"小序"就直接点明说"这篇故事，写的是福寿奶奶的丧葬过程"，而小说《万有娃闯荡江湖》则在结尾说道："这便是万有娃闯荡江湖的一段书帽儿。至于……且看下回分解！"京夫的长篇小说《八里情仇》，开头有"引子"，类似话本小说的"得胜头回"，简要讲述汉江边古镇八里镇抗日战争后期成为"小巴黎"的历史故事，当讲到"小巴黎的那段历史已经成为遥远的过去，我现在讲的是小巴黎的新故事"时，即转入正文人物故事的叙述。京夫小说的这些外在叙事形式，显然是从民间故事、评书以至于古代话本小说中取得借鉴，打上了民间叙事文学浓重的艺术烙印。

贾平凹的小说《冰炭》，副标题是"一个班长和一个演员一个女人的故事"。在小说的开头作者有意设置了一个民间讲故事的场景，写几

---

① 雷达主编，梁颖编选：《贾平凹研究资料》，山东文艺出版社 2006 年版，第 484 页。

个商州脚夫雪夜被困山沟，围着火堆，为了抵御瞌睡、打发时光，轮流讲故事，轮到叫张庆明的人物，就讲了小说副标题所示的故事，故事讲完，小说也就结束了。在这里，贾平凹显然把小说当做一则民间故事来讲述，叙事方式的民间故事化是自然的结果。他的小说《任氏》是对沈既济的唐传奇《任氏传》的改写，这则"传奇"虽为文人所撰，但狐狸精的故事最终来自民间，故事的传奇性是其不变的本质特色。他的小说《听来的故事》，更是把三则收集来的民间故事仅按从古到今的时序稍加编排而已，类乎小型的民间故事选集。

周大新的小说《银饰》开头一句是："故事的源头如今是一片废墟。"结尾时写道：明德府长子吕道景死后遗留的一张宣纸为一个放羊小伙捡去，成为他给他的曾孙子讲古时的故事材料。小说前后照应，在外在的叙事形式上把明德府长子的故事推入民间讲古一类，让人感叹时间的流逝、人生的艰难和生命的脆弱。《走出盆地》在讲述女主人公邹艾的故事的同时，断断续续插叙了三仙女、唐妮和湍花三个神话传说，小说没有沿用传统小说单线发展的情节模式，而采取多线并进的叙事方式，在情节结构上显得比较新颖。但是女主人公的人生故事却主要是通过人物对话讲述出来的，人物对话常见的情景是一人讲一人听，这正是民间故事讲述的场景和方式。三卷本长篇小说《第二十幕》的开头，有一个类似于京夫的《八里情仇》、蒋金彦的《最后一个父亲》和王雄的汉水文化三部曲那样的"引子""楔子"或"序文"，主要叙述唐代尚家上门女婿发家的故事，最后写道："岁月更替，时光飞转，转眼之间时间到了光绪二十六年，也就是公元一九〇〇年，到了我们故事开始的这个早晨——"，话说完即已转到正文人物故事的讲述中来。

另外，南阳作家乔典运的《活鬼的故事》、张一弓的《犯人李铜钟的故事》、殷德杰的《马统领与徐县长的故事》，陕南作家王蓬的《银秀嫂》《第九段邮路》《水葬》，湖北作家陈应松的《猎人峰》、池莉的《两个人》、方方的《凶案》《水在时间之下》，等等，这些小说有的直接标举讲述的是"故事"，有的虽未标举，但实际仍以讲故事为主，都有一个引人入胜的故事。而且在讲故事的方式上都向民间传说、故事等靠拢，叙事方式民间化，有的甚至就是一则当代的民间传说或故事。如池莉的《两个人》开头："从前有两个人，年纪差不多，在同一个城市里生活和长大……""从前"等说法正是民间故事开头的普遍套语。而乔典运的小说《黑与白》，主要情节是黑脸会计与白脸队长三次到大队部支书会议上论理，其情节结构显然受到了民间故事三段式结构模式的影响。

除注重小说的故事性和对民间传说、故事等叙事方式的借用给作家作品带来通俗、生动、清新的文风特点外，民间歌谣和民间语言的运用，也会给作家作品整体风格上带来类似的特色。如民歌的引录，散、韵文体杂糅，使小说的叙事节奏变得活泼的同时，也给小说整体带来抒情诗的韵味。像贾平凹的《天狗》《火纸》，周大新的《哼个小曲你听听》《蝴蝶镇纪事》，陈应松的《松鸦为什么鸣叫》，方方的《闲聊宦子塌》等小说，是都可以称作抒情诗小说的。当然，这抒情诗并非文人作家的抒情诗，仍是民间普通民众的抒情诗，因而也许会粗俗，但却与生活一样鲜活、生动、朴素、清新，别有韵味。而民间语言的提炼、加工和选用，在渲染民间文化环境氛围和准确、生动刻画人物形象的同时，也给小说带来一种通俗明快、生动活泼的风格特点。像贾平凹小说语言的文白夹杂、文野不拘，乔典运小说对民间俗语诸如俗语、谚语、歇后语、流行语等的大量采用，民间语言利用方式不一，但给人的阅读快感却是相同或相似的。民间语言运用的极致就是周同宾的《皇天后土》，干脆让农民自己说话，作家基本上不介入，实录而已。这种语言、这种语体风格，读者只要读一读作品，马上会留下深刻的审美印象。

第四节　创作中存在的几个问题

汉水流域新时期作家对民间文化资源的大量利用，不仅增强了其小说的地域文化色彩，也丰富了小说的思想文化意蕴，不仅使小说的人物形象更为鲜明、生动，情节线索更富于变化、多姿多彩，也使小说的整体风格变得朴素、清新，生动活泼，亲切感人。汉水流域新时期小说有的可称之为民俗小说、文化小说，有的甚至可看作当代的一篇民间传说、故事，一首山歌、小曲，其浓郁的民间文化气息、民间生活气息，是永久的艺术魅力之所在。汉水流域新时期作家的许多小说能在当代文学史上占有重要的一席之位，恐怕也在于这种艺术魅力。但是，平心而论，如果我们用挑剔的目光对汉水流域新时期小说稍加巡视，马上就会发现这样或那样的不足、缺陷或问题。就汉水流域新时期小说对民间文化资源的利用来说，有一些问题是普遍存在的，不能不加以留意。下面拈出三个普遍存在的问题，结合具体的作家作品，逐一加以论析。

其一，民间民俗文化描写不能与人物性格命运有机结合。文学是人学，因此，作家对民间民俗文化的描写、利用，应与刻画人物、塑造形象结合起来，使其成为人物的思想、性格和命运的密不可分的有机组成部分，而非油与水不相交融的两部分。当代著名作家汪曾祺曾在一篇创作谈里这样说："我以为风俗是一个民族集体创作的生活抒情诗。我的小说里有些风俗画成分，是很自然的。但是不能为写风俗而写风俗。作为小说，写风俗是为了写人。有些风俗，与人的关系不大，尽管它本身很美，也不宜多些。"① 在这篇创作谈里，他解释过他的小说《大淖记事》为何前三节都写风土人情，直到第四节才出现人物，他说：之所以一开头着重写环境、写风土人情，是因为"这里的一切和街里不一样""这里的人也不一样。他们的生活，他们的风俗，他们的是非标准、伦理道德观念和街里的穿长衣念过'子曰'的人完全不同"；只有在这样的环境里，才有可能出现这样的人和事。在另一篇题名为《谈谈风俗画》的文章中，汪曾祺也说："小说里写风俗，目的还是写人。不是为写风俗而写风俗，那样就不是小说，而是风俗志了。""写风俗，不能离开人，不能和人物脱节，不能和故事情节游离。写风俗不能流连忘返，收不到人物的身上。"在这篇文章中，他对他的小说里写风俗占篇幅最长的《岁寒三友》里描写放焰火一段作了这样的说明："这里写的是风俗，没有一笔写人物。但是我自己知道笔笔都着意写人，写的是焰火的制造者陶虎臣。我是有意在表现人们看焰火时的欢乐热闹气氛中表现生活一度上升时期陶虎臣的愉快心情，表现用自己的劳动为人们提供欢乐，并于别人的欢乐中感到欣慰的一个善良人的品格的。"汪曾祺

---

① 汪曾祺：《〈大淖记事〉是怎样写出来的》，《晚翠文谈新编》，生活·读书·新知三联书店 2002 年版，第 344—345 页。

的小说以风俗画描写而著称，但在他的小说观念里，风俗描写并非为了自身而独立存在，而是为了写人，为了塑造人物形象服务，更确切地说是为了从普通民众的民俗生活中发掘、表现其美好的人情、人性。

但是，汉水流域新时期小说对民间文化的利用，或者说对风俗画的描写，有的并没有从刻画人物的角度来考虑，或风俗描写与人物的性格、命运结合得并不紧密，从而给人一种牵强、猎奇或堆砌、冗繁之感。南阳作家殷德杰的小说《磨盘村的诅咒》，讲述的是磨盘村三户人家不幸的故事，以谷牛角的婚姻悲剧为主要情节线索。究其悲剧根源，在于丈夫的病态心理，也在于婆婆的愚昧、无知、自私、迷信等劣根性，小说延续的仍是鲁迅小说的国民性批判主题。小说的开头，作者在介绍磨盘村来历时，比较完整地叙述了兄妹成亲繁衍人类的神话；情节发展过程中，作品还提及了刘秀洞的传说，不过一语带过。这些神话、传说，在作品中仅起到环境氛围渲染的作用，与人物性格命运和主题表达的关系不是特别密切，甚至成为可有可无的部分。即使作品中多次写到人物相貌的奇特及其传说，如果作为当代志怪看待，那么描写是必要的，内容与文体也是和谐的，但如果从更普遍地描写人物性格命运，更深刻地表达主题着眼，人物的异相及其传说就成为无足轻重的部分，因为就小说的悲剧性说，奇人异事反而不如凡人俗事来得深广，更能引起普通读者的深思。

作家王雄的"汉水文化长篇小说三部曲"——《阴阳碑》《传世古》和《金匮银楼》，共同的特色是都描写了大量的民俗事象或民间文化景观，共同的弊病则是对民间的习俗、传说、故事、歌谣、技艺等的描写过于繁多，流于堆砌。前文曾罗列过小说《阴阳碑》中此类描写，在此再考察一下小说《金匮银楼》中的相关描写。《金匮银楼》写到的民俗事象有：匪首贾范的传说，长命锁的风俗和形制，小孩十二岁开关取锁的开关宴，集混子的名称，金银饰品的花样，晏公庙签灵的传说，扇套的绣工，女人为人母改夫姓的风俗，襄阳灯彩的习俗，老虎灶茶馆的经营方式，天地杆挂灯笼过年的习俗，红货行得名的根源，鬼市的买卖，祖母绿翡翠及香妃的传说故事，中国人自古重玉的佳话，铜鞮巷的传说故事，汉江的花船，浩然巾的传说，蛊人的职业及蛊药的神奇，襄阳茶楼的建筑，紫阳民歌，二花楼的建筑，汉元瘦肉汤包的制作与来历，王家伙村的传说，夫人城的传说，陈州银楼的故事，樊城陈皮巷蒸而炸小吃，打锣的（收旧货、收破烂的）职业，王莽钱范的传说，叫条子（年轻女艺人、高级妓女）的名称，天贶节的传说、习俗，过年"福"字倒贴的习俗、传说，过冬至的习俗，襄阳商界过小年（腊月二十三）的规矩，元宵节看灯、吃汤圆的习俗，结婚冲喜之说，铺婚床的讲究、仪式、歌谣，吹糖人的手艺，拉洋片的新玩意儿，大旱不过五月十三的传说，江鸥和缩项鳊的传说故事，贾老爷的丧葬仪式，等等。小说《传世古》对民俗景观的描写也类此。"汉水文化三部曲"的民俗描写有些是与人物命运密切相关的，如《金匮银楼》中的长命锁风俗，对它的违背与迷信构成了左右小说情节发展的神秘力量，也是贾、皮两个家族众多人物命运结局的根源所在。在《阴阳碑》中，权国思人生悲惨的结果、权府鞭炮生意的败落、权六子的生理残疾和后来性格的乖戾、残忍，等等，都可以归根于女贞为权国思所玷污及其后来的不幸命运，而女贞的不幸命运似乎应验了算命先生的谶言：女重贞节，贞洁女子，乃大福，不洁，则祸也。因此，小说讲述的既是一个女人复仇的故事，也是一个因果报应的故事、谶言应验的故事。另外，在权六子离家出走闯荡江湖和成为襄阳古渡头码头的六爷以后，丐帮和青帮这样的民间帮派则成为他人生的重要舞台，那些帮规、礼节、仪式等，自然融进他的日常生活之中。但是，三部曲中的相当部分民俗描写是冗繁的、累赘的，既滞缓了情节的发展，减弱了小说的可读性，又与人物性格命运不能有机结合，对人物刻画并无多大帮助。三部曲中的这些民俗描写，正好犯了汪曾祺所说的那种"不宜多写"的毛病。

其二，对民间文化的利用缺乏现代理性意识与批判精神。汉水流域新时期作家多数出身于农村，在其作品中对乡土民间文化表达了一种情感依恋和生活怀旧之情。这是一种出于本能的具有血缘关系的感情，也是他们文学创作永不枯竭的源泉。在作家面对城市生活的喧嚣、浮躁、物欲横流、道德堕落及信仰迷失时，乡土民间文化道德也成为他们评判的尺度、抵御的武器和精神的家园。恋乡斥城是汉水流域农裔城籍作家比较普遍的心理。汉水流域新时期作家也许没有沈从文那种以民间原始、质朴、优美的习俗、人性来重建民族品德的雄心，但其乡土风俗描写和渗透其间的恋乡恋土之情无疑仍是最动人的，因为它能深入我们大多数人的心底。但是，如果在城乡二元文化对照中表现这种感情，那么作家难免会陷入情感与理智的冲突之中，甚至文化怀旧情感压倒历史理性认识，从而缺乏对乡土民间文化的有效批判。如南阳作家马本德的《老人河之梦》《在城市屋檐下》等小说，尽管也写到了农村生活的艰辛、贫穷、落后、保守、权势甚至暴力，写到了城市生活的繁华、优雅、浪漫等，以及农民进城的社会历史发展趋势，但人物的恋乡恋土之情却似乎出于本能，是"古怪的""捉摸不定的"。从小说主人公忧伤的思绪和悲剧的命运，我们可以强烈感受到作者浪漫的乡恋之情。与这种乡恋之情相对应的是对城市生活、文化的批判与否定。这显然是逆违历史发展潮流的褊狭意识。

　　如果说马本德的乡恋是"捉摸不定的"，那么贾平凹早期的《商州初录》等作品表达的乡恋则要具体得多，主要外化在对故乡传统的、古朴的风俗民情的描写上。作品中，商州山地人热情、诚恳、实在的待客之道，热烈、执着或奇特的爱情，美好的风景、风俗等，在描写的字里行间充满了作者的赞美之情。作者在《商州初录》"引言"的结尾部分，对他的家乡的风俗民性这样描述道："美丽、富饶而充满着野情野味的神秘的地方""勤劳、勇敢而又多情多善的父老兄弟"，赞美之情溢于言表。尽管后来贾平凹也曾在《古堡》《高老庄》等商州小说中批判过他的家乡人情的浇薄、道德的堕落和风俗的异变，但综观他的文化心理态度，仍对乡土的人情风俗、道德文化是肯定、赞美的，批判、忧虑中反而更见乡恋的深沉。贾平凹的《废都》《白夜》等城市小说，其对城市生活、文化对人异化的深刻揭示与批判，从另外一个角度反映了作者对乡村、山野的向往。贾平凹对乡土民间生活文化的迷恋，如其作品对商州山地神秘文化事象的大量描写，甚至有走火入魔的倾向。针对贾平凹小说《高老庄》中的神秘主义内容描写的故弄玄虚、用力过度、经不住推敲等弊病，学者张志忠在《贾平凹创作中的几个矛盾》一文中提出了中肯的批评。邰科祥先生在考察了贾平凹诸多作品所描写的神秘现象后甚至说："贾平凹在作品中精心营造神秘的巫化氛围除了其积极的探索人生真谛的积极意义之外，在其负面意义上是在不自觉地宣扬一种新的精神迷信或制造精神恐惧，或者说是在束缚人的主观能动性，企图让人相信一切在天，命由天定，人力不可胜天，只可顺天。"① 这些批评意见多少说明了贾平凹对商州民间神秘文化的表现是缺乏理性的批判眼光的。

其三，往往缺少世界性文学眼光或艺术视野。作家对民间文化资源的利用，可增强作品的地域色彩，也可强化作品的民族特色。20 世纪三四十年代，文艺界关于民族形式问题的讨论，其中最醒目的一个观点就是：民间形式是民族形式的中心源泉。新中国成立后赵树理又进一步提出了"民间文艺正传论"的观点。这两种观点显然都有失偏颇，在当时或后来都受到了批评。但不可否认的是，民间文学、文化确实是作家创作取之不尽用之不竭的重要源泉，许多当代作家作品为人所看重也在于对优秀的民间传统的继承、利用。需要注意的是，当代作家对民间文学、文化资源的利用，仍然只着眼于形成作品的民族化、大众化特色，而缺少世界性文学眼光。论者也多从作家作品对民间文学、文化的运用，高度欣赏和评价其民族化特色、民族化成就，对其是否具有世界性因素，一个普遍的看法是：越是民族的越是世界的。针对这种观点，作家贾平凹在《四十岁说》一文中说："'越是民族的越是世界'的言论，关键在这个'民族的'是不是通往人类最后相通的境界去。"在另一篇关于小说《白夜》的创作问答中也说："我不同意'越有地方性越有民族性，越有民族性越有世界性'的话，首先，这个地方性、民族性得趋人类最先进的东西，也就是说，有国际视角，然后才能是越有地方性、民族性越有世界性。"② 他注意到了民族本土文学与外国文学的关系，把它放在世界文学、人类境界的范围和高度来加以观照，看其是否具有世界性。

学者陈思和的思路与贾平凹的看法相一致。新世纪以来，陈思和提出了"20 世纪中国文学的世界性因素"的论题，强调在世界文学的大背景下从比较文学的角度全新审视、研究 20 世纪中国文学。他的观点引起了学术界的广泛关注。陈思和对冯至诗集《十四行集》的细读，对阎连科小说《坚硬如水》的恶魔性因素的分析，在考察具体的现当代作家作品的世界性因素方面也给人以深深的启发。不同于陈思和的理

---

① 邰科祥：《贾平凹的心阙世界》，陕西旅游出版社 2002 年版，第 157 页。
② 贾平凹：《答陈泽顺先生问》，《小说评论》1996 年第 1 期。

论表述与专题研究，贾平凹是从创作中得来的感性看法，但都指出、强调了民族文学的世界性视野。民族文学包括大量运用民间文化资源的民族文学，只有放在世界文学范围内与外国文学加以比较研究，才有可能发现和挖掘出其世界性因素。

对于贾平凹来说，他的创作在继承利用民族文学、文化，包括民间文学、文化的传统、资源的同时，也大力借鉴外国文艺的观念和技法。如他的作品对民间生活中神秘事象的描写，既可以说是继承了民族文学中的志怪传统（他的小说被人称作"当代志怪小说"），也可以说受到了拉美文学魔幻现实主义创作方法的影响。当然，贾平凹作品中的神秘内容和神秘色彩，也是他所生长、生活的商州家乡浓厚的巫鬼文化环境氛围长期熏染、影响所致。贾平凹可以说是在民族与世界双重文化、文学的视野中创作的。这也是世界一体化或全球化形势下中国当代作家创作的一般特点。汉水流域新时期作家也不例外。汉水流域许多作家都是在中外文学、文化的双重影响下创作的，尤其是对西方现代文学的借鉴，像池莉、方方、陈应松、行者、田中禾、周大新等作家，其某些作品的"世界性因素"是明显的，尽管技巧模仿也是明显的。

但是，仍有许多汉水流域新时期作家的艺术视野相对狭窄，只注重对本民族的文学、文化传统（包括民间文学、文化传统）的承袭、利用，而缺少世界性文学眼光或不善于向世界文学学习、借鉴。如王蓬、京夫、乔典运、周同宾、马本德、殷德杰、李克定、秦俊等作家的创作即是如此。他们的创作主要限定在传统的现实主义文学范围内，而多少缺乏一种艺术的丰富性。乔典运曾在《我的小井》一文中陈述道：作为一个作家，他的文化素质低下，生活环境闭塞，缺少同行交流等不利条件，使他要搞文学创作，没有别的路可选择，只有走深入生活这一条路，写所生活的小山村这个地方与众不同的生活，小山村的生活对他的创作来说成为一口汲之不尽的小井。乔典运的创作道路在汉水流域新时期作家中具有一定的普遍性，在其他作家那里也会遇到类似情况。作家创作取材的大小因人而异，往往不具有决定作品优劣成败的作用。乔典运小说所取得的杰出成就也说明了这点。但是只关注于"小井"景色，往往会限制作家的思维观念，尤其是对艺术视野的限制，因为一定的题材内容有时会要求与之相适应的艺术形式。整体来看，乔典运小说的艺术形式确实过于单一了。如对乔典运小说的语言特色，有论者在指出其原生化、村朴化成就的同时，也批评道："由于缺乏提炼和变幻，缺乏新鲜的刺激和幽邃的隐喻，他的语言往往品位不高，直露、浅白，繁复有余，美感、凝聚力、渗透性不足。"在分析其小说寓意的深刻性之后，也指出："他的寓言在本质上注定是日常的而非超越的，是散文的而非诗性的，是物质的而非心灵的""从根本上看，他的寓言无一不长在中国的现实土地上，他的创作方法依然是以'干预生活'为其归旨的现实主义。"①

汉水流域新时期小说对民间文化资源的利用，尽管有着这样或那样的问题和不足，但其成就却是主要的、显著的，其艺术成就和经验教训都将成为当代文学创作宝贵的精神财富。

鲁迅曾在《门外文谈》中说："旧文学衰颓时因为摄取民间文学或外国文学而起一个新的转变，这例子是常见于文学史上的。"从文学史的角度来看，从1958年"大跃进"新民歌运动到80年代中期的寻根文学创作，当代文学创作和发展中民间文化思潮此起彼伏，从未间断。"到民间去"或"走入民间"，这是许多当代作家共同的艺术路向。尤其是90年代先锋文学落潮后，民间化成为新时期文学尤其是小说创作普遍的艺术倾向，在陈忠实、张炜、莫言、韩少功、张承志、阿来、林白、王安忆、迟子建等当代著名作家的小说作品中都有显著表现。作家阿来和莫言也都曾专门谈论过"文学创作的民间资源"问题。但是，为了避免矫枉过正，走向另一个极端，当代作家在利用民间文化、文学资源时，除了具有批判意识外，更要具有世界性文学眼光和更远大的艺术志向。当代文学只有在对中外文学、文化的批判继承中才能走向世界。这是民族文学走向世界文学的唯一正确的道路，也是汉水流域新时期小说创作光明的艺术前途所在。

---

① 王鸿生：《乔典运和他的文化寓言》，《上海文学》1988年第3期。

主要参考文献

左鹏:《汉水》,江苏教育出版社 2006 年版。

潘世东:《汉水文化论纲》,湖北人民出版社 2008 年版。

黄宝生主编:《陕南文化概览》,太白文艺出版社 1998 年版。

谈俊琪主编:《安康文化概览》,陕西人民出版社 1997 年版。

刘湘玉、刘太祥主编:《南阳文化概论》,河南大学出版社 2009 年版。

张正明:《楚文化史》,上海人民出版社 1987 年版。

韩梅村主编:《王蓬的文学生涯》,社会科学文献出版社 2008 年版。

姚维荣主编:《安康当代文学史》,作家出版社 2004 年版。

李继凯:《秦地小说与三秦文化》,湖南教育出版社 1997 年版。

贾平凹:《平凹文论集》,青海人民出版社 1985 年版。

贾平凹:《贾平凹文集》第 14 卷,陕西人民出版社 1998 年版。

贾平凹、穆涛:《平凹之路》,青海人民出版社 1994 年版。

费秉勋:《贾平凹论》,西北大学出版社 1990 年版。

邰科祥:《贾平凹的心阈世界》,陕西旅游出版社 2002 年版。

韩鲁华:《精神的映象:贾平凹文学创作论》,中国社会科学出版社 2003 年版。

李星、孙见喜:《贾平凹评传》,郑州大学出版社 2005 年版。

孙见喜:《贾平凹传》,上海人民出版社 2008 年版。

郜元宝、张冉冉编:《贾平凹研究资料》,天津人民出版社 2005 年版。

雷达主编,梁颖编选:《贾平凹研究资料》,山东文艺出版社 2006

年版。

白万献、张书恒：《南阳当代作家评论》，河南大学出版社 1996
年版。

陈继会主编：《文学的星群——南阳作家群论》，河南文艺出版社
1999 年版。

王遂河主编：《走进南阳作家群》，海燕出版社 2001 年版。

乔典运：《命运》，华艺出版社 1998 年版。

大雨：《乔典运传》，中国青年出版社 2011 年版。

田中禾：《在自己心中迷失》，河南大学出版社 2012 年版。

张一弓：《飘逝的岁月》，长江文艺出版社 2001 年版。

张德礼等：《二月河历史叙事的文化审美建构》，人民出版社 2005
年版。

刘增杰、王文金主编：《精神中原：20 世纪河南文学》，河南大学
出版社 2002 年版。

上海文艺出版社编：《关于长篇历史小说〈李自成〉》，上海文艺出
版社 1979 年版。

梁鸿：《外省笔记：20 世纪河南文学》，社会科学文献出版社 2008
年版。

李法惠、杜青山编著：《南阳文学》，河南大学出版社 2003 年版。

周大新：《历览多少事与人》，作家出版社 2005 年版。

周大新：《我们会遇到什么》，江苏文艺出版社 2010 年版。

张建永、林铁：《乡土守望与文化突围——周大新创作研究》，作
家出版社 2009 年版。

武新军、袁盛勇主编：《聚焦二十世纪：周大新〈第二十幕〉评论
选》，人民文学出版社 2003 年版。

樊星：《当代文学与地域文化》，华中师范大学出版社 1997 年版。

樊星：《当代文学与多维文化》，武汉大学出版社 2005 年版。

池莉：《真实的日子》（池莉文集 4），江苏文艺出版社 1995 年版。

池莉：《老武汉：永远的浪漫》，江苏美术出版社 1999 年版。

池莉：《成为最接近天使的物质》（池莉经典文集），北京十月文艺
出版社 2011 年版。

方方：《汉口的沧桑往事》，湖北人民出版社 2004 年版。

方方：《生命的韧性》，江苏文艺出版社 2008 年版。

方方：《武汉人》，南京大学出版社 2012 年版。

王齐洲、王泽龙：《湖北文学史》，华中理工大学出版社 1995 年版。

王文初等：《新时期湖北文学流变》，华中师范大学出版社 2002 年版。

刘小中、郭贤栋：《汉剧史研究》，武汉市艺术研究所编印。

陈勤建：《文艺民俗学》，上海文化出版社 2009 年版。

钟敬文主编：《民俗学概论》，上海文艺出版社 1998 年版。

万建中：《民间文学引论》，北京大学出版社 2006 年版。

刘守华主编：《中国民间故事类型研究》，华中师范大学出版社 2002 年版。

曾大兴：《文学地理学研究》，商务印书馆 2012 年版。

叶舒宪选编：《神话——原型批评》，陕西师范大学出版社 1987 年版。

后　记

　　本书为陕西省教育厅（高校）哲学社会科学重点研究基地项目"汉水流域新时期小说研究"（项目编号11JZ006）的最终成果。

　　作为研究对象，汉水流域新时期小说作家作品众多，仅以名家、大家来说，就有王蓬、贾平凹、姚雪垠、周大新、乔典运、田中禾、柳建伟、二月河、陈应松、方方、池莉等作家的小说。这是学术研究的一个富矿区。本书是国内首部从整体上研究汉水流域新时期小说的学术著作。虽有拓荒之功，但限于学术功力、资料、时间等，本著作仍有许多遗珠之憾。如缺少对个别很有实力的地域作家的专门论述；书中论述力求创新，但也难免这样那样不如意之处。对于本书的诸多缺陷，著者心知肚明，也真诚地希望读者多提批评意见。请将您的宝贵意见和建议发至我们的邮箱：lizhongfan@126.com。

　　本书的写作过程是一个艰辛而漫长的过程，也是一个充满愉悦和收获的过程。通过写作本书，课题组成员不但加深了对汉水流域文学的理解，也学会了如何协同解决流域文学研究中的一些难题。一本书，往往是集体劳动和协作的结果，本书也不例外。本书主要由李仲凡和费团结合作撰写完成，李仲凡完成绪论、第一章、第四章等章节内容，费团结完成第二、六、七章和第三章第二、三节，第五章第二、三节等章节内容。另外，第三章第一节由李仲凡、袁栋洋合作完成，第五章第一节由费团结和陈曦合作完成。

　　从写作、出版的角度说，本书能够与读者见面，应当感谢许多可尊敬的好人。首先感谢陕西理工学院"汉水文化研究中心"的诸位领导，他们对我们的研究工作给予了切实的支持和帮助。感谢陕西理工学院文学院付兴林院长、教授，他对本书写作的督促、鼓励，让我们的工作大大地提高了效率。感谢所有给予我们研究工作真诚帮助和关心的朋友、同事。

最后还要感谢我们的家人。在本书写作期间，他们承担了更多家务和管教子女的工作，解放了我们的手脚，使我们能够顺利完成写作任务。他们精神上的勉励和支持，更是我们工作中永远的动力！

著　者

2013 年 8 月 7 日